HEINRICH ZSCHOKKE

ZSCHOKKE
ERZÄHLUNGEN

DIE GROSSE ERZÄHLER-BIBLIOTHEK
DER WELTLITERATUR

Die buchkünstlerische Ausstattung dieser Ausgabe
hat der österreichische Staatspreisträger
Ernst Ammering (Ried, Oberösterreich) entworfen.

Das Frontispiz zeigt Heinrich Zschokke
(nach einer Radierung von Fritz Janschka,
die für diese Ausgabe entstanden ist).

Redaktion:
Dr. Mathias Jung, Bernhard Pollmann

DIE GROSSE ERZÄHLER-BIBLIOTHEK
DER WELTLITERATUR

Gesamtherstellung: Mohndruck, Gütersloh
Printed in Germany
ISBN 3-88379-880-0

INHALT

DER ZERBROCHENE KRUG

Man kennt unter gleichem Namen ein kleines Stück vom Dichter des »Käthchen von Heilbronn«. Dieses und die hier folgende Erzählung hatten im Jahr 1802 zu Bern einerlei Veranlassung des Entstehens. Heinrich von Kleist und Ludwig Wieland, des Dichters Sohn, pflogen Freundschaft mit dem Verfasser, in dessen Zimmer ein Kupferstich, »La cruche cassée« unterschrieben, hing, dessen Gestalten und Inhalt ungefähr dieselben waren, wie sie unten im Kapitelchen »Das Gericht« vorgestellt sind. Die ausdrucksvolle Zeichnung belustigte und verlockte zu mancherlei Deutungen des Inhalts. Im Scherz gelobten die drei, jeder wolle seine eigentümliche Ansicht schriftlich ausführen. Ludwig Wieland verhieß eine Satire, Heinrich von Kleist entwarf sein Lustspiel, und der Verfasser gegenwärtiger Erzählung das, was hier gegeben wird.

MARIETTE

Zwar *La Napoule* ist nur ein ganz kleiner Ort am Meerbusen von *Cannes,* aber man kennt ihn doch in der ganzen *Provence.* Er liegt im Schatten ewig grüner, hoher Palmen und dunkler Pomeranzen. Das nun macht ihn freilich nicht berühmt. Doch sagt man, es wachsen da die feurigsten Weintrauben, die süßesten Rosen und die schönsten Mädchen. Ich weiß es nicht, glaub' es indessen gern. Schade, daß La Napoule so klein ist, und der feurigen Trauben, süßen Rosen und schönen Mädchen unmöglich genug erzeugen kann. Sonst hätte man bei uns zulande doch auch davon.

Sind seit Erbauung von La Napoule alle Lanapoulerinnen Schönheiten gewesen, so muß ohne Zweifel die kleine *Mariette* ein Wunder aller Wunder gewesen sein, weil ihrer sogar die Chronik gedenkt. Man nannte sie zwar nur die *kleine* Mariette; doch war sie nicht kleiner, als ungefähr ein Kind von siebzehn Jahren und drüber zu sein pflegt, dessen Stirn genau bis zur Lippe des aufgewachsenen Mannes reicht.

Die Chronik von La Napoule hatte ihre guten Gründe, von Marietten zu erzählen. Ich an der Stelle der Chronik hätte es auch getan. Denn Mariette, die mit ihrer Mutter *Manon* bisher zu *Avignon* gewohnt hatte, drehte, als sie wieder in ihren Geburtsort kam, diesen beinahe ganz um. Eigentlich nicht die Häuser, sondern die Leute und deren Kopf, und auch wohl nicht die Köpfe aller Leute, sondern vorzüglich solcher, deren Kopf und Herz in der Nähe von zwei seelenvollen Augen immer in großer Gefahr sind. Ich weiß das. In solchen Fällen ist nicht zu scherzen.

Mutter Manon hätte wohl besser getan, wäre sie in Avignon geblieben. Aber sie machte in La Napoule eine kleine Erbschaft; sie erhielt da ein Gütchen mit einigen Weinbergen und ein niedliches Haus im Schatten eines Felsen zwischen Ölbäumen und afrikanischen Akazien. So etwas schlägt keine unbemittelte Witwe aus. Nun war sie in ihrer Meinung reich und glücklich, als wär' sie Gräfin von Provence oder dergleichen.

Desto schlimmer ging's mit den guten Lanapoulesen. Sie hatten sich solches Unheils nicht versehen und nicht im *Homer* gelesen, daß eine artige Frau ganz Griechenland und Kleinasien in Harnisch und Zwietracht bringen konnte.

WIE DAS UNGLÜCK KAM

Kaum war Mariette vierzehn Tage im Hause zwischen den Ölbäumen und afrikanischen Akazien, so wußte jeder junge Lanapoulese, daß Mariette da wohne, und daß in der ganzen Provence kein reizenderes Mädchen wohne als eben in diesem Hause.

Ging sie durch den Flecken, schwebend leicht wie ein verkleideter Engel, im flatternden Rock, blaßgrünen Mieder, vorn am Busen eine Orangenblüte neben Rosenknospen, und Blumen und Bänder wehend um den grauen Hut, der ihr feines Gesicht beschattete, ja, dann wurden die finsteren Alten beredt und die Jünglinge stumm. Und überall öffnete sich links und rechts ein Fensterlein, eine Tür, der Reihe nach. – »Guten Morgen«, hieß es, oder »guten Abend, Mariette!« Und sie nickte lächelnd rechts und links hin.

Wenn Mariette in die Kirche trat, verließen alle Herzen (nämlich der Jünglinge) den Himmel, alle Augen die Heiligen, und die betenden Finger verirrten sich in den Perlen der Rosenkranzschnur. Das muß gewiß oft großes Ärgernis gegeben haben, zumal den Frommen.

Zu dieser Zeit sind ohne Zweifel die jungen Mädchen von La Napoule besonders fromm gewesen, denn sie ärgerten sich am meisten. Und es war ihnen kaum zu verdenken. Denn seit Mariettens Ankunft war mehr als ein Bräutigam kühl geworden, und mehr als ein Anbeter seiner Geliebten abtrünnig. Da gab es denn viel Zank und Vorwürfe überall und viele Tränen, gute Lehren und Körbe. Man sprach gar nicht mehr von Hochzeiten, sondern von Trennungen. Man schickte sich sogar Pfänder der Treue, Ringe und Bänder zurück. Die Alten mischten sich in den Zank ihrer Kinder. Hader und Streit lief von Haus zu Haus. Es war ein Jammer.

»Mariette ist an allem schuld!« – sagten die frommen Mädchen; dann sagten's ihre Mütter, dann sagten's die Väter und zuletzt alle, sogar die jungen Männer.

Aber Mariette, in ihre Sittsamkeit und Unschuld eingehüllt, wie die aufbrechende Glut der Rosenknospe in das dunkle Grün des Blumenkelches, ahnte von dem großen Elend nichts und blieb gütig gegen alle. – Das rührte erst die jungen Männer, und sie sprachen: »Warum das holde, harmlose Kind betrüben? Es ist ohne Schuld!« Dann sagten es die Väter; dann sagten es die Mütter und zuletzt alle, sogar die frommen Mädchen. Denn wer mit Marietten sprach, konnte nicht anders als sie liebgewinnen. Und ehe ein halbes Jahr verging, hatte jeder mit ihr gesprochen und war sie jedem lieb. Sie aber glaubte nicht, daß sie so geliebt werde, und hatte vorher nicht geglaubt, daß man sie hassen könne. – Was ahnt das dunkle, oft im Grase *zertretene* Veilchen, wie wert es sei! Nun wollte jeder und jede die Ungerechtigkeit gegen Marietten abbüßen. Mitleiden erhöht die Zärtlichkeit der Zuneigung. Überall fand sich Mariette freundlicher als je gegrüßt, freundlicher angelächelt, freundlicher eingeladen zu ländlichen Spielen und Tänzen.

Doch nicht alle Menschen haben die Gabe des süßen Mitleids, sondern sind verstockten Herzens wie der Pharao. Dies kömmt ohne Zweifel von dem natürlichen Verderben des Menschen seit dem Sündenfall, oder weil bei der Taufhandlung der Böse nicht in gehöriger Ordnung abgefertigt worden.

Ein denkwürdiges Beispiel solcher Hartherzigkeit gab der junge *Colin,* der reichste Pächter und Grundbesitzer in La Napoule, der seine Wein- und Ölgärten, Zitronen- und Pomeranzenwälder kaum in einem Tage durchlaufen konnte. Schon dies beweist das natürliche Verderben seines Gemüts, daß er beinahe siebenundzwanzig Jahre alt war, ohne gefragt zu haben, wozu ein Mädchen erschaffen sei.

Zwar alle Leute, besonders die weiblichen in einem gewissen Alter, darin sie gern Sünden vergeben, hielten den Colin für den besten Jungen unter der Sonne. Seine Gestalt, sein frisches, unbefangenes Wesen, sein Blick, sein Lächeln hatte das Glück, besagten Leuten zu gefallen, die ihm wohl auch zur Not für eine der Sünden, die im Himmel schreien, Ablaß gegeben hätten. Allein dem Urteil solcher Richter ist nicht wohl zu trauen.

Inzwischen alt und jung zu Napoule sich mit der unschuldigen Mariette versöhnt hatte und sich mitleidig an sie schloß, war Colin der einzige, welcher für das liebe Kind ohne Erbarmen blieb. Brachte man das Gespräch auf Marietten, ward er stumm wie ein Fisch. Begegnete er ihr auf der Straße, ward er vor Zorn rot und blaß und warf seitwärts wahrhaft verzehrende Blicke nach ihr.

Wenn sich abends die jungen Leute am Ufer des Meeres bei den alten Schloßtrümmern zu fröhlichen Spielen sammelten, oder zu ländlichem Tanz, oder einen Wechselgesang zu beginnen, dann fehlte auch Colin nicht. Sobald aber Mariette kam, war der tückische Colin still, und er sang um alles Gold der Welt nicht mehr. Schade für seine liebliche Stimme! Jeder hörte sie gern, und unerschöpflich war er in Liedern.

Alle Mädchen sahen den bösen Colin gern, und er war mit allen freundlich. Er hatte, wie gesagt, einen schelmischen Blick, den die Jungfrauen fürchten und lieben; und wenn er lächelte, hätte man ihn malen sollen. Aber natürlich, die oft beleidigte Mariette sah ihn nur gar nicht an. Und da hatte sie vollkommen recht. Ob er lächelte oder nicht, das galt ihr gleich. Von seinem schelmischen Blick mochte sie nur nicht reden hören, und da hatte sie abermals recht. Wenn er erzählte – und er wußte immer viel – und dann alle horchten, neckte sie ihre Nachbarinnen und warf bald den Pierre, bald den Paul mit abgerupften Kräutern und lachte und plauderte und hörte den Colin nicht. Das verdroß dann den stolzen Herrn; er brach oft mitten in der Erzählung ab und ging düster davon.

Rache ist süß. Die Tochter der Frau Manon hätte dann wohl triumphieren können. Aber Mariette war doch ein gar zu gutes Kind und ihr Herz zu weich. Wenn er schwieg, tat's ihr leid. Ward er traurig, verging ihr das Lachen. Entfernte er sich, mochte sie nicht lange bleiben, und war sie zu Hause, weinte sie schönere Tränen der Reue als Magdalene und hatte doch nicht halb soviel gesündigt.

DER KRUG

Der Pfarrer von La Napoule, nämlich Pater *Jerome*, ein Greis von siebzig Jahren, hatte alle Tugenden eines Heiligen und den einzigen Fehler, daß er wegen hohen Alters sehr harthörig war. Aber dafür predigte er den Ohren seiner Tauf- und Beichtkinder desto erbaulicher, und es hörte ihn jeder gern. Zwar predigte er beständig nur über zwei Sätze, als wenn seine ganze Religion darin wohnte. Entweder: *»Kindlein, liebet euch untereinander«*, oder: *Kindlein, die Fügungen des Himmels sind wunderbar!«* Doch wahrlich, darin lag auch so viel Glauben, Liebe und Hoffnung, daß man damit wohl zur Not recht selig werden konnte. Die Kindlein liebten sich ganz gehorsam untereinander und hofften auf des Himmels Fügungen. – Nur Colin mit dem kieselharten Herzen wollte nichts davon wissen. Selbst wenn er freundlich zu sein schien, hatte er schlimme Absichten.

Die Napoulesen gehen gern zum Jahrmarkt der Stadt *Vence*. Es ist da frohes Leben, und wenn auch wenig Geld, doch vielerlei Ware. Nun war Mariette mit Mutter Manon auch zum Jahrmarkt, und Colin war auch da. Er kaufte mancherlei Näschereien und Kleinigkeiten für seine Freundinnen – aber für Marietten um keinen Sous. Und doch war er ihr allenthalben auf den Fersen. Aber er redete *sie* nicht an, und sie *ihn* nicht. Man sah wohl, er brütete über Böses.

Da stand Mutter Manon vor einem Gewölbe still und sagte: »O Mariette, sieh den schönen Krug! Eine Königin dürfte sich nicht schämen, ihn mit ihren Lippen zu berühren. Sieh nur, der Rand ist strahlendes Gold, und die Blumen daran blühen nicht schöner im Garten und sind doch nur gemalt. Und in der Mitte das Paradies!

Sieh doch nur, Mariette, wie die Äpfel vom Baume lachen; es gelüstet einem fast. Und Adam kann nicht widerstehen, wie ihm die hübsche Eva einen zum Kosten darbietet. Und sieh doch, wie allerliebst das Lämmchen spielend um den alten Tiger hüpft, und die schneeweiße Taube mit dem goldgrünen Halse vor dem Geier dasteht, als wollte sie mit ihm schnäbeln!«

Mariette konnte sich nicht satt sehen. »Hätt' ich solch einen Krug, Mutter«, sprach sie, »er ist viel zu schön, daraus zu trinken, ich würde meine Blumen darin setzen und beständig ins Paradies hineinblicken. Wir sind auf dem Markt von Vence, aber seh' ich das Bild, so ist mir, als wären wir im Paradies.«

So sprach Mariette, und alle Freundinnen rief sie herbei, den Krug zu bewundern, und bald standen bei den Freundinnen auch die Freunde und endlich beinahe die halbe Einwohnerschaft von La Napoule vor dem wunderschönen Krug. Aber wunderschön war er auch, vom allerköstlichsten, durchscheinenden Porzellan, mit vergoldeten Handhaben und brennenden Farben. Schüchtern fragte man wohl den Kaufmann: Herr, wie teuer? Und er antwortete: Hundert Livres ist er unter Brüdern wert. Dann schwiegen sie alle und gingen.

Als keiner mehr von La Napoule vor dem Gewölbe stand, kam Colin geschlichen, warf dem Kaufmann hundert Livres auf den Tisch, ließ den Krug in eine Schachtel legen, mit Baumwolle gefüllt, und trug ihn davon. Seine boshaften Pläne kannte kein Mensch. Nahe vor La Napoule auf seinem Heimwege, es war schon dunkel, begegnete er dem alten *Jacques*, des Richters Knecht, der vom Felde kam. Jacques war ein ganz guter Mensch, aber herzlich dumm.

»Ich will dir ein Trinkgeld geben, Jacques«, sagte Colin, »wenn du diese Schachtel in Manons Haus trägst und sie da liegen lässest. Und wenn man dich bemerken und fragen sollte: ›Von wem kommt die Schachtel?‹ so sprich: ›Es hat sie mir ein Fremdling gegeben.‹ Aber meinen Namen verrate nie, sonst zürn' ich's dir ewig.«

Das versprach Jacques, nahm das Trinkgeld und die Schachtel und ging damit dem kleinen Hause entgegen zwischen den Ölbäumen und afrikanischen Akazien.

Eh' er dahin kam, begegnete ihm sein Herr, der Richter *Hautmartin*, und sprach: »Jacques, was trägst du?«

»Eine Schachtel für Frau Manon. Aber, Herr, ich darf nicht sagen, von wem.«

»Warum nicht?«

»Weil mir's Herr Colin ewig zürnen würde.«

»Es ist gut, daß du schweigen kannst. Doch ist's schon spät. Gib mir die Schachtel; ich gehe morgen ohnehin zur Frau Manon. Ich will ihr die Schachtel überreichen und nicht verraten, daß sie von Colin kommt. Es spart dir einen Weg und macht mir gutes Geschäft.«

Jacques gab die Schachtel seinem Herrn, dem er ohne Widerspruch in allem zu gehorchen gewohnt war. Der Richter trug sie in sein Zimmer und betrachtete sie beim Licht mit großer Neugier. Auf dem Deckel stand mit roter Kreide zierlich geschrieben: *Der liebenswürdigen und geliebten Mariette.* Herr Hautmartin wußte aber wohl, daß dies nur Schalkheit von Colin sei, und daß eine arge Tücke dahinter laure. Darum öffnete er die Schachtel vorsichtig, ob nicht eine Maus oder Ratte darin verborgen sei. Aber als er des wunderschönen Kruges ansichtig ward, den er selbst zu Vence gesehen, erschrak er von Herzen. Denn Herr Hautmartin war in den Rechten ein ebenso wohlerfahrener Mann als im Unrechten. Er sah sogleich ein, Colin wolle Marietten mit dem Krug ins Unglück bringen, ihn, wenn er in ihren Händen wäre, vielleicht für Geschenk eines beglückten Liebhabers aus der Stadt oder für so etwas ausgeben, daß alle rechtlichen Leute sich von Marietten hätten entfernen müssen. Darum beschloß Herr Hautmartin, der Richter, um allen bösen Argwohn niederzuschlagen, sich selber als Geber dazu zu bekennen. Ohnedem hatte er Marietten lieb und hätte gern gesehen, wenn Mariette den Spruch des greisen Pfarrers Jerome besser gegen ihn befolgt haben würde: *»Kindlein, liebet euch untereinander!«* Freilich, Herr Hautmartin war ein Kindlein von fünfzig Jahren, und Mariette meinte, der Spruch passe nicht mehr auf ihn. Hingegen Mutter Manon fand, der Richter sei ein verständiges Kindlein, habe Geld und Ansehen im ganzen Napoule, von einem Ende des Fleckens bis zum andern. Und wenn der Richter von Hochzeit sprach und Mariette aus Furcht davonlief, blieb Mutter Manon sitzen und fürchtete sich gar nicht vor dem langen ehrbaren Herrn. Auch muß man gestehen, an seinem ganzen Leibe war kein Fehler. Und obwohl Colin der schönste Mann im Flecken sein mochte, hatte doch der Herr Richter in zwei Dingen viel vor ihm voraus, nämlich die großen Jahre und eine große, große Nase. Ja, diese Nase, die dem Richter immer wie ein Trabant vorausging, seine Ankunft zu verkünden, war ein rechter Elefant unter den menschlichen Nasen.

Mit diesem Elefanten, seiner guten Absicht und dem Kruge ging der Richter folgenden Morgens in das Haus zwischen den Ölbäumen und afrikanischen Akazien.

»Für die schöne Mariette«, sprach er, »ist mir nichts zu kostbar. Ihr habt gestern den Krug zu Vence bewundert. Erlaubt, holde Mariette, daß ich ihn und mein liebendes Herz zu Euren Füßen lege.«

Manon und Mariette waren entzückt und erstaunt, als sie den Krug sahen. Manons Augen funkelten selig, aber Mariette wandte sich und sprach: »Ich darf weder Euer Herz noch Euren Krug nehmen.« Da ward Mutter Manon zornig und rief:

»Aber ich nehme Herz und Krug an. O du Törin, wie lange willst du dein Glück verschmähen? Auf wen wartest du? Soll ein Graf von Provence dich zur Braut machen, daß du den Richter von La Napoule verachtest? – Ich weiß besser für dich zu sorgen. Herr Hautmartin, ich rechne mir's zur Ehre, Euch meinen Schwiegersohn zu heißen.«

Da ging Mariette hinaus und weinte bitterlich und haßte den schönen Krug von ganzem Herzen.

Aber der Richter strich sich mit der flachen Hand über die Nase und sprach weislich:

»Mutter Manon, übereilet nichts. Das Täubchen wird sich endlich bequemen, wenn es mich besser kennenlernt. Ich bin nicht ungestüm. Ich verstehe mich auf die Weiberchen, und ehe ein Vierteljahr vergeht, schleich' ich mich in Mariettens Herz.«

»Dazu ist seine Nase zu groß!« flüsterte Mariette, die draußen vor der Tür horchte und heimlich lachte. In der Tat, es verging ein Vierteljahr, und Herr Hautmartin war noch nicht einmal mit der Nasenspitze ins Herz eingedrungen.

Aber während dieses Vierteljahrs hatte Mariette wohl noch andere Geschäfte. Der Krug machte ihr viel Verdruß und Mühe, und außerdem wohl sonst noch etwas.

Vierzehn Tage lang sprach man in La Napoule von nichts anderem als dem Krug. Und jedermann sagte, es sei ein Geschenk des Richters und die Hochzeit schon verabredet. Als aber Mariette feierlich allen ihren Gespielinnen erklärt hatte, sie wolle ihren Leib lieber dem Abgrunde des Meeres als dem Richter vermählen, fuhren die Mädchen nur ärger fort, sie zu necken, sprechend: »Ach, wie selig muß es sich ruhen im Schatten seiner Nase.« – Dies war der erste Verdruß.

Dann hatte Mutter Manon den grausamen Grundsatz, daß sie Marietten zwang, den Krug alle Morgen beim Brunnen am Felsen zu schwenken und mit frischen Blumen zu füllen. Dadurch hoffte sie, Marietten an den Krug und an das Herz des Gebers zu gewöhnen. Aber sie fuhr fort, Gabe und Geber zu hassen, und die Arbeit am Brunnen ward eine wahre Strafe für sie. Zweiter Verdruß.

Dann, wenn sie morgens zum Brunnen kam, lagen zweimal in der Woche auf dem Felsstück daneben immerdar einige der schönsten Blumen, schön geordnet, recht für die Pracht des Kruges geschaffen. Und um die Blumenstengel war immer ein Papierstreif geschlungen und darauf geschrieben: *Liebe Mariette.* – Nun mußte man der kleinen Mariette doch nicht weismachen wollen, als wenn es in der Welt noch Zauberer und Feen gebe. Folglich kamen die Blumen und die süße Anrede derselben von Herrn Hautmartin. Mariette mochte nur nicht daran riechen, bloß weil der lebendige Atem aus des Richters Nase sie umsäuselt hatte. Inzwischen nahm sie die Blumen, weil sie besser waren als Feldblumen, und zerriß die Papierstreifen in tausend Stücke und streute sie auf die Stelle, wo die Blumen zu liegen pflegten. Aber das ärgerte den Richter Hautmartin gar nicht, dessen Liebe unvergleichlich groß war in ihrer Art, wie seine Nase in ihrer Art. Dritter Verdruß.

Endlich aber entdeckte es sich im Gespräch mit Herrn Hautmartin, daß er gar nicht der Geber der Blumen wäre. Wer sollte es nun sein? – Mariette war über die unverhoffte Entdeckung sehr erstaunt. Sie nahm von der Zeit an zwar die Blumen lieber vom Felsen, roch auch daran, aber – wer legte sie dahin? Mariette war, was die Mädchen sonst gar nicht zu sein pflegen, sehr neugierig. Sie riet auf diesen oder jenen Jüngling von La Napoule. Doch erraten ließ sich das nicht. Sie lauschte und lauerte spät hinein in die Nacht; sie stand früher auf. Aber sie erlauschte und erlauerte nichts. Und doch zweimal in der Woche des Morgens lagen immer die Wunderblumen auf dem Felsen, und auf dem darum gewundenen Papierstreif las sie immer den stillen Seufzer an sich: *Liebe Mariette!* – So etwas muß doch auch den Gleichgültigsten neugierig machen. Aber Neugier macht zuletzt brennende Pein. Vierter Verdruß.

BOSHEIT ÜBER BOSHEIT

Nun hatte am Sonntag Pater Jerome wieder über den Satz gepredigt: *»Des Himmels Fügungen sind wunderbar.«* Und die kleine Mariette dachte: So wird er's auch fügen, daß ich den unsichtbaren Blumenspender endlich entdecke. Pater Jerome hatte nie unrecht.

In einer Sommernacht, da es auch allzu warm gewesen, war Mariette früh erwacht und konnte nicht wieder einschlafen. Drum sprang sie freudig vom Lager, als das erste Morgenrot über die Meereswellen und über die Lerinischen Inseln her gegen das Fenster des Kämmerleins blitzte. Sie kleidete sich und ging hinaus, Antlitz, Brust und Arme am kühlen Brunnen zu waschen; den Hut nahm sie mit, am Meere ein Stündchen zu lustwandeln. Sie kannte da eine heimliche Stelle zum Baden.

Um aber zu der heimlichen Stelle zu kommen, mußte man über die Felsen hinter dem Hause gehen und von da wieder abwärts neben Granatbüschen vorbei und Palmen. Diesmal konnte Mariette nicht vorbei. Denn unter der jüngsten und schlankesten der Palmen lag im süßen Schlaf ein junger, schlanker Mann – neben ihm ein Strauß der allerschönsten Blumen. Auch sah man wohl ein weißes Papier daran, auf welchem vermutlich wieder ein Seufzer redete. – Wie konnte Mariette da vorbeikommen?

Sie blieb stehen und zitterte vor Schreck an allen Gliedern. Dann wollte sie wieder zur Hütte heim. Kaum war sie ein paar Schritte zurückgegangen, sah sie sich wieder nach dem Schläfer um und blieb stehen. Doch aus der Ferne ließ sich sein Gesicht nicht erkennen. – Jetzt oder nie war ein Geheimnis zu lösen. Sie trippelte leise der Palme näher. Aber er schien sich zu regen. Nun lief sie wieder zur Hütte. Doch war seine Bewegung nichts als furchtsame Einbildung Mariettens gewesen. Nun machte sie sich wieder auf den Weg zur Palme. Allein er konnte sich vielleicht mit seinem Schlaf verstellen. Geschwind rettete sie sich zur Hütte. Wer wird aber wegen eines leeren Vielleichts fliehen? Sie trat herzhafter die Reise zur

Palme an. Bei diesem Schwanken ihrer schüchternen und lüsternen Seele zwischen Furcht und Neugier, bei diesem Hin- und Hertrippeln zwischen Hütte und Palmenbaum war sie doch endlich dem Schläfer immer um einige kleine Schritte näher gekommen, indem auch zugleich die Neugier siegreicher war als die Furcht.

»Was geht er mich denn an? Der Weg führt mich nur an ihm vorbei. Schlaf' er oder wach' er; ich gehe ja nur vorbei.« So dachte Manons Tochter. Aber sie ging nicht vorbei, sondern blieb stehen; denn man mußte doch dem Blumenspender recht ins Gesicht schauen, um seiner Sache gewiß zu sein. Zudem schlief er ja, als hätte er seit vier Wochen keinen gesunden Schlummer gehabt. – Und wer war's? – Nun, wer sollte es denn anders sein als der Erzbösewicht Colin?

Also er war's gewesen, der erst aus alter Feindschaft dem guten Mädchen soviel Todesverdruß mit dem Kruge gemacht und es in den verdrießlichen Handel mit Herrn Hautmartin gebracht hatte; er war's gewesen, der dann hinging und sie mit Blumen neckte, um ihre Neugier zu foltern. Wozu? – Er haßte Mariette. Er betrug sich noch immer in allen Gesellschaften gegen das arme Kind auf unverzeihliche Weise. Er wich aus, wo er konnte, und wo er nicht konnte, betrübte er die fromme Kleine. Gegen alle anderen Mädchen von La Napoule war er gesprächiger, freundlicher, gefälliger als gegen Mariette. Man denke! Er hatte sie noch nie zum Tanz aufgefordert, und sie tanzte doch allerliebst.

Nun lag er da, verraten, ertappt. In Mariettens Brust erwachte die Rache. Welche Schmach konnte sie ihm antun? – Sie nahm den Blumenstrauß, löste ihn auf, streute mit gerechtem Zorn verächtlich sein Geschenk über den Schläfer hin. Nur das Papier, auf welchem wieder der Seufzer: Liebe Mariette! stand, behielt sie und steckte es geschwind in den Busen. Sie wollte für künftige Fälle diese Probe seiner Handschrift aufbewahren. Mariette war schlau. Nun wollte sie gehen. Aber ihre Rache schien noch nicht gesättigt. Sie konnte nicht von der Stelle, ohne Colins Bosheit mit einer ähnlichen zu strafen. Sie riß von ihrem Hut das veilchenfarbene, seidene Band und schlang es leise um des Schläfers Arm und um den Baum und knüpfte den Colin mit drei Knoten fest an die Palme. Wenn er nun erwachte, wie mußte er erstaunen! Wie mußte ihn die Neugier foltern, wer ihm auch den Streich gespielt! – Das konnte er unmöglich erraten. Desto besser. Es geschah ihm recht.

Mariette war nur noch allzu gnädig gegen ihn. Ihr Werk schien sie zu reuen, als sie es vollbracht hatte. Ihre Brust flog ungestüm. Ich glaube gar, es kam ihr ein Tränchen in die Augen, mit denen sie nur allzu mitleidig den Verbrecher betrachtete. Langsam ging sie zu den Granatbüschen am Felsen zurück – sie sah sich oft um; langsam den Felsen hinauf, sie sah oft hinab nach der Palme. Denn eilte sie zur rufenden Mutter Manon.

DAS HUTBAND

Aber noch den gleichen Tag übte Colin neue Tücke. Was tat er? – Öffentlich beschämen wollte er die arme Mariette. Ach, sie hatte nicht bedacht, daß man ihr veilchenfarbenes Band in ganz Napoule kenne! – Colin kannte es nur zu gut. Er schlang es stolz um seinen Hut und trug es vor aller Welt zur Schau wie eine Eroberung. Und jeder und jede rief: »Er hat es von Marietten.« Und alle Mädchen riefen zürnend: »Der Bösewicht« und alle Jünglinge, die Marietten gern sahen, riefen: »Der Bösewicht!«

»Wie? Mutter Manon?« schrie der Richter Hautmartin, als er zu Manon kam, und er schrie so laut, daß es in seiner ganzen Nase wunderbar widerhallte: »Wie? Das duldet Ihr? Meine Braut beschenkt den jungen Pächter Colin mit ihrem Hutband? Es ist hohe Zeit, daß wir unsere Hochzeit feiern. Ist die vorbei, so hab' ich auch ein Recht, zu reden.«

»Ihr habt recht!« antwortete Mutter Manon. »Wenn die Sache so steht, muß die Hochzeit schnell sein. Ist die vorbei, ist alles vorbei.«

»Aber, Mutter Manon, Eure Tochter weigert mir noch immer das Jawort.«

»Rüstet nur das Hochzeitsmahl!«

»Aber sie will mich auch nicht einmal freundlich ansehen, und wenn ich mich zu ihr setze, springt die kleine Wilde auf und rennt davon.«

»Herr Richter, rüstet nur das Hochzeitsmahl.«

»Aber wenn sich Mariette sträubt?«

»Wir wollen sie überrumpeln. Wir gehen zum Pater Jerome. Am Montag morgen in aller Frühe und aller Stille soll er die Trauung vollziehen. Das wollen wir ihm schon beibringen. Ich bin Mutter. Ihr seid die erste obrigkeitliche Person in La Napoule. Er muß gehorchen. Doch Mariette darf davon nichts wissen. Am Montag früh schicke ich sie zum Pater Jerome, ganz allein, mit einem Auftrag, damit sie nichts ahnet. Dann soll ihr der Pfarrer ans Herz reden. Ein halbes Stündchen darauf kommen wir beide. Dann geschwind zum Altar. Und wenn auch Mariette da noch *Nein* ruft: Was macht's? Der alte Herr kann ja nicht hören. Aber still bis dahin gegen Marietten und ganz La Napoule!«

Dabei blieb's unter den beiden. Mariette ließ sich von dem Glück nicht träumen, das ihr bevorstand. Sie dachte nur an Colins Bosheit, der sie im ganzen Orte zum Gespräch der Leute gemacht hatte. O wie bereute sie die Unbesonnenheit mit dem Bande! Und doch verzieh sie im Herzen dem Bösewicht seine Schuld. Mariette war viel zu gut. Sie sagte ihrer Mutter, sie sagte allen Gespielinnen: »Der Colin hat mein verlorenes Hutband gefunden. Ich hab' es ihm nicht gegeben. Nun will er mich damit ärgern. Ihr wißt ja, der Colin ist mir von jeher übelan gewesen und hat immer gesucht, wie er mich kränken könnte!«

Ach, das arme Kind! Es wußte nicht, auf welche neue Abscheulichkeit der heimtückische Mensch wieder sann.

DER ZERBROCHENE KRUG

In der Frühe trat Mariette mit dem Krug zum Brunnen. Noch lagen keine Blumen auf dem Felsstück. Es war auch wohl zu früh; kaum stieg die Sonne aus dem Meere.

Da rauschten Tritte. Da kam Colin, in seiner Hand die Blumen. Mariette ward blutrot im Gesicht. Colin stammelte: »Guten Morgen, Mariette!« – Aber es ging ihm nicht von Herzen mit dem Gruß; er konnte ihn kaum über die Lippen bringen.

»Warum trägst du so öffentlich mein Band, Colin?« sagte Mariette und stellte den Krug auf das Felsstück. »Ich gab dir's nicht.«

»Du gabst mir's nicht, liebe Mariette?« fragte er und ward blaß vor innerer Wut.

Mariette schämte sich ihrer Lüge, senkte die Augenlider und sagte nach einer Weile: »Wohl, ich hab' es dir gegeben; doch du sollst es nicht zur Schau tragen. Gib mir's zurück.«

Da knüpfte er's langsam los. Sein Ärger war so groß, daß er die Träne im Auge nicht und nicht den Seufzer seiner Brust verbergen konnte.

»Liebe Mariette, laß mir dein Band!« sagte er leise.

»Nein!« antwortete sie.

Da ging sein versteckter Grimm in Verzweiflung über. Er blickte mit einem Seufzer gen Himmel, dann düster auf Marietten, die still und fromm am Brunnen stand mit niedergeschlagenen Augen und herabhangenden Armen.

Er wand das veilchenblaue Band um den Strauß der Blumen, rief: »So nimm denn alles hin!« und schleuderte die Blumen so tükkisch zum prächtigen Krug auf dem Felsstück, daß dieser herab zu Boden stürzte und zerbrach. Schadenfroh floh er davon.

Mutter Manon hatte alles, hinter dem Fenster lauschend, gehört und gesehen. Als aber der Krug brach, verging ihr Hören und Sehen. Sie war kaum der Sprache mächtig vor Entsetzen. Und als sie sich mit Gewalt zum engen Fenster hinausdrängte, dem flüchtigen Verbrecher nachzuschreien, riß sie das Fenster aus den morschen Steinen, daß es mit grausenhaftem Getöse zur Erde stürzte und zerbrach.

So viel Unglück hätte jede andere Frau außer Fassung gebracht. Aber Manon erholte sich bald. »Ein Glück, daß ich Zeugin seines Frevels war!« rief sie. »Er muß vor den Richter! Er soll Krug und Fenster mit seinem Golde mir aufwiegen. Das gibt dir reiche Aussteuer, Mariette!« Als aber Mariette die Scherben des durchlöcherten Kruges brachte – als Manon das Paradies verloren sah, den guten Adam ohne Kopf und von der Eva nur noch die Beine feststehend, die Schlange unverletzt triumphierend, den Tiger unbeschädigt, aber das Lämmlein bis auf den Schwanz verschwunden, als hätte es der Tiger hinuntergeschluckt, – da brach Mutter Manon heulend in Verwünschungen des Colin aus und sagte: »Man sieht's wohl, der Wurf kam aus Teufels Hand.«

DAS GERICHT

Und sie nahm den Krug in der einen, Marietten an der anderen Hand und ging um die neunte Stunde zu Herrn Hautmartin, wo er zu Gericht zu sitzen pflegte. Da brachte sie mit lautem Geschrei ihre Klage vor und zeigte den zerbrochenen Krug und das verlorene Paradies. Mariette weinte bitterlich.

Der Richter, als er den Krug zerbrochen und die schöne Braut in Tränen sah, geriet in so gerechten Zorn gegen den Colin, daß seine Nase veilchenblau ward, wie Mariettens berühmtes Hutband. Er ließ durch seinen Schergen alsbald den Frevler herbeiholen.

Colin kam tiefbetrübt. Mutter Manon wiederholte nun ihre Klage mit vieler Beredsamkeit vor Richter, Schergen und Schreibern. Aber Colin hörte nichts. Er trat zu Marietten und flüsterte ihr zu: »Vergib mir, liebe Mariette, wie ich dir vergebe. Ich brach dir aus Versehen nur den Krug; du aber, du hast mir das Herz gebrochen!«

»Was soll das Geflüster da?« rief mit richterlicher Hoheit Herr Hautmartin. »Höret auf Eure Anklage und verteidigt Euch.«

»Ich verteidige mich nicht. Ich habe den Krug zerbrochen wider meinen Willen!« sagte Colin.

»Das glaub' ich fast selbst!« sagte schluchzend Mariette. »Ich bin so schuldig wie er; denn ich hatte ihn beleidigt und in Zorn gebracht. Da warf er mir das Band und die Blumen unvorsichtig zu. Er kann nicht dafür.«

»Ei seht mir doch!« schrie Mutter Manon, »will das Mädchen noch seine Schutzrednerin sein? Herr Richter, sprecht! Er hat den Krug zerbrochen, das leugnet er nicht, und ich seinetwillen das Fenster, – will er leugnen, kann er's sehen.«

»Da Ihr nicht leugnen könnt, Herr Colin«, sprach der Richter, »so zahlt Ihr für den Krug dreihundert Livres, denn so viel ist er wert; und dann für . . .«

»Nein«, rief Colin, »so viel ist er nicht wert. Ich kaufte ihn zu Vence auf dem Mark für Marietten um hundert Livres.«

»Ihr ihn gekauft, Herr Unverschämter?« schrie der Richter, und ward im ganzen Gesicht wie Mariettens Hutband. Doch mehr konnte er und wollte er nicht sagen, denn er fürchtete widerliche Erörterungen in der Sache.

Aber Colin ward zornig wegen des Vorwurfs und sprach: »Ich schickte diesen Krug am Abend des Markttags durch Euren eigenen Knecht an Marietten. Dort steht ja Jacques an der Tür. Er ist Zeuge. Jacques, rede; gab ich dir nicht die Schachtel, du solltest sie zur Frau Manon tragen?«

Herr Hautmartin wollte dazwischen donnern. Aber der einfältige Jacques sagte: »Besinnt Euch nur, Herr Richter, Ihr nahmt mir Colins Schachtel ab und trugt, was darin gewesen, zur Frau Manon. Die Schachtel liegt ja dort noch unter den Papieren.«

Da mußten die Schergen den einfältigen Jacques hinauswerfen, und auch Herr Colin ward hinausgewiesen, bis man ihn wieder rufen werde.

»Ganz wohl, Herr Richter!« entgegnete Colin, »aber dies Stückchen soll Euer letztes in Napoule sein. Ich weiß wohl mehr als dies, daß Ihr Euch mit meinem Eigentum bei Frau Manon und Marietten in Gunst setzen wolltet. Wenn Ihr mich sucht, so werdet Ihr wohltun, nach Grasse zum Herrn Landvogt zu reiten.« Damit ging Colin.

Herr Hautmartin war über den Handel sehr verwirrt und wußte in der Bestürzung nicht, was er tat. Frau Manon schüttelte den Kopf. Die Sache war ihr gar dunkel und verdächtig worden. »Wer wird mir nun den zerbrochenen Krug zahlen?« fragte sie.

»Mir«, sagte Mariette mit glühendem Angesicht, »*mir* ist er beinah' schon bezahlt.«

WUNDERBARE FÜGUNGEN

Colin ritt noch gleichen Tages nach Grasse zum Herrn Landvogt und kam andern Morgens in der Frühe zurück. Herr Hautmartin aber lachte nur dazu und redete der Frau Manon allen Argwohn aus und schwor, er wolle sich die Nase abschneiden lassen, wenn Colin nicht dreihundert Livres für den zerbrochenen Krug zahlen müsse. – Auch ging er mit Frau Manon zum Pater Jerome wegen der Trauung und schärfte ihm wohl ein, Marietten ernsthaft ihre Pflicht vorzustellen, als gehorsame Tochter dem Willen der Mutter und der Vermählung nicht zu widerstreben. Das versprach auch der alte, fromme Herr, obwohl er nur die Hälfte von allem verstand, was man ihm ins Ohr schrie.

Aber Mariette nahm den zerbrochenen Krug in ihre Schlafkammer und hatte ihn nun erst recht lieb, und ihr war, als wäre das Paradies in ihre Brust eingezogen, seit es auf dem Krug durchlöchert worden.

Als nun der Montagmorgen kam, sprach Mutter Manon zu ihrer Tochter: »Kleide dich wohl an und trage dieses Myrtenkränzlein zum Pater Jerome; er verlangt es für eine Braut.« – Mariette kleidete sich sonntäglich, nahm ohne Arg den Myrtenkranz und trug ihn zum Pater Jerome.

Unterwegs begegnete ihr Colin, der grüßte sie freundlich und schüchtern. Und als sie sagte, wohin sie den Kranz trage, sprach Colin: »Ich gehe den gleichen Gang, denn ich muß dem Pfarrer das Geld bringen für den Kirchenzehnten.« Und wie sie beide gingen, nahm er schweigend ihre Hand; da zitterten beide, als hätten sie gegeneinander große Verbrechen auf dem Gewissen.

»Hast du mir vergeben?« flüsterte ängstlich Colin. »Ach, Mariette, was hab' ich dir getan, daß du so grausam gegen mich bist?«

Aber sie konnte nichts sagen als: »Sei nur ruhig, Colin, das Band sollst du wiederhaben. Und ich will deinen Krug behalten. Gelt, er ist doch von dir?«

»Mariette, kannst du zweifeln? Sieh, was ich habe, dir möcht ich alles geben. Willst du mir künftig freundlich sein, wie andern?«

Sie antwortete nicht.

Als sie aber in das Pfarrhaus traten, blickte sie ihn seitwärts an, und da sie seine schönen Augen naß sah, lispelte sie ihm zu: »Lieber Colin!« – Da bog er sich und küßte ihre Hand. Da ging die Tür eines Zimmers auf, und Pater Jerome in ehrwürdiger Gestalt stand vor ihnen. – Die jungen Leute waren wie vom Schwindel befallen, denn sie hielten fest eins am andern. Ich weiß nicht, war das die Wirkung des Handkusses oder die Ehrfurcht vor dem Greis.

Da reichte Mariette dem Pfarrer das Myrtenkränzlein. Er legte es auf ihr Haupt und sprach: *»Kindlein, liebet euch untereinander!«* und redete nun dem guten Mädchen auf das beweglichste und rührendste zu, den Colin zu lieben. Denn der alte Herr hatte wegen seiner Harthörigkeit den Namen des Bräutigams entweder falsch gehört oder wegen des alternden Gedächtnisses vergessen und meinte, Colin müsse der Bräutigam sein.

Da brach unter dem Zuspruch des Greises Mariettens Herz, und mit Tränen und Schluchzen rief sie: »Ach, ich lieb' ihn ja schon lange, aber er haßt mich.«

»Ich dich hassen, Mariette?« rief Colin. »Meine Seele lebte nur in dir, seit du nach La Napoule gekommen. O Mariette, wie konnte ich denn hoffen und glauben, daß du mich liebst? Betet dich nicht ganz La Napoule an?«

»Warum flohst du mich, Colin, und zogest alle meine Gespielen mir vor?«

»O Mariette, ich ging in Furcht und Zagen, in Kummer und Liebe unter, wenn ich dich sah. Ich hatte den Mut nicht, dir nahe zu sein, und war ich nicht bei dir, war ich noch unglückseliger.«

Als sie so gegeneinander redeten, meinte der gute Pater, sie haderten. Und er legte seine Arme um beide, führte sie zusammen und sprach flehend:

»Kindlein, Kindlein, liebet euch untereinander!«

Da sank Mariette an Colins Brust, und Colin schlug beide Arme um sie, und beider Antlitz strahlte in stummer Entzückung. Sie vergaßen den Pfarrer, die ganze Welt. Colins Lippe hing an Mariettens süßem Munde. Es war zwar nur ein Kuß, aber wahrlich ein Kuß der lieblichsten Vernichtung. Beide waren ineinander aufgelöst. Beide hatten so ganz ihre Besinnung verloren, daß sie, ohne es zu wissen, dem entzückten Pater Jerome in die Kirche folgten und vor den Altar.

»Mariette!« seufzte er.

»Colin!« seufzte sie.

In der Kirche beteten viele Andächtige, aber mit Erstaunen wurden sie Zeugen von Colins und Mariettens Vermählung. Viele liefen noch vor Beendigung der Feierlichkeit hinaus, es links und rechts in La Napoule verkünden zu können: Colin und Mariette sind vermählt.

Als die Trauung vollbracht war, freute sich Pater Jerome redlich, daß es ihm so gut gelungen und von den Brautleuten so wenig Widerstand geleistet war. Er führte sie ins Pfarrhaus.

ENDE DIESER MERKWÜRDIGEN GESCHICHTE

Da kam atemlos Mutter Manon. Sie hatte zu Hause lange auf die Ankunft des Bräutigams gehofft. Er war nicht gekommen. Beim letzten Glockengeläut hatte die Angst sie getrieben und sie selbst sich auf den Weg zum Herrn Hautmartin gemacht. Dort aber war neues Entsetzen über sie gekommen. Sie erfuhr, der Herr Landvogt nebst den Dienern der Vigurie sei erschienen, habe Rechnungen, Kassen und Protokolle des Richters in Untersuchung genommen, dann den Herrn Hautmartin in der gleichen Stunde verhaften lassen.

»Das hat gewiß der gottlose Colin gestiftet!« war ihr Gedanke. Nun hatte sie sich eilfertig zum Pfarrhaus begeben, um beim Pater Jerome den Aufschub der Trauung zu entschuldigen. Da trat ihr lächelnd und mit Stolz auf sein Werk der gute Greis entgegen und an seinen Händen das neuvermählte Paar.

Jetzt verlor Frau Manon in vollem Ernst Gedanken und Sprache, als sie das Vorgefallene vernahm. Aber Colin hatte der Gedanken und Sprache jetzt mehr als sonst in seinem ganzen Leben. Er fing von seiner Liebe an und dem zerbrochenen Kruge und von des Richters Falschheit, und wie er diesen Ungerechten zu Grasse in der Vigurie entlarvt habe. Dann bat er um Mutter Manons Segen, weil es nun geschehen sei, ohne daß Mariette noch er daran schuld waren.

Pater Jerome, der lange nicht verstand, was geschehen sei, faltete, als er über die Vermählung durch Mißverständnis den vollsten Aufschluß empfangen, die Hände fromm und rief mit emporgehobenem Blick: »Wunderbarlich sind des Himmels Fügungen!« – Colin und Mariette küßten ihm die Hände; Mutter Manon, aus bloßer Ehrfurcht vor dem Himmel, gab dem jungen

Ehepaar ihren Segen, bemerkte aber zwischenein, der Kopf sei ihr wie umgedreht.

Frau Manon ward ihres Schwiegersohns froh, als sie seinen Reichtum kennenlernte, und besonders da Herr Hautmartin gefangen samt seiner Nase nach Grasse geführt ward.

Der zerbrochene Krug aber ward in der Familie bis auf den heutigen Tag als Andenken und Heiligtum aufbewahrt.

(1813)

HANS DAMPF
IN ALLEN GASSEN

HANS DAMPF

Die Rückkehr des berühmten *Hans Dampf* von der hohen Schule des Auslandes in seine Vaterstadt wird mit Recht als ein Hauptabschnitt in der Geschichte des lalenburgischen Freistaates und, wenn man will, der gesamten europäischen Welt betrachtet. Wenigstens hielt jeder Lalenburger die Angelegenheiten seines Städtchens für wichtig genug, die Aufmerksamkeit der entferntesten wie der nächsten Völker zu fesseln; und keiner zweifelte einen Augenblick daran, daß die leiseste Schmälerung der alten Rechtsame von Lalenburg oder von lalenburgischen Patriziern das heilige Gleichgewicht der europäischen Staaten zerreißen und die Welt vom Ural bis zum Tajo in Feuer und Flammen setzen müsse. Es ist immer gut, wenn die Bürger eines auch noch so kleinen Freistaates groß von sich selber denken. Um so seltener werden sie kleinlich handeln. Denn großer Rat und kleine Tat mahnt nur an Donquichotterie und Gaskonade. Auch liegt ja die wahre Größe eines Staates nicht im Umfang seiner Besitzungen, sondern in der Kraft und im lebendigen Geist seiner Bewohner oder zuletzt derer, die den Stab der Herrschaft führen. Völker sind an sich nichts als Nullen, nur die Obrigkeit die Zahl, welche voran steht und jenen erst Bedeutung gibt.

Hans Dampf war der Sohn des verstorbenen Bürgermeisters *Peter Dampf,* eines der größten Staatsmänner seines Jahrhunderts. Peters hoher, menschenfreundlicher Geist hatte niemals die Ruhe von Europa unterbrochen. An Einsichten übertraf er alle Zeitgenossen, in Urteilen war er unfehlbar, in Entscheidungen vollkommen gerecht, in witzigen Einfällen kam ihm niemand gleich. Und dies alles aus dem einfachen Grunde, weil er *die erste Magistratsperson* im Staate war. Nicht was er wirklich *getan* hat, sondern was er noch alles *hätte tun können,* müßte, sollte es beschrieben werden, ganze Folianten füllen und ihn, wo nicht über, doch neben den herrlichsten Fürsten in der Weltgeschichte setzen. Er starb zu früh für Lalenburgs Glück; nur die Tugenden seines Nachfolgers, Herrn Bürgermeisters *Tobias Krach,* konnten den gerechten, doch verschwiegenen Schmerz des Staats um den Verlust des großen Peter Dampf mildern.

Der junge Hans Dampf hatte sich auf den Schulen des Auslandes gebildet, um als Patrizier einst den ihm gebührenden Rang mit Würden einnehmen zu können. In Lalenburg selbst war zwar eine gute Schulanstalt, jedoch diese nur für die Bedürfnisse der geringeren Bürgerklasse und der ärmeren Patrizierfamilien berechnet. Denn die lalenburgischen Großen hatten schon längst begriffen, was spät erst andere Staatsmänner zum Grundsatz ihrer Staatsklugheit machten: daß Aufklärung und Kenntnisse die *tödlichsten Gifte* sind, welche man einem Volke beibringen könne. Europa hat den größten Teil seiner Übel nur der *Selbstdenkerei* zu verdanken. Kann diese schon in Monarchien so nachteilig sein, daß der Sekretär oft mehr als sein Minister versteht, und der Kapitän oder Leutnant die strategischen und taktischen Sünden seines Oberfeldherrn richtig einsieht, womit folglich das Oberste zuunterst gekehrt wird, um wie gefährlicher muß die Wirkung in Freistaaten sein!

Die Herren von Lalenburg hatten daher frühzeitig schon die herrliche Einrichtung getroffen, daß jeder Volksklasse aus dem Quell der Weisheit nur ebensoviel zugetröpfelt wurde, als zur Lebensnotdurft und Nahrung erforderlich war. In den paar untertänigen Dörfern der freien Republik überließ man aus angestammter landesväterlicher Milde den Bauern das Recht, eine Schule zu haben oder nicht und den Schulmeister zu besolden oder nicht. Natürlich fanden die Landleute mit ihrem gesunden Menschenverstand die ewig richtige Wahrheit von selbst, daß ein Bauer zum Pfluge keiner Gelehrsamkeit bedürfe. Sie erwuchsen demnach in Gottesfurcht und frommer Einfalt so gut wie andere und wurden dabei dick und fett zu jedermanns Verwunderung. Überhaupt tat sich, und mit Recht, die Regierung von Lalenburg auf den blühenden Wohlstand ihres Volkes viel zugut. Sie betrachtete das Volk wie eine *ihr anvertraute Herde,* die gemästet werden sollte. Je *fetter* der Mann, je *ansehnlicher* er war. In der Stadt beobachtete man das gleiche Verhältnis. Und so kam, wie von selbst, zu Lalenburg wieder eine der preiswürdigsten Staatsordnungen in Flor, die nur in China, Indien, Ägypten und den berühmtesten Ländern des Orients gekannt worden ist. Nämlich der Sohn des Bauers ward wieder Bauer und konnte in Ewigkeit *nichts anderes* werden; des Handwerkers Kind ward wieder Handwerker, des Predigers Sohn Prediger, des Kaufmanns Sohn Kaufmann, des Ratsherrn Sohn Ratsherr. Wer anders dachte, hieß ein unruhiger Kopf, ein Demagog oder was man nachmals Metaphysiker, Jakobiner und dergleichen hieß.

Diesen Geistesfrieden sicherer zu behaupten und alle Neuerungen zu verbannen, hatte man die vortrefflichsten Zensuranstalten eingerichtet, welche den Lalenburgern erst spät nachher in anderen Ländern nachgeahmt wurden. Schriften und Bücher von sogenannten Köpfen wurden mit gehöriger Vorsicht verboten, nur Gesang- und Gebetbücher, auch Katechismen zu drucken erlaubt. Die Lalenburger Zeitung enthielt nur ausländische Artikel; von Stadt und Republik Lalenburg durfte kein Wörtchen in der Welt ruchbar werden, damit nicht etwa ein wichtiges Staatsgeheimnis verraten werde. Nur bei Ratswahlen und wo etwas Löbliches ohne Gefahr von der Stadt gepriesen werden könnte, stieß die lalenburgische Fama ins Horn, und billig ward das Rühmliche gepriesen, anderen Staaten zum Muster oder künftigen Geschichtschreibern reichhaltigen Stoff zu geben. Dies erweckte dann unter den jungen Patrizier eine edle Nacheiferungssucht.

Auch Hans Dampf war von derselben entflammt. Aber schon die Natur hatte für diesen liebenswürdigen Jüngling viel getan. Er schien zu großen Dingen geboren. Billig setzen wir an die Spitze seiner Vorzüge das seltene Verdienst, daß er nicht nur reich war, sondern auch reiche Vettern und Basen zu beerben hatte. Schon das stille Bewußtsein, *Geld zu haben* und zur Herrschaft *geboren* zu sein, erhebt über den großen Haufen, macht klug, gelehrt, verständig, rechtschaffen, geistvoll und liebenswürdig. Ohnehin von angenehmer Gestalt, sah man es ihm an, wohin er auch kommen mochte, daß er *um seines Selbst willen* geschaffen sei; in seinen Worten, in seiner Haltung, in seinen Bewegungen herrschte eine gefällige Leichtigkeit, ein ungezwungenes Leben, welches man bei jedem anderen, der von geringerem Herkommen gewesen wäre, Ungezogenheit oder Dummdreistigkeit genannt haben würde. Er wußte mit edler Freimütigkeit über alles zu sprechen, was er verstand und nicht verstand, war kenntnisvoll ohne Schulfüchserei, denn er hatte seine Kenntnisse aus Romanen, Journalen und gelehrten Zeitungen geschöpft, die ihm das Lesen pedantischer Bücher ersparten und doch deren Fünftelsaft mitteilten. Zu sogenannter Gründlichkeit des Wissens fehlten ihm ohnehin Laune und Beruf. Er war rastlos tätig, man möchte sagen, ein quecksilberner Mensch, mischte sich in alles, wollte alles wissen, alles sagen, alles tun – genug, er hatte jene Eigenschaften in vollem Maße, die an geringeren Personen zwar für Naseweisheit gelten, aber in Lalenburg nicht ohne die wichtigsten Wirkungen bleiben konnten und als Universalgenialität bei großen Staatsmännern geachtet werden müssen.

Auf der hohen Schule hatte ihm die Lebhaftigkeit seines Geistes manche kleine Unannehmlichkeit verursacht und von rohen Menschen zuweilen sogar Schläge. Doch nur gemeine Seelen lassen sich von irdischen Unfällen schrecken. Er blieb sich gleich. Erhaben über jeden Sturm des Schicksals und über die Schmerzen seines Rückens, verfolgte er die erwählte Laufbahn, welche ihm unter seinen Mitschülern den etwas dunkeln und seltsamen Namen eines *Stänkers* erwarb, der aber auf dem Thron eines Weltbeherrschers mit Recht in den Beinamen *des Großen* verwandelt worden sein würde. Denn bekanntlich ist nichts an sich groß oder klein, sondern wird es erst durch Ort, Zeit und Umstände. Alexander der Große so gut als sein schwedischer Affe Karl der Zwölfte, Karl der Große so gut als sein korsischer Nachahmer, jeder war zu seiner Zeit ein Hans Dampf in allen Gassen und spielte in den Leidensgeschichten der verschiedensten Nationen seine unvergeßliche Rolle, ohne dafür gesegnet zu werden.

Eben diese rege Schmetterlingshaftigkeit des Gemüts, dies Überallsein und nirgends, dies alles in allem sein, zeichnete den edlen Jüngling nicht minder unter seinen Mitbürgern aus als in der Fremde. Seine Mitbürger hatten ohnedem die Gewohnheit, etwas langsam zu denken und vorsichtig einherzuschreiten. Das Glück war ihm hold in allem. Kein Wunder, wenn die meisten Lalenburger ihn für eine außerordentliche Erscheinung in der Welt- und Menschengeschichte hielten und zuletzt alle Spiele des Zufalls für Werke seiner Kraft ansahen und Sachen auf die Rechnung seiner Vielfältigkeit schrieben, von denen er selbst gar nichts wußte.

Sobald er in die Vaterstadt zurückgekommen war, bemerkte man allgemein, daß er an Jahren, Verstand und Körper zugenommen hatte. Er ragte in der Tat um eines Kopfes Länge über die meisten seiner Mitbürger hervor, und daher gab man ihm zur Unterscheidung von anderen Gliedern des Dampfischen Geschlechts den Beinamen des Großen. Daß es auch eine Größe des Geistes geben könne, welcher solch ein Beiname gebühre, kam keinem Lalenburger in Sinn; denn ein Geist hat weder Fleisch noch Bein.

Nach einigen Jahren, da der große und souveräne Rat der Stadt und Republik erneuert oder vielmehr nur ergänzt wurde, gelangte er durch Recht der Geburt in die Würde derer, welche die höchste Gewalt übten, Gesetzgeber des Staates waren, und aus welchen diejenigen genommen zu werden pflegten, welchen man die höchsten Ehrenstellen erteilte.

Natürlich mußte es einem jungen, aufstrebenden Jüngling kein geringes Vergnügen sein, zu den *Vätern des Vaterlandes* zu gehören. Diese Benennung, die höchste und ehrenvollste, welche das erhabene Rom einst seinen *vortrefflichsten* Regenten gab und in neueren Zeiten die Völker ihren Großen beilegten, erteilten sich die Herren Ratsherren von Lalenburg sowohl gegenseitig in feierlichen Reden als in öffentlichen Verkündungen, selbst wenn sie etwa nur eine Fleisch- und Brottaxe bekannt machten. Bald nach dieser Standeserhöhung warf ihm das Glück noch die Würde eines Staatsbaumeisters der Republik zu.

Ich sage, das Glück. Denn mit Ausnahme der Konsulwürde, welche vom geheimen Stimmenmehr in förmlicher Wahl abhing, wurden zu Lalenburg ohne Ausnahme alle übrigen Ämter durch das Los verteilt.

Diese vortreffliche Einrichtung verdient mit Recht bewundert zu werden. Denn nicht nur ward dadurch allem Entstehen von Faktionen und Parteien vorgebeugt, die in Republiken durch den Ehrgeiz der Bürger gewöhnlich veranlaßt werden, sondern die Ernennung empfing damit ein geheiligteres Ansehen. Es waren nicht Menschen, es war der Himmel selbst, welcher durchs Los den Würdigsten bezeichnete. Nun geschah freilich nicht selten, daß dadurch ein Metzger Oberschulrat, ein Barbier Oberpostmeister, ein Garkoch Großschatzmeister der Republik ward. Aber dies beförderte eine Mannigfaltigkeit der Geistesbildung, welche sonst nirgends leicht gefunden wird. Auch bewährte sich immerdar das alte, sinnvolle Sprichwort: Wem Gott ein Amt gibt, dem gibt er auch Verstand; ein Sprichwort, welches ursprünglich aus Lalenburg stammt, wie jedermann weiß.

Hans Dampf war daher keineswegs verlegen, als er, der in seinem Leben kaum ein Kartenhäuschen gebaut hatte, Staatsbaumeister der Republik ward. Er übernahm die Aufsicht über die zwei öffentlichen Brunnen der Hauptstadt, über die Landstraßen der Republik, auf denen man ohne besondere Mühe am hellen Tage Hals und Bein brechen konnte, und über sämtliche Staatsgebäude, wozu vornehmlich das Rathaus, die Schule und das Spritzenhaus gehörten nebst Kirche und Pfarrwohnung.

Seine Jugend, sein Reichtum und die neuen Ehrenstellen machten ihn zu einer hochwichtigen Person im Staat. Alle Jungfrauen und Mütter von Lalenburg dachten mit stiller Erwartung an ihn, und Hans Dampf dachte natürlich auch an sie. Aber der Lalenburger Göttinnen waren so viele, daß die Wahl schwer ward, welcher er den Apfel zuwerfen sollte.

Er flatterte prüfend von Blume zu Blume umher. In allen Gassen nährte er eine kleine Liebschaft. Bald waren in Lalenburg keine Bürgerstöchter mehr, die nicht Ansprüche auf das Herz dieses Alkibiades machen zu können meinten.

HANS DAMPF

Vettern und Basen, da sie seine Unentschlossenheit sahen, traten endlich zusammen, über die Wahl der künftigen Frau Staatsbaumeisterin Rat zu halten. Man erwog die zu einer Heirat unentbehrlichsten Erfordernisse der Töchter des Landes, als da sind Vermögen und Familie. Und nach langem Bedenken, Forschen und manchem beseitigten Aber und Wenn fiel die Wahl der Vettern und Basen einhellig auf Jungfrau *Rosina Piphan,* einzige Tochter des Herrn Seckelmeisters der Stadt und Republik, Enkelin des vor zwölf Jahren selig verstorbenen Bürgermeisters der Republik, Verwandtin der angesehensten und reichsten Häuser der Stadt und dabei selbst die reichste Erbin unter allen jetzt zu Lalenburg blühenden Schönen.

Hans Dampf bemerkte freilich mancherlei gegen die Person dieser Auserwählten, allein wahrhaft Gründliches nichts. Sie war um zehn Jahre älter als er, aber sie war die Enkelin eines Bürgermeisters. Sie trug geduldig einen etwas unförmlichen Auswuchs auf dem Rücken, aber sie hatte Geld. Sie war dazu so kleiner Gestalt, daß sie, ohne die Hand hoch über den Kopf zu strecken, nicht einmal Arm in Arm mit ihm durchs Leben wandeln könnte; aber er konnte sich ja bücken oder mit gekrümmten Knien verkleinern.

Nachdem alles zum Vorteil der kleinen holden Rosine entschied, ward die Unterhandlung sogleich bei den Eltern derselben in aller Form eingeleitet. Hans Dampf ließ es sich gern gefallen, daß man die Mühe für ihn übernahm. Diese wurde mit dem besten Glück gekrönt. Der Tag erschien, da er selbst feierlich beim Herrn Seckelmeister und der Frau Seckelmeisterin um die Hand ihrer Erbin anhalten sollte. Zu dieser wichtigen Handlung, die übrigens der Sitte gemäß als ein stadtkundiges Geheimnis betrieben ward, mußte der vornehmste Teil der beiderseitigen Verwandtschaft eingeladen und ein glänzendes Abendessen veranstaltet werden.

Hans Dampf konnte an dem bestimmten Tage kaum den Abend erwarten und die zum Geheimnis des Festes nötige Dunkelheit. Inzwischen freute sich die sämtliche Vettern- und Basenschaft nicht nur auf den Verlobungsschmaus, sondern auch auf die Überraschung der ganzen Stadt am folgenden Morgen, wenn das Geheimnis laut und Glückwunsch um Glückwunsch herbeiströmen würde. Der Staatsbaumeister hatte sich schon am Morgen festlich gekleidet, und es tat ihm nichts so leid, als in diesem Putz bis zur Nacht warten zu müssen. Seine Eitelkeit dachte nebenbei an manche seiner Gefälligen und Spröden in der Stadt, denen er gern in seinem Schmuck noch als der wahre Liebesgott von Lalenburg erschienen wäre. Um wenigstens einige Bewunderung einzuernten, wanderte er aus.

IN ALLEN GASSEN

Den ersten Besuch legte er beim Herrn Stadtpfarrer ab, der nebst seiner Gemahlin ihn immer mit christlicher Liebe aufzunehmen pflegte. In der Tat hatten sie eine hübsche Tochter, eine fromme, schüchterne Blondine, *Susanna* geheißen, die wohl wert gewesen wäre, Frau Staatsbaumeisterin zu werden. Herr Dampf sah die Blondinen überhaupt gern und diese geistliche Blondine besonders. Er hatte dazu den allen großen Männern eigenen Fehler, daß er für diejenige Schönheit am lebhaftesten brannte, der er am nächsten stand.

Es war nachmittags. Die Zeit floß unter angenehmen Gesprächen über Haushaltungs- und Ehestandsgeschichten der Nachbarn vorüber. Man brachte den Kaffee. Um einen schwarz lackierten, mit großen, goldenen Landschaften japanisch verzierten runden Tisch, der auf säulenförmig gewundenem Beine ruhte, setzten sich links und rechts der Herr und die Frau Pfarrerin und dem zärtlichen Hans Dampf die sittige Susanna gegenüber. Sie bediente ihn zuerst mit dem dampfenden arabischen Trank. Der Baumeister hatte Susanne noch nie so schön gefunden als heute, vielleicht eben darum, weil er heute und nach wenigen Stunden seine Freiheit an die kleine Rosine auf immer verlieren sollte. Er verglich im stillen das reizende Gegenüber mit dem Schatzkästlein, welches ihn auf den Abend erwartete; aber gegen Susannes goldenes Haar, welches sich so schön um ihre weiße Stirn kräuselte, ward alles Gold und Geld der Jungfer Seckelmeisterin nur Plunder, und bei Susannes blauen, frommen Augen, beim Anblick ihres kleinen, roten Mundes, ihres schneeweißen, feinen Halses und was sonst mit dem in Verbindung war, vergaß man gar leicht Rosines ganze preiswürdige und vornehme Verwandtschaft. Als er nun noch dazu von ungefähr unterm Tisch ihr Füßchen im engen Schuh und zarten, weißen Strumpf erblickte und dabei an Rosines breiten männlichen Fuß dachte, loderte sein Herz für die Blondine in hellen Flammen. Er vergaß die erkorene Braut und wünschte sich kein anderes Paradies, als in welches ihn die keusche Susanna einführen könnte. Es tat ihm recht weh, daß sie die schönen Augen züchtig vor sich niedergesenkt und der Kaffeetasse zugewandt hielt. Nicht einmal seine ganz neue, veilchenfarbene, seidene Weste konnte ihre Blicke fesseln. Er hätte ihr gern die süßen Gefühle, die ihn bewegten, erklärt, hätte ihn nicht die Gegenwart der Eltern geschreckt. Doch konnte er sich nicht enthalten, ihr, indem er mit seinem Fuß dem ihrigen nahte, durch einen sanften zärtlichen Druck auf denselben zu verraten, wie gern er mit ihr in Berührung stände.

Zum Unglück hatte er aber nicht bemerkt, daß Suschen ihren Fuß zurückgezogen und die Mutter dagegen auf die Stelle desselben ihren eigenen gesetzt hatte. Dieser war aber nicht minder empfindlich als jener der siebzehnjährigen Schönen; denn die Frau Pfarrerin klagte schon seit längerer Zeit über sogenannte Krähenaugen. So erklärt sich's, daß der verliebte Fußtritt des Baumeisters ihr nicht nur ein Mordiogeschrei auspreßte, sondern unter der verzweifelten Anstrengung, ihre Zehen aus der unerwarteten Klemme zu retten, der einbeinige japanische Tisch teilnehmend ward und mit dem ganzen Kaffeemahl seitwärts taumelte. Weil aber niemand so unhöflich war noch sein wollte, Kaffee, Milch, Zucker und Semmeln in Masse für sich allein zu nehmen, warf jeder in Eile den Tisch zurück, so daß er wie ein Ball nach allen Richtungen rund umherflog und jeglichem einen Teil seiner Ladung mitteilte.

Alle staunten sich erschrocken an, weil keiner auf diesen Streich des Schicksals gefaßt gewesen war. Die schwarzen Beinkleider des Pfarrers leuchteten so gut als des Baumeisters veilchenfarbene Weste von einer neuen Milchstraße, und die Frau Pastorin mit ihrer Tochter baten Herrn Dampf mit hundert Knicksen um Verzeihung wegen eines Vorfalls, der ihre schönen weißen Schürzen mit kaffeefarbenen, abenteuerlichen Gestalten verziert hatte. Dampf sah voraus, daß am Ende seine Verlegenheit und Schuld am größten werden würden, da man nach dem ersten Schrecken dem Ursprung alles Übels nachzuforschen anfing. Er fand, es sei spät, und nahm Abschied.

Ein regnerischer, wolkenschwerer Himmel hatte den Eintritt der abendlichen Dunkelheit beschleunigt. Hans hoffte sich bei dem seckelmeisterlichen Schmause zu entschädigen für das geistliche Abenteuer, eilte nach Hause und von da in seine Kleiderkammer, um die seidene, veilchenfarbene Weste mit einer trockenen zu vertauschen.

Dies vollbracht, ging er ans Fenster, um zu erforschen, ob der Regen noch Sicherheitsmaßregeln notwendig mache. Allein der Regen war plötzlich vergessen, da ihm, wie er das Fenster öffnete, statt Wasser Feuer entgegenkam, kein irdisches, sondern ein wahrhaft überirdisches Feuer, nicht vom Himmel, sondern aus den schwarzen Augen einer hübschen Nachbarin namens Katharine.

Diese Nachbarin war niemand anders als die Tochter des Herrn Stadt- und Platzmajors *Knoll*. Sie wünschte sich aber in der ganzen Stadt keinen besseren Platz als im Herzen des Herrn Stadtbaumeisters; auch glaubte sie längst im Besitz desselben zu sein. Denn Herr Dampf, sooft er in ihrer Nähe sein konnte, liebte keine andere als sie, und er war oft in ihrer Nähe, obgleich der Herr Platzmajor übrigens sein guter Freund und Gönner nicht war. Denn beide hohe Staatsbeamten waren bei einer Kindtaufe um Rang und Vortritt in diplomatischen Streit geraten. Der Platzmajor als Militär behauptete, schon vermöge des hohen Federbusches auf dem Hut eine erhabenere Person als Herr Dampf zu sein; dieser aber bewies dagegen, daß, weil ein Staatsbaumeister neue Schöpfungen aufzurichten, ein Kriegsheld nur zum Zerstören da wäre, jenem in jeder Rücksicht der Vorzug gebühre. Obgleich nun der Staatsbaumeister noch nichts gebaut und der Stadt- und Platzmajor weder eine Stadt noch einen Platz zerstört hatte, dauerte doch der Prozeß um den Rang schon seit Jahr und Tag vor Räten und Bürgern.

Die holde, kleine Katharine hingegen mit den Feuerblicken war ganz und gar nicht der Meinung ihres Vaters. Wenn es sein konnte, abends oder morgens im Dämmerstündchen sah sie gern hinten hinaus, wo die Fenster ihres Hauses den Dampfischen Fenstern gegenüberstanden. Die ganze Straße war kaum drei Schritt breit, recht eng und für Liebende gemacht, die sich in der Stille dies und das zuzuflüstern hatten, ohne daß es die Leute hören sollten, die drunten auf der Gasse wandelten.

Man flüsterte sich also einen guten Abend her und hin; man sagte sich viel Schönes, und Hans beklagte abermals, was er schon oft mit der größten Wehmut betrauert hatte, daß die Straße nicht noch um einen Schritt schmäler sei, damit er Katharines niedliche Hand über der Straße küssen oder wenigstens berühren könnte. Auch hatte er wirklich schon einige Male, seit er Staatsbaumeister geworden, der Nachbarin geschworen, er wolle von seinem zu ihrem Fenster hinüber noch eine Brücke bauen, wie hundert Meilen um Lalenburg her keine zu finden sein sollte. Indessen war es aus allerlei Gründen bei der leeren Drohung geblieben, wiewohl Katharinchen vielleicht gegen die Erfüllung derselben nichts einzuwenden gehabt hätte.

Dieser Brückenbau fiel nun plötzlich dem Herrn Dampf wieder ein, da die Schöne mit den Flammenblicken drüben unter anderem auch erzählte, daß sie recht froh wäre, ihn und überhaupt einen Menschen zu sehen, weil sie ganz allein im Hause sei und sich beinahe fürchte. So hold hatte ihm die Gelegenheit nie gelächelt, die Burg des Stadtmajors durch Überfall zu erstürmen, da die ganze Besatzung abgezogen war. Er bat also auf der Stelle um Erlaubnis, seine Luftbrücke errichten und auf derselben hinüberkommen zu dürfen, und ohne Antwort zu erwarten – ein Brett war bei der Hand – vollzog er das kühne Werk. Zwar die Schöne ängstigte sich außerordentlich über die Gefahren dieser Luftreise; der Baumeister wollte aber schlechterdings nun auch einmal seiner Würde Ehre machen und Baumeister in der Tat sein. Ohnehin wußte er aus allen Romanen und Schauspielen sehr gut, wie sehr männlicher Mut und ein Wagstück ungewöhnlicher Art den Schönen zu gefallen pflege. Er segnete die Bauart von Lalenburg, welche die nachbarlichen Vertraulichkeiten erleichtert, legte das Brett von Fenster zu Fenster und kroch mit gehöriger Vorsicht auf allen vieren kühn hinaus ins Freie. Entdecken konnte ihn nicht leicht jemand, denn es war schon stockfinster.

Diese Stockfinsternis, so vorteilhaft sie sein mochte, hatte jedoch auch ihren kleinen Nachteil. Denn Katharinchen, als es das Ende des Bretts in das ihr gehörige Fenster zog, bemerkte leider nicht, daß es des Guten zuviel tat, und der Zunftmeister Pretzel, seines Handwerks ein Töpfer, bemerkte nicht, welches Gewitter über ihm schwebe, als er unten auf der Straße mit seinem Wagen voll irdenen Geschirrs durchfuhr, das dem Jahrmarkt eines benachbarten Städtchens zugedacht war.

Wie nun oft widrige Umstände im Leben zusammentreffen, um dem Sterblichen alle Lust an der besten Welt zu verderben, so geschah es auch hier. Die Brücke verlor ihren Stützpunkt am Dampfischen Fenster. Das Brett glitschte, und obwohl Jungfrau Katharine es mit beiden Händen festhielt und zu sich ins Kämmerlein zog, fehlte doch der Baumeister darauf.

Hans Dampf war hinunter, dem Zunftmeister Pretzel in alle Töpfe gefahren, aber so glücklich oder unglücklich, daß er zwar ganz gesund darauf zu sitzen kam, hingegen den ganzen Marktkram in Scherben verwandelte. Dies verursachte ein so schauerliches Geknatter und Getöse, daß der Zunftmeister, welcher vor dem Pferde friedlich einherging, wo nicht den gänzlichen Einsturz des Himmels, doch eines Hauses erfahren zu haben glaubte. Das Pferd, nicht minder erschrocken, tat einen gewaltigen Satz und war damit zur Straße hinaus auf den Rathausplatz.

Der Zunftmeister, neugierig, wieviel ihm vom Wagen übriggeblieben sei, hielt an und war im Begriff, die Untersuchung, so gut sie sich in Eile und Finsternis machen ließ, anzustellen, als er zu seiner nicht kleinen Verwunderung einen Menschen von seinem Wagen springen sah, dem noch einige Dutzend Schüsseln unter erschrecklichem Geprassel nachsprangen. Offenbar schien ihm das nun ein diebisches Wagstück oder sonst ein Werk der Bosheit. Er lief mit vieler Geistesgegenwart, den Täter handfest zu machen, der, wie bekannt, kein anderer als der Staatsbaumeister war. Doch statt seiner – denn Hans Dampf schlich sich behend davon, um seinerseits alles Aufsehen zu meiden – ergriff der zornige Töpfer den Schuhmacher *Ahl,* wohlverdienten Oberzunftmeister. Ihn führte sein Schicksal sehr ungelegen aus dem Ratskeller dieses Weges am Unglückswagen vorbei. Herr Pretzel packte den edlen Oberzunftmeister mit so fürchterlicher Inbrunst und umklammerte ihn so fest, daß er sich nicht regen konnte. Eine Riesenschlange hätte ihn nicht mächtiger umwickeln können. Dabei schrie der Töpfer mit einer Stimme, die weit hinaus über Tore und Ringmauern der Stadt vernommen werden konnte: »Zur Hilfe! Räuber, Mörder, Diebe!«

Der bedrängte Oberzunftmeister, welcher in der Tat größere Ursache hatte, zu solchen Ausrufungen seine Zuflucht zu nehmen, versäumte sie auch nicht. Freventlicher war nie ein Landfriede gebrochen worden. Im Gefühl seiner Unschuld und Todesgefahr schrie er wetteifernd mit dem Wüterich, der ihm fast die Rippen brach: »Mordio! Feurio! Banditen, Mörder, Straßenräuber!«

Dies Geschrei, dergleichen man seit einem vollen Jahrhundert nicht in Lalenburg gehört hatte, verbreitete über die ganze Nachbarschaft einen panischen Schrecken. Jedermann verriegelte in größter Behendigkeit Haustüren und Fensterladen von innen, weil man eine ganze Diebesbande oder den in anderen Ländern Mode gewordenen Ausbruch einer Revolution in den Straßen vermutete. Und wer auf den Gassen wandelte, floh eilfertig in entgegengesetzter Richtung davon, um den Mördern nicht unter die Fäuste zu kommen. Die Stadtwachen an den Toren, meistens alte, gichtbrüchige Leute, denen der löbliche Magistrat das Gnadenbrot gab, ergriffen zitternd ihre Hellebarden, flohen ins Wachthaus, verrammelten sich darin aufs beste und schworen, alle für einen und einer für alle zu sterben, wenn man sie überfallen und angreifen würde. Der Stadt- und Platzmajor Knoll, welcher zufälligerweise auf dem Heimweg zu seiner Behausung das Lärmen vernahm und das Durcheinanderrufen von Mördern und Räubern, glaubte daran, riß den langen Federbusch von seinem Hut, damit ihn keiner von der Bande für eine Militärperson halte, und flüchtete keuchend in den Ratskeller zurück.

Da nun auf diese Weise den Kämpfern niemand zu Hilfe kam, hörten sie nach einer guten Viertelstunde auf zu schreien, weil ihre Stimmen ziemlich heiser geworden waren. Sie hatten inzwischen ihre Kräfte auf mannigfaltige Weise gegeneinander versucht, mehr als einmal nebeneinander auf dem Erdboden gelegen, mehr als einmal das Gefecht erneuert, ohne daß einer den entscheidenden Sieg errungen hätte. Beide des fruchtlosen Kampfes satt, wollte doch keiner den andern fahrenlassen. Sie schleppten einander, jeder in gleicher Absicht, zu einem benachbarten Hause, wo ein Metzger wohnte, der beider Gevatter war. Nach langem Bitten, daß man ihnen die Tür öffne, geschah es. Der Metzger glaubte, in den bekannten Stimmen Mitbürger zu hören, die dem Blutbade auf der Gasse glücklich entronnen wären. Als sich endlich beim hellen Kerzenschein der Schuhmacher und der Töpfer erkannten, erneuerten sie ohne Zeitverlust mit verdoppeltem Zorn ihre Balgerei. Denn sie waren von der Zunft her noch alte Feinde, und jeder glaubte zuverlässig, der andere habe ihm aus Rache einen bösen Streich spielen wollen.

Inzwischen war Hans Dampf in Angst und Schrecken zur Stadt hinausgelaufen, aus gerechter Furcht vor dem Eigentümer der zermalmten Töpfe, von dem er sich verfolgt glaubte. Er vergaß Rosinen und Mandeln und alles Konfekt der Verlobung und Katharine am Fenster und ihr Entsetzen beim Anblick des leeren Brettes. Er irrte den ganzen Abend umher und fand, da er mit einiger Sicherheit heimkehren zu können glaubte, die Stadttore fest verschlossen. Dies beruhigte ihn ungemein, denn nun überzeugte er sich, daß auch sein Verfolger eingesperrt sei. Er übernachtete also in einem Wirtshause außer der Stadt, wo er vorgab, sich auf einem Spaziergang verspätet zu haben.

Folgenden Morgens kehrte er zu guter Zeit in die Stadt zurück, nicht ohne Herzklopfen. Teils konnte der stolze Seckelmeister Piphan sein Ausbleiben von der Verlobung übelgedeutet, teils ihn irgendein Umstand dem Töpfermeister Pretzel verraten haben als Urheber alles Unheils in seinem Marktkram. Inzwischen hoffte er sich auf jeden Fall mit der ihm eigenen edlen Dreistigkeit durchzuhelfen.

Noch schlief in Lalenburg alles gar friedlich. Wie er aber zu seinem Hause kam, fand er vor demselben drei Eilboten eines benachbarten Dorfes, die schon seit mehreren Stunden auf ihn warteten. Der erste meldete hastig, daß im Dorfe Feuer ausgebrochen sei und man ihn dringend ersuche, die Spritzen zu senden, da er den Schlüssel zum Spritzenhaus habe. Der andere meldete, es wären schon drei Häuser niedergebrannt, doch aber schon mehrere Feuerspritzen aus den umliegenden Gegenden angelangt. Der dritte zeigte an, die Brunst sei glücklich seit einer halben Stunde gelöscht.

Hans Dampf strich nachdenkend das Kinn und sprach zu den Bauern, die mit ehrerbietig entblößten Häuptern vor ihm standen: »Ihr Esel, wenn euer ganzes Dorf abgebrannt wäre, so würde es eure Schuld sein. Denn ihr hättet zu rechter Zeit kommen müssen, ehe das Feuer angegangen, damit ich zu rechter Zeit dazu hätte tun können. In dem Fall würde ich nicht ausgegangen und nicht nachts über Land gewesen sein. Doch ist es gut, daß das Feuer nun gelöscht ist. Ein anderes Mal meldet euch vor Ausbruch desselben, damit man auch Zeit genug habe, die Spritzen vorher zu probieren. So geht denn heim und sagt euren Vorstehern meinen Bescheid.«

Er hatte sie kaum entlassen und sein Frühstück eingenommen, als ihn einer seiner Vettern besuchte, der sich den gestrigen Verlobungsschmaus hatte behagen lassen. Er kam aber mit Aufträgen des Herrn Seckelmeisters Piphan, welchen das Ausbleiben des Staatsbaumeisters so sehr empört hatte, daß er demselben höflichst melden ließ, aus Verlobung, Heirat und Schwiegersohnschaft werde nun und in Ewigkeit nichts werden; er möge sich fernerhin nicht mehr um die Hand der liebenswürdigen, buckligen Rosine weiter bemühen, auch sich wohl hüten, das sehr gekränkte seckelmeisterische Haus jemals wieder zu betreten, wenn er nicht Gefahr laufen wollte, sehr unsanft aus einem von dessen Fenstern zu fahren.

Was nun die Hand der schönen Rosine betraf, tröstete sich Hans gar bald; auch die angedrohte Fahrt aus dem Fenster schien keinen besonderen Eindruck auf ihn zu machen, da er den ersten Versuch ziemlich gefahrlos gemacht hatte. Doch war ihm die Ungnade des Seckelmeisters darum nicht minder ungelegen. Denn dieser Mann hatte bedeutenden Einfluß auf den Rat der Stadt und Republik, welchen er auch mit allem Recht verdiente, weil er bei aller Geistesarmut einer der reichsten Leute des Ortes war.

Der Vetter gab indessen gar nicht undeutlich zu verstehen, daß Herr Piphan vielleicht die Nachlässigkeit seines Eidams kaum so ungnädig empfunden haben würde, hätte nicht der pfiffige Stadtschreiber *Mucker* mit seinen gottlosen Anmerkungen den Zorn des Seckelmeisters tapfer angeblasen. Herr Mucker schien nämlich selber auf den Besitz Rosinens und ihrer Schätze gerechnet zu haben; er war ohnedem Dampfs bester Freund nicht, weil dieser ihm einst, da er sich um die Stadtschreiberstelle bewarb und bei dem hochpreislichen Magistrat seinen bittweisen Rundbesuch machte, das Gesicht unter dem Vorwand, es von angespritzten Tintenflecken zu säubern, mit Kienruß gar schrecklich eingerieben hatte. Mucker war nicht der Mann, welcher solchen Pagenstreich so leicht vergessen konnte, wären auch zwanzig Jahre darüber vergangen gewesen. Er pflegte wenig Worte zu machen, hatte es aber, wie man in Lalenburg zu sagen pflegte, immer dick hinter den Ohren, sah keinem in die Augen, wenn er sprach, aber lächelte immer gar verbindlich, wenn er sprechen mußte und sogar wenn er in der Kirche hinterm vorgehaltenen Hute betete, war dabei auf seine angenehme, hagere Gestalt ein wenig eitel und behauptete mit großer Selbstgenügsamkeit, daß kein Schriftsteller in Europa eine so zierliche Hand schreibe als er.

Hans Dampf erfuhr noch gleichen Tages nicht nur die merkwürdigen Folgen seiner gestrigen Invasion in Pretzels Geschirr, sondern auch, daß der Stadtschreiber Mucker vermute, kein anderer als Hans Dampf könnte der Stifter des Unheils gewesen sein. Mukker nämlich hatte, wie er vom Zunftmeister, seinem Nachbar, die Geschichte erfahren, sogleich in eigener Person den Schauplatz der Handlung in Augenschein genommen und die ersten Scherbenspuren vor der Haustür des Staatsbaumeisters nebst einem Perlmutterknopf vom Kleide desselben daneben gefunden. Dies und Hans Dampfens Nichterscheinen zur Verlobung schien miteinander in genauester Verbindung zu stehen. Es ging auch die Rede, daß der Stadtschreiber vor Rat förmliche Anklage gegen Hans Dampf sowohl wegen dieses Vorfalls als Störung des öffentlichen Landfriedens als auch wegen der nicht zur Feuersbrunst gesandten Spritzen erheben werde. Der Staatsbaumeister aber, jederzeit unerschrokken, nahm diese Drohung sehr leicht auf. Und obgleich Seckelmeister Piphan, Zunftmeister Pretzel, der auf reichlichen Ersatz seines Schadens Anspruch machte, die ganze Sippschaft des Pfarrers, der das Unglück bei der Kaffeevisite in allen Häusern verkündigt hatte, und mancher andere um ähnlicher Beschwerden willen die Partei des Stadtschreibers vermehrte, verließ sich Hans Dampf doch auf sein Glück wie ein Cäsar und auf seine Beredsamkeit wie ein Cicero. Unterdessen zettelte er selbst in der Eile eine Verschwörung, wo nicht gegen den Stadtschreiber doch gegen dessen langen Haarzopf an, auf welchen sich als den allerlängsten in Lalenburg Herr Mucker nicht wenig zugut tat, während doch laut alter Übung der Stadtschreiber so gut wie ein Bürgermeister verpflichtet war, von Amts wegen eine Lockenperücke zu tragen. Schon vielen rechtschaffenen Bürgern war dieser Haarzopf ein Stein des Anstoßes gewesen, und einige patriotisch denkende Metzger hatten schon einmal geschworen gehabt, ihm denselben vom Kopf hinwegzuhauen.

Das Gerücht dieser Verschwörung verbreitete sich schnell durch die Stadt. Denn was auch in Lalenburg und selbst im geheimen Rat der Republik geschah, pflegte jedesmal sogleich im größten Vertrauen von Mund zu Ohr, von Ohr zu Mund zu gehen, bis alle Einwohner beiderlei Geschlechts in das Geheimnis eingeweiht waren. Das neugierige und geschwätzige Völkchen befand sich dabei recht wohl und ersparte viel Geld für Zeitungen.

Beide Parteien rüsteten sich also und warben mit großem Eifer für den kommenden Ratstag. Dergleichen ward alle Woche nur einmal gehalten. Ging die Regierung nach beendigter Sitzung auseinander, regierte sich die beste der Republiken ohne alle Mühe von selbst, denn der eine Bürgermeister verkaufte in den übrigen Wochentagen Kaffee und Gewürz, der andere fabrizierte Band, der Seckelmeister schenkte Wein aus, ein Ratsherr machte Wurst, ein anderer Brot usw. Genug, jeder war beflissen und sich bewußt, die materiellen Interessen des Staats auf diese Weise besser denn durch Schreiberei in Kanzleien und Schreierei im Ratssaal zu befördern.

Der große Tag erschien, da die gefährliche Lage der Republik verhandelt werden sollte. Begebenheiten wie die der vergangenen Woche waren seit undenklichen Zeiten nicht geschehen. Hans Dampf war inzwischen nicht müßig gewesen. Er hatte allen Schönen der Stadt den Hof gemacht, allen geschworen, er habe nur ihretwillen des Seckelmeisters bucklige Tochter aufgeopfert. Die dankbaren Schönen hatten dafür ihre Mütter, die Mütter ihre Eheherren und diese ihre im Rat befindlichen Freunde gegen den ungebührlichen Zopf des Stadtschreibers in Harnisch gebracht. Jedermann erwartete mit Furcht und Zittern den Ausgang der Dinge. Sobald die Ratsglocke läutete, waren alle Lalenburger und Lalenburgerinnen im Geiste auf dem Rathause, wenn sie nicht Berufs wegen dort sein konnten. Viele Handwerker verließen ungeduldig ihre Werkstätten, der Schmied den Amboß, der Müller die Mühle, der Leinweber den Wirkstuhl, um auf dem Platze vor dem Rathaus den Augenblick zu erwarten, da die wohlweisen Herren in Mänteln und Degen die hohen Stiegen aus der Sitzung herabkommen und ihren Bekannten vertraulich den Gang der Sachen offenbaren würden.

Der Rat fand sich in höchster Vollzähligkeit beisammen. Abwechselnd wandten sich die Augen aller während der ersten Stille auf die beiden Parteihäupter, besonders auf den Stadtschreiber, vor welchem auf dem Tisch ein paar Scherben von Kochtöpfen neben einem Perlmutterknopfe lagen.

Nach Beseitigung der ersten Geschäfte forderte Mucker wirklich das Wort und schritt zur Anklage.

»Woher soll ich Worte nehmen«, hob er an, »um das Verderben zu schildern, welches der unruhige Geist eines unserer Mitbürger über die Republik gebracht hat? Seit der Gründung Roms und Lalenburgs haben viele Menschen gelebt, aber nicht einer von allen war fähig, in so kurzer Zeit, mit so geringen Mitteln, in so ungeheuren Spielräumen so unheilbringend zu wirken als Hans Dampf. Ja, ich nenne ihn, o Landesväter, denn schon nennt ihn jedes Kind auf den Gassen als den Stifter alles Übels in der Republik. Oder wo wäre ein Haus, welches nicht über ihn zu klagen hätte? Sind Geheimnisse irgendwo verraten: so war Hans Dampf dabei. Gab es Klätschereien: so half Hans Dampf. Zankten sich Eheleute: so hatte sie Hans Dampf widereinander gehetzt. Mißlang irgendein Plan: so war Hans Dampf in die Quere gekommen. Ging eine Verlobung rückwärts: so hatte Hans Dampf die Hand im

Spiel. Scheiterte ein Unternehmen: so war es durch die Ungeschicktheit dieses Hans Dampf. Er ist wie zum Elend der Welt geboren, hat seine Nase überall, fährt überall zu, will alles wissen, alles machen, alles bessern und bringt alles in Verwirrung.«

Nach diesem Eingang, den der Redner mit vielen Beispielen aus der geheimen Stadtgeschichte erläuterte, kam er auf die letzten Begebenheiten, auf die Feuersbrunst, auf die zerschmetterte Töpferware, auf den Riesenkampf des Oberzunftmeisters und Zunftmeisters, auf das unermeßliche Entsetzen der ganzen Stadt, auf die nachteiligen Wirkungen desselben bei Nervenschwachen, Kranken und Wöchnerinnen. Er sprach so rührend, daß Zunftmeister Pretzel beim Anblick der Scherben sich nicht der Tränen erwehren konnte, so feurig, daß Seckelmeister Piphan vor Grimm feuerrot ward und der Oberzunftmeister Ahl die Fäuste ballte. Selbst Hans Dampf schien einen Augenblick die unerschütterliche Hoheit und Ruhe des Geistes zu verlieren.

Bald aber ermannte er sich und begann seine Verteidigung mit vieler Würde und Klarheit, bewies, daß man aus einigen Scherben und einem Rockknopf, den er auf der Gasse verloren haben könne, nichts wider ihn beweisen könne, sonst ließe sich auch beweisen, daß der Stadtschreiber vor einigen Wochen den alten Torturm, der von selbst zusammengefallen sei, vermittels seines steifen Haarzopfs eingestoßen habe, weil bekannt sei, daß er mit demselben drei Minuten vorher am Tore vorbeigegangen. Was die Feuersbrunst betreffe, falle die Schuld nicht auf ihn, daß die Spritzen der Hauptstadt zu spät kamen oder gar nicht, weil man ihm das Unglück erst gemeldet, da es geschehen war. Wären aber auch die Spritzen zeitig genug erschienen, würde darum das Feuer nicht minder hell gebrannt haben, weil bekanntlich die Wasserkasten dieser Löschwerkzeuge Alters wegen zerfallen und verfault wären, also daß keine Tasse voll Wasser darin Stich hielte.

Der Stadtschreiber Mucker aber widerredete dem heftig, bewies, daß Hans Dampf allerdings der Urheber alles Übels sei, und schloß mit den Worten: »So weit, o Landesväter, ist es gekommen, daß es bei mir gar keines Zuredens mehr bedarf, um mich glauben zu machen, daß an dem blutigen Türkenkriege, daß an der großen Viehseuche in Polen, daß an dem fürchterlichen Erdbeben in Kalabrien, daß an dem letzten Sturm, welcher die spanische Silberflotte in den Abgrund des Meeres senkte, niemand anders als Hans Dampf schuld sei. Seit er wieder in unsere Mauern kam, ist Verwirrung, Zwietracht, Parteiwesen und Lärmen an der Tagesordnung. Noch steht Lalenburg, aber wir Landesväter werden den Untergang dieser uralten, herrlichen und weltberühmten Stadt sehen, wenn wir den Hans Dampf nicht von uns weg über alle Meere verbannen. Wessen ist er nicht fähig? Hat er uns noch nicht der Entzweiung, des Schreckens genug gebracht? Wollet ihr noch Bürgerkriege erleben, Mord und Brand, den Einsturz dieses ehrwürdigen Rathauses, die Einäscherung unserer Wohnungen?« Und nun fuhr Mucker fort, ein Bild der Verwüstung zu entwerfen, daß allen Zuhörern und selbst dem edlen Hans Dampf die Haare vor Grausen bergan standen und jeder den Augenblick vor der Tür glaubte, wo die Zerstörung Jerusalems sich in Lalenburg wiederholen würde. Angst und Furcht, Schrecken, Verzweiflung und Rache war in allen Gesichtern zu erblicken. Einige saßen halb ohnmächtig eingesunken da, andere schnoben mit erweiterten Nasenlöchern wutvoll und schossen mörderische Blicke auf den Staatsbaumeister; andere wollten in bangem Entsetzen zu den Ihrigen flüchten, um sie zeitig zu retten, sanken aber mit gebrochenen Knien auf die Bank zurück; andere wollten das Wort fordern und auf den Tod Hans Dampf antragen und konnten nur mit vom Zorn erstickter Stimme unvernehmliche Töne hören lassen.

Plötzlich öffneten sich die Türen des Saals und der Ratsbote trat herein, einen Brief in der Hand mit einem ungeheuren Siegel. Er übergab ihn dem Bürgermeister und sagte, ein Kurier Sr. Durchlaucht des Fürsten von Luchsenstein habe ihn gebracht. Da spitzten alle mächtig die Ohren. Der Bürgermeister setzte die Brille auf und gab sich ein majestätisches Ansehen, indem er geheimnisvoll links und rechts flüsterte: »Depeschen von allerhöchster Wichtigkeit!« Die guten Lalenburger brannten vor Neugier und hingen mit ihren Blicken nur an dem gewaltigen Siegel. Die Zerstörung von Jerusalem war unverzüglich rein vergessen.

Als nun der regierende Bürgermeister den Brief des Fürsten entfaltete, rückten diejenigen, welche dem Oberhaupte der Republik zunächst saßen, ihm so nahe auf den Leib als sie konnten, die anderen, um keine Silbe, keinen Atemzug des Bürgermeisters zu verlieren, rutschten auf ihren Bänken behutsam nach, daß einer fast auf den Schoß des anderen zu sitzen kam. Der ganze Saal ward leer bis auf einen kleinen Platz um den Meister herum, wo sich Köpfe an Köpfe drängten. Dabei herrschte Totenstille. Obgleich Lalenburg mit dem benachbarten Fürstentum Luchsenstein vielen Geschäftsverkehr hatte, war bisher doch noch nie geschehen, daß der Fürst unmittelbar dem Rat der Republik zugeschrieben hätte. Der Bürgermeister konnte also mit Recht vermuten, das Sendschreiben umfasse Gegenstände der höchsten Wichtigkeit.

Er fing an zu lesen, aber mit ehrfurchtsvoller, leiser Stimme, der Feierlichkeit des Gegenstandes angemessen. Weil die, welche zuhinterst saßen, die ersten Worte nicht vollkommen verstanden hatten, riefen sie: »Laut gelesen, laut!« Dadurch wurden die Vorderen gestört und geboten einstimmig Stillschweigen. Darüber verloren die Hinteren das Vorgelesene gänzlich und wiederholten ihren Zuruf um lauteren Vortrag; andere begehrten, man solle noch einmal von Anfang anfangen. Die Vorderen schrien ungeduldig, es müsse Totenstille herrschen. Dies Her- und Hinrufen ward immer stärker, weil endlich alle an dem Lärmen geärgert waren und jeder für sich die Ruhe herzustellen und seine Stimme über die Stimme der übrigen zu erheben bemüht war. Da nun die Hintersten sich überzeugten, daß bei so bewandten Umständen die Vordersten offenbar den Vorteil hätten, weil sie dem Brief und dem Vorleser zunächst waren, rückten sie nach. Hans Dampf saß wetterschnell dem Bürgermeister vor der Nase. Der Stadtschreiber behauptete und schrie sich dabei das Gesicht kirschbraun, Hans Dampf habe ihn vom Platz verdrängt. Es war umsonst. Gleichwie Hans Dampf hatten auch andere sich von hinten hervorgemacht. Nun gab es ein erschreckliches Stoßen, Reißen und Sturmlaufen unter Flüchen und Beschwörungen und Bitten und Seufzen, still zu sein.

Unter diesen tumultuarischen Bewegungen ward dem Bürgermeister am übelsten zumut; denn gegen ihn drängte sich als zum Mittelpunkt alles von allen Richtungen her. Da faßte er den großen Entschluß, durch sein Ansehen den Sturm verstummen zu machen. Mit majestätischem Unwillen stand er auf und stieg, damit er über die Menge hervorrage, auf seinen Stuhl. Indem er aber die donnernde Stimme mit gerechtem Zorn erheben wollte, fuhr ihm durch einen unehrerbietigen Stoß des Gedränges der konsularische Thron unter den Beinen hinweg und er selbst mit dem fürstlichen Briefe wie eine stürzende Eiche über niederes Gesträuch in die ringende Menge hinab. Seine Perücke, die reichlich mit Puder und Pomade das Antlitz des Oberzollverwalters färbte und demselben schier das Licht der Augen raubte, ward von diesem im Jähzorn erfaßt und in eine Trutz- und Schutzwaffe verwandelt. Ihr Anblick und ihre Wirksamkeit reizte zu unseligen Nachahmungen des gegebenen Beispiels. Bald war keine Perücke mehr auf dem Kopfe sicher; eine um die andere flog empor über die Häupter der Menge gleich einer Zornrute und verbreitete Gewölke um sich in der Höhe, Schmerzen und Zetergeschrei der Getroffenen in der Tiefe.

In dieser traurigen Verwirrung der Dinge reifte plötzlich die große, lange vorbereitete Verschwörung gegen des Stadtschreibers

Zopf. Der Ratsherren einer, seines Handwerks ein Schneider, zog die Schere und verfolgte damit den Stadtschreiber, welcher wie eine langgeschwänzte Ratze in dem Getümmel umherfuhr. Im Hui war der Zopf glatt am Kopfe weg, ohne daß Herr Mucker nur eine Ahnung von seinem Unstern hatte, bis er einen Hieb damit über das Gesicht bekam. Denn ein anderer hatte dem heimtückischen Schneider die Trophäe entrissen und, weil sie die Länge von anderthalb Ellen haben mochte, sich ihrer wie einer Reitpeitsche bedient.

Als der Stadtschreiber seinen Haarzopf in fremder Gewalt sah und sich durch einen schnellen Griff in den Nacken vom ewigen Verlust dieses Kleinods überzeugt hatte, erhob er jammernd und die Augen voll Tränen die Hände gen Himmel und rief dessen rächende Blitze auf das Haupt des Frevlers herab. Er würde sich nicht so sehr gegrämt haben, wäre ihm statt des Zopfes der Kopf selbst gestohlen worden. Sein Geheul war so übermenschlich, daß die ganze Ratsversammlung darüber mitten im Kampf erstarrte, alle Fehde vergaß und den Unglückseligen schweigend umringte. Wie man aber wahrnahm, daß ihm weder Arm noch Bein, sondern der ohnehin statuten- und amtswidrige Zopf fehlte, lächelte jeder schadenfroh, lieferte friedlich die Perücken, wo sie liegen mochten, an ihre Behörde und nahm den alten Platz auf den Ratsbänken ein.

Der Bürgermeister schüttelte wegen der vorgefallenen Unordnungen sehr mißvergnügt das Haupt, welches unter der struppigen Perücke einem wahren Medusen- oder Titushaupt ähnlich geworden. Doch dergleichen lebhafte Debatten gehörten in Lalenburg keineswegs zu den unerhörten Dingen; daher machte man auch diesmal nicht viel Wesens daraus. Man erkannte darin nichts als Äußerungen bürgerlicher Freimütigkeit und republikanischen, unbefangenen Sinnes. Jeder brachte sein eigenes Haar zurecht und hielt, was an den Kleidern zerrissen sein mochte, einstweilen mit den Fingern zusammen. Der Stadtschreiber legte seinen entseelten Zopf neben Scherben und Rockknopf auf den Tisch, seine Tränen ins bunte Schnupftuch drückend. Jeder erwartete mit neuer Andacht die Vorlesung des fürstlichen Briefes. Dieser war während des Gewühls und Gezerrs in viele Fetzen zerrissen worden. Man sammelte sorgfältig die zerstreuten Papierstückchen auf, legte sie vor den Bürgermeister ehrerbietig hin und überließ seiner Weisheit, daraus das übrige zu ersehen.

Das war nun schwer, und so mannigfaltig auch die Stückchen nach allen Richtungen zusammengelegt wurden, kam doch nichts

Ganzes heraus. Man las nur einzelne Worte ohne Zusammenhang. Da geriet der Rat in große Not und Verlegenheit. Dreimal hielt der Bürgermeister Umfrage, was dem Fürsten von Luchsenstein auf sein Schreiben geantwortet werden müsse, und dreimal schüttelte die erlauchte Versammlung den Kopf. Endlich erhob sich Hans Dampf und schlug vor, Seiner hochfürstlichen Durchlaucht zu melden, daß Dero Schreiben richtig und glücklich angekommen und verloren sei, daß also ein edler und wohlweiser Magistrat bitten müsse, Se. Durchlaucht wolle geruhen, noch einmal zu schreiben.

Als dieser gute Rat allgemein beliebt worden, fing Mucker, der sich unterdessen noch immer mit Zusammenfügung der Briefstückchen beschäftigt hatte, folgende Worte an aus demselben abzulesen: »Fangen – Hans Dampf – den Hund – tausend Gulden – Preis – seinen Kopf –«

Jeder horchte mit Erstaunen auf. »Hier ist«, rief der Stadtschreiber, »keine Zweideutigkeit. Hans Dampf ist da wieder im Spiel und hat einen dummen Streich gemacht, der vielleicht ganz Lalenburg ins Unglück bringt. Der Fürst, wie mir's scheint, fordert, wir sollen den Hans Dampf fangen. Er nennt ihn selbst schlechtweg nur einen Hund und setzt einen Preis von tausend Gulden auf seinen Kopf. Es muß sich also dieser Hans Dampf wieder einmal ungebeten und ungerufen in Dinge gemengt haben, die ihn nichts angingen. Aber mit großen Herren ist nicht gut Kirschen essen. Mein unmaßgeblicher Rat wäre, den Angeklagten einstweilen im Gefängnis zu verwahren, bis Se. Durchlaucht das zweite Schreiben übersendet, und dem Fürsten nachträglich zu melden, daß der löbliche und wohlweise Rat zu aller Satisfaktion erbötig sei, auch den oft erwähnten Hans Dampf dermalen schon festgemacht habe.«

Der Antrag des Stadtschreibers ward mit Einhelligkeit angenommen, so sehr auch Hans dagegen protestierte und versicherte, er habe mit dem Fürsten von Luchsenstein nie Verkehr gehabt. Man berief die Stadtwächter, welche mit ihren Partisanen alsbald anrückten. Der Stadt- und Platzmajor zupfte seinen Federbusch auf dem Hut etwas länger hervor, stellte sich an die Spitze der Schar und führte den Verurteilten unter großem Zulauf des Volks ins Staatsgefängnis.

Die Nachricht von der Verhaftung des Staatsbaumeisters und vom Zorn des Fürsten von Luchsenstein, der ihn nur schlechtweg einen Hund genannt, verursachte in Lalenburg ein unglaubliches Aufsehen. Jedermann zerbrach sich den Kopf darüber, was Hans Dampf versündigt haben möchte. Ja, so groß war die Bestürzung, daß man sogar am Stadtschreiber nicht einmal den verlorenen, anderthalb Ellen langen Zopf vermißte. Man sprach nur von Hans Dampf in allen Gassen und kein Mensch zweifelte an seiner bevorstehenden Hinrichtung.

Einige vermuteten, er werde enthauptet, andere, er werde gehenkt, andere, er werde wenigstens lebendig verbrannt werden. Viele bedauerten, daß diese Feierlichkeiten nicht zu Lalenburg, sondern in der fürstlichen Residenz statthaben würden; andere hingegen freuten sich darüber, weil sie so mit gutem Anlaß und Vorwand die Residenz besuchen könnten. Mehrere redeten untereinander ab, die Reise dahin zur Ersparung der Kosten gemeinschaftlich zu machen. Alle Fuhrwerke und Pferde in der Stadt wurden noch selbigen Tags vorausbestellt und in Beschlag genommen. Man ließ die Schneider rufen und zu neuen Kleidern das Maß nehmen.

Inzwischen mischte sich doch bald auch in diese Betrachtungen und frohen Rüstungen das christliche Mitleiden, wenn man des Delinquenten gedachte, der nun seines Todes gewärtig im Kerker schmachtete. Hans Dampf, den jedermann kannte, der mehr oder weniger in jeder Haushaltung etwas zu schaffen gehabt hatte, Hans Dampf, den alle Mütter schalten und zum Eidam wünschten, den auf der Straße alle Mädchen über die Achsel ansahen, aber immer mit freundlichen Augen unter vier Augen – Hans Dampf, am Tische ein lustiger Zecher, im Rate ein trefflicher Redner, unter Basen und Muhmen beim Kaffee ein Erzklätscher, in der Kirche der eifrigste Beter – Hans Dampf, alles in allem, der Alkibiades von Lalenburg im Kerker!

Die stille Wehmut des Mitleidens ergriff zuerst die Töchter, dann die Mütter, dann die Männer. Kaum trat die Dunkelheit des Abends ein, schlich manche sittige Jungfrau, die sonst seine Blicke öffentlich zu fliehen und schon vor dem bloßen Namen eines unvermählten Mannes züchtig zu erröten pflegte, mit nassen Augen über die Gasse zum Gefängnis, dem »armen Sünder«, wie nun der edle Staatsbaumeister hieß, eine letzte Labung und Erquikkung zuzustecken. Die eine kam mit Würsten, die andere mit Zukkerwerk, die dritte mit kleinen Pasteten, die vierte mit Mandeln und Rosinen, und so jede.

»Ach, lieber gnädiger Himmel!« riefen die alten Weiber, die Dienstmägde, die Gassenbuben, welche dies bemerkten: »Sie bringen ihm schon die Henkersmahlzeit!« Und nun war unter der ganzen Bürgerschaft länger kein Haltens mehr. Denn diese Mahlzeit mit dem häßlichen Namen war eine alte lalenburgische Übung bei zum Tode verurteilten Missetätern. Einige Tage vor deren Hinrichtung pflegte man denselben an Eß- und Trinkwaren zu reichen, was sie wünschten und nicht wünschten. Da das Staatsgefängnis ebenen Bodens mit der Straße war und seine dickvergitterten Fenster gegen diese hinaus hatte, wo im Gitterwerk eine eigene Öffnung angebracht war, um Speisen einzureichen, denn die Kerkertür durfte keinem ohne hochobrigkeitliche Genehmigung geöffnet werden, wurde nun der Platz vor dem Gitterloch bis gegen Mitternacht von Gebern nicht leer. Brot und Backwerk allerart, Schinken, Würste, gebratene Gänse, Hühner, Enten, Tauben, Torten, Pasteten, Äpfel, Birnen usw. nebst Wein- und Bierkrügen, Likörfläschchen, Riechfläschchen usw. krochen durch das Loch. Die Krämer versorgten den armen Sünder sogar mit Salz, Pfeffer, Käse, Butter, Schnupf- und Rauchtabak, so daß der Staatsbaumeister in Gefahr geraten mußte, unter dem ungeheuren Vorrat, der immerfort hineingestopft wurde, zu ersticken. Er selbst ließ sich vor den menschenfreundlichen Gebern nicht sehen und antwortete nie auf ihre liebkosenden Trostreden. Doch sagte jedem das eigene Zartgefühl, Scham und Schmerz mache, daß er sich in die Dunkelheit zurückziehe.

Allein das Zartgefühl war diesmal im Irrtum und der Staatsbaumeister gar nicht im Staatsgefängnis. Als ihn um die Mittagsstunde der Platzmajor dahin geführt hatte, fand sich, daß das Staatsgefängnis zwar im besten Zustand sei, aber übel verwahrt. Die Tür konnte weder verschlossen noch verriegelt werden, weil Schloß und Riegel eingerostet am mürben Holz hingen. Dies war aber nicht Folge einer Nachlässigkeit des löblichen Rates der Stadt und Republik, sondern eines vierzigjährigen Prozesses zwischen der Stadt und der Landschaft (nämlich den paar zu Lalenburg gehörigen Dörfern) über die Streitfrage, ob die Gefängnisse müßten von der Stadt unterhalten werden, welche das Recht zum Einkerkern hätte, oder von der Landschaft, deren Bewohner die Pflicht hätten, sich einsperren zu lassen? Denn daß ein Stadtbürger ins Gefängnis gekommen, war seit Menschengedenken unerhört. Dieser Prozeß war vor dem großen Rat der Republik seit vierzig Jahren behandelt und noch unbeendet. Alle Jahre war zwischen den Vorstehern der Stadt und den Vorstehern der Landschaft deswegen ein Versöhnungsmahl auf sogenannte »ungerechte Kosten« veranstaltet worden, um dabei die streitführenden Parteien gütlich zu vergleichen. Weil aber beiderlei Vorstehern Wein und Braten des Versöhnungsmahls sehr gut schmeckte, kam die Versöhnung nie zustande, teils um nicht die Hoffnung zu einem künftigen neuen Schmaus zu verlieren, teils weil man immerfort auf Kosten des Unrechthabenden schmauste und keiner unrecht haben wollte.

Der Platzmajor hatte die kleinen Mängel an der Tür sogleich vermöge seines natürlichen Scharfblicks erkannt und die Tür statt zu verschließen auf der Stelle vernagelt, ja zu allem Überfluß noch durch den Stadtschreiber obrigkeitlich versiegeln lassen. Außerdem stand allezeit ein Stadtwächter mit der Partisane davor. Der Gefangene machte dem Wächter sogleich die triftige Frage, wie er als Gefangener sich in besonderen Fällen, die zur Leibes- und Lebensnotdurft gehören, zu verhalten habe? Dem Wächter fiel die Frage auf und schien ihm wichtig genug, deswegen dem Platzmajor und Stadtschreiber, die noch nicht weit entfernt waren, nachzulaufen und Verhaltungsbefehle einzuholen. Währenddem versuchte der Staatsbaumeister die Beschaffenheit der Tür, und weil auf der Stelle, wo sie nicht versiegelt und vernagelt war, die Türangeln beim ersten Druck aus den wurmstichigen Pfosten wichen, ging er hinaus, rückte Tür und Angel wieder ein und begab sich zur Hinterpforte weg nach Hause, ohne bemerkt zu werden.

Der treue Wächter kam zurück und brachte den unbarmherzigen Befehl des Stadt- und Platzmajors, der Gefangene möge sich in solchen Fällen helfen, wie er könne. Die Schildwache äußerte darüber zugleich ihr aufrichtiges Mitleiden. Weil aber der Staatsgefangene dem Partisanenträger keine Silbe erwiderte, ungeachtet derselbe wohl eine Viertelstunde lang erzählte, tröstete und guten Rat gab, schwieg dieser endlich auch und begnügte sich, von Zeit zu Zeit Nagel und Siegel zu beobachten.

Es war ein wirkliches Meisterstück von Reise, welche der Staatsbaumeister aus dem Gefängnis durch die Stadt nach seiner Wohnung machte, ohne bemerkt zu werden. Er brach in den Hinterhof des Staatsgebäudes durch einen geräumigen Stall, der auch gegen die dahinterliegende Gasse einen Ausgang hatte. In diesem Stalle wurden die obrigkeitlichen Schweine gemästet, welche bei der Gelegenheit froh waren, ins liebe Freie zu kommen. Von da sprang der Flüchtling in ein nahes Bäckerhaus, welches einst ein Ganzes mit dem nach der entgegengesetzten Straße stehenden Hause gewesen war. Er wußte zwar, daß seit der Teilung alles vorsichtig vermauert, auf dem Estrich jedoch noch eine Kommunikationspforte offen gelassen worden sei. Behend war er die Treppen hinauf, und weil die Pforte von Mehlsäcken verrammelt war, stürzte er dieselben aus dem nahen Erker in solcher Geschwindigkeit auf die Gasse, daß, ehe der sechste Sack platzend den Boden erreichte, Hans Dampf schon auf der anderen Seite hinaus über die Gasse mit einem Sprung in des Platzmajors Haus war, worin sich ein Durchgang nach dem Gäßchen befand, in welchem vor kurzem Meister Pretzel das berühmte Unglück mit den Töpfen gehabt hatte. Ein neues Hindernis. Der Platzmajor hatte den Durchgang mit einem neuen Gänsestall verbaut, worin er, weil er den Gänse- und Federnhandel trieb, in mehreren Etagen bei dreißig dieser frommen Tiere übereinander nährte. Zum Glück war der Stall nicht massiv gebaut; das hölzerne Lattwerk flog links und rechts davon, und der Staatsbaumeister war schon in seinem eigenen Hause, ehe die Gänse alle durch ihr Geschrei und Umherflattern der ganzen Stadt ihre Freude wegen ihrer Erlösung bezeugen konnten.

So sehr auch ganz Lalenburg von den großen Ereignissen dieses Morgens überrascht und beschäftigt war, so daß man für nichts anderes mehr Sinn zu haben schien, als von der Verhaftung des edlen Hans Dampf, von dem fürstlichen Kurier und der im Ratssaale zerrissenen Depesche zu plaudern, mußte es doch kein geringes Aufsehen erregen, als sich plötzlich die Schweine des löblichen Rates, mit einem L gebrandmarkt, durch die Stadt verbreiteten, dann in einer anderen Gasse die Luft vom aufsteigenden Mehlstaub, der herabfallenden, platzenden Säcke verfinstert ward und zuletzt die Gänsescharen des Stadt- und Platzmajors schreiend über allen Dachgiebeln flogen. Niemand konnte begreifen, woher diese Wunder alle in den verschiedensten Gegenden zu gleicher Zeit? Einige Politiker argwöhnten, es möge von Anhängern des verurteilten Staatsbaumeisters ein allgemeiner Aufruhr beabsichtigt sein. Der Stadtschreiber Mucker aber soll zu verstehen gegeben haben, er würde glauben, Hans Dampf sei wieder in allen Gassen rege, wenn er ihn nicht in demselben Augenblicke erst versiegelt und vernagelt hätte, da Schweine, Mehlsäcke und Gänse ins Publikum kamen.

Inzwischen verschlang der Gedanke an die große Sache des Vaterlandes, besonders an die erwartete feierliche Hinrichtung jede Rücksicht auf geringere Gegenstände, besonders da schon folgenden Morgens der fürstliche luchsensteinische Kurier im vollsten Galopp mit einer neuen Depesche zur Stadt hereingesprengt kam. Sogleich ertönte die Ratsglocke. Die Bürgermeister und Ratsherren eilten in Mänteln und Degen zur außerordentlichen Sitzung mit Gebärden voll Tiefsinns und Ernstes. Viel Volks lief neugierig auf dem öffentlichen Platz zusammen, noch mehr aber, als eine fürstliche luchsensteinische Kutsche kam, um den Gefangenen abzuholen.

Die Sitzung ward eröffnet. Der Bürgermeister setzte die Brille auf, erbrach den großen Brief in Gegenwart der Versammlung und hob mit lauter Stimme zu lesen an:

»Wir Nikodemus, Fürst zu Luchsenstein, Graf zu Krähenburg, Baron zu Dachsfelden, Herr zu Sauwinkel und Fuchsbergen usw. usw. entbieten den wohlweisen Bürgermeistern und Rat der löblichen Stadt und Republik Lalenburg unseren gnädigen Gruß zuvor. Ehrenfeste, Liebe, Getreue! Als wir mißfälligst vernommen, daß unser an euch erlassenes Missiv verlorengegangen, welches von Wort zu Wort also gelautet hat: ›Dieweil einer eurer trefflichen Angehörigen, genannt Hans Dampf, zu einem unserer Hofjäger geredet, wie er sich unterfangen wolle, jeden Hund vernünftig sprechen zu lehren, und uns dies besonderermaßen wohlgefallen, so soll uns kein Preis zu teuer sein, wenn er unserm Leibhund Fidele die menschliche Sprache beibringen kann, als welche demselben, ungeachtet seines natürlichen Verstandes, sehr schwer fällt, wiewohl er schon dermalen das Deutsche, zum Teil auch Französische und sogar Italienische versteht, ohne es jedoch selbst zu reden. Wir ernennen den quästionierlichen Hans Dampf einstweilen zu unserem Hofrat, weisen ihm tausend Gulden zur ersten Einrichtung an und werden diesen guten Kopf, wenn er reüssiert, zum Erzieher unserer Prinzen machen, sobald dieselben erwachsen sein werden.‹ Als erwarten wir von euch, Ehrenfeste, Liebe, Getreue, ihr werdet diesen unsern Hofrat Hans Dampf unverzüglich an uns anhersenden ohne Verzug. Damit geschieht unser gnädiger Wille.«

Mit den sichtbarsten Zeichen des Erstaunens hörte die löbliche Ratsversammlung diese Vorlesung an. Kein einziger, vom Stadtschreiber und ersten Ratsherrn an bis zum Weibel an der Tür war da, der nicht das Maul noch zwei Minuten lang aufgesperrt behielt, auch da nichts mehr zu hören war. Selbst der regierende Bürgermeister, nachdem er Brief und Brille vor sich niedergelegt, behielt vom Vorlesen den Mund offen und starrte außer sich in die leere Luft hin.

Einige verwunderten sich über den Leibhund Sr. Durchlaucht, der schon in drei Sprachen bewandert war, andere über Hans Dampfs bisher unbekannt gewesene Geschicklichkeit, Tiere reden zu lehren; andere betrachteten mit Ehrfurcht die Würden und Ämter, zu welchen der Staatsbaumeister plötzlich emporsteigen sollte, da man gerade das Gegenteil erwartet hatte; andere zitterten nun vor der Rache des großen Mannes, der aus dem Gefängnis in die Nähe eines Thrones versetzt, Stadt und Republik Lalenburg in seiner Gewalt hatte. Die Totenstille des Erstaunens verwandelte sich plötzlich in ein heftiges Geschrei, weil jeder zuerst reden und zu Protokoll geben wollte, er habe in gestriger Sitzung gegen die Verhaftung des Staatsbaumeisters protestiert. Keiner war dabei verlegener als der arme Stadtschreiber Mucker. Während die anderen in Lobeserhebungen des göttlichen Hans Dampf ausbrachen, den sie den Stolz und die Zierde ihrer Vaterstadt nannten, während sie herrechneten, was sie ihm den Abend vorher aus treuer Anhänglichkeit durchs Gitterloch des Staatsgefängnisses von köstlichen Speisen und Getränken zugesteckt hatten, kaute Mucker seine Schreibfeder zuschanden und machte Pläne, sich mit dem Erbfeind zu versöhnen.

Er trug also zuerst darauf an, eine Deputation des Rates müsse den fürstlichen Hofrat aus dem Gefängnis abholen und im Triumph zum Rathaus führen; hier müsse wegen gestrigen Mißverständnisses förmlich um Verzeihung gebeten, dem Hofrat der Ehrenplatz zur Rechten des regierenden Bürgermeisters eingeräumt und ihm das fürstliche Schreiben vorgelesen werden; dann wollte und sollte er, der Stadtschreiber nämlich, feierliche Abbitte tun und sich und die Vaterstadt in die Gewogenheit des erhabenen Mitbürgers empfehlen, damit Hans Dampf nicht gegen Lalenburg wie Koriolan einst gegen Rom zöge.

Man muß sich über diesen plötzlichen Umschwung der Gesinnungen gar nicht wundern. Mit den Umständen änderten bei ihnen Grundsätze, Freundschaften, Feindschaften, Versprechungen, Schwüre und Neigungen so sehr, daß die, welche gestern, im

Glück aufgeblasen, dem andern Fußtritte gaben, heute vor dem Gleichen untertänigst auf allen vieren krochen. Das hieß bei ihnen Weltlauf, Politik und Feinheit, und sie befanden sich recht wohl dabei, so schief es auch oft dabei ging.

HANS DAMPF

Hans Dampf, der seine Mitbürger sehr gut kannte, saß wohlgemut und furchtlos zu Hause, wo ihn seine alte Haushälterin verpflegte. Er wußte sehr gut, daß in wenigen Tagen alles anders werden könnte, daß seine lieben Lalenburger, groß in Worten, klein in Taten, ihm, auch wenn er entdeckt werden sollte, kein Haar krümmen würden. Ohnehin tröstete ihn sein gutes Gewissen, denn er hatte dem Fürsten von Luchsenstein noch nie eine Fliege totgeschlagen.

Wie er aber von der treuen Haushälterin, die von Zeit zu Zeit ausging, Staatsneuigkeiten und Ratsverhandlungen zu erfahren, die seltsame Mär hörte, er sei zum Hofrat des Fürsten ernannt, um dessen Leibhund Unterricht in der deutschen Grammatik zu geben, die Ratsdeputation habe ihm im Staatsgefängnis vergebens ihre Aufwartung gemacht, die ganze Stadt wäre in außerordentlicher Bestürzung, sowohl wegen seines Verschwindens als wegen der unergründlichen Art desselben, da, aufs genaueste untersucht, Mauer- und Gitterwerk, Nägel und Amtssiegel unversehrt gefunden worden, so bereute er fast seine Flucht. Um also die Sache so bald als möglich ins Geleis zu bringen, kleidete er sich aufs prächtigste, zündete seine Tabakspfeife an, legte sich damit weit ins offene Fenster, rauchte ganz harmlos und grüßte freundlich die Vorübergehenden. Er erreichte damit seinen Zweck, denn jeder blieb stehen und gaffte verwundert herauf. Das Gerücht flog wetterschnell durch die Stadt, der wunderbar verschwundene Hofrat rauchte zum Fenster heraus seine Pfeife; alles lief hin, sich von der Wahrheit des Gerüchtes selbst zu überzeugen, je weniger man daran glaubte. In einer halben Stunde war die Gasse gedrängt voller Menschen von einem Ende bis zum andern; die Honoratioren der Stadt, in die Nachbarschaft zu Bekannten und Freunden geeilt, sahen rechts und links gegenüber Kopf an Kopf gedrängt zu den Fenstern heraus, während Schornsteinfeger, Maurer, Zimmerleute und freche Buben ihre bequemen Plätze auf den Dächern gegenüberstehender Häuser wählten, den neuen Hofrat zu sehen, der mit ebenso großer Neugier und Freude das Volksgewimmel betrachtete, wie er von demselben angestaunt wurde.

Mit unsäglicher Mühe arbeitete sich die Ratsdeputation durch das Gewühl der Gaffer zu seinem Hause. Er empfing sie mit herablassender Huld. Der Bürgermeister selbst hatte sich nun an ihre Spitze gestellt und eröffnete seine Rede mit den Worten: »Hoch- und wohlgeborener Herr fürstlicher Hofrat! Leider ist in unserer teuren Vaterstadt wahr geworden, was jener spricht: ›Kein Prophet gilt weniger als in seinem Vaterlande.‹« Aus diesem Text spann der Konsul nun eine lange Glückwünschungsrede, die sich mit schmeichelnden Komplimenten und Entschuldigungen wegen der gestrigen Übereilung eines wohlweisen Rates endete. Darauf ward das Schreiben des Fürsten überreicht. Alle Ratsherren weinten Freudentränen. Der potenzierte Staatsbaumeister hielt ihm nun eine vortreffliche Gegenrede, die so lange währte, bis sich das Volk auf den Straßen verlaufen und die Deputation vollkommen aufgehört hatte, Freudentränen zu vergießen. Dann erschien der fürstliche Kutscher und meldete, daß Se. Durchlaucht befohlen, der Hofrat solle noch diesen Abend sich in der Residenz zur Audienz einfinden.

Da war nun nicht zu säumen. Der entzückte Hans Dampf packte ein und saß nach einer Stunde schon in der fürstlichen Kutsche. Eine ungeheure Volksmenge war wieder versammelt, ihn einsteigen zu sehen. Jeder nahm in tiefer Ehrerbietung den Hut oder die Kappe bei dem Anblick des goldverbrämten Kutschers und des bestäubten Reisewagens ab. Denn so stolz auch jeder Lalenburger auf seine republikanische Unabhängigkeit und Freiheit war, und wiewohl auch der ärmste Teufel sich als freier Bürger einem König gleich dünkte, hatte doch jeder Lalenburger immerdar eine geziemende knechtische Ehrfurcht vor allem, was fürstlich war.

Hans Dampf mußte noch den gleichen Abend zu Sr. Durchlaucht. Fürst *Nikodemus* war ein vortrefflicher Herr, dem nur ein Kaisertum fehlte, um einer der größten Monarchen zu sein; so aber war er nur ein kleiner mit großen Schulden. Zu seinen edelsten Vergnügungen rechnete er wie billig die Jagd, und daraus läßt sich erklären, daß an seinem Hofe mehr Hunde als Menschen lebten. Gesellschaften liebte er sonst nicht. Obwohl er eigentlich kein Menschenfeind war, äußerte er doch manchmal in vertrauten Zirkeln, daß er viel darum geben würde, wenn er, mit Ausnahme des Jagdpersonals, alle seine lieben und treuen Untertanen in Hirsche, Rehe, Wildschweine, Hasen, wilde Gänse, Enten, Schnepfen, Rebhühner und dergleichen verwandeln könnte. Er glaubte, sie würden ihm dann mehr Vergnügen machen und Nutzen bringen.

»Hör Er einmal!« redete der Fürst seinen neugeschaffenen Hofrat an, der ihm in untertänigster Untertänigkeit den Rockzipfel küßte: »Ist Er 's also, der die Hunde sprechen lehren kann? Sieht er hier die Fidele? Schade, daß das arme Tier sich nicht mündlich auszudrücken versteht; aber auf Ehre, was ich dem Geschöpf sage, begreift es.« Darauf befahl Nikodemus dem Hunde auf deutsch, französisch und italienisch allerlei, und der Hund vollzog die Aufträge mit bewundernswürdiger Pünktlichkeit.

»He, was sagt Er dazu?« fragte der Fürst mit freudeglänzenden Augen.

»Wie Ew. Durchlaucht befehlen!« antwortete der Lalenburger.

»Hofft Er die Fidele zum Sprechen zu bringen?«

»Wenn man uns beiden Zeit genug läßt –«

»Daran soll es nicht fehlen. Hör' Er einmal, fange Er nur mit dem Deutschen an. Französisch kann nachher vorgenommen werden, wenn das Tier in der Muttersprache hinlängliche Progressen gemacht hat. Er kann hier im Schlosse bei mir logieren. Mein Haushofmeister soll Ihm ein Zimmer anweisen. Er muß sich nur erst das Tier recht attachieren, daß es gern bei Ihm bleibt. Wenn Er Seine Sache gut macht, soll Er noch schöne Récompense haben. Ich werde von Zeit zu Zeit nachfragen, wie es mit den Lektionen geht. Versteht Er auch Französisch?«

»Ew. Durchlaucht, zum Unterricht der liebenswürdigen Fidele verstehe ich genug davon; doch wird mir die französische Sprache etwas mühsam zu reden und zwar bloß wegen eines kleinen Fehlers meiner Zunge. Denn es geschieht zuweilen, daß sie das Wort nicht gleich herausbringen kann, was ich meine.«

»Und Italienisch?«

»Ew. Durchlaucht, damit habe ich auf Universitäten guten Anfang gemacht, aber das ist leider schon lange her.«

»Nun, nun, so laß Er's, *mon cher.*«

»Ew. Durchlaucht, ich bitte untertänigst ab, ich habe sie nicht bei mir.«

»Was?« – »Die Schere.«

»Ei, ei, was Schere? Was macht er da gleich für eine tolle *faute*?«

Der Hofrat besah sich schamrot die Hände und versteckte dieselben, weil er glaubte, Se. Durchlaucht rede von seiner Pfote.

»Nun, geh Er jetzt nur! Laß Er sich sein Logement zeigen und sich brav Wurst aus meiner Küche geben, denn Fidele frißt sie gern. Damit gewinnt Er gleich ihr Herz.«

Der Hofrat merkte, daß ihm die Tür gewiesen sei, und nahte sich derselben unter vielen Verbeugungen rücklings, weil er nicht wider die Ehrfurcht fehlen und dem Fürsten den Rücken zukehren wollte. Dabei kam ihm aber unvermutet Fidele, ein derber Jagdhund, zwischen die Beine, und er stürzte so ungeschliffen rückwärts zu Boden, daß ihm die Füße im Aufschwung hoch über den Kopf emporfuhren. Hans Dampf ließ einen tiefen Seufzer fahren, der Hund schrie vor Schrecken laut auf, und Nikodemus lachte sich fast krank. »Nun, ihr fangt an, miteinander Bekanntschaft zu machen!« rief der Fürst, und der Hofrat lief unter Millionen Abbitten zur Tür hinaus.

IN ALLEN GASSEN

Mit Beihilfe der Hofküche hatte sich Hans Dampf die Gewogenheit und das Zutrauen des fürstlichen Leibhundes vollkommen in Zeit von vier Wochen erworben. Von nun an erkundigte sich der Fürst öfters nach dem Gang des Unterrichts. Der schlaue Hofrat bemerkte jedoch Sr. Durchlaucht, daß ein Mensch selbst wohl vier, fünf Jahre gebrauche, ehe er reden lerne, und ein Kind vor Verlauf des ersten Jahres kaum einzelne Silben lallen könne. Nikodemus fand den Grund sehr vernünftig und mäßigte seine Ungeduld. Hans Dampf aber, dem sein Leben am Hofe sehr behaglich war, ließ sich wohl sein und empfand nur dann und wann einige Unruhe, wenn er dem Hunde tausendmal ein und dasselbe Wort gesprochen hatte und doch keine Frucht davon sah. Der Hund gaffte zwar seinen Lehrmeister aufmerksam an, schien aber zum Nachsprechen der Worte viel zu schüchtern zu sein.

Hans Dampf erinnerte sich zum Glück an einen Spaßmacher, den er unter den Studenten auf der Universität gekannt. Dieser pflegte seinem Pudel zuweilen die Schnauze zusammenzudrücken und ihn durch heimliches Klemmen zum Knurren und Murren zu bringen. Wenn er dann im richtigen Zeitmaß die Hand an der Schnauze ein wenig nachließ, entstand durch das Öffnen und Zusammendrücken derselben aus dem Rachen des mürrischen Pudels der deutliche Ton Ma Ma. Hans Dampf versuchte das gleiche bei Fidele, und es gelang ihm über Erwartung.

Da Nikodemus nach einem halben Jahre den Hofrat ziemlich verdrüßlich um Fideles Fortschritte befragte, lobte der Lehrmeister seinen Zögling ungemein und erbot sich, von dessen erstem, kindischem Lallen einige Proben zu geben. Der Fürst versammelte seine Vertrauten, und im Kreise derselben erschien der Hofrat mit einer sehr zuversichtlichen Miene nebst seinem Zögling.

Vor allem aus bemerkte der Hofrat in einer langen, vortrefflichen Rede voll feiner pädagogischer Bemerkungen, daß er im Unterricht genau den Gang der Natur beobachte, weil sie die beste Wegweiserin sei. Alle Künstelei in Unterricht und Erziehung sei Torheit und geisttötend und verderblich für die lebenden Geschlechter wie für die ganze Nachkommenschaft. Nur durch die schlechte Einrichtung des ersten Unterrichts sei das Unglück aller Staaten, der Untergang großer Nationen entstanden und alles Unheil in der Welt. Nebenbei machte er Hoffnung, seine neuerfundene Buchstabiermethode menschenfreundlich bekannt zu machen, wenn man ihm das Geheimnis mit einigen und zwanzigtausend Gulden bezahlen würde, und erwähnte eines großen Entwurfs, eine neue Fibel mit vielen Kupferstichen nach seinem eigenen Ideal herausgeben und Sr. Durchlaucht dem Fürst Nikodemus, dem Mäzen und Beschützer der Wissenschaften und Gelehrten zu dedizieren. Darauf fuhr er fort, den Gang der Natur im Unterricht des menschlichen Geschlechts zu entwickeln. »Wen«, sprach er, »wen lernt das Kind zuerst unter allen Lebenden kennen, wen zuerst lieben? Es ist die Mutter. Und die Mutter ist es, deren Zärtlichkeit es auch zuerst durch sein Stammeln auf die rührendste Weise belohnt. Der süße Muttername ist der erste Klang, welcher den zarten, ungeübten Lippen des Kindes entschwebt! Und so begann auch ich bei unserer talentvollen, liebenswürdigen Fidele. – Nun, Fidele, komm her, sei artig und sage den hohen Anwesenden den Namen deiner Mutter.«

Bei diesen Worten nahm er den Hund schmeichelnd in den Arm, hielt ihm die Schnauze, kniff und stieß ihn von hinten, bis er zu brummen anfing und dann mit tiefer Baßstimme »Mama!« hören ließ. Alle Anwesenden brachen in ein lautes und fast unauslöschliches Gelächter aus, womit sie ihrem Beifall oder den Empfindungen ihres Erstaunens Luft machten. Des Hofrats gelehrter Ernst und Fideles Baßstimme dazu gaben diesem pädagogischen Akt etwas sehr Feierliches. Aufgemuntert durch diese Fröhlichkeit, ließ der Hofrat den Leibhund sein Kunststück noch mehrere Male hintereinander machen, bis sich das Lachen der Gesellschaft in ein lautes Schreien verwandelte und der Fürst um Gottes willen bat, Fidele solle aufhören.

Se. Durchlaucht waren so entzückt, daß Höchst Sie den Hund an ihr Herz drückten und küßten, ja sich in der Freude bald so weit vergessen hätten, sogar den Hofrat zu umarmen. Dieser empfing die Glückwünsche des Hofes mit vieler bescheidenen Selbstgefälligkeit. Der Fürst gab seinem Hunde Zuckerbrot und munterte ihn auf, in seinem Fleiße fortzufahren. Den Hofrat beschenkte er mit einer goldenen Schnupftabaksdose, worauf sich das Bild des Landesvaters befand. Hans Dampf, von Dankbarkeit begeistert, rief: »O, ich stehe dafür, der Hund soll bald auch zu Ew. Durchlaucht Papa sagen können!«

»Dann bekommt Er neue Gehaltszulage!« erwiderte der Fürst und entließ den Hofrat in den gnädigsten Ausdrücken.

Mit dem Papa wollte es Hans Dampf nun aber nicht so bald gelingen. Nach einigen Wochen, da sich Nikodemus wieder erkundigte, bemerkte ihm der Hofrat, Fidele werde unstreitig bald Junge werfen, und in solchem Zustande müsse man das arme Tier mit allen Geistesanstrengungen verschonen. Dies leuchtete dem Fürsten ein, und Hans Dampf gewann damit Zeit und ruhiges Leben, wenn er ruhiges Leben verlangt hätte.

Aber er war in der Residenz schon überall bekannt, vertraut und in hundert kleine und große Angelegenheiten verfädelt, sprach überall mit, keck, kühn, zuversichtlich und wie es ihm beifiel, wußte alles, entschied alles, veranstaltete alles. Sein Ansehen beim Fürsten stieg täglich und aus dem Grunde bei allen Höflingen und Residenzbewohnern. Man hieß ihn schlechtweg nur den Liebling. Der Stadtrat von Lalenburg ordnete auch regelmäßig alle vier Wochen Deputationen an ihn ab, um sich nach dem Wohlsein des erhabenen Mitbürgers zu erkundigen, nannte ihm zu Ehren die enge Gasse, worin sein väterliches Haus stand, die Dampfgasse und hing sogar in Ermangelung seines Bildnisses oder seiner Büste im Ratssaale seinen Schattenriß auf.

Selbst die geheimen Kabinettsräte des Fürsten machten sich an ihn, um durch ihn auf Se. Durchlaucht einzuwirken, besonders da es um eine neue allgemeine Landessteuer zu tun war, welche Nikodemus zur Fortsetzung seines löblichen Aufwandes eintreiben wollte. Da die geheimen Räte sehr gegen die Ausschreibung der Steuer arbeiteten, weil das Volk schon genug von Abgaben aller Art gedrückt war, wandten sie sich auch an Hans Dampf und baten ihn im Namen des schwer gedrückten Landes, den Fürsten zu bewegen, von seinen Forderungen abzustehen.

»Nichts leichter als das, meine Herren!« sagte der Hofrat mit der ihm eigenen Zuversichtlichkeit und begab sich zum Fürsten.

»Aber, hör' Er einmal«, sagte Nikodemus zu ihm, »ich muß doch Geld haben. Schaff' Er nur Geld, so brauche ich keine Auflagen zu machen.«

»Nichts leichter als das!« erwiderte der Hofrat: »Wieviel befehlen Ew. Durchlaucht?«

»Je mehr, je besser.«

»Vortrefflich. Ew. Durchlaucht müssen nur einen kleinen Bandhandel anfangen, der trägt ungeheure Summen Goldes ein.«

»Einen Bandhandel? Hör' Er einmal, Er ist nicht ein Hans Dampf; sondern ein Hans Narr; Ich bin kein Bändljude.«

»Ew. Durchlaucht geruhen nur die halbe Elle Band zu hundert Nikodemusdor zu verkaufen, so –«

»Wer zahlt mir das?«

»Wenn Ew. Durchlaucht einen neuen Ritterorden stifteten, zum Beispiel zu Ehren des Jägerheiligen – so etwa einen St. Nimrodsorden; wenn jeder Nimrodsritter das Recht empfängt, ein grünes Bändchen im Knopfloch zu tragen, woran von Gold das Bild kreuzweis gelegter Jagdflinten, umfangen von einem Waldhorn, hängt statt des Ordenskreuzes; wenn jeder den Ritterschlag mit dem Weidmesser empfängt, der hundert Nikodemusdor zahlt und für den großen Orden tausend Nikodemusdor Einschreibegebühren – wenn man dabei allerlei Ordensfeierlichkeiten anbringt – ich weiß noch aus Universitätsjahren, welche Wirkung das macht –«

»Hör' Er einmal«, unterbrach ihn plötzlich der Fürst. »Er ist wahrhaftig kein Hans Narr. Wir wollen das Ding überlegen. Bestelle Er in der Fabrik sogleich Band und laß' Er die Kreuzdinger von den Goldschmieden dazu machen. Ich will Ihn bei diesem Nimrodswesen zum Ordenskanzler anstellen.«

In der Tat hätte keine Auflage den fürstlichen Kassen soviel Geld eingebracht als dieser Bandhandel, wie ihn der Lalenburger etwas unschicklich nannte. Denn kaum erschien der Fürst und sein Halbbruder der Graf von Krähenburg und Hans Dampf der Ordenskanzler mit dem Nimrodsband, kaum erfuhr man, daß, wer die etwas hohen Einschreibegebühren erlegen könnte, zum Nimrodsritter gesteigert werde, so entstand zur Ordenskanzlei ein unerhörtes Gedränge. Jeder brachte seine Nikodemusdor für eine halbe oder zwei Ellen Band; denn keiner wollte dem andern im Range nachstehen. In kurzer Zeit trugen selbst Perückenmacher das kleine grüne Band. Dies empörte den gerechten Stolz des Adels und anderer Reichen des Landes. Wie konnten sie mit gemeinen Leuten gleichen Ranges sein? Sie verkauften lieber Haus und Hof, damit sie am breiteren Bande das große Nimrodshorn tragen konnten. Das ganze Land ward voll grüner Bänder und Schulden. Fürst Nikodemus schwamm in Freuden, aber seine treuen Räte verwünschten den erfinderischen Witz des neuen Ordenskanzlers und zogen daraus die Lehre, man müsse keinen Hans Dampf zum Finanzminister und keinen Bock zum Gärtner setzen.

Hans Dampf hatte aber gerade soviel und sowenig Gewissen, wie ein großer Staatsmann haben soll, der lieber eine Provinz als einen seiner Einfälle umkommen läßt, und dem gar behaglich zumute sein kann, wenn auch einem ganzen Volke bei seiner Staatsklugheit höchst übel ist. Als ihn eines Tages einer von den treuen Fürstenräten auf die traurigen Wirkungen der Nimrodswut aufmerksam machte, erwiderte er: »So wahr ich Hans Dampf heiße, alles Gute hat sein Böses, alles Böse sein Gutes. Wenn es aber Gesetz wäre, daß ein Staatsmann allen Klagen im Lande ein Ende oder ein Arzt alle seine Kranken gesund machen müßte, wer möchte wohl Staatsmann oder Arzt werden wollen? Darum, lieber Freund, laß uns getrost sein. Der liebe Gott hat die Welt so vortrefflich geschaffen, daß unsereins lange daran herumpfuschen kann, ehe er etwas verpfuscht!«

Wirklich mochte diese große Maxime nirgends besser bewährt worden sein als im Luchsensteinischen. Denn da waren seit mehr denn hundert Jahren abwechselnd alle möglichen und unmöglichen Staatstheorien versucht worden, ohne daß das Land darum öde und menschenlos geworden wäre. Jeder neue Fürst oder Minister machte neue Ordnungen und schaffte die alten ab; der eine baute Klöster, der andere machte Kasernen daraus; der eine legte für Staatsrechnung Fabriken an, der andere verkaufte die junge Mannschaft regimenterweise gleich anderen Landesprodukten und hob die Fabriken auf; der eine wollte aus seinem Staate einen großen Harem, der andere daraus einen einzigen Tiergarten machen. Item, die Menschen mehrten und nährten sich dabei nach wie vor, sobald sie nur einmal die große Wahrheit recht beherzigt und sich daran gewöhnt hatten, daß sie zum Vergnügen ihrer Herren und nächstdem auch zu ihrer eigenen Freude geboren wären, übrigens dem neuesten System gemäß heute links, morgen rechts, heute vorwärts, morgen rückwärts marschieren müßten. Auch konnte alles Unheil des Nimrodsordens nichts an der Ehrfurcht, Hochachtung, Liebe und Bewunderung vermindern, mit welcher man dem Ordenskanzler begegnete, wo er sich blicken ließ. Denn er war die Rechte des angebeteten und von seinem Volk vergötterten Fürsten.

Es fehlte ihm dabei nicht an Neidern, aber er bemerkte sie kaum. Auch war er in der Gnade seines Herrn so fest, daß er in den Augen desselben seinen Wert nicht verlor, selbst als die genialische Fidele krank ward und starb. Ohne Zweifel war das arme Tier das Opfer einer Verschwörung und Hofkabale geworden. Denn der Leibarzt hatte am Leibhund Spuren einer Vergiftung bemerkt, und geflissentlich brachte man das Gerücht vor die Ohren Sr. Durchlaucht, es möge der Ordenskanzler seinen Zögling wohl selbst aus der Welt geschafft haben, um ihn nicht reden lehren und am Ende gestehen zu müssen, daß er nur ein leerer Prahler sei und die Kunst nie verstanden habe. Hans Dampf hatte zu aufrichtige Tränen um Fidelens Tod geweint, und der ganze Hof zu unverhohlene Gleichgültigkeit beim Absterben des edlen Tieres bewiesen, als daß Nikodemus durch boshafte Verleumdungen hätte getäuscht werden können. Im Schloßgarten unter Tränenweiden und Zypressen ward dem unvergleichlichen Hund ein marmorner Obelisk errichtet und dazu einer der berühmtesten Bildhauer Italiens verschrieben.

Man kann zwar nicht sagen, daß Hans Dampf eigentlich Freunde gehabt hätte, aber wer hat denn am Hofe und in der großen Welt Freunde? Oder wer könnte einzelner Menschen Freund sein, der wie ein Hans Dampf aller Welt angehört? Dabei verlor jedoch der Ordenskanzler nichts. Er war jedermanns Vertrauter. Nicht nur der Fürst, sondern auch dessen Halbbruder, der Graf von Krähenburg, nannte ihn seinen Allesmacher. Jeder lächelte ihm, er jedem zu. Selbst die schönen Luchsensteinerinnen lächelten. Allein er war auch ein liebenswürdiger Mann, der nichts übelnahm und der sein ganzes Vergnügen darin fand, die Freuden anderer zu vermehren.

Freilich gelang ihm das nicht immer vollkommen, und dann hatte er gewöhnlich nachher Todesverdruß und Undank für seinen besten Willen. Ich will nur zum Beispiel die Geschichte eines einzigen Tages erzählen.

IN ALLEN GASSEN

Der Graf von Krähenburg hatte lange Zeit eine kleine Liebschaft in der Residenz gehabt. Fräulein *Sabine*, eine niedliche Brünette, fand sich durch die Anbetung des Grafen sehr geschmeichelt und veranstaltete gar gern dann und wann mit ihm geheime Zusammenkünfte, um sich unter vier Augen bewundern zu lassen. Ihr Vater kam dahinter, nahm dies sehr übel und gab den vielbewunderten Korallenlippen seiner Tochter einige höchst prosaische Maulschellen. Herr *von Quast*, so hieß er, zwar nur ein gemeiner Edelmann, aber uralten Adels, hieß es für schimpflich, daß die Enkelin jener Helden, die schon Kaiser Karls des Großen Kammerdiener gewesen, nun zu einer flüchtigen Liebschaft oder Mätressenschaft eines apanagierten Herrn dienen sollte. Auch hütete er von der Zeit an seine minder ahnenstolze Tochter so streng, daß sich die Liebenden kaum alle Woche einmal in der Kirche verstohlen ansehen konnten.

Natürlich geriet der Graf darüber in billige Verzweiflung, offenbarte dem Ordenskanzler sein Leiden und versprach ihm goldene Berge, wenn er bewirken könnte, ihn nur ein einziges Mal mit seiner Schönen wieder zusammenzubringen. – »Nichts leichter als das!« sagte Hans Dampf und suchte sogleich Fräulein Sabine in einer Gesellschaft. Sie bemerkte errötend dem getreuen Vertrauten ihres Geliebten, daß sie nichts mehr ohne Vorwissen ihres Vaters wagen könne, würde er aber ein Mittel wissen, ihren strengen Vater zu bereden ---«

»Nichts leichter als das!« rief Hans Dampf und begab sich folgenden Tages zum Herrn von Quast, sprach von der Liebe des Grafen zu Sabine so rührend, machte ihm so ernste Vorstellungen von den gefährlichen Folgen, welche seine Strenge für die unglücklichen Liebenden haben würde, daß der stolze Alte nicht anders konnte und die Liebe des Paars billigen mußte, insofern der Herr Graf seiner Tochter in Gegenwart der Eltern die Ehe geloben würde.

»Nichts leichter als das!« sagte der Abgesandte. »Machen Sie das mit dem Grafen nur selbst ab. Ich werde ihm – denn er ist seit gestern zu Krähenburg – auf der Stelle schreiben, er solle diesen Abend um acht Uhr Fräulein Sabine seine Aufwartung machen; alle Hindernisse wären gehoben.«

Seines gelungenen Werkes froh, schrieb er auch dem Grafen sogleich, er solle nicht fehlen. Es kam ihm nicht in den Sinn, daß der Graf, weit entfernt, an feierliche Verlobungen zu denken, nur ein einsames Stündchen mit der Geliebten in deren Boudoir zu verplaudern hoffte. Herr von Quast hingegen, nun er die förmliche Anwerbung des fürstlichen Bruders um Sabine vernommen, lud auf den gleichen Abend die gesamte Familie der Quaste zu einem prachtvollen Gastmahl, und Sabine, im höchsten Schmuck, im Kreise von vierzig Vettern, Muhmen, Basen und anderen Verwandten, erwartete ihren Liebhaber mit triumphierendem Herzen, der doch nur auf ein bescheidenes Schäferstündchen Anspruch gemacht hatte.

Er kam am Abend, halbverkleidet, im schlichten Überrock, diebisch leise und heimlich ins Quastische Haus, fluchte heimlich auf die brennenden Laternen, verbarg sich in einem Winkel an der Treppe, weil der Bedienten zuviel umherliefen, und lauerte, bis er endlich Sabines ihm wohlbekannte und vertraute Zofe ersah. Auf seine leise Frage, in welchem Zimmer das Fräulein zu finden sei, führte ihn die Dienstbare dahin. Aber wer kann das Entsetzen schildern, als die Tür aufging und der Graf, statt an die Brust der einsamen Geliebten zu fliegen, in den großen, kerzenhellen, menschenvollen Prunksaal hineinstolperte, wo ihn alles erwartete und mit Bücklingen und Knicksen umringte.

Allerdings hätte Hans Dampf dem verblüfften Fürstenbruder die grausame Verlegenheit ersparen können, wenn er demselben statt weniger schriftlichen Worte mündlichen Bericht von seiner Sendung gemacht hätte. Allein der Ordenskanzler hatte selbst eine Liebschaft und gleichen Tags den Plan gemacht, seine Huldgöttin auf die allerartigste Weise von der Welt zu überraschen. Die Huldgöttin war wirklich ein hübsches Mädchen, noch dazu eine Landsmännin, des Apothekers *Quirl* von Lalenburg Tochter, namens Johanne, die zu einer alten, reichen Tante nach Luchsenstein gekommen war und bei derselben lebte, um sie zu beerben. Die alte Tante war aber eine grämliche Tante, die viel betete und ihre Nichte statt zu Konzerten, Bällen und Schauspielen nur in die Betstunden der Frommen und Heiligen führte. Die alte Tante schien es auch gar nicht gern zu sehen, wenn der windige Landsmann, wie sie ihn nannte, gar zu oft bei der schönen Landsmännin zusprach. Das tat diesem sehr leid. Er benutzte also jeden Anlaß, Johanne zu sehen.

So sah er sie auch am Morgen dieses Tages, freilich nur sehr vorübergehend und nur im Begegnen auf der Straße. Er brachte die Rede auf seinen Wunsch zu einem Abendbesuch. Sie zuckte die Achseln und bedauerte, diesen Abend außer dem Hause in einer Gesellschaft von Freundinnen zu sein, die wöchentlich in einem bestimmten Lokale zusammenzukommen pflege. Aus weiblicher Eitelkeit mochte sie nicht gern gestehen, daß sie mit der Tante eine Andachtsstunde besuche. »Und wo?« fragte der Hofrat. Sie nannte das Haus. »Wird getanzt?« – Sie lächelte errötend und sagte: »Leider nicht! Höchstens wird gesungen.« – Er fuhr fort: »Ist es auch einem ungebetenen Freund erlaubt, dabeizusein? Denn wenn ich Sie nur sehen kann, wo es auch sei, bin ich glücklich.« Sie errötete, stammelte ein: »Ich weiß es nicht!« und entwischte. Hans Dampf aber als ein guter Lalenburger nahm das Erröten und Lächeln der Lalenburgerin für Einladung und stummen Ausdruck geheimen Wunsches.

Sogleich tat er sich mit einigen jungen Herren aus der Stadt zusammen, ohne anders die Abendgesellschaft der jungen Dame durch seine Gegenwart zu verschönern. Die Zudringlichkeit hoffte man, wo nicht zu rechtfertigen, doch einigermaßen durch eine Aufmerksamkeit anderer Art zu vergüten. Man wollte heimlich Musik bestellen, und die jungen Herren, die ohne Zweifel alle unter den Damen ihre liebenswürdigen Bekanntinnen haben würden, sollten in Ballmasken erscheinen. »Wenn dann die Frauenzimmer«, sagte Hans Dampf, entzückt von seinem Plan, »wenn sie dann da bei ihren Teetischen oder beim Spiel oder bei langwierigen Salbadereien dasitzen und urplötzlich vor der Tür ein lieblicher Walzer erklingt, und wir nun maskiert eintreten, die jungen Schönen auffordern – da wird sich keine mehr halten können und alles vergessen und vergeben sein. Es versteht sich übrigens, unsere Entschuldigung machen wir hintennach.«

Alle freuten sich auf das angenehme Abenteuer. Musik und die auserlesensten Ballmasken wurden bestellt und zwar im tiefsten Geheimnis, desgleichen Ort und Zeit der Zusammenkunft in der Dunkelheit des Abends. Als der ersehnte Augenblick erschien, war Hans Dampf der erste auf dem Weg. Die Musikanten fanden sich ein; die Tänzer maskierten sich und schlichen, in ihre Mäntel gehüllt, zu dem bestimmten Hause, wo ihnen schon von ferne die Reihe hellerleuchteter Fenster den Saal der Assemblee verriet. Der Türhüter, auf die Frage, wo das Zimmer der Versammlung sei, wies die Herren zurecht, obgleich nicht wenig über die mitkommenden Musikanten erstaunt, weil die Frommen beiderlei Geschlechts bisher zu ihren Erbauungsstunden nie Pfeifen, Geigen und Waldhörner gebraucht hatten. Auf den Zehen näherte man sich der Tür des Saals, warf die Mäntel ab, legte die Larven vor und bereitete sich in tiefster Stille.

Währenddessen saß im Saal die kleine Gemeinde auserwählter Christen und Christinnen in gottseliger Andacht beisammen und hörte den erbaulichen Vortrag eines ihrer Vorsteher über die Freuden und Seligkeiten des himmlischen Jerusalems an, wo das Lämmlein mit der Siegesfahne thronte. Die guten alten Mütterchen mit gefalteten Händen, die frommen Betbrüder mit auf die Achseln niederhängenden Köpfen saßen längs den Wänden herum und ließen nur zuweilen einen stillen Seufzer der Sehnsucht nach dem überirdischen Zion ertönen. Hingegen die jüngeren Frauen und Jungfrauen fühlten sich erst mächtiger ergriffen, als der Redner die Schönheit der Engel schilderte, das Schweben der Cherubim um den Thron der Herrlichkeit und das feierliche Halleluja und den Gesang der Sphären.

In diesem Augenblick begannen die Musikanten vor der Tür des

Saals einen lustigen Walzer, erst gar leise und sanft, dann immer steigender und lauter. Die gottesfürchtige Versammlung glaubte im Anfang wirklich den Gesang der Sphären zu vernehmen; selbst der Vorsteher ward in seiner Rede feuriger und glänzte in stillem Entzücken. Die jüngeren Christinnen, mit ihrem Geiste im himmlischen Zion, zuckten mit den Füßen nach dem Walzertakt, wie sich denn auch das frömmste Mädchen dessen nicht beim Anhören der schlechtesten Tanzmusik enthalten kann. Als nun aber die Waldhörner dazwischenbrausten und die Sphärentöne gar zu irdisch klangen, verstummte der Redner, und die Gemeinde der Auserwählten begriff weder, woher diese weltliche Eitelkeit, noch wohin sie führen werde.

Plötzlich flogen die Türen des Betsaals auf, sechs bis acht leichtfüßige Masken herein, die Musikanten geigend und blasend ihnen nach. Während sich diese stellten, hüpften jene mit fröhlichen Verneigungen durch den Saal, und die ganze Versammlung der andächtigen Lämmleinsverehrer saß wie zu Bildsäulen versteinert beim Anblick dieses unerwarteten Schauspiels da. Hans Dampf und seine Gefährten, die nun einmal zum Tanzen kamen, achteten weder auf die Überraschung der Anwesenden, noch daß fast alle ein Gebetbuch in der Hand hielten. Am wenigsten fiel ihnen das Geschäft und die heilige Bestimmung dieser frommen Zusammenkunft bei. Einzig war ihnen unangenehm, nur zwei bis drei junge Frauenzimmer, sonst nichts als sehr ehrwürdige Matronen zu erblicken. Hans Dampf nahm Johannen; die anderen jungen Damen wurden aufgefordert, und weil nun aus der Not eine Tugend gemacht werden mußte, bequemten sich die übrigen Tänzer auch zu den alten Mütterchen. Daß sich die Frauenzimmer ein wenig sträubten, fand man ganz natürlich; aber man zog sie mit sich hin; die Tanzmusik ging rasch fort, und so kam man ins Walzen gern oder ungern. Dies alles geschah in solcher Schnelligkeit, daß keiner zur klaren Besinnung kam. Der übrige Teil der frommen Versammlung konnte im Erstaunen weder Bewegung noch Sprache finden.

Nur eine von den betagten Tänzerinnen, die sich durchaus nicht in den wirbelnden Schwung des Walzers fügen wollte und die ganze Erscheinung für eine förmliche Versuchung von seiten Beelzebubs ansah, störte den begonnenen Gang der Dinge auf eine geräuschvolle und entscheidende Weise. Es war die verwitwete Oberhofköchin, eine gottesfürchtige, breite, handfeste Dame. Sie hatte von den Tänzern gerade den lustigsten Springinsfeld bekommen, der, so sehr sie auch arbeitete, seiner loszuwerden, wie eine

Klette an ihr hing, sie mit sich herumzerrte und um sie her hüpfte. Wütend drang sie endlich gegen ihn ein, und mit einem Stoß lag er zur Erde gestreckt, doch nicht ohne ihm im Fallen Gesellschaft zu leisten. Ihr lästerliches Geschrei erweckte nun auch die übrigen Frommen zum Aufruhr gegen die Entweiher des heiligen Ortes. Herren und Frauen griffen zu den Gebetbüchern und rückten in zwei Kolonnen gegen die Tänzer und gegen die Musikanten. Die Tänzer, erstaunt, sich ebenso unartig als undankbar behandelt zu sehen, ließen ihre Damen fahren und fingen an Erklärung und Entschuldigung zu geben und zu fordern. Nicht also ging es im Orchester. Denn da ein an den Ecken massiv mit Silber beschlagenes Gesangbuch als Wurfgeschütz in den Bauch der Baßgeige gefahren war, säumte der erboste Musikus nicht, den Tod seiner brummenden Freundin zu rächen, und fuhr mit dem Fiedelbogen unbarmherzig gegen die erbitterten Angreifer aus. Auch die übrigen Tonkünstler sahen sich gezwungen, aus Notwehr ihre Violinen, Bratschen, Waldhörner in Waffen zu verwandeln.

Nur mit großer Mühe konnten die Bedächtigeren beider Parteien das Handgemenge enden. Die Tänzer erklärten, wie ihre Absichten so wohlgemeint gewesen, baten wegen ihres Irrtums um Verzeihung, und Hans Dampf, der am Ende von allem Unfug der Urheber gewesen, mußte sich gefallen lassen, sämtlichen verursachten Schaden zu tragen. Man war noch großmütig genug, ihm die Entrichtung von Schmerzensgeldern zu erlassen, ungeachtet keiner ohne Schmerzen und blaue Flecke davongegangen war.

HANS DAMPF

Folgenden Tages gab die Geschichte großes Lärmen in der Stadt. Dazu kam noch das verdrießliche Schicksal des Grafen von Krähenburg in der Familie der Quaste. Denn auch hier war es zu Erklärungen und alle Schuld auf den Hans Dampf gekommen. Alle Welt schimpfte. Nur Fürst Nikodemus lachte aus vollem Halse. Der Graf hingegen fluchte und wetterte gegen den ungeschickten Unterhändler und wollte nichts mehr von ihm hören, ließ ihm auch sein Haus auf immer verbieten. Die fromme Tante von Johanna Quirl tat desgleichen und schickte ihre Nichte sogleich zu ihrem Vater nach Lalenburg zurück.

Der Ordenskanzler ließ sich aber das alles nicht anfechten. Seiner Unschuld und guten Absichten bewußt, wandelte er seinen

Weg freudig fort und tröstete sich damit, daß Undank der Welt Lohn sei und die Handlungen großer Männer gewöhnlich von den Zeitgenossen verkannt werden. Solange er übrigens in der Gnade des Fürsten stand, war er für Hof und Stadt ein höchst achtungswürdiger Mann, dem jeder schmeichelnd entgegenkam, dessen Worte Göttersprüche waren.

Se. Durchlaucht der Fürst setzte so großes Vertrauen in den Ordenskanzler, daß er denselben sogar mit in die Gesandtschaft ernannte, welche bestimmt war, die Prinzessin von Mäusenheim, künftige Gemahlin des Herrschers von Luchsenstein, vom Hofe ihres Vaters abzuholen. Weil die übrigen Gesandten meistens uralte Herren waren, hatte Hans Dampf viel Gnade bei der Prinzessin. Jugend ist zuweilen große Tugend. Die Prinzessin war übrigens mit ihrer Gnade nicht allzu wohlfeil, denn sie hatte mancherlei wunderliche Launen, wie sie einer schönen Prinzessin wohl anständig sind. Da sie nun sehr geneigt war, alle Tage eine neue Laune zu haben, weil eine beständig gleiche Laune keine Laune mehr ist, so fiel es ihren Umgebungen oft ziemlich schwer, die rechte zu erkennen. Sie war sehr reizbar und nervenschwach, darum liebte sie besonders alles Sanfte und Zarte, vielleicht deswegen auch vor allen Dingen ihre Katzen. Sie hatte beständig die schönsten und freundlichsten dieser lieben Tiere in ihrem Gefolge, Katzen von allerlei Größe, von allerlei Farbe. Jede ihrer Hofdamen hatte zwei bis drei Katzen zu verpflegen.

Da nun der Fürst mit gleicher Huld den Hunden wie die Fürstin den Katzen zugetan war, besorgte man, des bekannten Sprichworts von Hunden und Katzen wegen, die künftige Ehe dürfte nicht zu den allerseligsten unterm Monde gehören. Trotzdem, wie auch ganz billig, wurden auf die hohe Vermählung unzählige schmeichelhafte Gedichte verfertigt, Reden gehalten, Sinnbilder gemalt, alle voller Weissagungen eines goldenen Zeitalters, da sich die Kraft mit der Anmut, Weisheit mit der Schönheit einige, wie das nun immer so der Fall zu sein pflegt. Viele gute Dinge in der Welt sind überhaupt eigentlich nichts als bloße Redensarten.

Das Ansehen des Ordenskanzlers bei der Prinzessin von Mäusenheim, deren Beilager mit Nikodemus auf seinem Grenzschlosse vollzogen ward, erhob das Ansehen des edlen Hans Dampf mehr als je. Was er daher zu sagen oder zu schreiben beliebte, ward begierig von allen Hörern, Sagenhörern, Lesern und Nichtlesern aufgefaßt und wiederholt, sogar in Zeitungen nachgedruckt. Weil Hans Dampf nun die herrliche Gabe hatte, ungemein redselig und wortreich zu sein, so war es im Grunde immer der Geist oder das

Wort Hans Dampfs, welches die öffentliche Meinung leitete. In der Residenz las man mit Entzücken seine Beschreibung von den Reizen der künftigen Landesmutter, von ihrer zärtlichen Liebe für die Katzen, und daß man bei ihrem feierlichen Einzuge in die Residenz außer der Illumination vorzüglich auf Präsentation von schönen Katzen denken müsse. Das ließ man sich gesagt sein. Jeder wollte nun die schönsten dieser Tiere haben, weiße, getigerte, schwarze, braune, graue, dreifarbige, um sich bei der Fürstin zu empfehlen. Man verschrieb Katzen von nahe und fern, und ungeachtet deren ankamen, gab es doch eine wahre Katzenteuerung zehn Meilen weit in der Runde.

IN ALLEN GASSEN

Der Einzug des jungen Ehepaars in die Residenz war ungemein prachtvoll; Triumphbogen an Triumphbogen verfinsterten beinahe alle Straßen. Nicht nur waren in jedem Bogen sehr geschmackvolle Gemälde von Katzen zur Augenweide der Fürstin angebracht, sondern einige der Triumphpforten bestanden aus einer sinnreichen Verkettung allerliebster kleiner ausgestopfter Katzen, die einander zu jagen schienen. Aus allen Fenstern ließ man Katzen sehen, die sich jedoch meistens übel gebärdeten und schrien, ohne Zweifel aus unnötiger Furcht herabzufallen. Dies allgemeine Miauen der Katzen war für diese Tierart gewissermaßen ansteckend und so stark, daß die kleinen Kinder davor heftig erschraken und ihr Geschrei in die herrschende Tonart mischten. Die fürstlichen Jagd-, Wind- und Hofhunde, welche vor dem Wagen herliefen, wie auch alle übrigen bürgerlichen Hunde, die sich aus Neugier wie andere Zuschauer von ungefähr auf den Straßen befanden, sahen und hörten mit gerechtem Erstaunen an allen Fenstern die zahllose Menge ihrer natürlichen Erbfeindinnen und gerieten in große Bewegung. Einige sprangen bellend rechts und links, andere vor Wut heulend gegen die Mauern der Häuser auf, andere kläfften aus Nachahmung oder Sympathie den übrigen nach.

Man hatte bei dieser vorlauten Konversation der Hunde und Katzen die größte Mühe, sein eigenes, menschliches Wort zu verstehen. Einige Zuschauer, um die ehrfurchtsvolle Stille wiederherzustellen, riefen: »Hunde weg!« Andere schrien dagegen: »Katzen weg!« Und im Eifer aller erhob sich ein Gebrüll von Tönen der verschiedensten Art, daß beinahe die Rosse scheu wurden. Man mußte sie wirklich halten, besonders da unter dem Hauptehrenbogen in der Mitte der Stadt der Magistrat, wie man zu sagen pflegt, en corps oder leiblicherweise erschien, und der Amtsbürgermeister das Entzücken des Landes in einer vortrefflichen, von ihm selbst verfaßten Rede auszusprechen hatte. Auch stellte er sich dem fürstlichen Paare, das im Prunkwagen beisammensaß, gegenüber und hob die Rede an. Allein des Geschreies, Bellens, Miauens, Rufens war um ihn her so viel, daß er wohl merkte, ohne höchste Anstrengung seiner Sprachwerkzeuge wäre es hier um die Pracht seiner Rede, um die überraschendsten Gegensätze, Blumen und Vergleichungen getan. Zum Glück war er ein baumstarker Herr, dem es nicht an Stimme abging, da er im Rate seit zwanzig Jahren gestimmt hatte. Er überschrie auch wirklich das ungeheure Getöse sehr glücklich und ward dabei kirschbraun im Gesicht. Die nervenschwache Fürstin im Wagen hielt sich aber in wahrhafter Seelenangst beide Hände vor die Ohren, und Nikodemus donnerte und wetterte rechts und links aus dem Kutschenschlag. Inzwischen glaubte das Volk, weil man bei dem allgemeinen Toben kein einziges Wort verstand, der Fürst bezeuge nur die Empfindungen seines Danks gegen die Liebe der treuen Untertanen, und jauchzte nun desto ärger ein feierliches Vivat und Lebehoch dazwischen. Auch las man in allen Zeitungen und Journalen jener Tage gedruckt, wie groß der Jubel des Volks, wie herzlich die Erkenntlichkeit des Landesvaters und wie innig die tiefe Rührung der Fürstin gewesen sei, denn in der Tat fing sie, da sie keine Hilfe finden konnte, vor Zorn an zu weinen. Der redende odere vielmehr schreiende Amtsbürgermeister nahm den größeren Teil dieser köstlichen Tränen auf Rechnung seiner wirklich erschütternden Rede, wandte sich nun vorzugsweise gegen die Fürstin, welche er noch einschaltungsweise mit allen Göttinnen des hohen Olympos verglich, und endete nicht, bis er die letzte Phrase glücklich angebracht hatte.

Darauf jagte der fürstliche Wagen in vollem Galopp zum Schlosse. Allen sausten die Ohren noch zwei Stunden nachher davon, am meisten der nervenschwachen Fürstin. So ohrenkrank war sie, daß kein Mensch sie mehr laut anreden, sondern nur leise flüstern durfte, und sie keinen größeren Kummer hatte, als daß sie am Abend noch einem Konzert der fürstlichen Hofkapelle beiwohnen sollte. Zwar hatte aus zärtlicher Rücksicht für die junge Gemahlin Nikodemus dem Kapellmeister selbst verboten, Blasinstrumente, selbst Flöten nicht anzuwenden. Dennoch beruhigte sie das nicht, und sie äußerte sich gegen den Ordenskanzler im Vertrauen, daß, da nun einmal das Konzert sein müsse, sie ihm die größte Verbindlichkeit haben würde, wenn er die Kapelle bewegen könnte, so leise zu spielen, daß man es kaum höre.

Hans Dampf war dazu bereit, aber fand bei der Kapelle über das beständige *Pianissimo* heftigen Widerspruch. Man weiß, Künstler haben ihren Eigensinn. Der Kapellmeister verhieß zwar, die Instrumente vor Erscheinung des fürstlichen Paars stimmen zu lassen, um Hochdero Ohren mit den unleidlichen und unvermeidlichen Dissonanzen zu verschonen, versprach auch, eine andere Auswahl der Tonstücke zu treffen, wobei es leise genug hergehen könne; aber eine etwas geräuschvolle, brillante Ouvertüre wollte er sich schlechterdings nicht nehmen lassen, weil er sie selbst gesetzt und schon daraus Trompeten, Pauken, Fagotts, Klarinetten und andere Blasinstrumente weggestrichen hatte.

Natürlich setzten diese Äußerungen des unerbittlichen Kapellmeisters den dienstbeflissenen Ordenskanzler in große Verlegenheit; doch hoffte er noch einen Mittelweg ausfindig zu machen. Und er fand ihn wirklich. Um den scharfen, nervenerschütternden Strich der Geigen einigermaßen zu mildern, schlich er sich vor Ankunft des Hofes ins Orchester und seifte in großer Geschwindigkeit alle Violinenbogen ein. Der Hof kam. Die Künstler der Kapelle traten aus dem Nebenzimmer ins Orchester. Jeder nahm seinen gebührenden Stand ein, der Kapellmeister voran. Dieser hob den papiernen Kommandostab, und auf seinen ersten Wink sollten sich die Harmonien der brillanten Ouvertüre rauschend ergießen. Diesmal aber behielt Hans Dampf recht.

Zwar fuhren unter dem ersten Wink des Kapellmeisters alle Fiedelbogen mutig auf den Geigen ab und auf; aber es ward kein Ton laut, und eine furchtbare Todesstille herrschte. Der Kapellmeister warf einen grimmigen Blick auf seine Kunstgenossen, hob den Arm noch einmal und winkte mit einem starken Druck des Leibes von neuem. Alle Violinen setzten sich von neuem in Bewegung, doch blieb das zweite Manöver so fruchtlos als das erste. Das fürstliche Auditorium fürchtete, mit Taubheit geschlagen zu sein. Der Argwohn des Kapellmeisters, daß man aus Neid ungehorsam sei, ward verzeihlich. Er rief voll unterdrückten Grimmes mit gedämpfter Stimme durch das Orchester: »Nun, wird's endlich einmal?« Dabei drehte er sich um, die Geigenkünstler zu beobachten, hob den Arm, winkte zum drittenmal, und die Künstler, voller Erstaunen und wahrhafter Todesangst, arbeiteten zum drittenmal umsonst. Jetzt erkannte der Kapellmeister mit Erblassen die Ohnmacht aller Violinen. Der ganze Hof erhob ein Gelächter. Aber der Fürst, welcher sich auf seine Kapelle viel zugut tat und damit bei seiner

Gemahlin Ehre einlegen wollte, nahm die große Verstummung übel auf, hieß die Kapelle zur Hölle gehen und verließ mit der Fürstin und dem ganzen Hof den Saal.

Es konnte unmöglich lange ein Geheimnis bleiben, warum die brillante Ouvertüre dreimal blind abgefeuert worden sei. Hans Dampf hatte selber die Ursache ausgeplaudert. Vielleicht wäre die zartnervige Fürstin seine dankbare Fürsprecherin geworden; allein sie vernahm ebensoschnell, daß Hans Dampf durch seinen Einfluß der wirkliche Urheber nicht nur der bekatzten Ehren- und Triumphpforten, sondern auch überhaupt des erschrecklichen Katzenlärmes gewesen sei, dessen sie, wie sie versicherte, zeitlebens eingedenk sein würde. Dadurch mußte der Sturz des Ordenskanzlers unvermeidlich werden. Die Fürstin bei ungnädiger Laune befahl ihm, den Hof zu meiden; der Fürst, um sich und seiner Gemahlin Genugtuung zu verschaffen, wies ihn sogar aus dem Lande.

Hans Dampf, bei dem sich die Hiobsbotschaften durchkreuzten, kratzte sich hinter den Ohren und seufzte: »Undank ist der Welt Lohn!«, packte ein, hüllte sich in seine Tugend und reiste nach Lalenburg ab.

HANS DAMPF

Ein großer Mann ist, auch wenn er fällt, groß. Sein Sturz erschüttert ganze Reiche. Als Alexander starb, mußte sein ungeheures Gebiet von den Mündungen der Donau und des Nil bis zum Indus und Ganges unter Strömen Blutes vergehen, und Karls des Großen Weltreich zertrümmerte, als der Schöpfer desselben verschwand. So mußte auch, als der große Hans Dampf gestürzt ward, der Staat von Luchsenstein bis auf die letzte Spur verschwinden, und ein großer Krieg zu Land und zu Meer zwischen Frankreich und England war die Folge vom Rückzug des Ordenskanzlers, wie sich aus der geheimen Geschichte der Höfe damaliger Zeit sehr leicht und mit Urkunden beweisen läßt, die aber zu lang und zu langweilig wären, hier eingerückt zu werden.

Der Ordenskanzler hatte nämlich kaum die Residenz verlassen, als ein französischer Extrakurier ankam, der sich nach ihm erkundigte, um ein Paket an ihn abzugeben. Diese Erscheinung machte um so größeres Aufsehen, weil das Deutsche Reich damals mit Frankreich in großer Spannung war. Fürst Nikodemus ward von der Ankunft des Extrakuriers benachrichtigt, und zugleich äußerten die Feinde des vertriebenen Hans Dampf, dieser möchte wohl in verräterischem Briefwechsel mit der französischen Krone stehen. Nikodemus fand die Sache sehr wahrscheinlich, weil er seinen Hans Dampf in allen Gassen kannte, und gab Befehl, den Extrakurier zu verhaften. Dieser, schon abgereist, ward glücklich eingefangen und zurückgebracht. Er leugnete nicht, mit Hans Dampf bekannt zu sein; aber daß das für denselben mitgebrachte Paket eine Perücke sei nach der neuesten Mode, die der Kurier aus Gefälligkeit für Hans Dampf in einer der größten Hauptstädte gekauft und ihm nun nach Lalenburg gesandt habe, wollte kein Mensch glauben. Es ward also ein Begehren an den Magistrat von Lalenburg geschickt, daß derselbe das für Hans Dampf angekommene Paket übersenden und den Ordenskanzler einstweilen verhaften solle, weil in dem Paket wahrscheinlich Spuren einer großen Verschwörung gegen das Heilige Römische Reich enthalten sein dürften. Der Magistrat von Lalenburg gehorchte mit großem Eifer, konnte sich aber der Neugier nicht verwehren, die Schachtel zu öffnen, um die Spuren der ungeheuren Verschwörung selbst zu besichtigen. Der Anblick der majestätischen Allongeperücke setzte nun den Witz aller Ratsherren von Lalenburg in Verzweiflung, wie dies zottige Geschöpf mit dem Heiligen Römischen Reiche in gefährlichen Verbindungen stehen könne. Darüber ward lange geratschlagt.

Der Extrakurier mochte wegen Eile und Wichtigkeit seiner Sendung lärmen, wie er wollte, er mußte warten, bis die Sache ins reine gebracht war. Man fand bei ihm nichts als noch ein Paket mit den schönsten Zobel- und Hermelinpelzen, nebst einem Brief an den Aufseher der Garderobe Sr. Majestät des Königs von Frankreich. Aber der König selbst hatte die köstlichen Hermeline und Zobel bestellt, weil sie damals zur neuesten Mode in der Pariser Damenwelt gehörten und er sie seiner Geliebten zum Neujahrstage verheißen hatte. Bisher hatte nur die Gemahlin des englischen Gesandten das Vergnügen, im schönsten Hermelin es dem ganzen Hofe zuvorzutun.

Nun kam der Neujahrstag, aber der Extrakurier nicht. Vergebens setzte der König den Garderobeaufseher in die Bastille und entschuldigte er sich bei der eigensinnigen Geliebten. Diese weinte vor Zorn, da sie am Neujahrstag der stolzen Britin an Pracht nachstehen mußte, und versagte dem Monarchen auch die kleinste Gunst. Der König war in höchster Verzweiflung und erhielt keine Hoffnung zur Begnadigung, bis er versprach, die hochmütige Engländerin aus Frankreich zu entfernen. Schon waren ohnehin im

Kabinett die Stimmen geteilt, ob man mit England wegen einiger Ansprüche Krieg anfangen solle oder nicht. Jetzt gab der König den Ausschlag »Krieg«; der englische Gesandte mußte sogleich Paris verlassen, nicht minder die Frau Gesandtin mit dem kostbaren Pelzwerk. Blut ward in Land- und Seeschlachten stromweise vergossen, ein Staat um den andern in den Kampf verflochten, mancher ging dabei ganz zugrunde, wie zum Beispiel Luchsenstein. Denn da der Extrakurier, nachdem er sich gerechtfertigt hatte, endlich, aber zu spät nach Paris kam und die Ursache seiner Verspätung meldete, ward dem Hause Luchsenstein Untergang geschworen, der Schwur erfüllt.

An allen jenen Tränen, Kriegen, Blutströmen und Staatenverwandlungen war nichts Ursache als der Sturz des großen Hans Dampf. Wäre er in der Gnade des Fürsten geblieben, hätte er über die Perücke Auskunft geben können, wäre seine Vaterlandsliebe nicht verdächtigt und verleumdet worden; alles würde einen anderen Gang genommen haben.

IN ALLEN GASSEN

Er selbst nahm, wie gesagt, seinen Gang nach Lalenburg. Hier hatte das tausendzüngige Gerücht schon vor seiner Ankunft Kunde von seiner Verungnadigung gegeben. Sogleich nahm der wohlweise Rat den Schattenriß des Exordenskanzlers aus dem Versammlungssaal hinweg und faßte den Beschluß, künftig keinem Sterblichen bei dessen Lebzeiten mehr den Beinamen des Großen zu geben oder ihm Denkmale zu errichten, als da sind Obelisken, Bildsäulen, Silhouetten, Pyramiden und dergleichen. Nun wollte kein Lalenburger ihm je geschmeichelt haben; nun desavouierte der Stadtrat alle an denselben ergangenen Deputationen; nun schwor jeder, er habe nie mit ihm in freundschaftlichen Verhältnissen gestanden; nun machte man Schmähschriften und Spottgedichte auf den »exgroßen Mann«; nun hieß ihn jeder den kleinen Mann; ja viele fanden ihn so klein, daß sie sich gar nicht erinnerten, ihn recht gekannt zu haben.

Hans Dampf mußte wirklich selbst über das kurze Gedächtnis der Lalenburger erstaunen, als er in seiner Vaterstadt ankam und ihn jeder wie einen wildfremden Menschen angaffte und nichts von ihm wissen wollte. Das schreckte ihn aber nicht, besonders als er bemerkte, daß die Töchter sich seiner noch am besten erinnerten.

Da sagte er jeder etwas Süßes und versprach jeder, sie müsse einmal Frau Bürgermeisterin werden, wenn er Bürgermeister würde. Dergleichen vergißt ein Mädchen so leicht nicht. Der Bürgermeisterschaft erwähnte er aber aus dem Grunde, weil der Amtsbürgermeister wenige Tage zuvor des Nachts Hals und Bein gebrochen hatte, indem er in einen tiefen Graben gestürzt war, längs dessen Abhang der Magistrat versäumt hatte, statt des verfaulten ein anderes Geländer zu setzen. Der Seligverstorbene hatte selbst kräftig gegen Wiederherstellung des Geländers gesprochen, teils aus Sparsamkeit, teils aus dem Grunde, weil seit Menschengedenken niemand in den Graben gefallen wäre.

Ohne Zweifel würde die Bürgermeisterwahl sogleich vor sich gegangen sein, wäre nicht das luchsensteinische Begehren um Verhaftung des Exordenskanzlers und Auslieferung der staatsverräterischen Perücke dazwischengekommen. Größerer Sicherheit willen schlug man den armen Hans Dampf in Ketten und Banden und ließ ihn Tag und Nacht von siebenundfünfzig Männern mit langen Spießen in seinem eigenen Hause bewachen, wo man immer je zwei oder drei vor ein Loch in der Mauer, z. B. Fenster, Türen, sogar Dach- und Kellerlöcher, stellte. Das war ein Einfall des Stadtschreibers Mucker gewesen. Es beschäftigte die gesamte ehrbare Bürgerschaft so sehr, daß alles andere darüber vergessen ward.

Inzwischen hatte Fürst Nikodemus sich beim Anschauen der Perücke von der Unschuld des Exordenskanzlers vollkommen überzeugt. Die alte Zuneigung für denselben war wieder erwacht, und nicht nur sandte er demselben mit einem verbindlichen Schreiben die gewaltige, lockenreiche Kopfhaube zurück, sondern zur Entschädigung für die Gefangenschaft stellte er ihm auch frei, sich eine Gnade auszubitten.

Dies war zu Lalenburg kaum ruchbar geworden, als neuer Aufruhr entstand; denn nun besorgte jeder, Hans Dampf werde sich aus Rache wo nicht die Zerstörung von ganz Lalenburg, doch Kopf und Kragen derer ausbitten, die ihn so streng behandelt hatten. Die siebenundfünfzig Wächter liefen sogleich mit ihren Spießen davon; dagegen stürmten Schmiede, Schlossermeister, Spengler usw. mit Hämmern, Zangen, Brecheisen herbei, die ersten zu sein, welche die Ketten des Gefangenen lösten; fünfundzwanzig Jungfrauen erklärten ohne Hehl öffentlich, die verlobten Bräute des fürstlichen Günstlings zu sein; Ratsdeputationen erschienen mit Entschuldigungen ihres Verfahrens; das Dekret wegen der großen Männer ward feierlich vernichtet und die Dampfsche Silhouette wieder im Ratssaal aufgehängt; und der Stadtschreiber Mucker, kräftig unterstützt vom Stadt- und Platzmajor Knoll, war der erste, welcher, um sich der Huld des großen Mannes zu empfehlen, ihm öffentlich zum Bürgermeistertum in Vorschlag brachte.

Der Wankelmut des Volks, das heute Hosianna, morgen Kreuzige ruft, war zu Lalenburg einheimisch wie in allen Zeiten bei allen andern Völkern. Er ist eine Wirkung der Unwissenheit bei den meisten, des Leichtsinns bei vielen, der Selbstsucht und des Eigennutzes da, wo der Sinn des Bessern noch nicht geboren oder schon erstorben ist. In der Republik Lalenburg, muß man gestehen, war weder ein griechisch- noch französisch-leichtsinniges Völkchen daheim, sondern ein altkluger, ehrbarer, steif und langsam denkender Menschenschlag. War die Rede vom Haben, Erwerben, Geldmachen und Rechnen, so mußte man den Lalenburgern nachsagen, sie waren, obgleich unwissend in allen übrigen, sehr klug in diesen Dingen. Eigennutz war also die Haupttriebfeder ihres Wankelmuts, was sonst bei andern zivilisierten Völkern nie der Fall zu sein pflegt, ihres Heldenmuts, ihres Hochmuts, ihres Übermuts, aber auch ihrer Demut und Feigheit.

Hans Dampf, der größte Mann seines Jahrhunderts in Lalenburg, weil er die größte Ausnahme von der Lalenburger Regel war, kannte sein Volk und wußte es zu behandeln. Er kannte die Herren des Rats, die, in stillen Zeiten dick aufgeblasen, keinem Ochsen aus dem Weg traten und sich für Übernatürlichgeborene hielten, bei der geringsten Besorgnis von Gefahr aber Mücken für Elefanten ansahen und feig und kriechend auch das Niederträchtige taten, wenn es sich, wie sie zu sagen pflegten, mit Ehren tun ließ. Er kannte sie und nahm danach seine Maßregeln.

HANS DAMPF

Die erste Maßregel war sein breiter und großer Nimrodsorden, den er umhing, als die Ratsglocke zur Bürgermeisterwahl läutete. Er wußte, daß in wohleingerichteten Republiken, wenigstens zu Lalenburg, ein Ende Band im Knopfloch nicht geringere Wirkung mache als in Monarchien. Ein Mann mit dem Bande konnte zu Lalenburg unmöglich anders als auf dem ersten Platz sitzen, weil man sonst den Fürsten von Luchsenstein zu beleidigen fürchtete. Seine zweite Maßregel war die ungeheure, hundertlockige Allongeperücke, welche wie eine Wolke ihm vom Scheitel herab bis auf

Brust und Rücken niederwallte und die Hälfte seiner ansehnlichen Gestalt in Kopf verwandelte.

Als er nun mit wohlabgemessenem Schritte von seinem Haus zur Versammlung des Rates ging, flogen alle Fenster in der Gasse auf, alle geschwätzigen Mäuler verstummend zu, alle Hüte und Mützen ehrfurchtsvoll ab. So außerordentlich war die allgemeine Ehrfurcht, daß keiner der Ratsherren ihm zur Seite zu gehen wagte, sondern in tiefster Höflichkeit immer einen halben Schritt hinter ihm blieb. Auch ward dem Ordensbande, der Staatsperücke und ihm im Ratssaal der vornehmste Platz auf der ersten Bank unter so vielen Zeremonien, Verbeugungen und Kratzfüßen angewiesen, daß von den höflich hinter sich Scharrenden drei Stühle umgeworfen und zwei Ratsgliedern heftig auf die Krähenaugen getreten wurde, was die allgemeine Rührung nicht wenig vermehrte, besonders von seiten der Getretenen. Auch forderte ihn der stellvertretende Bürgermeister zuerst auf, seine Meinung über die vorzunehmende, wichtige Wahl eines Amtsbürgermeisters vorzutragen.

Nachdem Hans Dampf einige äußerst bescheidene Mienen geschnitten, sich weit herum tief verbeugt hatte, bedauerte er ungemein, daß er in die Verlegenheit gesetzt worden sei, der erste reden zu müssen. Denn ihm fehle es an Kenntnis, Beredsamkeit und Erfahrung; ihm wäre angemessener, in dieser Versammlung zu schweigen, zu hören und zu lernen. Jeder andere übertreffe ihn in den zu einem würdigen Vortrag gehörigen Erfordernissen, und daher verbete er sich die Ehre der ersten Stimme. Die Lalenburger aber überschütteten ihn mit noch größeren Lobeserhebungen, fanden an ihm nichts mangelhaft als das Übermaß seiner Bescheidenheit und nötigten ihn siebenmal zu reden, nachdem er es sechsmal flehentlich abgelehnt hatte. Dies Hin- und Herkomplimentieren und dies demutsvolle Zurückweisen einer Ehre, nach der man schnappt, gehörte übrigens in Lalenburg zum bloßen Formenwerk und echt feinen Weltton.

Nun setzte sich die Zunge des edlen Hans Dampf in Lauf. Eine halbe Viertelstunde füllte er mit Titulaturen in der Anrede, anderthalb Viertelstunden in Entschuldigungen seiner Unfähigkeit zu reden aus; dann sprach er sehr geläufig von den Tugenden des Seligverstorbenen, dessen Stelle wieder besetzt werden sollte; dann von den Eigenschaften, welche an einer ersten Magistratsperson der Republik nicht fehlen dürfen.

»Herrschen«, sagte er, »ist eine große Kunst. Das aber ist die Kunst, daß man nichts verderbe! Denn besser kann man es nicht machen, als der liebe Gott schon alles gemacht hat. Die Uhr geht von selbst, wenn sie aufgezogen ist, darum greift nur nicht in die Räder. Hat der Bauer den Acker einmal besät, so wird die Saat von selbst aufgehen; wühle er nur nicht vorwitzig wieder im Boden herum. Die Neuerungssucht hat die ältesten Staaten zugrunde gerichtet. Wer immer fortläuft, muß endlich einmal ans Ende kommen. Wer nie zu Ende kommen will, bleibe nur stehen. So machten es unsere glorwürdigen Voreltern, o Lalenburger, und so müssen auch wir tun.

Aller Firlefanz unserer heutigen Staatsklugen und Metaphysiker hilft nichts. Stehen die Throne darum fester? Nein, sie wackeln nur desto ärger. Haltet fest am lieben alten. Neue Ordnung ist wie neuer Wein, der will Gärung. Alte Ordnung ist wie alter Wein, kräftig, lieblich, klar. Darum ist das Dümmste vom Alten besser als das Klügste der Neuerer. Wir Menschen bleiben Menschen und werden trotz aller Mühe nichts anderes, gleichwie die Tiere auch. Die Leute sterben ebensogut, wo studierte Doktoren und große Apotheker sind, als da, wo man weder Doktor noch Apotheker hat. Umgekehrt, dort sterben oft noch mehr, weil Doktor und Apotheker an der natürlichen Ordnung im Menschen bessern und flicken wollen, des Geldes willen. Hütet euch vor den Gelehrten. Selig sind die Armen im Geiste. Die sehen in ihrer Einfalt mehr als die von Weisheit Verblendeten.

So dachten unsere Vorfahren. Rom und Griechenland gingen unter, Lalenburg steht noch heutigen Tages. Es geht mit den Staaten wie mit einzelnen Menschen. Kluge Kinder sterben früh. Ein großer Staatsmann läßt es gehen. Alles kommt und macht sich zuletzt doch. Man eile der Natur nicht zuvor. Sie will keine Sprünge. Was heute nicht geschieht, kann morgen geschehen. Ist der Apfel reif, fällt er vom Baum und verlangt nicht, daß ihr zu ihm hinaufklettert. Darum ist es bei uns eine der trefflichsten Staatsmaximen, große Geschäfte an Kommissionen zu weisen, welche die Akten wieder in Zirkulation unter sich setzen, damit sie halb vergessen werden. Halbvergessene Dinge sind wieder neu, und das Neue ergreift man immer mit größerem Eifer, zumal wenn das Neue schon ein alter Freund ist. Zum Schnellsein hilft nicht Laufen. Wer am wenigsten tut, hat gewiß am meisten getan. Nur nie zuviel regiert! Wem Gott wohl will, dem gibt er's im Schlaf.

Die Haupttugend eines Regenten ist, daß er den Gesetzen, auch den schlechtesten, Ehrfurcht zu verschaffen wisse. Wollt ihr, daß man eure Werke ehre, so müßt ihr euch selber beim Volk Respekt zu machen wissen. Daher die Notwendigkeit äußerlichen Ansehens, Glanzes, Pompes bei Königen, Kaisern und andern Fürsten und Staatsmännern. Eine ernste, weise Gebärde ist in Republiken wichtiger als die Weisheit selbst, und eine gute Perücke dem gemeinen Wesen oft ersprießlicher als ein guter Kopf. Daher zu Lalenburg ein Staatsgrundgesetz seit undenklichen Zeiten: Konsuln und Stadtschreiber sollen Perücken tragen. Das Kleid macht den Mann!

Das wirksamste Zaubermittel in freien Staaten ist die Heimlichkeit oder das Geheimnisvolle. Damit erwirbt man sich selbst große Bedeutung, dem Amte Achtung, dem Staat Ehre. Ein kluger Staatsmann muß immer Kopf und Herz von Geheimnissen voll oder doch das Ansehen von dergleichen haben, gleichwie auch ein Eimer darum noch nicht zusammenfällt, wenn er ausgeleert ist. Es schadet gar nichts, wenn man auch im Vertrauen alles erzählt, sobald man nur die Miene hat, das Beste noch zurückbehalten zu haben. Darum besteht Lalenburg immer glänzend, weil wir alle Meister in dieser Kunst sind.

Das Reden und Plaudern mag man im Ratssaal bei Staatsgeheimnissen allerdings erlauben, doch nicht das Druckenlassen. Gott hat den Mund des Menschen geschaffen, aber nicht die Buchdruckerpresse. Nichts Gefährlicheres für unser Ansehen als dies heillose Werkzeug, welches der ganzen Welt zur Schau stellt, was wir sind und tun, und was wir nicht sind und nicht tun. Kluge Fürsten haben sich schon den Kopf über Zensurgesetze zerbrochen; wir machen es noch klüger und verbieten in unserer Republik den Druck aller Bücher und Zeitungen, mit Ausnahme der Gebet- und Gesangbücher und Neujahrswünsche oder Hochzeits- und anderer Gelegenheitsgedichte. Es ist nun zwar leider wahr, je strenger wir gegen die gottlose Publizität sind, desto größer wird damit Unfug im Auslande getrieben, und je weniger wir durch den Druck von uns bekannt werden lassen, weil wir zu bescheiden sind, desto mehr schreibt und druckt man von unsern löblichen Lalenburgereien in der Fremde. Doch was wir nicht hindern können, wollen wir geschehen lassen. Wir spielen dagegen den Herren die Posse und lesen ihr Zeug nicht; dann sind wir bei uns selbst wieder in Ehren. Denn was ich nicht weiß, macht mich nicht heiß.«

In diesem Ton sprach Hans Dampf noch lange. Die Leute, weil sie das alles schon auswendig wußten, gähnten eins ums andere, daß ihnen die Augen übergingen; sobald sie aber an die Reihe zum Reden kamen, waren sie unerschöpflich in Lobeserhebungen des großen Mannes, der zuerst gesprochen, rühmten seine tiefen Einsichten und fügten dazu die ganz bescheidene Bemerkung, er habe ihnen ganz aus der Seele geredet und alles, was sie hätten selber sagen wollen, vorweggenommen.

Und am gleichen Tage ward Hans Dampf zum Konsul der Republik erkoren und ausgerufen. Er beschwor den ganzen Rat mit Tränen, diese Wahl zurückzunehmen und einen Würdigeren auszulesen. Allein darauf achtete keiner; denn jedermann wußte, daß diese Tränen und dieses demutsvolle Sträuben zum altertümlichen Zeremoniell der Gewählten gehörten.

Nun erst begann die glänzende Epoche im Leben des großen Hans Dampf oder vielmehr, wie ihn schon die Zeitgenossen zu nennen beliebten, Hans Dampfs in allen Gassen. Denn er ward die Seele von ganz Lalenburg, steckte überall, kam überall in die Quere, verzettelte und entzettelte alles links und rechts, ohne es zu wissen oder zu wollen. Wo man liebte, war Hans Dampf, wo man zankte, war Hans Dampf, wo etwas schief ging, war Hans Dampf, wo ein Geheimnis zu aller Welt Wissen kam, war Hans Dampf der erste Helfer.

Gleich am Tag nach der Wahl ward er an fünfundzwanzig Orten zu seinem Viertelhundert Bräuten zu Gaste geladen, ward er – doch der Geschichtsschreiber erschrickt nun selbst vor dem riesenhaften Unternehmen, der Plutarch dieses Helden zu sein. Der Leser erlaube dem Plutarch wenigstens einmal frischen Atem zu schöpfen, um nachher desto kräftiger fortfahren zu können.

(1814)

DAS ABENTEUER DER NEUJAHRSNACHT

I

Mutter *Käthe,* des alten Nachtwächters Frau, schob am Silvesterabend um neun Uhr das Zugfensterlein zurück und steckte den Kopf in die Nacht hinaus. Der Schnee flog in stillen, großen Flocken, vom Fensterlicht gerötet, auf die Straßen der Residenz nieder. Sie sah lange dem Laufen und Rennen der frohen Menschen zu, die noch in den hellerleuchteten Läden und Gewölben der Kaufleute Neujahrsgeschenke einkauften, oder von und zu Kaffeehäusern und Weinkellern, Kränzchen und Tanzsälen strömten, um das alte Jahr mit dem neuen in Lust und Freuden zu vermählen. Als ihr aber ein paar große, kalte Flocken die Nase belegten, zog sie den Kopf zurück, schob das Fensterlein zu und sagte zu ihrem Mann: »Gottliebchen, bleib zu Hause und laß die Nacht den Philipp für dich gehen. Denn es schneit vom Himmel, wie es mag, und der Schnee tut, wie du weißt, deinen alten Beinen kein Gutes. Auf den Gassen wird es die ganze Nacht lebhaft sein. Es ist, als wäre in allen Häusern Tanz und Fest. Man sieht viele Masken. Da hat unser Philipp gewiß keine Langeweile.«

Der alte *Gottlieb* nickte mit dem Kopf und sprach: »Käthchen, ich laß' es mir wohl gefallen. Mein Barometer, die Schußwunde über dem Knie, hat mir's schon zwei Tage vorausgesagt, das Wetter werde ändern. Billig, daß der Sohn dem Vater den Dienst erleichtert, den er einmal von mir erbt.«

Nebenbei verdient hier gesagt zu werden, daß der alte Gottlieb vorzeiten Wachtmeister in einem Regiment seines Königs gewesen, bis er bei Erstürmung einer feindlichen Schanze, die er der erste im Kampfe für das Vaterland erstieg, zum Krüppel geschossen ward. Sein Hauptmann, der die Schanze bestieg, nachdem sie erobert war, empfing für solche Heldentat auf dem Schlachtfeld das Verdienstkreuz und Beförderung im Rang. Der arme Wachtmeister mußte froh sein, mit dem zerschossenen Bein lebendig davonzukommen. Aus Mitleid gab man ihm eine Schulmeisterstelle, denn er war ein verständiger Mann, der eine gute Handschrift hatte und gern Bücher las. Bei Verbesserung des Schulwesens ward ihm aber auch die Lehrerstelle entzogen, weil man einen jungen Menschen, der nicht so gut als er lesen, schreiben und rechnen konnte, versorgen wollte, indem einer von den Schulräten dessen Pate war. Den abgesetzten Gottlieb aber beförderte man zum Nachtwächter und adjungierte ihm seinen Sohn Philipp, der eigentlich das Gärtnerhandwerk gelernt hatte.

Die kleine Haushaltung hatte dabei ihr kümmerliches Auskommen. Doch war Frau Käthe eine gute Wirtschafterin und gar häuslich und der alte Gottlieb ein wahrer Weltweiser, der mit wenigem recht glücklich sein konnte. Philipp verdiente sich bei dem Gärtner, in dessen Lohn er stand, sein täglich Brot zur Genüge, und wenn er bestellte Blumen in die Häuser der Reichen trug, gab es artige Trinkgelder. Er war ein hübscher Bursche von sechsundzwanzig Jahren. Vornehme Frauen gaben ihm bloß seines Gesichts wegen ein Stück Geld mehr als jedem anderen, der eben solch ein Gesicht nicht aufweisen konnte.

Frau Käthe hatte schon das Mäntelein umgeworfen, um aus des Gärtners Hause den Sohn zu rufen, als dieser in die Stube trat.

»Vater«, sagte Philipp und gab dem Vater und der Mutter die Hand, »es schneit, und das Schneewetter tut dir nicht wohl. Ich will dich die Nacht ablösen, wenn du willst. Lege du dich schlafen.«

»Du bist brav!« sagte der alte Gottlieb.

»Und dann, habe ich gedacht, morgen sei es doch Neujahr«, fuhr Philipp fort, »und ich möchte morgen bei euch essen und mir gütlich tun. Mütterchen, hast vielleicht keinen Braten in der Küche . . .«

»Das eben nicht«, sagte Frau Käthe, »aber doch anderthalb Pfund Rindfleisch, Erdäpfel zum Gemüse und Reis mit Lorbeerblättern zur Suppe. Auch zum Trunk noch ein paar Flaschen Bier. Komm du nur, Philipp; wir können morgen hochleben. Künftige Woche gibt es auch wieder Neujahrsgeld für die Nachtwächter, wenn sie teilen. Da können wir schon wohlleben.«

»Nun, desto besser für euch. Und habt ihr schon die Hausmiete bezahlt?« fragte Philipp.

Der alte Gottlieb zuckte die Achseln.

Philipp legte Geld auf den Tisch und sagte: »Da sind zweiundzwanzig Gulden, die ich gespart habe. Ich kann sie wohl entbehren. Nehmt sie zum Neujahrsgeschenk. So können wir alle drei das neue Jahr wohlgemut und sorgenlos antreten. Gott gebe, daß wir es gesund und fröhlich durchleben. Der Himmel wird ferner für euch und mich sorgen.«

Frau Käthe hatte Tränen in den Augen und küßte ihn. Der alte

Gottlieb sagte: »Philipp, du bist wahrhaft der Trost und Stab unseres Alters. Gott wird dir's vergelten. Fahre fort, redlich zu sein und deine Eltern zu lieben. Ich sage dir, der Segen bleibt nicht aus. Zum Neujahr wünsche ich dir nichts, als dein Herz fromm und gut zu bewahren. Das steht in deiner Macht. Dann bist du reich genug. Dann hast du deinen Himmel im Gewissen.«

So sprach der alte Gottlieb, ging und schrieb die Summe von zweiundzwanzig Gulden ins große Hausbuch und sagte: »Was du mich als Kind gekostet, hast du beinahe schon alles abbezahlt. Jetzt haben wir aus deinen Ersparnissen schon dreihundertundsiebzehn Gulden empfangen und genossen.«

»Dreihundertundsiebzehn Gulden!« rief Frau Käthe mit großem Erstaunen. Dann wandte sie sich mitleidig zu Philipp und sagte mit weicher Stimme: »Herzenskind, du jammerst mich. Ja, recht sehr jammerst du mich. Hättest du die Summe für dich sparen und zurücklegen können, so würdest du jetzt ein Stück Land kaufen, für eigene Rechnung Gärtnerei treiben und die gute Rose heiraten können. Das geht nun nicht. Aber tröste dich. Wir sind alt; du wirst uns nicht mehr so lange unterstützen müssen.«

»Mutter«, sagte Philipp und runzelte die Stirn ein wenig, »was redest du? Röschen ist mir zwar lieb wie mein Leben. Aber hundert Röschen gebe ich für dich und den Vater hin. Ich kann in dieser Welt keine Eltern mehr haben als euch, aber wenn es sein muß, wohl noch manches Röschen, wenn ich schon unter zehntausend Röschen kein anderes als Bittners Röschen möchte.«

»Du hast recht, Philipp!« sagte der Alte. »Lieben und Heiraten ist kein Verdienst; aber alte, arme Eltern ehren und unterstützen, das ist Pflicht und Verdienst. Sich selbst opfern mit seinen Leidenschaften und Neigungen für das Glück der Eltern, das ist kindliche Dankbarkeit. Das erwirbt dir Gotteslohn; das macht dich im Herzen reich.«

»Wenn nur«, sagte Frau Käthe, »dem Mädchen die Zeit nicht zu lang oder es dir nicht abtrünnig wird! – Denn Röschen ist ein schönes Mädchen, das muß man sagen. Es ist freilich arm, aber an Freiern wird es ihm nicht fehlen. Es ist tugendhaft und versteht die Haushaltung.«

»Fürchte dich gar nicht, Mutter!« versetzte Philipp. »Röschen hat's mir feierlich geschworen, sie nehme keinen andern Mann als mich; und das ist genug. Ihre alte Mutter hat eigentlich auch nichts an mir auszusetzen. Und könnte ich heute mein Gewerbe für mich treiben und eine Frau ernähren, morgen hätte ich Röschen am Altar; das weiß ich. Es ist nur verdrießlich, daß die alte Bittnerin uns verbietet, einander so oft zu sehen, als wir gern möchten. Sie sagt, das tue nicht gut. Ich aber finde, und Röschen findet das auch, es tue uns beiden gewiß sehr gut. Auch haben wir verabredet, uns heute um zwölf Uhr vor der Haupttür der Gregorienkirche zu sprechen; denn Röschen bringt den Silvesterabend bei einer ihrer Freundinnen zu. Dann führe ich sie des Nachts heim.«

Unter diesen Gesprächen schlug es im benachbarten Turme Dreiviertel. Da nahm Philipp den Nachtwächtermantel seines Vaters vom warmen Ofen, auf den ihn Käthe vorsorglich gelegt hatte, hing ihn um, nahm das Horn und die Stange, wünschte den Eltern gute Nacht und begab sich auf seinen Posten.

II

Philipp schritt majestätisch durch die beschneiten Gassen der königlichen Residenz, auf welchen noch viel Volk umherwandelte, als wär's am Tage. Kutschen fuhren her und hin. Alles war in den Häusern hell und licht. Unsern Nachtwächter belustigte das heitere Leben. Er sang und blies im angewiesenen Stadtquartier die zehnte Stunde recht frohmütig ab, am liebsten und mit mancherlei Nebengedanken vor dem Hause unweit der Gregorienkirche, wo er wohl wußte, daß Röschen bei ihren Freundinnen war. »Nun hört sie mich«, dachte er, »nun denkt sie an mich und vergißt vielleicht Gespräch und Spiel. Wenn sie nur um zwölf Uhr nicht bei der Kirchtür fehlt!«

Und als er seinen Gang durch das Stadtquartier gemacht hatte, kehrte er vor das beliebte Haus zurück und sah nach den erleuchteten Fenstern von Röschens Freundinnen hinauf. Zuweilen sah er weibliche Gestalten am Fenster, dann schlug sein Herz schneller. Er glaubte Röschen zu sehen. Verschwanden die Gestalten, so studierte er ihre verlängerten Schatten an der Wand und Zimmerdecke, um zu erkennen, welcher Röschens Schatten sei und was sie tue. Es war freilich gar nicht angenehm, in Frost und Schnee dazustehen und Beobachtungen zu machen. Aber was fechten Frost und Schnee einen Liebhaber an! Und Nachtwächter lieben heutzutage so romantisch, wie irgend zärtliche Ritter der Vorwelt in Romanzen und Balladen.

Er spürte den Einfluß der Kälte erst, als es elf Uhr schlug, und er von neuem die nachtwächterliche Runde beginnen sollte. Die Zähne klapperten ihm vor Frost. Er konnte kaum die Stunde anrufen und dazu blasen. Er wäre gern in ein Bierhaus eingekehrt, um sich wieder zu erwärmen.

Wie er nun durch ein einsames Nebengäßchen ging, trat ihm eine seltsame Gestalt entgegen, ein Mensch mit schwarzer Halblarve vor dem Gesicht, in einen feuerroten Seidenmantel gehüllt, auf dem Haupt einen runden, seitwärts aufgeschlagenen Hut, phantastisch mit vielen hohen, schwankenden Federn geschmückt.

Philipp wollte der Maske ausweichen. Diese aber vertrat ihm den Weg und sagte: »Du bist mir ein allerliebster Kerl, du! Du gefällst mir! Wo gehst du hin? Sag mir's.«

Philipp antwortete: »In die Mariengasse, da ruf ich die Stunde.«

»Göttlich!« rief die Maske, »das muß ich hören. Ich will dich begleiten. So was hört man nicht alle Tage. Komm du nur, närrischer Kerl, und laß dich hören; aber das sag' ich dir, als Virtuose laß dich hören, sonst bin ich nicht zufrieden. Kannst du ein lustiges Stückchen singen?«

Philipp sah wohl, der Herr war ein wenig weinselig und vornehmen Standes, und antwortete: »Herr, beim Glase Weins in warmer Stube besser als bei solcher Kälte, die einem das Herz im Leibe erstarrt.« – Damit ging er seines Weges in die Mariengasse und sang und blies.

Die Maske hatte ihn dahin begleitet und sprach: »Das ist kein Kunststück. Das kann ich auch, du närrischer Kerl. Gib mir dein Horn; ich will für dich blasen und singen. Du sollst dich halb zu Tode wundern.«

Philipp gab auf der nächsten Station den Bitten der Maske nach und ließ sie blasen und singen. Es ging ganz in der Ordnung. So zum zweiten-, zum dritten- und viertenmal. Die Maske konnte nicht müde werden, Stellvertreter des Nachtwächters zu sein, und war in Lobeserhebungen seiner Geschicklichkeit unerschöpflich. Philipp lachte von ganzem Herzen über die wunderlichen Einfälle des lustigen Herrn, der vermutlich aus froher Gesellschaft oder von einem Balle kam und sich mit einem Gläschen Weins über die gewöhnliche Höhe des Alltagslebens hinaufgestimmt hatte.

»Weißt du was, Schätzchen? Ich hätte große Lust, ein paar Stunden zu nachtwächtern. Ist es diesmal nicht, komm' ich mein Lebtag nicht zu der Ehre. Gib mir deinen Mantel und breitkrempigen Hut; ich gebe dir da meinen Domino. Geh in ein Bierhaus, trinke dir ein Räuschchen auf meine Rechnung; und hast du eins, so komm wieder und gib mir meinen Maskenanzug zurück. Hier hast du ein paar Taler Trinkgeld. Was meinst du, Schätzchen?«

Dazu hatte der Nachtwächter keine Lust. Die Maske gab aber

mit Bitten nicht nach, und wie beide in ein finsteres Gäßchen traten, wurde kapituliert. – Philipp fror erbärmlich; eine warme Stube hätte ihm wohlgetan, ein gutes Trinkgeld nicht minder. Er bewilligte dem jungen Herrn also das Nachtwächtervikariat auf eine halbe Stunde, nämlich bis zwölf Uhr; dann sollte er zur Hauptpforte der Gregorienkirche kommen und Mantel, Hut, Horn und Stange gegen den langen roten Seidenmantel, Larve und Federhut austauschen. Auch nannte er ihm noch vier Straßen, in denen er die Stunde abzurufen habe.

»Herzensschatz!« rief die Maske entzückt. »Ich möchte dich küssen, wenn du nicht ein Schmierfink wärst. Nun, es soll dich nicht gereuen. Um zwölf Uhr stelle dich bei der Kirche ein und hole zum Trinkgeld dir noch ein Bratengeld. Juchhe, ich bin Nachtwächter!«

Die Kleider wurden vertauscht. Die Maske vernachtwächterte sich. Philipp band die Larve um, setzte den von einer funkelnden Schleife gezierten Federhut auf und wickelte sich in den langen feuerroten Seidenmantel. Als er seinen Stellvertreter verließ, fiel es ihm aber doch aufs Herz, der junge Herr könnte vielleicht aus Übermut die nachtwächterliche Würde entweihen. Er drehte sich noch einmal um und sagte: »Ich hoffe, Sie werden meine Gutwilligkeit nicht mißbrauchen und Unfug treiben. Das könnte mir Verdruß zuziehen und den Dienst rauben.«

»Was denkst du denn, närrischer Kerl?« rief der Vikar. »Meinst du, ich wisse nicht, was meines Amtes sei? Dafür laß mich sorgen. Ich bin ein Christenmensch, so gut als du. Packe dich, oder ich werfe dir die Stange zwischen die Beine. Um zwölf Uhr bist du unfehlbar bei der Gregorienkirche und gibst mir meine Kleidung wieder. Adieu! Das ist ein Teufelsspaß für mich.«

Trotzig ging der neue Nachtwächter seines Weges. Philipp eilte, ein nahegelegenes Bierhaus zu erreichen.

III

Indem er um die Ecke des königlichen Palastes bog, fühlte er sich von einer maskierten Person berührt, die soeben vor diesem Palast aus einem Wagen stieg. Philipp blieb stehen und fragte nach Maskenart, nämlich mit gedämpfter, leiser Stimme: »Was steht zu Befehl?«

»Gnädiger Herr, Sie sind in Gedanken hier vor der Tür vorübergegangen!« erwiderte die Maske. »Wollen Ihre Königliche Hoheit nicht –«

»Was? Königliche Hoheit?« sagte Philipp lachend. »Ich bin keine Hoheit. Wie kommen Sie zu dem Einfall?«

Die Maske verbeugte sich ehrfurchtsvoll und schielte nach der strahlenden Diamantschleife auf Philipps Federhut: »Ich bitte um Gnade, wenn ich Maskenrecht verletze. Aber in welches Gewand Sie sich hüllen mögen, Ihre edle Gestalt wird Sie immer verraten. Belieben Sie gefälligst vorzutreten. Werden Sie tanzen, wenn ich fragen darf?«

»Ich? Tanzen? – Nein. Sie sehen ja, ich habe Stiefel an!« antwortete Philipp.

»Also spielen?« fragte die Maske weiter.

»Noch weniger; ich habe kein Geld bei mir!« erwiderte der Nachtwächteradjunkt.

»Mein Gott, disponieren Sie doch über meine Börse, über alles, was ich bin und habe!« rief die Maske und bot dem bestürzten Philipp einen vollen Geldbeutel an.

»Aber wissen Sie denn, wer ich bin?« fragte dieser und schob die Hand mit dem Geldbeutel zurück.

Die Maske flüsterte mit einer graziösen Verbeugung: »Königliche Hoheit, Prinz Julian.«

In diesem Augenblick hörte Philipp seinen Stellvertreter in einer benachbarten Gasse vernehmlich und laut die Stunde rufen. Jetzt erst merkte er die Verwandlungen. Prinz Julian, in der Residenz als ein junger, wilder, liebenswürdiger und geistvoller Mann bekannt, hatte den Einfall gehabt, die Rollen mit ihm zu vertauschen. »Nun«, dachte Philipp, »spielt er den Nachtwächter gut, so will ich ihm auch in meiner Prinzenmaske keine Schande machen und zeigen, daß ich wohl eine halbe Stunde lang Prinz sein kann. Es ist seine Schuld, wenn ich allenfalls einen Bock schieße.« – Er wickelte sich fester in den feuerroten Talar, nahm die Geldbörse an, steckte sie ein und sagte: »Maske, wer sind Sie? Ich gebe Ihnen morgen Ihr Geld zurück.«

»Ich bin der Kammerherr Pilzow.«

»Gut. Gehen Sie voran! Ich folge Ihnen.«

Der Kammerherr gehorchte, flog die breiten Marmorstufen hinan, ihm behend nach Philipp. Sie traten in einen unermeßlichen Saal, von tausend Kerzen erleuchtet, deren Strahlen sich an den Wänden in einer Menge Spiegel, an der Decke in den schwebenden Kristalleuchtern brachen. Ein buntes Gewühl von Masken wogte durcheinander, Sultane, Tirolermädchen, Papagenos, geharnischte Ritter, Nonnen, Galanteriekrämer, Liebesgötter, Mönche, Faunen, Juden, Perser und Meder. Philipp war eine Weile ganz verblüfft und verblendet. Solch ein Schauspiel hatte er sein Lebtag nicht gehabt. In der Mitte des Saales schwammen hundert Tänzer und Tänzerinnen in den harmonischen Wellen der Musik.

Philipp, dem die milde Wärme wohltat, die ihn hier anhauchte, war von Verwunderung so gelähmt, daß er kaum mit einem Kopfnicken dankte, wenn unter den Vorbeischwärmenden ihn einige Masken bald neckend, bald ehrerbietig, bald zutraulich grüßten.

»Befehlen Sie zum Spieltisch?« flüsterte ihm der Kammerherr zu, der nun beim Licht besehen als Bramine dastand.

»Lassen Sie mich nur erst auftauen!« entgegnete Philipp. »Mich friert verzweifelt.«

»Aber ein Glas warmen Punsch?« fragte der Bramine und führte ihn in ein Seitenkabinett. Der Pseudoprinz ließ sich nicht bitten. Ein Glas um das andere ward geleert. Der Punsch war gut, und bald ergoß sich sein Feuer durch alle Adern Philipps.

»Wie steht's, Bramine, Sie tanzen heute nicht?« fragte er den Kammerherrn, als sie in den Saal zurücktraten.

Der Bramine seufzte und zuckte die Achseln. »Für mich ist Spiel und Tanz vorbei, das Lachen ist vorüber. Die einzige, die ich zum Tanze fordern möchte ... die Gräfin Bonau ... ich glaubte, sie liebe mich ... denken Sie sich meine Verzweiflung ... unsere Häuser waren einig ... plötzlich bricht sie gänzlich mit mir ab.«

»Ei, das ist das erste, was ich höre!« rief Philipp.

»Mein Gott, Sie wissen nicht? Die ganze Residenz spricht davon!« seufzte der Kammerherr. »Schon seit vierzehn Tagen haben wir gebrochen. Sie erlaubt mir nicht einmal, mich zu rechtfertigen. Drei Briefe schickte sie mir unerbrochen zurück. Sie ist eine geschworene Feindin der Baronesse Reizenthal. Ich hatte ihr gelobt, jeden Umgang mit dieser zu meiden. Denken Sie sich mein Unglück: als die Königin Mutter nach Freudenwald zur Jagdpartie fährt, macht sie mich zum Kavalier der Baronesse – was sollte ich tun? Konnte ich widersprechen? Gerade am Namenstage der göttlichen Bonau mußte ich unerwartet fort ... sie erfuhr alles ... sie verkannte mein Herz.«

»Wohlan, Bramine, benutzen Sie den Augenblick. Die allgemeine Freude versöhnt alles. Ist die Gräfin nicht hier?«

»Sehen Sie sie nicht dort drüben, links, die Karmeliterin neben den drei schwarzen Masken? Sie hat die Larve abgelegt. O mein Prinz, Ihr gnädiges Fürwort bei ihr ...«

Philipp, den der Punsch begeistert hatte, dachte: da ist ein gutes Werk zu tun! und machte sich ohne Umstände zur Karmeliterin. Die Gräfin Bonau betrachtete ihn eine Weile ernst und errötend, als er sich zu ihrer Seite niedersetzte. Sie war ein schönes Mädchen; doch bemerkte Philipp bald, sein Röschen sei noch zehntausendmal schöner.

»Meine Gräfin ...« stammelte er und geriet in Verlegenheit, als sie ihren hellen, schwärmerischen Blick auf ihn lenkte.

»Prinz«, sagte die Gräfin, »Sie waren vor einer Stunde beinahe zu mutwillig.«

»Schöne Gräfin, ich bin dafür jetzt desto ernsthafter.«

»Desto besser; so darf ich Sie nicht fliehen, Prinz.«

»Schöne Gräfin, eine Frage nur erlauben Sie mir: tun Sie auch in diesem Nonnenkleide aufrichtige Buße für Ihre Sünden?«

»Ich habe nichts zu büßen.«

»Aber doch, Gräfin, Ihre Grausamkeiten ... Ihr Unrecht gegen den lieben Braminen, der dort drüben von Gott und aller Welt verlassen steht.«

Die schöne Karmeliterin schlug die Augen nieder und ward ein wenig unruhig.

»Wissen Sie auch, schöne Gräfin, daß der Kammerherr an der Freudenwalder Geschichte so unschuldig ist wie ich?«

»Wie Sie, Prinz?« sagte die Gräfin und runzelte die Stirn. »Was sagten Sie mir nicht erst vor einer Stunde?«

»Sie haben recht, liebe Gräfin, ich war zu mutwillig. Sie selbst sagen es ja. Nur schwör' ich, der Kammerherr mußte auf Befehl der Königin Mutter nach Freudenwald, mußte gegen seinen Willen dahin, mußte beständig der Kavalier der ihm verhaßten Reizenthal sein ...«

»Der ihm verhaßten!« lächelte spöttisch und bitter die Gräfin.

»Ja, er haßt, er verachtet die Baronin. Glauben Sie mir, er hat gegen die Baronesse fast alle Grenzen des Anstandes verletzt, hat sich durch sein Betragen vielen Verdruß zugezogen. Ich weiß es. Und das alles tat er für Sie. Nur Sie liebt er, nur Sie betet er an. Und Sie – Sie können ihn verstoßen!«

»Wie kommt es, Prinz, daß Sie sich für Pilzow so lebhaft interessieren? Sonst war's doch nicht so.«

»Es geschieht, Gräfin, weil ich ihn vorher nicht kannte, noch weniger seine traurige Lage, in die Sie ihn stürzten. Ich schwöre Ihnen, er ist unschuldig. Sie haben ihm nichts zu verzeihen, aber wohl er Ihnen.«

»Still!« lispelte die Karmeliterin mit erheiterten Mienen; »man achtet auf uns. Kommen Sie hinweg von hier!« – Sie legte ihre Larve vor, stand auf und gab dem vermeinten Prinzen den Arm. Beide gingen den Saal entlang, dann in ein leeres Seitenkabinett. Hier führte die Gräfin bittere Klagen gegen den Kammerherrn; aber es waren nur Klagen eifersüchtiger Liebe. Sie trocknete eine Träne ab. Da trat schüchtern der zärtliche Bramine herein. Es entstand tiefe Stille. Philipp wußte hier nichts Besseres zu tun, als er führte den Kammerherrn zur Karmeliterin, legte beider Hände ineinander, ohne ein Wort zu sagen, und überließ sie ihrem Schicksal. Er selbst ging in den Saal zurück.

IV

Hier stieß ihn ein Mameluck an und sagte hastig: »Gut, Domino, daß ich Sie finde. Ist das Rosenmädchen hier im Kabinett?« – Der Mameluck trat hinein und kam den Augenblick wieder zurück: »Auf ein Wort allein, Domino!« und führte Philipp in einen entlegenen Teil des Saals ans Fenster.

»Was steht zu Befehl?« fragte Philipp.

»Ich beschwöre Sie«, sagte der Mameluck mit gedämpfter, aber fürchterlicher Stimme, »wo ist das Rosenmädchen?«

»Was geht mich das Rosenmädchen an?«

»Aber mich desto mehr!« entgegnete der Mameluck, dessen gepreßte Stimme, dessen unruhige Bewegungen eine schreckliche Gärung seines ganzen Innern verrieten. »Mich desto mehr! Es ist mein Weib. Sie wollen mich unglücklich machen. Prinz, ich beschwöre Sie, treiben Sie mich nicht zum Wahnsinn. Lassen Sie von meinem Weibe.«

»Von Herzen gern!« antwortete Philipp trocken. »Was habe ich mit Ihrer Gemahlin zu schaffen?«

»Oh! Prinz! Prinz!« rief der Mameluck. »Ich bin zum Äußersten entschlossen, und sollte es mir das Leben kosten. Verstellen Sie sich keinen Augenblick länger vor mir. Ich habe alles entdeckt.

Hier, da – sehen Sie – hier ist das Billett, das Ihnen das falsche Weib in die Hand drückte und Sie, ohne es gelesen zu haben, im Gedränge verloren.«

Philipp nahm den Zettel. Mit Bleistift war von einer weiblichen Hand darauf geschrieben: »Ändern Sie die Maske. Alles kennt Sie. Mein Mann beobachtet Sie. Mich kennt er nicht. Wenn Sie artig sind, lohn' ich's Ihnen.«

»Hm!« brummte Philipp. »Das ist, so wahr ich lebe, nicht an mich geschrieben. Ich bekümmere mich um Ihre Gemahlin wenig.«

»Himmel und Hölle, Prinz, machen Sie mich nicht rasend. Wissen Sie, wen Sie vor sich haben? Ich bin der Marschall Blankenschwerd. Daß Sie meinem Weibe nachstellen, ist mir seit der letzten Redoute am Hofe nicht mehr unbekannt.«

»Herr Marschall«, versetzte Philipp, »nehmen Sie mir's nicht übel, die Eifersucht blendet Sie. Wenn Sie mich recht kennten, Sie würden von mir so tolles Zeug gar nicht denken. Ich gebe Ihnen mein Ehrenwort, Ihre Gemahlin soll Ruhe vor mir haben.«

»Ist es Ihr Ernst, Prinz?«

»Vollkommen.«

»Geben Sie mir den Beweis.«

»Wie verlangen Sie ihn?«

»Sie haben sie bisher abgehalten, ich weiß es, zu ihren Verwandten nach Polen mit mir zu reisen. Bereden Sie sie jetzt dazu.«

»Von Herzen gern, wenn Ihnen damit gedient ist.«

»Alles, Königliche Hoheit! Alles! Sie verhüten entsetzliches, unvermeidliches Unglück.«

Der Mameluck plauderte noch ein langes und breites, bald weinerlich, bald flehend, bald drohend, daß dem guten Philipp bange ward, der Mensch könne in seiner Tollheit mit ihm vor aller Welt Händel beginnen. Und das war ihm eben nicht gelegen. Er war froh, als er von ihm abkam.

Kaum hatte er sich in der Masse der übrigen verloren, kniff ihn eine weibliche Maske, die schwarz beflort in tiefen Trauerkleidern einherging, freundlich in den Arm und flüsterte: »Schmetterling, wohin? – Flößt Ihnen die verlassene Witwe kein Mitleiden ein?«

Philipp erwiderte gar höflich: »Schöne Witwen finden nur der Tröster zuviel; darf ich mich zur Zahl Ihrer Tröster zählen?«

»Warum sind Sie so ungehorsam und änderten die Maske nicht?« sagte die Witwe, indem sie mit ihm seitwärts ging, wo sie freier mit ihm ins Gespräch treten konnte. »Glauben Sie denn, Prinz, daß Sie nicht von jedem hier erkannt sind?«

»Die Leute«, versetzte Philipp, »sind doch ungewiß und irren sich in mir.«

»Wahrhaftig nicht, Prinz; und kleiden Sie sich nicht auf der Stelle anders, so verlasse ich Sie für den ganzen Abend. Denn ich möchte meinem Manne keinen Anlaß zu einem Auftritt geben.«

Jetzt wußte Philipp, mit wem er es zu tun hatte. »Sie waren das schöne Rosenmädchen. Sind die Rosen so schnell verblüht?«

»Was ist nicht vergänglich? Besonders Männertreue! Ich sah wohl, wie Sie mit der Karmeliterin davonschlichen. Bekennen Sie nur Ihre Flatterhaftigkeit. Sie können nicht mehr leugnen.«

»Hm!« versetzte Philipp trocken. »Klagen Sie mich nicht an, sonst klag' ich Sie auch an.«

»Zum Beispiel, schöner Schmetterling?«

»Es gibt doch keinen treueren Mann als den Marschall.«

»Das ist er wohl. Und ich habe unrecht, wahrlich großes Unrecht, Sie zuviel angehört zu haben. Ich mache mir Vorwürfe genug. Er hat leider unser Verhältnis ausgespürt.«

»Seit der letzten Redoute am Hofe, schöne Witwe.«

»Wo Sie zu ausgelassen und unvorsichtig waren, schöner Schmetterling.«

»Machen wir's wieder gut. Trennen wir uns. Ich schätze den Marschall. Ich mag ihn meinetwillen nicht leiden sehen.«

Die Witwe betrachtete ihn eine Weile sprachlos.

»Haben Sie«, fuhr Philipp fort, »wirklich einige Achtung für mich, so reisen Sie mit dem Marschall nach Polen zu ihren Verwandten. Es ist besser, daß wir uns nicht zuviel sehen. Eine schöne Frau ist schön; eine treue, tugendhafte Frau ist aber noch schöner.«

»Prinz!« rief die bestürzte Marschallin. »Ist das Ihr Ernst? Haben Sie mich je geliebt oder belogen?«

»Sehen Sie«, sagte Philipp, »ich bin ein Versucher ganz eigener Art. Ich suche die Tugend und Treue unter den Weibern und finde sie so selten. Die Treueste und Tugendhafteste kann mich allein fesseln – darum fesselt mich keine. Doch, holla, nein, daß ich nicht lüge. Eine hat mich gefesselt. Aber, es tut mir leid, Frau Marschallin, das sind eben Sie gerade nicht.«

»Sie sind in einer abscheulichen Laune, Prinz!« sagte die Witwe, und das Zittern ihrer Stimme und das Auf- und Abwogen ihres Busens verriet, was in ihr vorging.

»Nein«, erwiderte Philipp, »ich bin, so wahr ich lebe, in der ehrlichsten Laune von der Welt. Ich möchte gern einen dummen Streich wiedergutmachen. Ich hab' es Ihrem Mann auch gesagt.«

»Wie?« rief die Witwe erschrocken. »Sie haben dem Marschall alles offenbart?«

»Nicht eben alles, nur was ich wußte.«

Die Witwe wandte sich in heftiger Bewegung rechts und links. Sie rang die Hände. Endlich fragte sie: »Wo ist mein Mann?«

Philipp zeigte auf den Mamelucken, der in dem Augenblick mit langsamen Schritten daherkam.

»Prinz!« sagte die Witwe mit einem Tone voll unaussprechlichen Zorns: »Prinz, verzeihe Ihnen Gott, ich kann Ihnen nie verzeihen. Solcher Abscheulichkeit hielt ich nie das Herz eines Menschen fähig. Sie sind ein Verräter. Mein Mann ist ein Ehrenmann im Mameluckenkleide, Sie sind ein Mameluck im Ehrenkleide. In dieser Welt sehen Sie mich nicht wieder.« – Mit diesen Worten wandte sie ihm schnell und stolz den Rücken, ging auf den Mameluck zu und verlor sich mit ihm, wie man sah, in eine sehr ernste Unterredung.

Philipp lachte heimlich vor sich in den Bart und dachte bei sich: »Mein Substitut, der Nachtwächter, mag sehen, wie er zurechtkommt. Ich spiele meine Rolle in seinem Namen so übel nicht. Wenn er nur morgen so ehrlich fortfährt, wie ich angefangen habe.«

Er trat zu den Tanzenden und erblickte mit Vergnügen die schöne Karmeliterin in den Reihen der Tänzerinnen an der Seite ihres überglücklichen Braminen. Dieser ward den feuerfarbenen Domino kaum gewahr, so warf er ihm eine Kußhand zu und bezeichnete pantomimisch die Höhe seiner Seligkeit. Philipp dachte bei sich: »Schade, daß ich nicht Prinz für Zeitlebens bin. Die Leute sollten bald alle mit mir zufrieden sein. Es ist in der Welt nichts leichter, als ein Prinz zu sein. Mit einem Worte vermag er mehr als der beste Advokat mit einer langen Rede. Er hat das Vorrecht, geradezu zu gehen und frei von der Leber weg zu sprechen. Ja, wenn ich Prinz wäre, dann wäre mein Röschen – für mich verloren. Nein, ich möchte nicht Prinz sein.«

Er sah nach der Uhr, es war erst halb zwölf Uhr. Da kam der Mameluck in Hast auf ihn zu, zog ihn auf die Seite und gab ihm ein Papier. »Prinz«, rief der Mameluck, »ich möchte zu Ihren Füßen fallen und Ihnen im Staube danken. Ich bin versöhnt mit meiner Frau. Sie haben Ihr Herz gebrochen; aber es ist gut, daß es geschah. Sie will noch diese Nacht abreisen. Sie will auf den Gütern in Polen bleiben. Leben Sie wohl. In welcher Stunde es auch sei, ich erwarte Ihre Befehle, wenn es darauf ankommt, für Ihre Königliche Hoheit in den Tod zu gehen. Mein Dank ist ewig. Leben Sie wohl!«

»Halt!« rief Philipp, da der Marschall schnell davonwollte. »Was soll ich mit dem Papier?«

Der Marschall antwortete: »Es ist meine Spielschuld von voriger Woche, die ich fast vergessen hatte und jetzt bei der Abreise nicht vergessen möchte. Ich habe den Wechsel auf Ihre Königliche Hoheit endossiert.« Damit verschwand der Marschall.

V

Philipp schielte in das Blatt, las da etwas von fünftausend Gulden, steckte das Papier zu sich und dachte: »Schade, daß ich nicht Prinz bin.«

Indem wisperte ihm jemand ins Ohr: »Königliche Hoheit, wir sind beide verraten. Ich erschieße mich.« – Philipp sah sich mit großen Augen um und erblickte einen Neger.

»Was wollen Sie, Maske?« fragte Philipp ganz gelassen.

»Ich bin der Oberst Kalt!« antwortete flüsternd der Neger. »Die unselige Marschallin hat dem Herzog Hermann geplaudert, und dieser speit jetzt Feuer und Flamme gegen Sie und mich.«

»Meinethalben!« versetzte Philipp.

»Aber der König erfährt alles!« seufzte der Neger ängstlich. »Vielleicht werde ich diese Nacht schon arretiert und morgen auf die Festung gebracht. Ich erhänge mich lieber.«

»Davon haben Sie keinen Nutzen!« sagte Philipp.

»Soll ich mich lebenslänglicher Schande preisgeben? Ich bin verloren. Der Herzog wird blutige Genugtuung fordern. Sein Rücken ist gewiß noch blau von der Tracht Schläge, die ich ihm gab. Ich bin verloren und das Bäckermädchen dazu. Ich springe von der Brücke und ersäufe mich noch diese Nacht.«

»Behüte Gott!« sagte Philipp. »Was hätten Sie und das Bäckermädchen davon?«

»Ihre Königliche Hoheit scherzt, und ich bin in Verzweiflung. Ich flehe untertänigst, nur ein paar Augenblicke unter vier Augen gönnen Sie mir.«

Philipp folgte dem Neger in ein einsames Seitengemach, wo wenige Kerzen einen düsteren Schein verbreiteten. Der Neger warf sich wie gelähmt auf ein Sofa nieder und seufzte laut. Philipp fand auf einem Tisch Erfrischungen nebst feinen Weinen und ließ sich's schmecken.

»Ich begreife nicht, wie Ihre Königliche Hoheit so ruhig bei der verdammten Geschichte bleiben kann!« sagte der Neger. »Wäre nur der Schelm, der Neapolitaner Salmoni noch hier, der den Geisterbeschwörer spielte; der Kerl war voller Ränke von den Zehen an bis zum Scheitel und hätte uns vielleicht mit einer List retten können. Jetzt hat er sich aus dem Staube gemacht.«

»Desto besser!« erwiderte Philipp und füllte sein Glas von neuem. »So schieben Sie alle Schuld auf ihn. Er ist davon.«

»Wie auf ihn schieben? Der Herzog weiß nun, daß Sie, ich, die Marschallin und das Bäckermädchen in der Intrige waren, um aus seinem Aberglauben Nutzen zu ziehen. Er weiß, daß Sie den Salmoni zur Geisterbannerei bestachen; daß ich mein Bäckermädchen, in das er verliebt war, abrichtete, um ihn in die Falle zu locken; daß ich der Geist war, der ihn zu Boden warf und ihm das Fell bläute. Hätte ich nur den Spaß nicht zu weit getrieben! Aber ich wollte ihm die Liebe zu meinem Mädchen ein wenig ausklopfen. Es ist ein verdammter Streich. Ich nehme Gift.«

»Nehmen Sie lieber ein Glas Wein; er ist gut!« sagte Philipp und nahm mit großer Eßlust ein frisches Stück Torte. »Und überhaupt«, setzte er hinzu, »muß ich Ihnen offen gestehen, lieber Oberst, daß Sie für einen Obersten sehr feig sind und sich da einer Narrengeschichte willen gleich erschießen, ersäufen, vergiften und aufhängen wollen. Es wäre schon an einem zuviel. Zweitens muß ich Ihnen sagen, daß ich aus Ihrem Geschwätz da untereinander noch zur Stunde nicht klug werde.«

»Königliche Hoheit halten zu Gnaden, ich weiß nicht, wo mir der Kopf steht. Der Kammerjunker des Herzogs – er ist mein alter Freund – vertraute mir diesen Augenblick, die Marschallin sei, vom Teufel geplagt, erst vor wenigen Minuten zum Herzog getreten und habe ihm gesagt: die Komödie im Hause des Bäckers hat Ihnen Prinz Julian gestiftet, der Ihnen seine Schwester nicht gönnte. Die Hexe, die Sie sahen, war ich selbst als Abgeordnete der Prinzessin, um Zeugin Ihres Aberglaubens zu sein. Prinz Julian hat das Verzeichnis Ihrer Schulden, das Sie in die Gruft warfen, aus welcher Sie die Schätze heben sollten, sowie Ihren Revers gegen das Bäckermädchen, das Sie nach der Vermählung mit der Prinzessin als Mätresse zu sich nehmen und adeln lassen wollten. Und der Geist, der Sie abprügelte, war Oberst Kalt, der Handlanger des Prinzen. Darum ging es mit Ihrer Vermählung den Krebsgang. Machen Sie sich keine Hoffnung länger; Sie warten vergebens. – So hat die Marschallin dem Herzog gesagt und ist verschwunden.«

Philipp schüttelte den Kopf und brummte: »Das sind mir auch

saubere Geschichten! Solcher Streiche schämt man sich ja im gemeinsten Pöbel. Was Teufeleien und kein Ende!«

»Nein«, rief der Oberst. »Rasenderes, Pöbelhafteres kann man nicht tun als die Marschallin. Das Weib muß eine Furie sein. – Gnädigster Herr, retten Sie mich.«

»Wo ist denn der Herzog?« fragte Philipp.

»Der Kammerjunker sagte, er sei schnell aufgestanden und habe bloß gerufen: ›Ich gehe zum König!‹ – Denken Sie, Prinz, wenn der zum König geht und unsere Historie nach seiner Art malt.«

»Ist denn der König hier?«

»Allerdings. Er spielt im Nebenzimmer mit dem Erzbischof und dem Polizeiminister L'Hombre.«

Philipp ging mit großen Schritten durch das Kabinett. Hier war guter Rat teuer.

»Königliche Hoheit«, sagte der Neger, »retten Sie mich. Es gilt Ihre eigene Ehre. Es wird Ihnen leicht sein. Übrigens bin ich auf alles gefaßt und beim ersten bösen Wind über die Grenze. Ich packe ein. Morgen erwarte ich Ihre letzten Befehle über mein Verhalten.«

Mit diesen Worten verschwand der Neger.

VI

»Es ist hohe Zeit, daß du wieder Nachtwächter wirst, Philipp!« dachte Philipp bei sich selber. »Du verwickelst dich und deinen Substitut in gottlose Händel, aus denen dich und ihn weder seine noch meine Klugheit rettet. – Das also wäre der Unterschied zwischen einem Nachtwächter und einem Prinzen? Dafür wend' ich keine Hand um. Lieber Himmel, wieviel tolle Dinge geschehen bei den Erdengöttern hier unterm Hofhimmel, wovon wir uns bei Nachtwächterhorn und Webstuhl, bei Spaten und Leisten nichts träumen lassen! Man bildet sich ein, die Götter führen ein Leben wie die Engel, ohne Sünde, ohne Sorgen. Saubere Wirtschaft! Ich habe in einer Viertelstunde hier mehr Bübereien gutzumachen, als ich in meinem ganzen Leben begangen habe.«

»So einsam, mein Prinz?« flüsterte hinter ihm eine Stimme. »Ich preise mich glücklich, Ihre Königliche Hoheit einen Augenblick allein zu treffen.«

Philipp sah sich um. Es war ein Bergknappe in Gold und Seiden und Juwelen. – »Was wollen Sie?« fragte Philipp.

»Nur einen Augenblick gnädigstes Gehör!« antwortete der Knappe. »Es ist dringend, das Resultat Ihnen vielleicht lieb.«

»Wer sind Sie denn, Maske, wenn ich fragen darf?«

»Graf Bodenlos, der Finanzminister, Ihrer Königlichen Hoheit zu dienen!« versetzte der Knappe und lüpfte die Larve, um ein Gesicht zu zeigen, das mit den kleinen Augen und der großen kupferroten Nase eine neue Larve zu sein schien.

»Nun, Herr Graf, was steht zu Befehl?« fragte Philipp weiter.

»Darf ich freimütig reden? Ich ließ mich schon dreimal bei Ihrer Königlichen Hoheit melden und genoß nicht die Gnade, vorgelassen zu werden. Und doch – Gott ist Zeuge! – nimmt am ganzen Hofe niemand an Ihrer Königlichen Hoheit Wohl und Weh so lebhaften Anteil als ich.«

»Herr Graf, ich bin Ihnen verbunden!« versetzte Philipp. »Aber was wollen Sie? Machen Sie's kurz.«

»Darf ich vom Handelshaus Abraham Levi reden?« fragte der Bergknappe.

»Soviel Sie wollen.«

»Es hat sich an mich wegen der fünfzigtausend Gulden gewendet, die Sie ihm schuldig geworden sind. Es droht, sich an den König zu wenden. Und Sie wissen, welches Wort Sie dem König gaben, als er Ihre letzten Schulden zu zahlen befahl?«

»Können die Leute nicht warten?« fragte Philipp.

»So wenig als die Gebrüder Goldschmidt warten wollen, die an Ihnen fünfundsiebenzigtausend Gulden fordern.«

»Mir gleich. Wenn die Menschen nicht warten wollen, so muß ich . . .«

»Keine verzweifelten Entschlüsse, gnädigster Herr! Ich bin imstande, alles wieder ins Geleise zu bringen, wenn . . .«

»Was denn, wenn?«

»Wenn Sie mir Ihre Gnade schenken, wenn Sie mich nur einen Augenblick anzuhören geruhen. Ich hoffe, alle Ihre Schulden ohne Mühe zu decken. Das Haus Abraham Levi hat ungeheure Aufkäufe von Getreide veranstaltet, so daß dasselbe sehr im Preis gestiegen ist. Ein Verbot der Kornausfuhr gegen die benachbarten Staaten wird den Preis um das Doppelte und Dreifache in die Höhe schnellen. Dann gibt man dem Abraham Levi Lizenzen, und alles ist in der Ordnung. Das Haus streicht die Schulden, übernimmt für Sie die Zahlung der fünfundsiebenzigtausend, und ich überreiche Ihnen die Quittungen. Alles aber hängt von dem Umstande ab, daß ich noch einige Jahre an der Spitze der Finanzen bleibe. Gelingt es dem Baron Greifensack, mich aus dem Ministerium zu verdrängen, so bin ich ohnmächtig, für Sie zu handeln, wie es mein heißester Wunsch wäre. Es steht bei Ihrer Königlichen Hoheit, daß Sie die Partei des Greifensack verlassen, und unser Spiel ist gewonnen. Für mich ist es einerlei, ob ich im Ministerium bleibe oder nicht. Ich sehne mich nach Ruhe. Aber es ist mir für Ihre Königliche Hoheit nicht gleichgültig. Kann ich die Karten nicht nach Gefallen mischen, so habe ich verloren.«

Philipp wußte eine Weile nicht, was auf den Antrag erwidern. Endlich, während der Finanzminister, auf Antwort wartend, eine Brillantendose hervorzog und eine Prise nahm, sagte Philipp: »Wenn ich Sie recht verstehe, Herr Graf, wollen Sie das Land ein wenig aushungern, um meine Schulden zu zahlen. Denken Sie auch, wieviel Elend Sie anrichten! Und wird es der König zugeben?«

»Wenn ich an den Geschäften bleibe, so lassen Sie das meine Sorge sein, gnädigster Herr. Sobald die Preise der Lebensmittel steigen, wird der König sogleich von selbst an eine Kornsperre denken und die Getreideausfuhr mit schweren Zöllen hemmen. Dann gibt man dem Haus Abraham Levi Ausfuhrbewilligungen für zehn Säcke, und es führt hundert aus. Nichts leichter als das. Allein, wie gesagt, kommt der Greifensack ans Ruder, wird daraus nichts. Ehe er sich ins Fach hineinstudiert, vergehen Jahre. Solange wird er aus Not den ehrlichen Mann spielen, um nachher den König und das Land desto ärger zu prellen. Er muß erst sein Terrain kennen. Es gibt keinen ärgeren Juden als den Greifensack. Sein Geiz ist stinkend.«

»Schöne Aussichten!« sagte Philipp. »Wie lange, glauben Sie, muß ein Finanzminister auf seinem Posten stehen, ehe er die Schere an das Volk legen kann, um für sich und unsereins etwas zu schneiden?«

»Hm, wenn er Kopf hat, bringt er's in einem Jahr weit.«

»So sollte man dem König raten, alle zwölf Monate einen neuen Finanzminister zu machen, wenn er immer ehrlich bedient sein will.«

»Ich hoffe, gnädigster Herr, seit ich die Finanzen führe, ist dem König und dem Hofe nichts abgegangen.«

»Das glaub' ich, Graf, aber dem armen Volke desto mehr. Es weiß die Menge der Steuern und Auflagen kaum noch zu erschwingen. Sie sollten ein wenig barmherziger mit uns umgehen.«

»Mit *uns*? – Tue ich nicht alles für den Hof?«

»Nein, barmherziger mit dem Volke sollten Sie verfahren, meine ich.«

»Mein Prinz, ich weiß, welche Achtung ich Ihren Worten schuldig bin. Der König mit seiner erlauchten Familie ist das Volk, dem ich diene; das, was man Volk nennt, kann in keine Betrachtung kommen. Das Land ist des Königs Eigentum. Völker sind nur insofern achtbar, als sie gleich andern Nullen, die der Hauptzahl folgen, den Wert derselben vergrößern. Aber es ist hier nicht der Augenblick, den abgedroschenen Wortkram über den Wert der Völker zu erneuern; sondern ich bitte um gnädigsten Entscheid, ob ich die Ehre haben soll, Ihre Schulden auf die bewußte Weise zu beseitigen?«

»Antwort: nein, nein und nimmermehr auf Unkosten von hunderttausend und mehr armen Familien.«

»Königliche Hoheit, es geht ja nur auf Rechnung des Hauses Abraham Levi. Und wenn ich dies Haus nötige, Ihnen noch zu den Quittungen Ihrer Schulden fünfzigtausend Gulden bar zuzulegen? Ich denke, es läßt sich machen. Das Haus gewinnt durch die einzige Operation so viel, daß –«

»Vermutlich auch für Sie, Herr Graf, noch ein artiges Trinkgeld herauskommt.«

»Ihre Königliche Hoheit belieben zu scherzen. Ich gewinne dabei nichts. Ich brenne nur vor Begierde, Ihre Huld wieder zu erhalten.«

»Sie sind sehr gütig.«

»Also darf ich hoffen, mein Prinz?«

»Herr Graf, ich werde tun, was recht ist; tun Sie Ihre Pflicht.«

»Meine Pflicht ist, Ihnen zu dienen. Morgen lasse ich den Levi berufen, schließe den Handel mit ihm ab und habe die Ehre, Ihre Königliche Hoheit die besagten Quittungen zu überreichen, nebst Anweisung auf fünfzigtausend Gulden.«

»Gehen Sie, ich mag davon nicht hören.«

»Und Ihre Königliche Hoheit wenden mir Ihre Gnade wieder zu? Denn ohne im Ministerium zu stehen, könnte ich dem Abraham Levi unmöglich –«

»Ich wollte, Sie und Ihr Ministerium und Ihr Abraham Levi säßen alle drei auf dem Blocksberg. Das sag' ich Ihnen, entsteht eine Kornsperre, läßt die Teuerung der Lebensmittel nicht auf der Stelle nach, verkauft Ihr Judenhaus nicht das aufgespeicherte Getreide sogleich um den Ankaufspreis, so gehe ich ohne anderes zum König, decke ihm alle Schelmereien auf und helfe Sie samt dem Abraham Levi aus dem Lande jagen. Verlassen Sie sich darauf; ich halte Wort.«

Philipp drehte sich um, ging in den Tanzsaal und ließ den Finanzminister ganz versteinert hingepflanzt stehen.

VII

»Wann befehlen Ihre Königliche Hoheit, daß der Wagen vorfahren soll?« flüsterte ihm eine Stimme zu, als er durch die Masken im Saal entlang ging. Es war ein dicker, holländischer Kaufmann mit einer Stutzperücke, der die Worte an ihn richtete.

»Ich fahre nicht.«

»Es ist halb zwölf Uhr vorbei, Prinz. Die schöne Sängerin erwartet Sie. Sie hat Langeweile.«

»So mag sie sich etwas singen.«

»Wie, Prinz, hätten Sie Ihren Sinn geändert? – Die reizende Rollina wollten Sie im Stich lassen? – Den goldenen Augenblick verlieren, nach dem Sie seit zwei Monaten vergebens seufzten? – Ihr Billett, das Sie diesen Morgen durch mich an Signora Rollina mit der Brillantenuhr schickten, tat dieses Wunder. Die stolze Spröde ergibt sich. Sie waren den Mittag noch so hoch entzückt und nun mit einem Male so kalt wie Eis? Was ist mit Ihnen vorgegangen? Die Verwandlung begreife ich nicht.«

»Das gilt mir gleich.«

»Sie haben mir aber befohlen, Sie um halb zwölf Uhr zu begleiten. Hätten Sie andere Engagements?«

»Freilich.«

»Etwa ein Souper bei der Gräfin Born? Sie ist nicht am Ball erschienen; wenigstens ist hier unter allen Masken keine Spur von ihr. Ich könnte sie an ihrem Gang und ihrer eigenen Art, das niedliche Köpfchen zu tragen, unter Tausenden unterscheiden. Wie, Prinz?«

»Und wenn es wäre, müßt' ich's Ihnen anvertrauen?«

»Ah, ich verstehe und schweige. Wollen Sie aber die Signora Rollina nicht wenigstens wissen lassen, daß Sie nicht kommen werden?«

»Hat sie mich zwei Monate nach ihr seufzen lassen, so mag sie auch einmal zwei Monate für mich seufzen. Ich gehe nicht.«

»Also aus dem prächtigen Halsschmuck, den Sie ihr zum Neujahrsgeschenk bestimmten, wird nun vermutlich auch nichts.«

»Wenn's auf mich ankommt, schwerlich.«

»Wollen Sie ganz mit ihr brechen, gnädigster Herr?«

»Ich habe mit ihr noch nicht angebunden.«

»Nun denn, Prinz – so darf ich offen sein. So darf ich die Wahrheit sagen, die Sie vielleicht aber schon wissen. Ich vermute es wenigstens aus Ihrer schnellen Sinnesänderung. – Nur Ihre Leidenschaft für die Rollina schreckte mich ab, es Ihnen früher zu gestehen. Sie sind betrogen.«

»Von wem?«

»Von der listigen Operistin. Sie würden die Gunst derselben mit einem Juden teilen müssen.«

»Mit einem Juden?«

»Nun ja, mit dem Sohn des Abraham Levi.«

»Ist der Schelm denn überall?«

»Sie wissen also noch nicht? Ich sage Ihnen die heilige Wahrheit. Wären Ihre Königliche Hoheit nicht dazwischengekommen, der Jude würde die feile Schöne öffentlich unterhalten. Es tut mir nur um die Uhr leid.«

»Mir nicht.«

»Die Metze verdient den Staupbesen.«

»Es wird mancher nicht nach Verdienst gewürdigt.«

»Königliche Hoheit, nur zu wahr. Zum Beispiel, ich habe neulich ein Mädchen entdeckt – o Prinz, die ganze Stadt und das ganze Königreich hat nichts Schöneres, nichts Lockenderes aufzuzeigen. Aber wenige Menschen kennen das himmlische Geschöpf. Puh, was ist die Rollina daneben! Eine alte Hexe von Denner. Sehen Sie, ein Mädchen, schlank und schwank wie ein Rohr, eine Farbe, eine zarte Haut wie Abendrot auf Schnee, ein paar Augen wie Sonnen, ein goldener dicker Haarwuchs – kurz in meinem Leben sah ich nichts Schöneres. Aber wer würdigt diese Venus? Es ist eine Liebesgöttin in bürgerlicher Haube. Auf diese müssen wir Jagd machen.«

»Also ein Bürgermädchen?«

»Freilich nur eine Grisette, aber – nein, Sie müssen sie sehen, und Sie werden brennen. Was hilft da mein Schildern und Preisen! Was Sie sich je in den schönsten Träumen Entzückendes träumen konnten, ist da in der Natur verkörpert, und dabei noch die liebste, zarteste, unentweihteste Unschuld! – Man sieht sie aber selten. Sie weicht selten von ihrer Mutter. Doch kenne ich ihren Sitz in der Kirche und den Sonntagsspaziergang, den sie gewöhnlich mit ihrer Mutter vor das Ulmentor macht. Auch habe ich schon ausgespürt, daß ein junger, hübscher Kerl, ein Gärtner, ihr den Hof macht. Er kann sie aber nicht heiraten, weil er ein armer Teufel ist, und das Mädchen hat auch nichts. Die Mutter ist Witwe eines an der Auszehrung gestorbenen Leinwebers.«

»Wie heißt die Mutter?«

»Witwe Bittner im Milchgäßchen, und ihre Tochter, schön wie eine Rose, heißt, was sie in der Tat ist, Röschen.«

Dem guten Philipp wurde es bei diesem Namen kalt und warm. Er hätte die beste Lust gehabt, dem Erzähler die geballte Faust auf den Kopf zu geben. »Sind Sie des Teufels?« rief Philipp.

»Gelt!« sagte der Holländer. »Ich habe schon gut gekundschaftet. Sie müssen das niedliche Ding erst sehen. Oder wie, mein Prinz, sollte Ihr Scharfblick schon die köstliche Perle entdeckt haben? Kennen Sie sie wirklich?«

»Ich kenne Sie allerdings.«

»Desto besser. Habe ich zuviel gelobt? Stimmen Sie nicht bei? Die soll uns nicht entgehen. Wir wandern miteinander zur Mutter. Sie spielen den Menschenfreund. Die Armut der Witwe ist Ihnen bekannt geworden. Sie mögen keine Notleidenden sehen. Sie erkundigen sich teilnehmend nach den Umständen der guten Frau, lassen ein Geschenk zurück, wiederholen die Besuche, fahren in Mildtätigkeit fort, werden mit Röschen bekannter. Das andere gibt sich. Der Gärtnerlümmel ist bald beseitigt; der hilft vielleicht noch, wenn man ihm ein Dutzend harte Taler in die Hand drückt.«

Philipp wußte vor Grimm nicht, was sagen. »Der Donner soll dreinschlagen –«, rief er.

»Wenn der Schlingel, der Gärtner, Umstände macht?« unterbrach ihn der Holländer. »O dafür lassen Sie mich sorgen. Königliche Hoheit, bekomm' ich durch Ihr Fürwort den Kammerherrnschlüssel, so gehört Ihnen das Mädchen. Den Gärtner stecke ich unter die Soldaten und schicke ihn zur Armee. Da kann er sich für das Vaterland schlagen. Unterdessen sind Sie Meister im Felde; denn das Mädchen hängt, glaube ich, doch mit bürgerlicher Steifheit dem Burschen etwas an. Es wird überhaupt nicht leicht sein, dem Mädchen die Vorurteile aus dem Kopf zu bringen, die es unter der bürgerlichen Canaille eingesogen hat. Ich will es aber schon in die Schule nehmen.«

»Ich breche Ihnen den Hals dafür.«

»Allzu gütig. Nur Ihre Verwendung beim König und der Kammerherrnschlüssel . . .«

»Herr, ich wollte, ich könnte Sie auf der Stelle . . .«

»O sagen Sie mir keine Schmeicheleien, gnädigster Herr! Sie wissen, jeden Augenblick ist mir das Leben für Sie feil. Hätte ich geahnt, daß Ihnen das süße Geschöpf bekannt, daß es Ihnen nicht gleichgültig wäre, es läge längst schon in Ihren Armen.«

»Kein Wort mehr davon!« rief Philipp grimmig, so grimmig er mit gedämpfter Stimme an diesem Orte und in der Nähe der tanzenden, lärmenden, schwärmenden und lauernden Masken rufen durfte, um sich nicht zu verraten: »Kein Wort mehr!«

»Nein, Taten!« fiel der Holländer fröhlich ein. »Schon morgen sollen die Laufgräben gegen die Festung eröffnet werden. Dann rücken Sie vor. Sie sind gewohnt, zu siegen. Mit den lauersamen

Vorposten werden wir bald fertig. Den Gärtner nehme ich auf mich; das Mütterlein geht zu Ihren goldenen Fahnen über. Dann Sturmschritt!«

Philipp konnte sich kaum mehr mäßigen. Er packte mit seiner Faust den Arm des Holländers und sagte: »Herr, wenn Sie sich unterstehen –«

»Um Gottes willen, gnädigster Herr, mäßigen Sie sich in Ihrer Freude. Ich muß laut aufschreien. Sie zerquetschen mir den Arm.«

»Wenn Sie sich unterstehen«, fuhr Philipp fort, »und stellen diesem unschuldigen Mädchen nach, so zerquetsche ich Ihnen, so wahr ich lebe, alle Knochen im Leibe.«

»Gut, gut!« seufzte der Holländer in schmerzlicher Angst. »Geruhen Sie nur, mich loszulassen.«

»Finde ich Sie jemals auf das Mädchen hinschielend nur in der Nähe des Milchgäßchens, so sind Sie ein Kind des Todes von meiner Hand. Danach richten Sie sich.«

Der Holländer stand ganz verblüfft da. »Königliche Hoheit«, sagte er zitternd, »ich konnte nicht wissen, daß Sie das herrliche Mädchen so ernsthaft liebten, wie es scheint.«

»Sehr ernsthaft, das will ich vor der ganzen Welt gestehen.«

»Und werden wieder geliebt?«

»Was geht Sie das an? Reden Sie mir nie wieder davon. Denken Sie nie wieder an das Mädchen; Ihr Gedanke schon besudelt. – Nun wissen Sie meine Meinung. Packen Sie sich.«

Mit diesen Worten wandte ihm Philipp den Rücken, und der Holländer ging, hinter den Ohren kratzend, davon.

VIII

Unterdessen hatte auch Philipps Substitut als Nachtwächter auf den Straßen der Stadt seine Rolle gespielt. Es ist wohl nicht nötig, erst zu sagen, was jeder von selbst weiß, daß dies kein anderer als Prinz *Julian* war, der, des süßen Weines voll, auf den Einfall gekommen, in die Nachtwächterei hineinzupfuschen. – Sobald er den Philipp verlassen hatte, rief und blies er von Straßenecke zu Straßenecke die Stunden nach Herzenslust, machte zu seinem Gesang allerlei komische Zusätze und bekümmerte sich wenig um das vorgeschriebene Revier, das er zu behüten und zu beblasen hatte.

Indem er auf einen neuen Vers sann, ging seitwärts eine Haustür auf, ein wohlgekleidetes Mädchen trat hervor und winkte mit einem lockenden: Bst! bst! Dann zog es sich in die Dunkelheit des Hausgangs zurück.

Der Prinz ließ seine Verse fahren und folgte der angenehmen Erscheinung. In der Finsternis ergriff ihn eine zarte Hand, und eine weiche Stimme lispelte: »Guten Abend, lieber Philipp! Sprich leise, daß uns niemand hört. Ich bin nur auf ein Augenblickchen von der Gesellschaft weggeschlichen, dich im Vorbeigehen zu grüßen. Bist du vergnügt?«

»Wie ein Gott vergnügt, du Engel!« sagte Julian. »Wer könnte bei dir auch traurig sein?«

»Philipp, ich habe dir etwas Gutes zu sagen. Du sollst morgen abend bei uns essen. Die Mutter hat es erlaubt. Kommst du auch?«

»Alle Abend, alle Abend!« rief Julian, »und so lange du willst. Ich wollte, du könntest beständig bei mir sein oder ich bei dir, bis an der Welt Ende. Das wäre ein Götterleben!«

»Höre, Philipp, in einer halben Stunde bin ich bei der Gregorienkirche. Da erwarte ich dich. Du fehlst doch nicht? Laß mich nicht lange warten. Dann machen wir noch einen Gang durch die Stadt. Nun geh, damit uns niemand überrascht.«

Sie wollte gehen. Julian aber zog sie zurück in seinen Arm. »Willst du mich so kalt von dir scheiden lassen?« fragte er und drückte seinen Mund auf ihre Lippen.

Röschen wußte nicht, was zu Philipps Keckheit sagen. Denn Philipp war immer so bescheiden und zärtlich gewesen, daß er höchstens einen Kuß auf ihre Hand gewagt hätte, ausgenommen einmal, da ihnen beiden die Mutter allen und jeden Umgang hatte verbieten wollen. Damals war von ihnen im Gefühl der höchsten Liebe und des höchsten Schmerzes der erste Kuß gewechselt worden; seitdem nie wieder. Röschen sträubte sich; aber der vermeinte Philipp war so ungestüm, daß man, um kein verräterisches Geräusch zu machen, wohl das Sträuben aufgeben mußte. Sie vergalt den Kuß und sagte: »Philipp, nun geh!«

Er aber ging nicht, sondern sagte: »Da wäre ich wohl ein Narr. Meinst du, ich hätte mein Nachtwächterhorn lieber als dich? Mitnichten, du Herzchen.«

»Ach«, seufzte Röschen, »es ist aber doch nicht recht.«

»Warum denn nicht, du Närrchen? Ist denn das Küssen in deinen zehn Geboten untersagt?«

»Ja«, versetzte Röschen, »wenn wir uns einander haben dürften, dann wär' es etwas anderes.«

»Haben? Wenn es nichts anderes ist, alle Tage kannst du mich haben, wenn du willst.«

»Ach, Philipp, wie sprichst du auch heute so wunderlich! Wir können ja daran noch nicht denken.«

»Wahrhaftig, ich denke aber ganz ernstlich daran. Wenn du nur willst.«

»Philipp, hast du ein Räuschchen? Ob ich will? Geh, du beleidigst mich. – Höre, Philipp, mir hat die letzte Nacht von dir geträumt.«

»War's was Schönes?«

»Du habest in der Lotterie gewonnen, Philipp. Da hatten wir beide Jubel. Du hattest dir einen prächtigen Garten gekauft. Kein schönerer Garten ist in und außer der Stadt. Alles hatten wir da vollauf; Blumen an Blumen, wie ein Paradies, und große Beete voll des feinsten Gemüses, und die Bäume hingen schwer von Obst. Ich ward beim Erwachen recht traurig, daß mich der Traum nur geneckt hatte. Sage mir, Philipp, hast du etwa in die Lotterie gesetzt? Hast du etwas gewonnen? Heute war ja Ziehung.«

»Wenn ich bei dir, du schönes Kind, das große Los gewänne, wer weiß, was geschähe? Wieviel müßte ich dann gewinnen für dich?«

»Wenn du auch nur so glücklich wärst, tausend Gulden zu gewinnen. Dann könntest du schon einen artigen Garten kaufen.«

»Tausend Gulden? Und wenn es mehr wäre?«

»O Philipp, was sagst du? Ist's wahr? Nein, betrüge mich nicht wie mein Traum! Du hast gesetzt, du hast gewonnen. Gesteh es nur!«

»Soviel du willst.«

»O Gott!« rief Röschen und fiel ihm freudetrunken an den Hals und küßte ihn mit glühender Freude. »Mehr als tausend Gulden? Wird man dir auch das viele Geld wohl geben?«

Unter ihren Küssen vergaß der Prinz das Antworten. Es ward ihm ganz wunderbar, die zarte, edle Gestalt in seinen Armen zu halten, deren Liebkosungen ihm doch nicht galten, und die er doch so gern für seine Rechnung genommen hätte.

»Antworte doch, antworte doch!« rief Röschen ungeduldig. »Wird man dir auch die Menge Geldes geben wollen?«

»Ich habe es schon; und macht dir's Freude, so geb' ich's dir.«

»Wie, Philipp, du trägst es mit dir?«

Der Prinz nahm seine Börse hervor, die er, schwer von Gold, zu sich gesteckt hatte, um sie beim Spieltische anzuwenden. »Nimm und wäge, Mädchen!« sagte er und legte sie, indem er die kleinen, zarten Lippen küßte, in Röschens Hand. »Bleibst du mir dafür hold?«

»Nein, Philipp, wahrlich für dein vieles Geld nicht, wenn du nicht mein Philipp wärst.«

»Und wie zum Beispiel, wenn ich dir noch einmal soviel geben würde und nicht dein Philipp wäre?«

»So wärf' ich dir deine Schätze vor die Füße und machte dir einen höflichen Knicks!« sagte Röschen.

Indem ging eine Tür droben auf; man hörte Mädchenstimmen und Gelächter. Der Schimmer eines Lichts fiel von oben auf die Treppe. Röschen erschrak und flüsterte: »In einer halben Stunde bei der Gregorienkirche!« und sprang davon, die Treppe hinauf. Der Prinz stand wieder im Finstern. Er ging zum Hause hinaus und betrachtete das Gebäude und die erleuchteten Fenster. Die plötzliche Trennung war ihm natürlich sehr unzeitig geschehen. Zwar die Geldbörse gereute ihn nicht, mit der das Mädchen davongeflogen war; wohl aber, daß er das Gesicht der unbekannten Schönen nicht beim Lichte gesehen hatte; daß er nicht einmal ihren Namen wußte und noch weniger, ob sie aus der Drohung, ihm das Geld vor die Füße zu werfen, ernst machen würde, wenn er ihr in seiner wahren Gestalt erschiene. Inzwischen vertröstete er sich auf das Findemich bei der Gregorienkirche. Eben dies Plätzchen hatte ihm auch der Nachtwächter angewiesen. Julian verstand bald, daß er sein glückliches Abenteuer nur diesem, doch ohne dessen Willen zu danken hatte.

IX

Sei es, daß der Geist des Weins durch die wachsende Kälte der Neujahrsnacht oder durch Röschens Täuschung in seiner Wirkung gesteigert ward, der Mutwille des fürstlichen Nachtwächters nahm überhand.

Mitten in einem Haufen von Spaziergängern blieb er an einer Straßenecke stehen und stieß mit solcher Kraft ins Horn, daß alle Frauenzimmer mit lautem Schrei zurücksprangen und die Männer vor Schrecken steif wurden. Dann rief Julian die Stunde und sang dazu:

»Der Handel unsrer lieben Stadt
Gewaltig abgenommen hat.
Selbst unsre Mädchen, weiß und braun,
Sucht man nicht mehr zu Ehefraun.
Die Ware putzt sich, wie sie kann,
Und bringt sich doch nicht an den Mann.«

»Das ist doch unverschämt!« riefen einige weibliche Stimmen im Haufen, »uns mit Waren zu vergleichen!« Von den anwesenden Männern aber lachten viele aus vollem Halse. »Da capo!« schrien einige lustige Brüder. »Bravo, Nachtwächter!« schrien andere. »Was unterstehst du dich, Kerl, unsere Frauenzimmer auf öffentlicher Straße zu beleidigen?« schnob ein junger Leutnant, der ein hübsches Mädchen am Arm führte, den Nachtwächter an.

»Herr Leutnant, der Nachtwächter singt leider Gottes die Wahrheit!« entgegnete ihm ein junger Müller. »Und gerade das Weibsbild, das Sie am Arm führen, bestätigt die Wahrheit. He, Jüngferchen, kennst du mich? Weißt du, wer ich bin? He? Geziemt sich das für eine verlobte Braut, des Nachts mit anderen Männern herumzuschwärmen? Morgen sag' ich's deiner Mutter. Ich will nichts mehr mit dir zu schaffen haben!«

Das Mädchen verhüllte sich das Gesicht und zupfte am Arm des Offiziers, um davonzukommen. Der Leutnant wollte aber, ein Kriegsheld, vor dem Müller nicht so leicht Reißaus nehmen und mit Ehren das Feld behaupten. Er stieß eine Menge Flüche aus, und da dieser kein Wort schuldig blieb, schwang er den Stock. Plötzlich aber erhoben sich zwei dicke spanische Rohre, von bürgerlichen Fäusten geführt, warnend über dem Haupte des Leutnants.

»Herr!« rief ein breitschultriger Bierbrauer dem Kriegsmanne zu: »Hier keine Händel wegen des schlechten Mädchens angefangen. Ich kenne den Müller; er ist ein braver Mann. Er hat recht; und der Nachtwächter hat recht, so wahr ich lebe! Ein ehrlicher Bürgersmann und Professionist kann und mag kaum noch ein Mädchen aus unserer Stadt zur Frau nehmen. Die Weibsbilder wollen sich alle über ihren Stand erheben; statt Strümpfe zu flicken, lesen sie Romane, statt Küche und Keller zu besorgen, laufen sie in Komödien und Konzerte. Im Hause bei ihnen ist Unflat, und auf den Gassen gehen sie geputzt einher wie Prinzessinnen. Da bringen sie dem Manne keine Mitgift ins Haus als ein paar schöne Röcke, Spitzen und Bänder und Liebschaften, Romane und Faulheit. Herr, ich spreche aus Erfahrung. Wären unsere Bürgerstöchter nicht so verderbt, ich wäre längst verheiratet.«

Alle Umstehenden erhoben ein gellendes Gelächter. Der Leutnant streckte langsam das Gewehr vor den beiden spanischen Rohren und sagte verdrießlich: »Das fehlte auch noch, hier von dem bürgerlichen Pack Bußpredigten zu hören!«

»Was, bürgerliches Pack?« rief ein Nagelschmied, der das zweite spanische Rohr führte. »Ihr adeligen Müßiggänger, die wir euch mit unseren Steuern und Abgaben füttern müssen, wollt ihr von bürgerlichem Pack sprechen? Eure Liederlichkeit ist an allem Unglück in unsern Haushaltungen schuld. Es blieben nicht halb soviel ehrliche Mädchen sitzen, wenn ihr hättet beten und arbeiten gelernt.«

Nun sprangen mehrere junge Offiziere dazu; aber auch Meister und Handwerksburschen sammelten sich. Buben machten Schneebälle und ließen davon in den dicken Haufen fliegen, um auch ihre Freude dabei zu haben.

Die erste Kugel traf den vornehmen Leutnant auf die Nase. Dieser hielt es für Angriff des bürgerlichen Packs und erhob abermals den Stock. Das Treffen begann.

Der Prinz, welcher nur den Anfang des Wortwechsels gehört hatte, war längst wohlgemut und lachend davongezogen in eine andere Straße, unbekümmert um die Folgen seines Gesanges. Er kam an den Palast des Finanzministers Bodenlos. Mit diesem Herrn stand er nicht im besten Vernehmen, wie das schon Philipp erfahren hatte. Julian sah alle Fenster erleuchtet. Die Gemahlin des Ministers hatte große Gesellschaft. Julian in seiner satirischen Poetenlaune pflanzte sich dem Palaste gegenüber hin und blies kräftig in sein Horn. Einige Herren und Damen öffneten, vielleicht weil sie eben nichts Besseres zu tun hatten, das Fenster, neugierig, den Nachtwächter zu hören.

»Nachtwächter!« rief einer von den Herren herab. »Sing auch ein hübsches Stück zum Neujahr.« Dieser Zuruf lockte noch mehrere von der Gesellschaft der Frau Ministerin an die Fenster.

Julian, nachdem er gewohntermaßen die Stunde gerufen, sang mit lauter Stimme gar vernehmlich:

»Ihr, die ihr seufzt in Schuldennot
Und ohne Witz zum Bankerott,
Fleht, daß der Herr in dieser Nacht
Euch zum Finanzminister macht,
Der ohne Finanzen läßt das Land,
Weil er sie behält in seiner Hand.«

»Das ist ja zum Ohnmächtigwerden!« rief die Frau Ministerin, die ebenfalls zu einem der Fenster getreten war. »Wer ist denn der niederträchtige Mensch, der sich dergleichen erfrecht?«

»Frau Exzellenz!« antwortete Julian mit verstellter Stimme, indem er den jüdischen Dialekt annahm. »Ich wollte Ihnen doch ein kleines Vergnügen machen. Halten zu Gnaden, ich bin nur der Hofjude Abraham Levi; Frau Exzellenz kennen mich doch schon.«

»Weh mir!« schrie eine Stimme oben am Fenster. »Ehrvergessener Kerl, wie willst du sein Abraham Levi? Bin ich nicht selber Abraham Levi? Du bist ein Betrüger!«

»Ruft die Wache!« rief die Frau Ministerin. »Laßt den Menschen arretieren!«

Bei diesen Worten verließen alle Gäste in großer Behendigkeit die Fenster. Aber auch der Prinz blieb nicht stehen, sondern nahm im Doppelschritt den Weg durch einige kleine Quergassen.

Ein Schwarm Bediente, begleitet von einigen Finanzsekretären, stürzte aus dem Palast hervor und jagte umher, den Lästerer zu suchen. Plötzlich riefen einige laut: »Wir haben ihn!« Die andern eilten dem Rufe nach. Wirklich hatten sie den Nachtwächter des Reviers gefunden, der in großer Unschuld auf dem Wege seines Berufs dahintrabte. Er ward umringt, übermannt und, wie sehr er sich auch sträubte, wegen seiner sarkastischen Einfälle auf die Hauptwache geschleppt.

Der wachthabende Offizier schüttelte verwundert den Kopf und sagte: »Man hat mir schon einen Nachtwächter zugeführt, der durch Verse, die er auf die Mädchen der Residenz abgerufen, eine fatale Schlägerei zwischen Offizieren und Bürgerlichen verursacht hat.«

Der neueingebrachte Gefangene wollte durchaus nichts gestehen und lärmte gewaltig, daß ein Haufe junger Leute, die wahrscheinlich zuviel getrunken haben möchten, ihn in der Ausübung des ihm anvertrauten Amtes gestört hätten. Einer der Finanzsekretäre sagte ihm aber den ganzen Vers vor, der den gerechten Zorn der Frau Ministerin und aller ihrer Gäste erregt hatte. Sämtliche Soldaten brachen in ein erschütterndes Lachen aus. Der ehrliche Nachtwächter aber schwor mit Tränen, ihm sei so etwas nie in den Sinn gestiegen.

Während man noch mit diesem Verhör beschäftigt war, der Nachtwächter seine Unschuld beteuerte, die jungen Herren für alle Folgen ihres Betragens verantwortlich machte und die Finanzsekretäre in der Tat schon anfingen, zweifelhaft zu werden, ob sie auch den rechten Mann ergriffen hätten, rief die Schildwache draußen: »Wacht heraus ins Gewehr!«

Die Soldaten sprangen davon. Die Finanzsekretäre fuhren fort, den Nachtwächter mit Fragen zu bestürmen. Indem trat der Feldmarschall in die Wachtstube, begleitet vom wachthabenden Hauptmann.

»Lassen Sie mir den Kerl da krumm schließen!« rief der Feldmarschall und zeigte mit der Hand hinter sich. Zwei Offiziere traten herein, die einen entwaffneten Nachtwächter bei den Armen führten.

»Sind denn die Nachtwächter alle toll geworden?« rief der wachthabende Hauptmann ganz erstaunt aus.

»Ich will dem Bösewicht morgen seine infamen Verse bezahlen!« schrie der Feldmarschall.

»Ihre Exzellenz«, versetzte der neugefangene Wächter zitternd und bebend, »ich habe, weiß der Himmel, keine Verse gemacht, in meinem ganzen Leben keinen Vers!«

»Schweig, Schurke!« brüllte mit entsetzlicher Stimme der Feldmarschall. »Du sollst mir auf die Festung oder an den Galgen. Und widersprichst du mit einem Muck noch, so haue ich dich auf der Stelle in Krautstücken!«

Der wachthabende Hauptmann bemerkte dem Marschall in aller Ehrerbietung, es müsse eine poetische Epidemie unter den Nachtwächtern in der Stadt ausgebrochen sein; denn er habe nun schon drei dieser Patrone in einer Viertelstunde zu hüten bekommen.

»Meine Herren«, sagte der Feldmarschall zu den ihn begleitenden Offizieren, »da der Kerl schlechterdings nicht eingestehen will, daß er den Vers gesungen habe, so besinnen Sie sich auf das Pasquill, ehe Sie es vergessen. Schreiben Sie es auf. Morgen wollen wir ihn schon zum Geständnis bringen. Jetzt will ich keine Zeit verlieren und auf den Ball. Wer weiß es noch?«

Die Offiziere besannen sich. Einer half dem andern nach. Der Wachthabende schrieb, und da kam folgendes heraus:

»Der Federbusch auf leerem Kopf,
Im Nacken einen steifen Zopf,
Den Bauch zurück, die Brust heraus,
Das macht des Heeres Stärke aus.
Man wird bei Tanz und Geigenschall,
Bei Kuß und Spiele Feldmarschall.«

»Willst du leugnen, Schurke?« fuhr der Feldmarschall den erschrokkenen Nachtwächter mit erneuter Wut an. »Willst du leugnen, daß du das gesungen hast, als ich aus der Tür meines Hauses trat?«

»Mag es gesungen haben, wer will, ich weiß nichts davon!« antwortete der Nachtwächter.

»Warum liefst du denn davon, als du mich vortreten sahst?« fragte der Marschall weiter.

»Ich bin nicht gelaufen.«

»Was?« riefen die beiden Offiziere. »Du nicht gelaufen? Warst du nicht außer Atem, als wir dich am Markt hier endlich einholten?«

»Ja, ich war vor Schrecken außer mir, daß mich die Herren so gewalttätig überfielen. Es liegt mir noch jetzt in allen Gliedern.«

»Schließen Sie den hartnäckigen Hund krumm!« rief der Marschall dem Wachthabenden zu. »Er hat bis morgen Zeit genug, sich zu besinnen.« Mit diesen Worten eilte der Marschall hinweg.

Der Lärm auf den Gassen und die Spottgedichte der Nachtwächter hatten die ganze Polizei in Bewegung gesetzt. Noch in derselben Viertelstunde wurden zwei andere Nachtwächter, freilich nicht die rechten, ergriffen und zur Hauptwache geführt. Der eine sollte auf den Minister der auswärtigen Angelegenheiten ein schmähliches Lied gesungen haben, des Inhalts, der Minister wäre nirgends auswärtiger als in seinem Departement. Der andere war beschuldigt, vor dem bischöflichen Palast gesungen zu haben, es fehle den Kirchenlichtern nicht an Talg, aber sie verbreiteten im Lande mehr Qualm und Rauch als Helligkeit.

Der Prinz, welcher durch seinen Mutwillen allen Nachtwächtern der Residenz so schlimmes Spiel machte, entschlüpfte überall glücklich und ward eben darum von Gasse zu Gasse kecker. Die Sache machte Geräusch. Man hatte sogar dem Polizeiminister, der beim König am Spieltische saß, von der poetischen Insurrektion der ehemals so friedlichen Nachtwächter rapportiert und zum Beweis einen der Spottverse schriftlich überbracht. Der König hörte den Vers an, der gegen die schlechte Polizei selbst gerichtet war, die ihre Spürnase in alle Familiengeheimnisse der Stadt stecke und doch im eigenen Hause nichts rieche, daher ihr wohl eine Prise zu gönnen sei. Der König lachte laut auf und befahl, ihm einen der nachtwächterlichen Poeten einzufangen und herzubringen. Er stand vom Spieltische auf; denn er sah, der Polizeiminister hatte die gute Laune verloren.

X

Im Tanzsaale neben dem Spielzimmer hatte Philipp, der gefürstete Nachtwächter, soeben von seiner Sackuhr vernommen, daß es Zeit sei, sich zum Finde-mich bei der Gregorienkirche einzustellen. Er selbst war froh, seinen Purpurtalar und Federhut an den Substituten zurückzugeben, denn ihm ward unter der vornehmen Maske nicht gar wohl zumute.

Wie er eben die Tür suchte, um sich davonzuschleichen, kam ihm der Neger nachgetreten und zischelte ihm zu: »Königliche

Hoheit, Herzog Hermann sucht Sie allenthalben!« – Philipp schüttelte ärgerlich den Kopf und ging hinaus; ihm nach der Neger. Wie sie beide in das Vorzimmer traten, flüsterte der Neger: »Bei Gott, da kommt der Herzog!« und mit den Worten machte sich der Schwarze wieder eilfertig in den Saal zurück.

Eine hohe, lange Maske trat mit schnellen Schritten gegen Philipp auf und rief: »Halten Sie einen Augenblick; ich habe mit Ihnen ein Wörtchen abzutun. Ich suche Sie schon lange.«

»Nur geschwind«, entgegnete Philipp, »denn ich habe keine Zeit zu verlieren.«

»Ich wollte, ich müßte keine mit Ihnen verlieren. Ich habe Sie lange genug gesucht. Sie sind mir Genugtuung schuldig. Sie haben mir blutige Beleidigung zugefügt.«

»Daß ich nicht wüßte.«

»Sie kennen mich nicht?« rief der Herzog und zog die Larve ab. »Nun wissen Sie, wer ich bin, und Ihr böses Gewissen muß Ihnen das übrige sagen. Ich fordere Genugtuung. Sie und der verfluchte Salmoni haben mich betrogen.«

»Davon weiß ich nichts!« antwortete Philipp.

»Sie haben die schändliche Geschichte im Keller des Bäckermädchens angestellt. Auf Ihr Anstiften hat sich der Oberst Kalt an meiner Person vergriffen.«

»Kein wahres Wort.«

»Wie, kein wahres Wort? Sie leugnen? – Die Marschallin Blankenschwerd hat mir erst vor wenigen Minuten alles entdeckt. Sie war Augenzeugin bei der Geisterkomödie, die Sie mit mir spielten.«

»Sie hat Ihrer Durchlaucht ein Märchen aufgebunden. Ich habe an Ihren Händeln keinen Teil gehabt. Wenn Sie Geisterkomödien mit sich spielen ließen, war es Ihre Schuld.«

»Ich frage Sie, ob Sie mir Genugtuung geben wollen? Wo nicht, so mache ich Lärm. Folgen Sie mir auf der Stelle zum König. Entweder Sie schlagen sich mit mir, oder – zum König.«

»Ihre Durchlaucht . . .« stotterte Philipp verlegen. »Ich habe weder Lust, mich mit Ihnen zu schlagen, noch zum König zu gehen.«

Das war Philipps voller Ernst; denn er fürchtete, die Larve abziehen zu müssen und in empfindliche Strafe wegen der Rolle zu fallen, die er wider seine Absicht hatte spielen müssen. Er machte daher gegen den Herzog allerlei Ausflüchte und sah nur immer nach der Tür, um irgend einmal den Augenblick erwischen und davonspringen zu können. Der Herzog hingegen merkte die Ängstlichkeit des vermeinten Prinzen und ward dadurch mutiger.

Er nahm zuletzt den armen Philipp beim Arm und wollte ihn zum Saal führen.

»Was wollen Sie von mir?« rief Philipp in Verzweiflung und schleuderte den Herzog zurück.

»Zum König!« antwortete der Herzog wütend. »Er soll hören, wie schändlich man an seinem Hofe einem fürstlichen Gast begegnet.«

»Gut!« sagte Philipp, der sich nicht mehr zu helfen wußte, als wenn er den Charakter des Prinzen wieder annähme. »So kommen Sie; ich bin bereit. Zum Glück habe ich den Zettel bei mir, auf welchem Sie dem Bäckermädchen eigenhändig die Versicherung ausstellten . . .«

»Possen! Larifari!« erwiderte der Herzog. »Das war einer von den Späßen, den man wohl mit einem dummen Bürgermädchen treibt. Zeigen Sie ihn nur dem König. Ich werde mich darüber ausweisen.«

Indessen schien es dem Herzog doch mit dem Ausweisen nicht gar ernst zu sein. Er drang gar nicht weiter darauf, Philipp zum König zu führen, und das war dem Philipp schon recht; desto ungestümer bestand der Herzog darauf, daß sie beide in den Wagen sitzen und, der Himmel weiß wohin, fahren wollten, um die Ehrensache mit Pistolen und Säbeln abzutun. Das war nun dem bedrängten Philipp gar nicht gelegen. Er stellte dem Herzog alle bösen Folgen dieses Schrittes vor. Jener aber in seinem Grimme ließ sich durch nichts in seinem Verlangen abwendig machen, versicherte, er habe schon Fürsorge für alles getroffen und werde nach Beendigung ihres Geschäfts noch in der Nacht abreisen.

»Wenn Sie nicht«, fuhr der Herzog fort, »der feigste Mensch in Ihrem Lande sind, so folgen Sie mir zum Wagen, Prinz.«

»Ich bin kein Prinz!« antwortete Philipp, der sich zum Äußersten getrieben sah.

»Sie sind es. Jeder hat Sie hier auf dem Balle erkannt. Ich kenne Sie am Hut. Sie hintergehen mich nicht.«

Philipp zog die Larve ab, zeigte dem Herzog sein Gesicht und sprach: »Nun? Bin ich der Prinz?«

Herzog Hermann, wie er das wildfremde Gesicht erblickte, prallte zurück und stand wie versteinert. Seine geheimste Angelegenheit einem Unbekannten verraten zu haben, vermehrte seine Bestürzung und Verlegenheit. Ehe er sich noch aus dieser sammeln konnte, hatte Philipp schon die Tür in der Hand, und weg war er.

XI

Sobald sich Philipp im Freien befand, nahm er blitzschnell Hut und Seidenmantel ab, wickelte jenen in diesen, und so, beides unter dem Arm, sprang er die Gasse entlang der Gregorienkirche zu.

Da stand Röschen schon in einem Winkel neben der hohen Kirchenpforte und harrte sein.

»Ach, Philipp, lieber Philipp!« sagte sie zu ihm, sobald sie ihn erkannte, und drückte seine Hand. »Welche Freude hast du mir doch gemacht! O wie glücklich sind wir! Sieh, ich habe keine Ruhe mehr bei meinen Freundinnen gehabt. Gottlob, daß du da bist. Schon seit beinahe einer Viertelstunde stehe ich hier und friere. Aber ich denke vor Freuden gar nicht an die Kälte, die ich leide.«

»Und ich, liebes Röschen, danke Gott auch, daß ich wieder bei dir bin. Hole der Geier all den Schnickschnack der großen Herren. Nun, ich erzähle dir schon ein andermal von den tollen Auftritten, die ich gehabt habe. Sage mir, Herzenskind, wie geht es dir auch? Hast du mich noch ein wenig lieb?«

»Ei, du bist nun ein großer Herr geworden, Philipp, und da ist's wohl an mir, zu fragen, ob du mich noch ein wenig lieb hast?«

»Wetter, woher weißt du denn schon, daß ich ein großer Herr war?«

»Du hast es mir ja selber gesagt. Philipp, Philipp, wenn du nur nicht stolz wirst, nun du so entsetzlich reich bist. Ich bin ein armes Mädchen und nun freilich zu schlecht für dich. Aber, Philipp, ich habe schon bei mir gedacht, wenn du mich verlassen könntest, sieh, ich wollte lieber, du wärest ein Gärtner geblieben. Ich würde mich zu Tode grämen, wenn du mich verlassen könntest.«

»Röschen, sage mir, was schwatzest du auch da? Ich bin eine halbe Stunde Prinz gewesen, und es war doch nur Spaß; aber in meinem Leben mache ich solchen Spaß nicht wieder. Nun bin ich wieder Nachtwächter und so arm wie vorher. Ich habe da wohl noch fünftausend Gulden bei mir, die ich von einem Mamelucken bekommen – die könnten uns beide aus der Not helfen – aber leider, sie gehören mir nicht.«

»Du sprichst wunderlich, Philipp!« sagte Röschen und gab ihm die schwere Geldbörse, die sie vom Prinzen erhalten hatte. »Da, nimm dein Geld wieder. Es wird mir doch im Strickbeutel fast zu schwer.«

»Was soll ich mit dem vielen Gelde? Woher hast du das, Röschen?«

»Du hast es ja in der Lotterie gewonnen, Philipp.«

»Was? Hab' ich gewonnen? Und man hat mir doch auf dem Rathaus gesagt, meine Nummern wären nicht herausgekommen! Sieh, ich habe gesetzt und gehofft, es könnte eine Terne für uns zur Aussteuer geben, aber der Gärtner Rotmann sagte mir, als ich den Nachmittag zu spät auf das Rathaus kam: ›Armer Philipp, keine Nummer!‹ – Juchhe, also doch gewonnen! Jetzt kauf ich den großen Garten, und du bist meine Frau. Wieviel ist's denn geworden?«

»Philipp, hast du dir ein Räuschchen in der Neujahrsnacht getrunken? Du mußt besser wissen, wieviel es ist. Ich habe bei meinen Freundinnen nur unter dem Tisch heimlich in die Börse hineingeschielt und bin recht erschrocken, als ich ein Goldstück neben dem anderen blitzen sah. Da dachte ich: Nun wundert's mich nicht, daß der Philipp so unbändig war. Ja, recht unbändig bist du gewesen. Aber es war dir nicht zu verargen. Ich möchte dir selber um den Hals fallen und mich recht satt weinen vor Freuden.«

»Röschen, wenn du fallen willst, ich mag es wohl leiden. Aber hier ist ein Mißverständnis. Wer hat dir das Geld gebracht und gesagt, es sei mein Lotterielos? Ich habe ja das Los noch zu Hause im Kasten, und kein Mensch hat es mir abgefordert.«

»Philipp, treib keine Possen. Du hast's mir vor einer halben Stunde selber gesagt und mir selber das Geld gegeben.«

»Röschen, besinne dich. Diesen Morgen sah ich dich beim Weggehen aus der Messe, da wir miteinander unser Zusammenfinden für diese Nacht verabredeten. Seitdem sahen wir ja einander nicht.«

»Außer vor einer halben Stunde, da ich dich blasen hörte und ich dich zu Steinmanns ins Haus hereinrief. Aber was trägst du denn unter dem Arm für ein Bündelchen? Warum gehst du bei der kalten Nacht ohne Hut? – Philipp, Philipp! nimm dich wohl in acht. Das viele Geld könnte dich leichtsinnig machen. Du bist gewiß in einem Wirtshaus gesessen und hast dir mehr zugute getan, als du solltest. Gelt? Was hast du da für ein Bündelchen? Mein Himmel, das sind ja wohl Frauenzimmerkleider von Seiden? Philipp, Philipp, wo bist du gewesen?«

»Gewiß vor einer halben Stunde nicht bei dir. Du willst dich, glaub' ich, über mich lustig machen? Antworte mir, woher hast du das Geld?«

»Antworte mir erst, Philipp, woher hast du diese Frauenzimmerkleider? Wo bist du gewesen?«

Da beide ungeduldig waren, Antwort zu hören, und keine Antwort gaben, fingen sie an, aufeinander etwas mißtrauisch zu werden und zu zänkeln.

XII

Wie es gewöhnlich in solchen Rechtshändeln geht, wo ein liebendes Pärchen miteinander streitet, ging es auch hier. Sobald Röschen das weiße Schnupftuch hervornahm und ihre Augen trocknete und das Köpfchen wegwandte, und ein Seufzer um den andern aus der Tiefe der Brust hervorzitterte, hatte *sie* offenbares Recht, und *er* offenbares Unrecht. Und er gestand sein Unrecht, indem er sie tröstete und bekannte: er sei auf einem Maskenball gewesen, und was er unter dem Arm trage, sei kein weibliches Gewand, sondern ein Seidenmantel nebst Larve und Federhut.

Nach diesem reumütigen Eingeständnis aber begann erst das strengste Verhör über ihn. Ein Maskenball, das weiß jedes Mädchen in einer großen Stadt, ist für unverwahrte Herzen ein gefährlicher Irrgarten und Kampfplatz. Man stürzt sich in ein Meer anmutiger Gefahren und geht manchmal darin unter, wenn man kein guter Schwimmer ist. Röschen hielt ihren Freund Philipp aber gerade nicht für den besten Schwimmer; es ist schwer zu sagen, warum? Also mußte er zuerst erklären, ob er getanzt habe? Auf das Verneinen hin fragte sie, ob er keine Abenteuer und Händel mit weiblichen Masken gehabt habe? Das ließ sich nicht verneinen. Er bekannte allerlei; doch setzte er jedesmal hinzu, die Frauenzimmer wären insgesamt von vornehmer Abkunft gewesen und hätten ihn für einen anderen gehalten. Röschen wollte zwar ein wenig zweifeln; doch unterdrückte sie den Argwohn. Als er aber auf ihre Frage: für wen man ihn gehalten habe, und von wem er seine Maske geliehen? immer den Prinzen Julian nannte, schüttelte sie doch das ungläubige Köpfchen; und noch unwahrscheinlicher war ihr sein Geschichtchen, daß der Prinz Nachtwächterdienste getan, während Philipp auf dem Balle gewesen. Er aber vernichtete alle ihre Zweifel mit der Versicherung, der Prinz – denn dafür halte er seinen Substituten – werde laut Abrede in wenigen Augenblicken bei der Gregorienkirche erscheinen und die schöne Maske für den Nachtwächtermantel eintauschen.

Nun ging dem erschrockenen Röschen über ihr Abenteuer im dunkeln Hausgang ein Licht auf. War es ihr doch damals schon aufgefallen, daß der vermeinte Philipp so etwas Fremdartiges in seinem Wesen gehabt hatte. Da nun die Reihe an sie kam, alles haarklein zu beichten, wie sie zu dem Gelde für das Lotterielos gelangt wäre, stotterte sie lange und suchte nach Worten herum, daß dem Philipp ganz bange ward.

Sie erzählte endlich alles, was vorgefallen war; aber wie es zum

Kuß und Gegenkuß kam, stockte sie wieder mit der Sprache. Doch mußte es heraus.

»Es ist nicht wahr!« rief Philipp. »Ich habe dir keinen Kuß gegeben und von dir keinen empfangen.«

»So hat er dir doch gegolten«, sagte Röschen leise und schmeichelnd. Philipp rieb sich die blonden Haare auf dem Wirbel herum, damit sie nicht zu Berge stehen sollten.

»Höre, Philipp, bist du es nicht gewesen«, sagte Röschen ängstlich, »so glaube ich dir alles Unglaubliche, das du mir gesagt hast – so ist es Prinz Julian in deinen Kleidern gewesen.«

Das hatte Philipp schon lange geahnt, und er rief: »Der Spitzbube! Er hat mich um deine Küsse bestohlen. Nun begreif' ich! Nur darum gab er mir seine Maske, nur darum wollte er auf eine halbe Stunde Ich sein!« – Und nun fiel ihm die Maske ein, die ihm von der Operntänzerin Rollina, dann von Röschen erzählt hatte, und er erneuerte sein Verhör strenger als vorher: ob und wie sie den Prinzen vorher gesehen? Ob ihr nicht ein Mann aufgefallen sei, ein vornehmer Herr, der ihr beim Kirchengehen nachgeschlichen sei, oder der sich im Milchgäßchen Geschäfte gemacht habe? Oder ob nie ein Herr oder sonst jemand zu ihrer Mutter gekommen sei, um sie mit Geld und Wohltaten in ihrer Verlassenheit zu unterstützen?

Röschens Antworten fielen sämtlich so beruhigend aus und trugen so sehr das Gepräge der unbefangensten Unschuld, daß Philipps Herz wieder leicht ward. Er warnte sie vor den Schleichern und vor der Barmherzigkeit der Vornehmen, und Röschen hinwieder warnte vor den Gefahren der Maskenbälle und allen Abenteuern mit Frauenzimmern hohen Standes, durch welche mancher junge Mensch schon recht unglücklich geworden sei. Man vergab sich alle in der Unwissenheit begangenen Sünden, und Philipp stand im Begriff, den Kuß einzufordern, der ihm bestimmt gewesen und den er nicht empfangen hatte – als das Pärchen im besten Augenblick durch eine fremde Erscheinung unterbrochen wurde.

Es kam im vollen Lauf und Sprung ein Mensch gegen sie gerannt, der atemlos bei ihnen stehenblieb. An Mantel, Stange, Hut und Horn erkannte Philipp auf der Stelle seinen Mann. Dieser hingegen suchte den Maskenträger. Philipp reichte ihm den Hut und Seidenmantel und sagte: »Gnädigster Herr, hier Ihre Sachen. In dieser Welt tauschen wir die Rollen nicht wieder miteinander; ich käme zu kurz dabei!«

Der Prinz rief: »Nur geschwind, nur geschwind!« warf die nachtwächterliche Amtstracht von sich in den Schnee, band die Larve und den Mantel um und setzte den Hut auf. Röschen sprang erschrocken zurück. Philipp bedeckte sich mit seinem alten Filz und Mantel und nahm Stange und Horn.

»Ich habe dir ein Trinkgeld versprochen, Kamerad«, sagte der Prinz, »aber so wahr ich lebe, ich habe meinen Geldbeutel nicht bei mir.«

»Den habe ich!« antwortete Philipp und hielt ihm die Börse hin. »Sie gaben ihn meiner Braut da – aber, gnädigster Herr, wir verbitten uns Geschenke der Art.«

»Kamerad, behalte, was du hast, und mache dich geschwind aus dem Staube; es ist für dich hier nicht geheuer!« rief der Prinz eilig und wollte davon. Philipp hielt ihn am Mantel fest. »Gnädiger Herr, wir haben noch eins abzutun!«

»Flieh, sag' ich dir, Nachtwächter! Flieh, man stellt dir nach.«

»Ich habe keine Ursache, zu fliehen, gnädigster Herr. Aber ich habe Ihnen hier Ihre Börse –«

»Die behalte. Lauf, was du kannst!«

»Und einen Wechsel des Marschalls Blankenschwerd von fünftausend Gulden zuzustellen.«

»Der Hagel, wie kommst du mit dem Marschall Blankenschwerd zusammen, Nachtwächter?«

»Er sagte, es sei eine Spielschuld, die er Ihnen zu zahlen habe. Er will diese Nacht noch mit seiner Gemahlin auf seine polnischen Güter.«

»Bist du toll? Woher weißt du das? Wo gab er dir die Verrichtungen an mich?«

»Gnädigster Herr, und der Finanzminister Bodenlos will bei Abraham Levi alle Ihre Schulden zahlen, wenn Sie sich für ihn beim König verwenden wollen, daß er im Ministerium bleibe.«

»Nachtwächter, du bist vom hellen Teufel besessen!«

»Ich habe ihn aber in Hochdero Namen abgewiesen!«

»Du den Minister?«

»Ja, gnädigster Herr; hingegen habe ich die Gräfin Bonau mit dem Kammerherrn Pilzow wieder vollkommen versöhnt.«

»Wer von uns beiden ist ein Narr?«

»Noch eins. Die Sängerin Rollina ist eine gemeine Metze, gnädigster Herr. Ich kenne deren Liebesgeschichten. Sie sind der Betrogene. Darum hielt ich es für Ihre Königliche Hoheit unwürdig, sich mit ihr einzulassen, und habe für diese Nacht das Abendmahl bei ihr abbestellt.«

»Die Rollina? Wie kamst du zu der?«

»Noch eins. Der Herzog Hermann ist fürchterlich gegen Sie

aufgebracht wegen der Kellergeschichte. Er wollte Sie beim König verklagen.«

»Der Herzog? Wer hat dir denn das alles erzählt?«

»Er selbst. Sie sind noch nicht sicher. Zum König aber geht er nicht mehr, denn ich drohte ihm mit dem Zettel, den er dem Bäkkermädchen gab. Hingegen wollte er sich mit Ihnen auf Tod und Leben schlagen. Nehmen Sie sich in acht vor ihm.«

»Eins sage mir: weißt du, woher der Herzog weiß, daß ich –«

»Er weiß alles von der Marschallin Blankenschwerd; die hat es ihm ausgeplaudert, und daß sie als Hexe bei dem Gaukelspiel gesessen.«

Der Prinz nahm den Philipp beim Arm und sagte: »Spaßvogel, du bist kein Nachtwächter!« Er drehte ihm das Gesicht gegen eine aus der Ferne herschimmernde Laterne, und erschrak, da er einen ihm vollkommen fremden Menschen sah.

»Bist du vom Satan besessen, oder . . . Wer bist du denn?« fragte Julian, der vor Schrecken ganz nüchtern geworden war.

»Ich bin der Gärtner Philipp Stark, Sohn des Nachtwächters Gottlieb Stark!« antwortete Philipp ruhig.

XIII

»Nun ja, den suchen wir eben! Halt, Bursche!« riefen mehrere Stimmen, und Philipp, Röschen und der Prinz sahen sich plötzlich von sechs handfesten Dienern der löblichen Polizei umringt. Röschen tat einen lauten Schrei. Philipp ergriff des erschrockenen Mädchens Hand und sagte: »Fürchte dich nicht!« – Der Prinz klopfte dem Philipp auf die Achsel und sagte: »Es ist ein dummer Streich. Ich sagte dir nicht vergebens, du solltest dich zur rechten Zeit davonmachen. Aber fürchte dich nicht; es soll dir nichts widerfahren.«

»Das wird sich hintennach ergeben!« versetzte einer der Handfesten. »Einstweilen wird er mit uns kommen.«

»Wohin?« fragte Philipp. »Ich bin in meinem Dienst; ich bin der Nachtwächter.«

»Das haben wir schon gehört, und eben deswegen kommt Ihr mit uns.«

»Laßt ihn gehen, ihr Leute!« sagte Julian und suchte in den Taschen nach Geld. Da er nichts fand, flüsterte er Philipp heimlich zu, ihnen aus der Börse zu geben. Die Handfesten aber rissen beide auseinander und riefen: »Fort! Hier werden keine Abreden mehr genommen. Auch die Maske ist verdächtig und muß mit uns!«

»Die nicht!« sagte Philipp. »Ihr wollt den Nachtwächter; der bin ich. Könnt ihr verantworten, mich aus meinen Berufsgeschäften zu nehmen, so führt mich, wohin es euch beliebt. Diesen Herrn aber laßt gehen.«

»Das ist nicht Eure Sache, uns zu lehren, wen wir für verdächtig halten sollen!« versetzte einer der Polizeidiener: »Marsch, alles mit uns!«

»Auch das Frauenzimmer?« fragte Philipp. »Ich will nicht hoffen.«

»Nun, das Jüngferchen mag gehen. Für sie haben wir keinen Befehl. Aber Namen und Gesichtchen müssen wir für den Notfall kennen und den Aufenthalt.«

»Es ist die Tochter der Witwe Bittner im Milchgäßchen!« sagte Philipp und ärgerte sich nicht wenig, als die Kerls alle das Gesicht des weinenden Röschens gegen den Schein der fernen Straßenlaterne drehten und begafften.

»Geh heim, Röschen!« sagte Philipp: »Geh heim; fürchte nichts für mich. Ich habe ein gutes Gewissen.«

Röschen aber schluchzte laut, daß es selbst den Polizeidienern Mitleid einflößte. Der Prinz wollte diesen Umstand benutzen, um durch einen Sprung zu entkommen. Aber von den Handfesten einer war noch ein besserer Springer, stand mit einem Satz vor ihm und sagte: »Holla! Der hat ein schlechtes Gewissen; er muß mit uns. Vorwärts, marsch!«

»Wohin?« fragte der Prinz.

»Direkt und schnurgeraden Wegs zu Seiner Exzellenz dem Herrn Polizeiminister.«

»Hört, Leute«, sagte der Prinz sehr ernst, doch leutselig – denn ihm war in dieser Geschichte gar nicht wohl zumut, weil er eben sein Nachtwächterstückchen nicht verraten wissen wollte. »Hört, Leute, ich bin diesen Augenblick nur sehr zufällig zu diesem Nachtwächter gekommen; ihr habt mit mir nichts zu schaffen. Ich bin vom Hofe. Untersteht ihr euch, mich zu zwingen, mit euch zu gehen, werdet ihr euern Irrtum bereuen und morgen bei Wasser und Brot im Turm sitzen.«

»Laßt den Herrn um Gottes willen gehen, Leute!« rief Philipp, »verlaßt euch auf mein Wort, es ist ein großer Herr, der euch euren Dienst garstig versalzen kann. Es ist . . .«

»Schweig!« rief Julian: »Es soll niemand aus deinem Munde erfahren, wer ich bin, wenn du allenfalls erraten hättest, wer ich sei. Hörst du, niemand! *Niemand*, sage ich dir, es komme, wie es wolle. Hörst du?«

»Wir tun unsere Schuldigkeit!« entgegnete ein Polizeidiener, »und dafür setzt uns keiner in den Turm. Das könnte aber am Ende wohl dem Herrn in der Maske selbst widerfahren. Wir kennen dergleichen Sprachen schon und fürchten solche Drohungen nicht. Vorwärts, marsch!«

»Leute, nehmt Vernunft an!« rief Philipp. »Es ist ein sehr angesehener Herr am Hofe.«

»Und wenn's der König selber wäre, müßte er mit uns; das ist unsere Pflicht; er ist verdächtig!« gab einer zur Antwort.

»Ei ja«, rief ein anderer, »große Herren am Hofe haben wohl mit Nachtwächtern und euresgleichen heimliche Dinge abzutun und wie vorhin einander in die Ohren zu zischeln.«

Während man noch des Prinzen wegen hin und her stritt, kam ein Wagen, achtspännig, mit brennenden Fackeln voran, dahergefahren an der Kirche vorbei. »Halt!« rief eine Stimme im Wagen, als dieser eben an dem Haufen der Polizeidiener war, welche den Prinzen umringt hielten.

Der Wagen stand. Der Kutschenschlag öffnete sich. Ein Herr sprang heraus im Überrock mit einem glänzenden Stern darauf und ging zu der Menschengruppe. Er stieß die Polizeidiener zurück, betrachtete den Prinzen von oben bis unten und sagte: »Richtig! Erkannte ich doch gleich den Vogel an seinen Federn von weitem. Maske, wer sind Sie?«

Julian wußte nicht, wohin sich in seiner Verlegenheit drehen und wenden, denn er erkannte den Herzog Hermann.

»Antworten Sie mir!« rief der Herzog mit donnernder Stimme. Julian schüttelte den Kopf und winkte dem Herzog, sich fortzubegeben. Dieser aber ward noch erpichter, zu wissen, mit wem er es auf dem Ball zu tun gehabt habe. Er fragte die Polizeibeamten. Diese standen mit entblößten Häuptern um den Herzog und sagten: sie hätten Befehl, den Nachtwächter unmittelbar zum Polizeiminister zu führen; der Wächter habe gottlose Verse gesungen, wie sie mit ihren eigenen Ohren gehört, sei ihnen aber durch Kreuz- und Quergassen entsprungen; hier nun bei der Kirche hätten sie ihn in vertraulichem Gespräch mit der Maske ertappt, die ihnen beinahe verdächtiger schiene als der Nachtwächter. Die Maske habe sich für einen Herrn vom Hofe ausgeben wollen, allein das sei offenbar Windbeutelei. Sie hätten daher für Schuldigkeit gehalten, die Maske zu arretieren.

»Der Mensch ist nicht vom Hofe!« erwiderte der Herzog, »darauf könnt ihr sicher gehen; ich gebe euch mein Wort. Er hat sich unerlaubterweise auf dem Ball eingeschlichen und jeden glauben gemacht, er sei Prinz Julian. Er hat sich mir endlich entlarven müssen, da er auch mich betrogen und mir entwischte. Es ist ein unbekannter Mensch, ein Abenteurer. Ich habe es dem Oberhofmeister gemeldet. Ihr Leute, führt ihn fort zum königlichen Palast, ihr habt einen guten Fang getan.« Mit diesen Worten drehte sich der Herzog um, stieg in den Wagen, rief noch einmal zurück: »Laßt ihn nicht entkommen!« und fuhr davon.

Der Prinz sah sich verloren. Den Polizeidienern sein Gesicht zu zeigen, hielt er für unschicklich; durch diese wären seine Geniestreiche allzu stadtkundig geworden. Minder Gefahr lief er, wenn er vor dem Oberhofmeister oder dem Polizeiminister die Larve abzog. Also rief er entschlossen: »Meinethalben! Kommt!«

Sie gingen. Röschen sah ihnen weinend nach.

XIV

Philipp hätte beinahe an Hexerei glauben mögen, oder daß er träume. Denn so verworren und bunt es in dieser Nacht zuging, war's ihm in seinem Leben noch nicht ergangen. Er hatte sich eigentlich keine Vorwürfe zu machen, als daß er mit dem Prinzen die Kleider getauscht und dann wider seinen Willen dessen Rolle auf dem Ball gespielt hatte. Da aber der Prinz vermutlich die Nachtwächterrolle ebenfalls nicht in der Regel gespielt haben mochte – denn warum mußte er sich als Nachtwächter verhaften lassen? – hoffte er bei diesem Gnade zu finden.

Beim Palast schlug dem armen Philipp das Herz stärker. Man nahm ihm Mantel, Horn und Stange ab. Der Prinz sprach mit einem vornehmen Herrn einige Worte. Sogleich wurden die Polizeidiener weggeschickt; der Prinz ging die Stiegen hinauf, und Philipp mußte folgen. »Fürchte dich nicht!« sagte Julian und verließ ihn. Philipp wurde in ein kleines Vorzimmer geführt, wo er lange allein blieb.

Endlich kam ein königlicher Kammerdiener und sagte: »Kommt mit mir. Der König will Euch sehen.«

Philipp war fast außer sich vor Schrecken. Seine Knie wurden schwach. Er ward in ein schönes Zimmer geführt. Da saß der alte König lachend an einem kleinen Tisch. Neben ihm stand der Prinz Julian ohne Larve. Sonst war niemand im Zimmer.

Der König betrachtete den jungen Menschen eine Zeitlang und, wie es schien, mit einer Art Wohlgefallen.

»Erzähle mir alles genau«, sagte der König zu ihm, »was du in dieser Nacht getan hast.«

Philipp gewann durch die leutselige Anrede des ehrwürdigen Monarchen wieder Mut und beichtete haarklein, was er getan und erlebt hatte, von Anfang bis zu Ende. Doch war er klug und bescheiden genug, das zu verschweigen, was er in seiner Prinzenrolle von den Höflingen gehört hatte und wodurch Julian hätte in Verlegenheit gesetzt werden können. – Der König lachte bei der Erzählung einige Male auf; dann tat er noch einige Fragen über Philipps Herkunft und Beschäftigung, nahm ein paar Goldstücke vom Tisch, gab sie ihm und sagte: »Nun geh du, mein Sohn, und warte deines Berufs. Es soll dir nichts Leides geschehen. Aber entdecke keinem Menschen, was du in dieser Nacht getrieben und erfahren hast. Das befehle ich dir. Nun geh!«

Philipp fiel dem König zu Füßen und küßte dessen Hand, indem er einige Worte des Dankes stammelte. Als er wieder aufstand, um fortzugehen, sagte Prinz Julian: »Ich bitte untertänigst, daß Ihre Majestät dem jungen Menschen erlauben wolle, draußen zu warten. Ich habe ihm für das Ungemach, das ich ihm diese Nacht verursachte, noch eine kleine Schuld abzutragen.«

Der König nickte lächelnd mit dem Kopfe, und Philipp entfernte sich.

»Prinz!« sagte der König und warnte drohend mit dem aufgehobenen Finger. »Ein Glück für Sie, daß Sie mir die Wahrheit sagten! Ich will auch diesmal noch Ihren wilden, albernen Possen Verzeihung widerfahren lassen. Sie hätten Strafe verdient. Noch einmal solch einen Pagenstreich, und ich werde unerbittlich sein. Nichts wird Sie dann entschuldigen. Die Geschichte mit Herzog Hermann muß ich noch näher kennen. Gut, wenn er fortgeht; ich mag ihn nicht. Von dem, was Sie über den Polizei- und Finanzminister sagten, erwarte ich ebenfalls Beweise. Gehen Sie jetzt und geben Sie dem jungen Gärtner ein Trinkgeld. Er hat in Ihrer Maske vernünftiger gehandelt als Sie in der seinigen.«

Der Prinz verließ den König. Er legte in einem Nebenzimmer den Ballanzug ab, den Überrock an, ließ Philipp rufen und befahl ihm, mit ihm in seinen Palast zu gehen. Hier mußte Philipp alles, was er als Stellvertreter Julians auf dem Ball vernommen und gesprochen, Wort für Wort erzählen.

Philipp gehorchte.

Julian klopfte ihm auf die Schulter und sagte: »Höre, Philipp, du bist ein gescheiter Kerl. Dich kann ich gebrauchen. Ich bin zufrieden mit dir. Was du in meinem Namen dem Kammerherrn Pilzow, der Gräfin Bonau, dem Marschall und seiner Frau, dem Oberst Kalt, dem Finanzminister und den übrigen gesagt, finde ich ganz vernünftig, und ich will es ansehen und halten, als hätte ich es selbst gesagt. Dagegen mußt du zu den Versen stehen, die ich in deinem Namen als Nachtwächter gesungen habe. Du wirst zur Strafe deines Nachtwächterdienstes entsetzt werden; das laß dir gefallen. Dafür mache ich dich zum Schloßgärtner bei mir. Ich übergebe dir meine Gärten von den beiden Schlössern Heimleben und Quellenthal. Das Geld, welches ich deiner Braut gegeben, soll ihre Aussteuer bleiben, und den Wechsel des Marschalls Blankenschwerd löse ich auf der Stelle bei dir mit fünftausend Gulden ein. Jetzt geh, diene mir treu und führe dich gut auf.«

XV

Wer war glücklicher als Philipp! Er flog in vollem Sprung zu Röschens Haus. Noch war Röschen nicht zu Bett; sie saß mit ihrer Mutter am Tisch und weinte. Er warf die volle Börse auf den Tisch und sagte atemlos: »Röschen, das ist deine Aussteuer! Und hier fünftausend Gulden, die sind mein. Ich habe als Nachtwächter Fehler gemacht; dafür verliere ich die Anwartschaft auf des Vaters Dienst, und übermorgen ziehe ich als Schloßgärtner des Prinzen Julian nach Heimleben. Und Ihr, Mutter, und Röschen müßt mit mir nach Heimleben. Mein Vater und meine Mutter müssen auch mit mir. Ich kann euch nun wohl alle ernähren. Juchhe! Gott gebe allen guten Leuten ein solch gutes Neujahr!«

Mutter Bittner wußte nicht, ob ihren Ohren trauen bei Philipps Erzählung und ihren Augen beim Anblick des vielen Geldes. Aber als Philipp ihr alles und, wie es gekommen, doch eben nicht mehr als zu wissen nötig war, erzählt hatte, stand sie schluchzend auf, umarmte ihn mit Freuden und legte dann ihre Tochter an sein Herz.

Nun lief oder tanzte die freudebetrunkene Frau im Zimmer herum, fragte: »Wissen das alles auch dein Vater und deine Mutter schon?« und da es Philipp verneinte, rief sie: »Röschen, mache Feuer an, tue Wasser über, koche einen guten Kaffee für unserer fünf!«, nahm ihr wollenes Mäntelchen, wickelte sich hinein und ging zum Haus hinaus.

Röschen aber vergaß an Philipps Herzen Feuer und Wasser. Sie standen noch in fester Umarmung, als Frau Bittner zurückkam, begleitet vom alten Gottlieb und Mutter Käthe. Die umringten segnend ihre Kinder; Mutter Bittner, wollte sie Kaffee, mußte ihn selber kochen.

Daß Philipp den Nachtwächterdienst einbüßte, daß Röschen nach vierzehn Tagen seine Frau ward, daß beide mit ihren Eltern nach Heimleben zogen – das gehört nicht zum Abenteuer der Neujahrsnacht, welches niemand verderblicher ward als dem Finanzminister Bodenlos. Man hat auch seitdem nicht gehört, daß Prinz Julian ähnliche Geniestreiche gemacht habe.

(1818)

RÜCKWIRKUNGEN ODER WER REGIERT DENN?

DER BUCHHALTER

Ich bin verloren, *Colas!*« sagte Herr *Larmes*, als er aus dem Büro der Admiralität zu Paris, wo er Buchhalter war, zur ungewöhnlichen Stunde nach Hause kam und sich entstellt und düster in den Lehnsessel warf. »Ich bin verloren. Wir werden uns trennen müssen. Ich kann nicht länger für dich sorgen, Colas. Es tut mir leid, deiner Mutter nicht Wort halten zu können und lebenslang Vaterstelle bei dir zu vertreten.«

Colas Rosier, der seinen Herrn nie so gesehen, stand bei diesen Worten wie vom Blitze gerührt. In der Tat war er ohne Herrn Larmes, der ihn seit anderthalb Jahren zu sich genommen hatte, der verlassenste Mensch von der Welt. Denn in dem Landstädtchen, wo er bei seiner Mutter, einer Näherin, gelebt, hatte er nichts gelernt als zierlich zu schreiben, und mit dem Lohn, welchen er als Abschreiber verdiente, konnte er damals kaum die kleinen Haushaltungsbedürfnisse bestreiten. Herr Larmes, ein alter Freund der Mutter noch aus Jugendtagen her, war so gütig gewesen, den jungen Menschen zu sich zu nehmen. Er behandelte ihn seitdem wie seinen eigenen Sohn und gebrauchte ihn wegen der schönen Handschrift als Abschreiber. Colas war eine gute Seele; darum hatte ihn Herr Larmes lieb, der, weil er selbst ein sechzigjähriger Junggesell und ohne Familie war, ihn zum künftigen Erben seines mäßigen Vermögens bestimmt hatte.

»Sie sind verloren?« fragte Colas. »Was haben Sie denn gemacht, Herr Larmes?«

»Ach, ich *habe* nichts gemacht, ich *soll* machen!« erwiderte der Buchhalter und warf seine Brieftasche auf den Tisch vor sich hin. »Wir sprechen nachher weiter. Ich werde dir meine Barschaft als letztes Vermächtnis geben. Siehst du mich morgen nicht wieder oder werde ich verhaftet, so mache dich auf, suche Dienste, wo du sie finden kannst, und halte mich für einen ehrlichen Mann, was man auch von mir behaupten möge.«

Colas war außer sich vor Schrecken und Mitleiden. Er bat mit Tränen seinen Pflegevater, ihm anzuvertrauen, was geschehen sei. Er schwor, lieber zu sterben als ihn zu verlassen.

Der Alte schwieg lange. Endlich nahm er das Wort und sagte: »Colas, *dir*, aber nur *dir* darf ich's sagen. Weh dir, wenn du wieder plauderst; es könnte dir auf immer die Freiheit, vielleicht das Leben kosten wie mir. Aber es ist vielleicht gut, daß ich dir's anvertraue, damit wenigstens du an meine Unschuld glaubst, wenn sonst keine Seele. Aber sei verschwiegen wie das Grab. Und willst du es wagen, dich zu verderben, so rede erst dann, wenn ich verloren bin.«

Colas versprach alles, was sein Pflegevater verlangte. Darauf sagte Herr Larmes: »Es ist in den Kassen der Marine ein Defizit von mehr denn einer halben Million. Die Sache ist ruchbar und nicht länger zu verheimlichen. Mein Chef, Herr von Gatry, hat sich durch ungeheure Verschwendungen zugrunde gerichtet. Sich zu retten, möchte er nun einen andern als den Schuldigen opfern. Gott weiß es, wodurch ich's versündigt habe, daß Herr von Gatry mich dazu wählt. Er bot mir vierzig-, er bot mir sechzigtausend Livres, wenn ich mich in einem eigenhändigen Brief an ihn statt seiner schuldig erklären wollte. Er lag vor mir auf den Knien. Er meinte, weil ich ohne Weib und Kind, mein eigener Herr wäre und nichts dabei zu wagen, alles zu gewinnen hätte, während er Stand, Würden, Ehre seiner angesehenen Verwandtschaft, Weib und Kinder, alles zu verlieren habe – er meinte, mir sei es ein leichtes, ihm das Opfer zu bringen, ihm einen Brief zu schreiben, in welchem er mir jede Zeile mit zehntausend Livres vergelte, und ins Ausland zu flüchten. Er sprang wie ein Rasender auf, als ich armer, ehrlicher Mann in aller Bescheidenheit meine gerechten Bedenklichkeiten zu äußern wagte. Dann aber sagte er wieder ganz kaltblütig zu mir: ›Es ist hier kein Rücktritt für Sie möglich. Ich fordere Ihnen die Kontrollen und Kassenbücher ab. Ich habe sie schon meiner Absicht gemäß geändert. Wollen Sie mich nun in den Abgrund stürzen – beim Himmel, Sie sollen den Hals erst vor mir brechen. Wählen Sie. Nun spielen wir Leben um Leben.‹ – So ungefähr sprach er. Ich war so erschrocken, ich wußte nicht, wie mir raten oder helfen. Ich vergoß Angstschweiß. Er schien mir in seiner Verzweiflung auf dem Punkte, mich zu morden. Dann hätte er nur sagen können, ich habe mich ihm schuldig gestanden als Kassenbetrüger, habe um seine Gnade gefleht, und da ich keine gefunden, mich auf der Stelle selbst umgebracht. Ach, Colas, wessen sind solche Herren nicht fähig!«

»Der leibhaftige Satan ist der Mensch!« schrie Colas. »Ich laufe zum Minister, zum Kardinal Bernis, zum König und flehe um Hilfe.«

»Willst du ein Kind des Todes sein?« rief Herr Larmes. »Du hast Schweigen gelobt. Wage mir keinen Schritt, keine Silbe! Kommt

Zeit, kommt Rat. Ich will nicht, daß du mit mir zugleich in den Abgrund stürzest. Ich habe Bedenkzeit gefordert. Herr von Gatry gewährte mir vierundzwanzig Stunden. Morgen früh um zehn Uhr muß ich Entscheidung bringen, das heißt, das Briefchen, welches er mir gab, als sei es von mir an ihn gerichtet, wörtlich abgeschrieben ihm bringen und mit Extrapost flüchten, oder ich bin um elf Uhr Gefangener. Ich darf bis dahin das Haus nicht verlassen, auch du nicht. Er hat es mir verboten wie dir. Er läßt uns aufpassen. Es geht um dein und mein Leben. Der Rasende wagt alles.«

»Und was wollen Sie tun, Herr Larmes?« fragte Colas ängstlich.

»Ich vertraue auf Gott; er läßt die Unschuld nicht zuschanden werden, Colas. Ich schweige und harre getrost. Ich will erwarten, daß man mich verhafte. Ich werde in den Händen der Justiz wenigstens gegen Meuchelmord gesichert sein. Dann will ich reden. Es erfolge, was da wolle. Gott verläßt die Unschuld nicht. Bis dahin schweige! Ich gebe dir meine Barschaft. Werde ich unschuldig verurteilt, siegt der Bösewicht durch das Ansehen seiner mächtigen Verwandtschaft, gut, so bleibe ehrlich und sorge für dich. Dein Untergang kann mir nichts nützen.«

Beide sprachen noch lange über diesen fürchterlichen Handel, der Buchhalter mit dem festen Mute des reinen Bewußtseins, Colas mit Verzweiflung und Wehmut eines dankbaren, liebenden Sohnes. Herr Larmes gewann in diesem Gespräch nach und nach Ruhe und Besonnenheit, je mehr Colas beide verlor. Jener, indem er seinen Pflegesohn tröstete, ward selbst getröstet. Er hieß diesen auf sein Zimmer gehen, arbeiten und sich zerstreuen, wie er könne. Colas gehorchte schweigend und traurig und ging. Herr Larmes, der sich in der Lage eines Sterbenden fühlte, brachte seine Papiere in Ordnung.

PAULINE

Colas Rosier ging blaß und die Hände ringend durch den inneren Hof des Hotels, wo Herr Larmes einige Zimmer des Hintergrundes bewohnte. Das Hotel gehörte dem Grafen *von Oron,* der hier mit seiner Gemahlin eines der glänzendsten Häuser in Paris machte. Man sagte sogar, der Prinz *Soubise* mache der Tochter des Grafen den Hof. In der Tat war der Prinz ein fleißig erscheinender Hausfreund, in der Tat sehr um die junge Gräfin beschäftigt. Allein er selbst wußte besser denn alle, daß seine Besuche weniger der Gräfin als deren liebenswürdigen Gespielin oder Gesellschafterin,

Pauline de Pons, galten. Pauline, eine elternlose Waise, ohne Vermögen, abhängig von der Gnade des Grafen, bekümmerte sich wenig um die Süßigkeiten, die ihr der vierzigjährige, in allen Hof- und Liebeshändeln vielversuchte Prinz zuflüstern mochte. Sie, in frischester Lebensblüte, hatte desto hellere Augen für ihren schönen fünfundzwanzigjährigen Nachbar Colas. Sie hatte auch beständig mit ihm wichtige Geschäfte abzutun. Er schrieb für sie oder die junge Gräfin bald Gedichte ab, bald Musikalien; das erwarb ihm manche kleine Einnahme. Aber daß er Paulinens Herz eingenommen hatte, ließ er sich gar nicht beifallen. Der Umgang mit Paulinen war ihm ein angenehmes Bedürfnis. Warum hätte er nicht gern in Gesellschaft des anmutigen Mädchens sein sollen? Doch die stille Glut ihres Blickes verstand er gar nicht. Er ging ohne Herzklopfen zu ihr und mit aller Gelassenheit von ihr. Er wußte gar nicht, was Leidenschaft sei.

Pauline stand am Fenster gegen den Hof, als Colas blaß und händeringend über denselben hinging. Sie erschrak, wie sie ihren Liebling in seinem stummen Schmerz verloren sah. »Bst! bst!« flüsterte sie gegen ihn. Er hörte nichts. »Colas!« rief sie und winkte mit den Händchen, als er zu ihr hinaufsah. Er gehorchte seufzend.

»Was haben Sie, Colas? Um Gottes willen, was ist Ihnen begegnet?« rief sie, als er in ihr Zimmer trat und sie bemerkte, daß er geweint habe.

Er schwieg und seufzte.

»Lieber Colas, reden Sie doch! Ihr Schweigen tötet mich. Ist ein Unglück geschehen? Sagen Sie mir's, wenn es auch das Entsetzlichste wäre. Ich beschwöre Sie, sagen Sie mir's.« Er schwieg und seufzte.

Jetzt stieg Paulinens Angst aufs höchste. »Wie, Colas«, rief sie, »Sie würdigen mich keiner Antwort? Habe ich Sie beleidigt? Gelte ich Ihnen gar nichts? Lassen Sie mich nicht länger in der tötenden Ungewißheit. Reden Sie!«

Colas zuckte die Achseln und sagte: »Fräulein Pauline, lassen Sie mich schweigen. Ich darf nichts sagen, als – wir werden uns nun trennen. Ich verlasse morgen dieses Haus, vielleicht Paris.«

Pauline ward bei dieser Ankündigung sterbensbleich. Sie setzte sich kraftlos nieder, starrte ihren Freund an, ergriff dessen Hand, als wollte sie ihn festhalten, daß er nicht von ihr scheide, und stammelte: »Colas, warum?«

Er schwieg.

Nach einer kleinen Stille wiederholte sie die Frage mit zitternder Stimme. Ihre Augen wurden voller Tränen. »Bin ich«, sagte sie,

»bin ich Ihnen so wenig wert, daß Sie mir nicht einmal sagen mögen, warum Sie Paris verlassen wollen? Colas, wenn Sie so dächten, ich würde Sie von ganzem Herzen hassen, wenn ich's könnte. Nein, ich könnte es nicht, Colas. Gehen Sie nur. Ich hatte auf Erden keinen Freund als Sie. Gehen Sie. Sie finden der Freunde und Freundinnen genug, aber niemanden, der innigeren Teil an Ihrem Glück und Unglück nimmt. Gehen Sie!« rief sie und verhüllte sich schluchzend das Gesicht.

Wie Colas die schöne Weinende ansah, verging sein ganzes Inneres in Schmerz. »Ach, schöne Pauline«, sagte er, »es ist ja nicht meine Schuld, daß ich fort muß. Wie gern blieb' ich! Wie sehr bewegt mich Ihre Teilnahme! Wenn Sie wüßten, was ich . . .«

Pauline blickte bei diesen Worten zu ihm auf und sagte: »O du Heuchler, ich dir teuer und quälst mich doch so gern? Ich danke dem Himmel, daß ich keinen Bruder habe; denn glich' er dir, ich wäre längst im Grabe.«

»Und hätte ich eine Schwester«, versetzte er traurig, »und sie gliche Ihnen – ja, dann wäre mir wohl, dürfte ich meinen Kummer in ihr Herz ausgießen. Aber . . .«

»Schütten Sie Ihren Kummer aus. Vielleicht, lieber Colas, kann ich mit gutem Rat helfen. Denken Sie sich, ich sei die Schwester. Hier ist die Schwesterhand!« Sie stand auf und bot ihm die Hand.

Er küßte ehrerbietig das Händchen und sah der schönen Schwester verlegen in die Augen, die so zärtlich um sein Geheimnis flehten.

»Was kostet es, diesen stummen Mund zu entsiegeln!« sagte sie und klopfte ihm mit den Fingern auf die Lippen und ließ die Hand nachlässig auf seine Schulter sinken. Man weiß nicht, wie es geschah, daß Bruder und Schwester Wange an Wange lehnten, dann Mund an Mund für den Augenblick die Worte vergaßen. Colas aber fühlte sich wie verwandelt. Er sah im Fräulein de Pons wirklich seine Schwester. Er hatte keine Geheimnisse mehr. Er vertraute ihr unter dem vorher abgelegten Gelübde ewiger Verschwiegenheit alles an, was er vor einer halben Stunde erst von Herrn Larmes erfahren hatte.

Pauline, wie erschrocken sie auch beim Anhören dieser Nachrichten war, fühlte sich doch dabei selig. Sie liebte und wähnte, der Liebe sei nichts unmöglich.

»Beruhige dich, lieber Colas!« sagte sie, »du darfst, du sollst mich nicht verlassen. Es werden sich Mittel ersinnen lassen, deinen Pflegevater zu retten!«

»Aber«, seufzte Colas ängstlich, »ohne etwas zu verraten!«

»Wenn mir nur gleich etwas beifiele!« rief sie und rieb sich die Stirn. »Geh, Colas, geh! Laß mich allein. Ich will nachsinnen. Es muß etwas geschehen.«

Colas ging. Doch unter der Tür noch drohte er lächelnd mit dem Finger zurück: »Schwester Pauline, verrätst du mich, werde ich in meinem Leben der Bruder keiner Schwester mehr.«

PRINZ SOUBISE

Indem fuhr der Wagen des Prinzen Soubise vor. Der Prinz kam die Stiege herauf, als Pauline aus ihrem Zimmer trat. Noch glühte von der schwesterlichen Unterredung ihr Gesicht. Der Prinz, welcher sie nie reizender gesehen hatte – und in der Tat, wie konnte sie anders im Glanze der ersten Liebe erscheinen? – verlor fast die Sprache beim Anblick des in Entzückungen schwebenden Mädchens.

»Mein Gott, wie schön Sie sind!« sagte er, indem er ihre Hand küßte. Sie führte ihn in den Saal und beklagte, daß er den Grafen verfehlt habe, der mit seiner Gemahlin und Tochter ausgefahren sei.

»Sie beklagen mich, und ich wünsche mir Glück. Möchte mir im Leben jeder Unfall so schön vergütet werden wie diesmal!« sagte er.

Pauline, seine Schmeicheleien gewohnt, achtete nicht auf diese und andere seiner Artigkeiten. Sie war in Gedanken bei dem neuerworbenen Bruder und sann umher, wie dem Herrn Larmes Hilfe geschafft werden könnte. Anfangs hatte sie im Sinn gehabt, sich dem Grafen Oron zu entdecken. Durch seinen Einfluß hoffte sie wie durch seine Klugheit, das Unglück vom Haupt des alten Buchhalters abzuwenden, der im frommen Vertrauen auf den Himmel und ohne Aussicht auf andere Rettung dem Schicksal entgegenging. Allein der Mut entsank ihr wieder, wenn sie sich der trägen Selbstsucht und der stolzen Gefühllosigkeit des Grafen gegen fremdes Leiden erinnerte. Die Ankunft des Prinzen brachte in ihr ganz andere Entwürfe zur Reife. Er, der Mann am Hofe, der sich dem Kardinal Bernis, dem damaligen allmächtigen Minister, der sich sogar dem Könige unmittelbar nähern konnte, er und kein anderer konnte hier Retter werden.

»Gnädigster Herr«, sagte sie zu ihm, »ich bitte Sie inständig, lassen Sie allen Scherz! Wir wollen von etwas Ernstem reden.«

»Wie, schöne Pauline«, rief der Prinz, »halten Sie denn in vollem Ernste die Liebe für Scherz?«

»Wenigstens die Ihrige.«

»Wenn meine Liebe nur Scherz ist, so ist alles, was Himmel und Erde Schönes haben, Scherz, und es ist nichts Wahres unterm Monde; Pauline, ja, so ist Ihre göttliche Gestalt, so ist Ihr Blick, so ist all der verführerische Zauber, der Sie umschwebt, Täuschung und Lüge.«

»Oder Ihr Auge belügt Sie, das *mehr* sieht, als es sieht.«

»Nein, *zu wenig* vom ganzen Umfang Ihrer Reize, zu viel aber schon für meine Ruhe.«

»Ich bitte Sie, Prinz, warum sagen Sie mir das alles? Weil Sie Langeweile bei mir haben? Lassen Sie uns von etwas Besserm plaudern. – Oder weil Sie mir beweisen wollen, daß Sie der geistvollste, artigste, gewandteste Mann sind? Ich weiß es schon, so gut, als es der ganze Hof und die ganze Stadt weiß. – Oder weil ich Ihnen alles glauben soll, was Sie mir Verbindliches sagen? Ach, mein gnädiger Herr, Sie werden doch nicht so übel von meinem Verstand denken!«

»Welche Sophistin Sie sind! Ja, wenn Sie jemals an eine Wahrheit glaubten, so glauben Sie an die Wahrheit des Gefühls, das Sie selbst einflößten, so glauben Sie, daß für die Wahrheit meines Wortes jeden Augenblick mein Leben, mein Blut . . .«

»Behüte mich der Himmel, Prinz, reden Sie mir nicht von Blutgeschichten! Ich liebe dergleichen nicht. Wenn ich aber die Ehre hätte, einigermaßen auf Ihre Achtung Anspruch . . .«

»Auf alles, alles!« schrie der Prinz Soubise, und nun folgte eine Reihe von Beteuerungen und Schwärmereien, mit deren Hererzählung wir unsere Leser nicht behelligen wollen.

Fräulein Pauline de Pons aber zog nach ihrer Art den besten Nutzen davon. Sie trat mit einer bescheidenen Bitte vor, die der Prinz schon als erfüllt erklärte, ehe er sie nur gehört hatte. Nun erzählte sie ihm im tiefsten Vertrauen die Unglücksgeschichte des alten Buchhalters, die sie ganz zufällig vernommen haben wollte, und für den sie die lebendigste Teilnahme empfände, weil er im Hintergebäude wohne. »Sie, Prinz«, fuhr sie fort, »Sie können hier den Ruhm Ihrer stillen Tugenden erweitern. Sie können die Unschuld retten; keiner wie Sie, und diesmal kein anderer als Sie. Ihr Wort gilt beim Kardinal Bernis . . .«

»O still vom Kardinal!« rief der Prinz. »Ich traue ihm nicht. Er ist der Gönner des verschwenderischen Gatry und, wenn ich nicht irre, ein Anbeter von dessen Tochter. Der Kardinal muß ganz aus dem Spiele bleiben. Aber . . .« Der Prinz schwieg, sann, rieb sich die Stirn, ward plötzlich hell und sagte: »Mein Fräulein, ich verlasse Sie. Wir haben keinen Augenblick zu verlieren. Ich bin eifersüchtig auf jeden, der mir die Gelegenheit rauben könnte, ein kleines Verdienst in Ihren Augen zu haben. Leben Sie wohl, reizende Pauline. Ich ruhe nicht, bis Ihr schöner, menschenfreundlicher Wunsch erfüllt ist.«

Er küßte des Fräuleins Hand und flog davon.

FRAU VON POMPADOUR

Er schwang sich in den Wagen und fuhr nach Hofe. Hier wandte er sich in den Tuilerien sogleich zu den Zimmern der Frau von *Pompadour*.

Alle Welt weiß, was Frau von *Pompadour* bei König Ludwigs XV. allerchristlichsten Majestät galt. Sie war die unbeschränkte Gebieterin seines Herzens, seines Willens und seines Reiches. Zwar die Blütezeit hatte für sie geendet. Sie mochte etwa fünfunddreißig Jahre zählen. Aber ihre Anmut hatte darum wenig eingebüßt und der eigentümliche Wert ihres Geistes dabei nur gewonnen. Der König lag noch immer in ihren weichen Fesseln. Nichts vermochte wider sie der Wille der ganzen königlichen Familie, nichts die Klugheit des königlichen Hauptministers, des Kardinals Bernis. Man wußte das am Hofe, man wußte das in Paris, man wußte das im ganzen Reich. Freilich ist es nicht gar erbaulich für eine Nation von Selbstgefühl, durch ein solches königliches »Nebenbei« beherrscht zu werden. Aber man muß nicht vergessen, daß die Franzosen damals nur noch Verse machten und Liederchen trillerten und alles für wahr, gut und schön hielten, sobald es der König dafür hielt. Frankreich lag also in anbetendem Entzücken mit einem Knie vor dem König, mit dem andern vor der Geliebten des Allerchristlichsten. Nur eine Partei, welche allenfalls Anspruch auf Eifersucht wagen durfte, zum Beispiel die Königin, der altadelbürtige Hof oder so ein Hauptminister wie Kardinal Bernis bildeten, doch mit größter Schonung, eine Art Widerspruch.

Die kluge Königsgeliebte wußte das wohl. Sie fürchtete aber die Gegenpartei wenig. Die vorzüglichsten Herren des Hofes standen auf ihrer Seite oder lagen zu ihren Füßen. *Voltaire* selbst wußte sich viel damit, daß sie ihn huldvoll angeblickt hatte. Aber nächst dem König blickte sie doch keinen huldvoller an als den Prinzen Soubise.

In der Tat, der Prinz, obgleich ein Vierziger, war ein Mann ganz zum Gefallen geschaffen, witzig, sinnreich, verführerisch. Die

Königsgeliebte, bei aller Schlauheit und Lebenserfahrung, konnte sich nicht erwehren, ihn lieber zu sehen und lieber zu hören als alle übrigen und ihm am liebsten zu glauben, daß er sie nur ihretwillen liebe und um nichts anderes sonst. Der Prinz war einer von den starken Geistern, die allen allerlei werden. So war er bei der Königsgeliebten ein von ihr bezauberter Liebhaber, der nur mit Gewalt den Ausbruch von einer Leidenschaft in sich zurückhielt, die – nicht da war. Frau von Pompadour bemerkte oft, nicht ohne zärtliche Rührung, seinen stillen Kampf zwischen Ehrfurcht und Liebe, und wider ihren Willen ward ihr Herz zu ihm hingezogen, da es doch dem König allein angehören sollte. Sie empfand für den Prinzen, was sie nicht empfinden mochte, und eben weil sie es nicht mochte, hing sie um so inniger an ihm. Doch hütete sich die feine Frau von Welt wohl, das von sich ahnen zu lassen, dessen sie sich wie einer Lächerlichkeit schämte. Und wirklich fiel keinem Höfling dergleichen auch nur im Traume ein. Aber der Prinz wußte, was er wußte, spielte seine Seladonrolle fort und lachte dazu.

»Was haben Sie vergessen, Schmetterling?« fragte sie ihn, als er zu ihr hereintrat, denn er war erst kaum vor einer Stunde von ihr gegangen.

»Ach, teure Marquise, bei Ihnen habe ich immer das Unglück, mich selbst zu vergessen. Wie kann man auch anders?« sagte Soubise und drückte ihre schöne Hand an seine Lippen. »Mich selbst, so wahr ich lebe!«

»Zur Sache, mein gnädiger Herr; denn die Sphäre Ihres Selbstes ist so groß, daß ich nicht immer weiß, wenn Sie von sich reden, ob Sie Frankreich oder ganz Europa meinen.«

»Sie wollen heute, liebenswürdige Marquise, ein wenig herbe sein, scheint es; und doch sagen Sie, ohne es zu wollen, statt der Ironie die reinste Wahrheit. Im Ernst, ich wollte von mir, nämlich von Frankreich, das heißt von Ihnen reden.«

»O, lyrische Sprünge!« rief Frau von Pompadour. »Sie haben Talent zum Odendichten, Prinz.«

»Und wer denn nicht, der das Glück fühlt, in Ihrer Nähe zu stehen?«

»Aber Sie wollten von sich selbst reden, Prinz.«

»Gut, gnädige Frau, von mir; aber mein Sein ist in dem Ihrigen aufgelöst. Was wider Sie ist, das ist wider mich. Und ich . . .«

»Prinz, ich werde heute nicht klug aus Ihnen. Reden Sie in Prosa, ich hasse das frostige Feuer der Odendichter.«

»Wohlan, trockne Prosa! – Wissen Sie, in welcher Gesellschaft man zuerst das Gassenliedchen spendete und sang, worin eine gewisse unerhörte platte Niederträchtigkeit die Stelle des Witzes vertreten muß?«

»Sie meinen die Albernheit gegen mich? In welcher Gesellschaft? Vielleicht bei unserem poetischen Kardinal? Hab' ich's erraten?«

»Halb! Bei seinem Schützling, dem unflätigen de Gatry. Der Elende wird jetzt von allen seinen ehemaligen Zechbrüdern verraten; denn er ist nahe daran, das Opfer seiner Schändlichkeiten zu werden – auf die Galeeren zu kommen.«

»Wie? Was sagen Sie mir da?« rief die Marquise erstaunt.

»Es zeigen sich in den Kassen des Seewesens, die er zu verwalten hat, ungeheure Defizits. Man spricht von mehr als einer Million. Und das war's, was ich vergessen hatte, Ihnen vor einer Stunde zu sagen. Ich hatte also recht, es gehe mich an, weil es Sie und Frankreich angeht.«

»Haben Sie auch recht gehört, Prinz?«

Der Prinz erzählte ihr nun alles, was er von näheren Umständen kannte, schmückte daran nach Belieben aus und trug endlich auch die Geschichte des alten, unglücklichen Buchhalters Larmes vor. Er schilderte die Schelmerei des Herrn von Gatry und die Verzweiflung des bedrängten Larmes so lebhaft, das Leiden des armen, schutzlosen Greises so rührend, daß die reizbare Marquise in Tränen zerfloß.

»Nein«, rief sie, »das darf nicht sein; dieser unschuldige, ehrliche Mann soll nicht das Opfer des Ungeheuers werden. Wir wollen die Wahrheit entdecken. Stehen Sie gut dafür, Prinz, daß sich alles so verhält, wie Sie mir sagen?«

»Ich stehe für jedes Wort, das ich sagte.«

»So gestatten Sie, daß ich mich von Ihnen beurlaube. Ich muß zum König. Ich danke Ihnen, mein lieber Prinz, daß Sie mir den Weg zu einer edlen Tat zeigten. Dergleichen Abscheulichkeiten, wie de Gatry brütet, sollen Frankreichs Boden nicht besudeln. Der König denkt zu groß!«

»Und sein guter Engel weicht nicht von ihm. Erlauben Sie, daß ich diesem Engel die Hand küsse, um mich selbst ein wenig zu heiligen.«

Der Prinz entfernte sich. Die Marquise ließ sich dem König melden.

»Ich habe Sie schon lange erwartet, meine liebe Marquise!« sagte der König, indem er ihr entgegenging.

»Man hatte mir gesagt, Ew. Majestät hätten dem englischen Gesandten eine besondere Audienz gegeben.«

»Ja, aber der Mensch hat mich mit seinen Geschäften aufs grausamste gelangweilt. Ich bin froh, seiner los zu sein. Ich habe ihn zuletzt kurzweg an den Kardinal gewiesen. – Aber, was fehlt Ihnen? Sind Sie unpäßlich, Marquise? Ich glaube gar, Sie haben geweint. Ist Ihnen nicht wohl?«

»Bei meinem König ist mir immer wohl.«

»Gute Marquise! – Setzen Sie sich. Haben Sie Arbeit mitgebracht? Ich helfe Ihnen Perlen auffädeln. Ich kann Ihnen ein sauberes Geschichtchen vom Fräulein von Autun erzählen, ein Liebeshändelchen ohnegleichen; Sie werden es kaum glauben. Ich habe dabei zum Sterben lachen müssen. Allein ich kann unmöglich die verweinten Augen meiner kleinen Antoinette sehen. Bekennen Sie mir erst, haben Sie einen Verdruß gehabt?«

»Wohl, Sire, Verdruß über die empörende Schlechtigkeit mancher Menschen und Schmerz darüber, daß man unter dem besten der Monarchen die Unschuld auf grausame Weise zu mißhandeln wagt. Denn ...«

»Erzählen Sie, liebes Kind. Ich will wahrlich einmal ein Beispiel von Strenge geben. Was bin ich denn? Was hab' ich denn, wenn ich mit aller königlichen Macht nicht einmal imstande bin, zu verhüten, daß Sie andere als Freudentränen vergießen? – Wer also hat Sie beleidigt?«

»Der Sie, der die Würde und den Namen des gerechtesten und menschenfreundlichsten aller Könige beleidigt.«

Der König stutzte und fragte mit gespannter Neugier weiter. Die Marquise erzählte ihm die Geschichte und die Pläne des Herrn von Gatry und wie er den ehrlichen Buchhalter zwingen wolle, sich schriftlich zu den Verbrechen dieses Ministers zu bekennen, der sich mit einigen tausend Livres davon freimachen möchte. Die Erzählerin trug die Begebenheit mit der ihr eigenen Beredsamkeit vor und erhöhte mit dem Glanze ihrer Einbildungskraft die Farben im Bilde von menschlicher Bosheit und hilfloser Unschuld. Sie selbst ward von neuem innig bewegt.

»Nun denn«, sagte der König, als sie vollendet hatte, mit einer Art von Verwunderung in Ton und Gebärde, »ist's nur das und sonst nichts? Was geht das uns an? Lassen Sie doch die Gerichte dafür sorgen; die werden schon strafen. Jetzt hören Sie mein Geschichtchen vom spaßhaften Handel des Fräuleins von Autun.«

»Ich wage nur die einzige Erinnerung, Sire, daß, wenn der morgende Tag kommt, die Gerichte nicht mehr helfen können. Hat de Gatry des Buchhalters schriftliche Erklärung in Händen und ist dieser geflüchtet, so wird dieser verdammt, jener als treuer Beamter geehrt und Ew. Majestät um eine Million betrogen.«

»Sie haben recht. Man muß den Kardinal davon benachrichtigen.«

»Er ist Gatrys besonderer Gönner, wie man mir gesagt hat.«

»Oder den Polizeiminister. Er könnte vorläufig einen Vertrauten zum Buchhalter schicken, um von diesem das Nähere zu erfahren. Dann mag er nachher tun, was recht ist.«

»Vortrefflich, Sire; ich muß ebensosehr Ihren Scharfsinn als Ihr wohlwollendes Herz bewundern. Daran dachte ich in der Tat nicht, daß, wenn die Polizei Gatrys eigene Handschrift erhaschen kann, dieser in seinem eigenen Netz gefangen und alles verraten ist.«

»Natürlich! Sie sind ein Kind, Marquise, daß Sie über den einfachsten Gang der Dinge erstaunen. So etwas macht sich leicht ab. Ich lasse den Minister oder – ich besinne mich, der Polizeichef ist noch in der Nähe!«

Der König läutete. Ein Kammerdiener erschien. Der König beschied den Polizeichef ins blaue Kabinett, wohin er sich sogleich selbst begab. »Sie aber«, sagte er beim Fortgehen der Marquise, »bleiben inzwischen hier. Wir müssen eins über das Fräulein von Autun lachen.«

DIE WIRKUNG

Es war schon spätabends. Der Buchhalter Larmes saß düster in seinem Zimmer am Schreibtisch und zeichnete verschiedenes auf. Colas stand daneben.

»Jetzt, mein Sohn«, sagte der Alte, nach Beendigung der Arbeit heiterer, »habe ich nichts mehr auf dem Herzen. Alles ist abgetan. Es geschehe, was da wolle, ich werde mich nie, weder schriftlich noch mündlich, zu dem Kassenbetrug bekennen. Ich stehe in Gottes Hand. Es ist eine herrliche Sache, Colas, um ein reines Herz und Bewußtsein; man kann damit einem ganzen Heere von Schergen, Henkern und Folterknechten und der ganzen Hölle ins Angesicht spotten. Und würde ich auf die Galeere geschickt, ich wollte lächelnd gehen.«

Es ward geklopft. Ein Polizeibeamter trat herein, und man sah deutlich im Halbdunkel der Tür, indem der Beamte sie öffnete, mehrere Bewaffnete stehen.

Der Beamte entschuldigte seinen Besuch mit höherem Befehl und fragte dem Herrn Larmes nach. Dieser bekannte sich erblassend und mit zitternder Stimme zu seinem Namen. Colas bebte wie im Fieberschauer und konnte sich nicht auf den Füßen halten.

»Sie hatten diesen Morgen«, sagte der Beamte zum Herrn Larmes, »eine merkwürdige Unterredung mit Herrn von Gatry?«

Der Buchhalter verneigte sich; er konnte die Silbe Ja nicht hervorstammeln.

»Sind Sie im Besitz eines Zettels, den er Ihnen zum Abschreiben gab?«

Der Buchhalter erstaunte über die Allwissenheit der Polizei und sah den Beamten mit starrem Blick und offenem Mund an.

»Wollen Sie mir gefälligst antworten?« fuhr der Beamte ernster fort.

Der Buchhalter verneigte sich abermals.

»Antworten Sie, Herr, ich fordere Sie im Namen des Königs auf; und wenn Sie den Zettel haben, werden Sie mir ihn ohne Weigern übergeben.«

Der Buchhalter schwankte zu einem Nebentischchen, zog den Zettel aus einer Brieftasche und reichte ihn mit zitternder Hand dem Frager.

»Sie werden jetzt die Güte haben, mich zu begleiten, Herr Larmes. Es erwartet Sie draußen mein Wagen.«

»Wohin?« schrie Colas verzweifelt. »Er ist unschuldig. Nehmen Sie mich auch mit. Ich weiß um alles; ich will alles sagen.«

Der Beamte sah den Jüngling verwundert an und sagte: »Ich habe zwar keinen Befehl, einen andern als Herrn Larmes zum Chef der geheimen Polizei zu führen; indessen kann ich Ihren Wunsch befriedigen. Sie, Herr Larmes, scheinen unruhig zu sein. Fassen Sie sich.«

»Lassen Sie den jungen Menschen hier zurück«, sagte Herr Larmes, »wenn Sie keinen ausdrücklichen Befehl haben, ihn mitzunehmen. Er kann zur Sache nichts nützen. Ich werde die Wahrheit sagen ohne ihn. Es ist seine Freundschaft zu mir, die ihn zu der unbesonnenen Bitte veranlaßte. Ich weiß schon, wer mein Ankläger ist und warum ich fortgeschleppt werde. Es ist Herr von Gatry, mein Chef. Ich folge Ihnen.«

Der Polizeibeamte sagte: »Ich trete in Ihren Handel mit Herrn von Gatry nicht ein. Sie werden ohne Zweifel die Ehre haben, ihn zu sehen. Auch er ist in diesem Augenblick verhaftet. Hingegen muß ich mir ausbitten, junger Herr da drüben, daß Sie mich ebenfalls begleiten wollen!«

»Herr von Gatry verhaftet?« sagte der Buchhalter mit halbfroher Bestürzung.

»Haben Sie denn nicht gehört?« schrie Colas freudig. »Gatry ist verhaftet. Sie sind gerettet. Nun merk' ich, seh' ich, weiß ich alles, alles, alles! Kommen Sie, kommen Sie! O!« fuhr der entzückte Jüngling fort und streckte beide Hände gen Himmel. »O du unvergleichliche, köstliche, himmlische . . .« bald hätte er gesagt Pauline. Aber er besann sich doch und rief: »Justiz!«

Man nahm den Hut, folgte dem Polizeibeamten, stieg mit ihm in den Wagen und fuhr davon. Der Minister des Seewesens war beim Polizeiminister. Der Buchhalter sagte, was er wußte. Herr von Gatry verriet selbst beim stolzen Wegleugnen im Verhör sein böses Gewissen. Als ihm aber seine Handschrift vorgewiesen ward, als ihm der Buchhalter vor die Augen geführt ward, verlor er die Besinnung und bat um Schonung seiner Familie.

Herr Larmes und Colas wurden noch denselben Abend wieder zurückgelassen. Colas schlich noch denselben Abend mit einem Notenheft unterm Arm zu Paulines Zimmer, da er es erleuchtet sah, und schloß die schöne Schwester, welche im reizenden Tanzkleid vor ihm stand, um einen Ball zu besuchen, an sein frohes Herz. Noch denselben Abend drückte Pauline auf dem Ball mitten im Tanz dem entzückten Prinzen Soubise voll zärtlicher Erkenntlichkeit die Hand und flüsterte: »Sie haben eine himmlische Tat vollbracht!« Noch denselben Abend, früher vom Balle eilend, lag der Prinz zu den Füßen der Marquise von Pompadour und rief: »Ich muß Sie anbeten; Sie sind mehr als ein Engel!« Noch denselben Abend gestand Ludwig XV. im Arm der Geliebten, er sei von ihr noch nie schöner belohnt worden als der einfältigen, närrischen Geschichte wegen.

Am folgenden Morgen war Gatrys Verhaftung die Tagesneuigkeit von Paris. Die Kassen und Rechnungsbücher des Seewesens wurden untersucht. Man entdeckte größeren Verlust, als man vermutete. Es entspann sich aus einer Untersuchung die andere, aus einem Verhör das andere, aus einer Verhaftung die andere. Gatry hatte sich währenddessen wieder erholt und erneuerte die Beteuerungen seiner Unschuld. Es ward ein langweiliger Rechtshandel, dessen Ende der alte Larmes gar nicht mehr erlebte; denn Furcht und Schrecken jenes Unglückstages hatten seine Gesundheit tief erschüttert.

Colas war untröstlich über den Verlust seines väterlichen Freundes. Zwar ward er Erbe von dessen mäßigem Vermögen; allein das erquickte ihn wenig. Gern wäre er Bettler geworden, wenn er mit seiner Selbstaufopferung den guten Vater Larmes aus dem Reiche der Schatten hätte zurückkaufen können.

Die Frage ward nun: Was weiter beginnen? Denn aus der kleinen Erbschaft allein konnte er unmöglich anständig leben. – »Ei«, sagte Pauline, »willst du denn nicht an die Stelle des Herrn Larmes Buchhalter beim Seewesen werden?«

»Mein Gott, Fräulein, wohin denken Sie? Wie soll ich meine Gedanken so weit erheben? Buchhalter des Seewesens! – Es ist wahr, ich habe unter der Aufsicht des Herrn Larmes oft, besonders wenn er an Rheumatismen im Winter litt, seine sämtlichen Geschäfte getan; er hatte bloß zu unterschreiben. Allein, was denken Sie, Fräulein! Buchhalter im Ministerium des Seewesens! Herr Larmes schlug mich schon dreimal vergebens nur zu einer leergewordenen Sekretärstelle vor. Nein, so weit schwindle ich nicht hinauf.«

»O die liebe Bescheidenheit, wie sie dir so schön läßt!« sagte Pauline und betrachtete den blöden jungen Mann mit stillem Wohlgefallen. »Du gibst doch zu, daß ich wenigstens so hoch im Range stehe als ein Marinebuchhalter?«

»Fräulein, Sie scherzen.«

»Nun, und deine Gedanken schwindeln doch selbst zu mir herauf?«

»Nein, nein, Ihre himmlische Güte läßt sich nur zu mir herab, schöne Pauline.«

Einige Tage nachher sagte Fräulein de Pons zum Prinzen Soubise, als sie ihn unbelauscht in einer glänzenden Gesellschaft sprechen konnte: »Wissen Sie auch, mein Prinz, daß Schreck und Gram den alten Buchhalter Larmes getötet haben, daß er also dennoch das Opfer von Gatrys Ruchlosigkeit ward?«

»Kein Wort, reizende Pauline.«

»Wollen Sie Ihre herrliche Tat nicht vollenden? Sie sind imstande, den Schatten des ehrwürdigen Greises zu versöhnen, wenn Sie sich seines Sohnes annehmen, der jetzt verloren und verstoßen ohne alle Protektion dasteht, nämlich eines Adoptivsohnes, Nikolas Rosier. Es ist derselbe junge Mann, der in dem berühmten Verhör um Erlaubnis bat, an der Stelle des Herrn Larmes in Gefängnis und Tod zu gehen, wenn es sein müßte.«

»Ich erinnere mich des tollen Einfalls.«

»Nun, dieser Rosier war eigentlich der wahre Buchhalter; der alte Larmes gab nur seinen Namen zu dessen Arbeiten. Erfüllen Sie einen Seufzer des Sterbenden, der mit Kummer um das Schicksal seines Sohnes aus dem Leben ging. Sie sagten mir einst selbst, der alte Larmes müsse für erlittenes Ungemach reichlich entschädigt werden. Wie wollen Sie ihn entschädigen lassen? Er ist nicht mehr. Gönnen Sie seinem Adoptivsohn Ihren Schutz. Dieser Erbe von der Redlichkeit seines Vaters verdient dessen erledigte Stelle beim Seewesen. Aber er steht einsam, kein Mund spricht für ihn.«

»Wie? Kein Mund spricht für ihn, wenn Mitleid und Erbarmen von so schönen Lippen für ihn sprechen?« flüsterte der Prinz. »Wie selig wär' ich, wenn diese Lippen nur mir so mitleidig einst ein Wort des Erbarmens sagten! Glauben Sie mir, ich verdiene mehr Ihr Mitleiden als der Sohn des Buchhalters.«

»Nun, gnädiger Herr, werden Sie nur erst recht unglücklich; ich will es nicht an Mitleid für Sie fehlen lassen, wie es Ihnen nie an Spott für mich fehlt.«

»O!« rief der Prinz. »Es ist genug! Daß doch jetzt hundert überflüssige Augen auf uns sehen müssen! Wie gern sagte ich Ihnen auf meinen Knien, wieviel ich dulde! Aber ich nehme Sie beim Wort. – Wie heißt der junge Mann?«

Pauline nannte den Namen Nikolas Rosier; der Prinz schrieb ihn auf.

Zu rechter Zeit erinnerte er sich seiner, als er nachher bei der Marquise von Pompadour im vertraulichen Gespräch saß, die Marquise selbst von Gatrys Prozeß anfing und dabei mit Teilnahme des alten Larmes gedachte, der durch die Schändlichkeit seines Gebieters dem ewigen Kerker oder gar dem Tode nahegebracht gewesen wäre.

»Nahe?« antwortete der Prinz. »Nein, sagen Sie lieber, in den Tod, meine Gnädige. Angst und Schrecken haben den schwachen

Greis getötet. Er steht vor Gott und nennt, dankbar unter Engeln, den Namen des irdischen Engels, der ihn vom Untergang rettete.«

Die Marquise erschrak und ward gerührt. Der Prinz bemerkte es und stimmte sich selbst in Trauer hinüber, indem er vom Lebenslos mancher edlen Menschen sprach. »Er hat ausgelitten!« fuhr der Prinz fort, indem wirklich eine Träne in seinem Auge zitterte. »Ihm ist nichts mehr zu vergelten und zu ersetzen.«

Die Frau von Pompadour sah im Auge des Prinzen eine Träne. Dieser Anblick machte sie noch weicher. »Aber hat er Familie hinterlassen?« fragte sie. »Ich weiß, der König ist gut.«

Der Prinz sprach von der erledigten Buchhalterstelle, von den ausgezeichneten Kenntnissen des Adoptivsohns Nikolas Rosier und mit einer wahren Begeisterung von dessen strenger Rechtschaffenheit. Dann fuhr er fort: »Und dieser brave, junge Mann muß darben, weil er ohne Protektion dasteht. Er ist nur der Erbe von Tugend und Armut seines Pflegevaters.«

Die Frau von Pompadour ergriff voll inniger Bewegung mit beiden Händen des Prinzen Hand und sagte: »Prinz, als einen gewandten, liebenswürdigen Weltmann habe ich Sie immer gekannt, aber nicht als den guten, gefühlvollen Menschen. Schämen Sie sich Ihres nassen Auges nicht vor mir. Solche Träne ehrt den Mann. Dafür nehmen Sie diesen Kuß. Der Rosier muß seines Vaters Stelle haben.«

Als die Marquise dem König davon anfing, sagte dieser: »In der Tat hat mir der Marineminister da ein Portefeuille gebracht, Ernennungen, ich soll sie unterschreiben. Sehen Sie doch nach, ob der Mann dabei ist, von dem Sie mir sagen.« – Die Marquise gehorchte und fand unter den Ernennungen zur Buchhalterstelle beim Seewesen den Namen Meuron.

»Nun, so lassen wir's dabei. Der Minister muß ihn kennen. Er weiß das besser als wir. Mischen wir uns doch in das Zeug nicht.«

»Sire«, antwortete die Marquise, »aber eben die Einmischung Ew. Majestät allein kann das edle Werk vollbringen, was Sie begannen und das jetzt noch ganz Paris mit Freuden und Beifall erfüllt. Ew. Majestät hat den stolzen Verbrecher entlarvt, die Unschuld gerettet. Der letzte Gedanke des sterbenden Greises waren Sie, Sire, denn Sie haben ihn gerettet. Er trägt dankbar Ihren Namen zum Himmel.«

Der König lachte laut auf. »Hab ich's doch immer geargwohnt«, rief er, »daß Sie mit der überirdischen Welt Korrespondenz pflegen; wie könnten Sie sonst wissen, was die Buchhalterseele da mit hinübergeschleppt hat? Meinen Namen also? Aller Ehren wert. Ich muß ja wohl aus Gegenhöflichkeit den Namen seines Pflegesohns ins Büro des Seewesens schicken.« Er strich den Namen Meuron durch und setzte Nikolas Rosier.

»O, wie Sie so böse sind, Sire, und doch so gut!« sagte die Geliebte und küßte die Hand des Monarchen, welche den Namen geschrieben hatte.

DIE OHRFEIGE

Colas war vor Erstaunen außer sich, als er die königliche Ernennung empfing. Er machte sich sogleich auf, seinem Minister und den übrigen oberen Beamten im Ministerium die ehrfurchtsvolle und dankbare Aufwartung zu machen.

»Ich schlug Sie dem König gern vor«, sagte der Minister, »denn ich wollte in Ihnen das Andenken des Herrn Larmes geehrt wissen.«

»Mein Verdienst bei Ihrer Ernennung ist gering«, sagte der Kanzler des Ministerialbüros, »doch gesteh' ich, einigen Kampf hatte ich deswegen. Mir waren aber Ihre trefflichen, in Herrn Larmes' Namen gelieferten Arbeiten bekannt. Ich konnte als redlicher Mann keinen anderen als Sie dem Minister empfehlen.«

So bemerkte Colas bei seinen Besuchen, daß, wie diese beiden, alle übrigen höheren Angestellten ohne sein Vorwissen auf die edelmütigste Weise für ihn gearbeitet hatten. Als er es dem Fräulein de Pons erzählte, sagte sie lachend: »Du bist ein Närrchen, Colas. Die Hauptperson hast du vergessen. Bitte morgen den Prinzen Soubise um Audienz und küsse ihm die Hand. Vergiß mir's nicht.«

»Und nicht der Prinz Soubise ist die Hauptperson«, sagte Colas, »sondern meine bescheidene, schöne Schwester, der ich die Hand tausendmal lieber küsse.« – Indessen Colas war klug genug, sie auch dem Prinzen am anderen Tag zu küssen; und der Prinz, welcher in Colas einen angenehmen jungen Mann erblickte, war klug genug, ihm zu empfehlen, der Frau von Pompadour seine dankbare Verehrung zu bezeugen. Der Buchhalter des Marinewesens gehorchte, und die Königsgeliebte blieb nicht unempfindlich gegen Huldigungen, die verdient zu haben sie sich allerdings bewußt war. Ihre Tat ward ihr noch um so lieber, da sie sie nicht nur einem erkenntlichen, sondern auch einem sehr hübschen jungen Manne erwiesen hatte.

Herr Rosier, der im Geschäftskreise der Marinebuchhaltung nicht als Neuling lebte, gewann bald die Zufriedenheit aller seiner Oberen und selbst des Ministers, nicht eigentlich wegen seiner Geschäftsführung, sondern weil man nicht wußte, wie er dazu gekommen war, eine Stelle zu erhalten, für die alle einen anderen Begünstigten empfohlen hatten. Man vermutete, er müsse bedeutende Verbindungen am Hofe haben. Jeder behandelte ihn folglich mit der größten Auszeichnung.

Colas, mit seinem Glück gar wohl zufrieden und nun bekannt mit dem geheimen Weg, welchen das Schicksal wunderbarlich zwischen ihm und dem König Ludwig XV. angebahnt hatte, genoß die Gaben des Zufalls mit aller Bescheidenheit. Er hatte vorher Demut genug gehabt, auf ein Los, wie er gewonnen, keinen Anspruch zu machen und jetzt nicht Übermut genug, mehr zu verlangen. Das war bei ihm nun freilich keine Wirkung eigentümlicher Weisheit und Tugend, sondern eines glücklichen mit Leichtsinn gemischten Phlegmas. Man zog ihn in alle Gesellschaften, in die er als Bürgerlicher eintreten konnte, und manche artige Pariserin warf ihre Zaubernetze über ihn, die aber sein Leichtsinn und Phlegma wie Spinnengewebe zerriß. Denn empfand er doch selbst für die verführerisch-schöne Pauline nicht mehr als ehrerbietige Zärtlichkeit, und das vertrauliche Verhältnis zwischen ihm und ihr war mehr Werk der Gewohnheit als Leidenschaft.

Pauline fühlte zarter und tiefer. Sie liebte mit Innigkeit. Und wie unzufrieden sie vielleicht oft mit seiner kalten Ehrerbietung sein mochte, dankte sie ihm doch im Herzen zuweilen, wenn sie besonnener war, für seine brüderliche Nachlässigkeit. Darum war sie nichtsdestoweniger überzeugt, daß sie von ihm mit einer Leidenschaft geliebt werde, die ihren Reizen gebührte. Colas beichtete ihr auch von allen seinen weiblichen Bekanntschaften und von manchen Bemühungen der Schönen. Wie konnte er sich besser als ihr Vielgetreuer beurkunden? Doch setzte sie an ihm aus, daß er anfange, den Zerstreuungen zu viel Zeit zu gönnen und sie weniger zu sehen.

»Beinahe reut es mich«, sagte sie schmollend zu ihm, »dich zum Marinebuchhalter erhoben zu haben. Besser, ich hätte dich als Notenschreiber behalten. Du wärst mehr daheim geblieben, und ich hätte dich sprechen können, sooft ich wollte.«

Er versprach Besserung und hielt bald Wort, freilich auf eine Art, die ganz wider seinen Willen war.

Als er sich eines Abends mit einigen Freunden in Drouets Garten begab, wo Erleuchtung und Ball war, und die ganze schöne

Welt, selbst viele aus den höheren Ständen sich einzufinden pflegten, fand er unter den Tänzerinnen eine seiner Bekannten, die Tochter des Buchbinders, der für das Marinebüro zu arbeiten pflegte. Man kannte sie unter dem Namen der schönen Juliette. Das Mädchen war ihm sehr gleichgültig; aber sie tanzte wie eine Sylphide mit Herrn *Browne*, einem Engländer, welcher zum Gesandtschaftspersonal des britischen Botschafters in Paris, Grafen *Albemarle*, gehörte. Colas bewunderte sie und fühlte sich geschmeichelt, als sie im Vorüberschweben ihn bemerkte, ihm freundlich zulächelte und im Tanze nicht unterließ, dann und wann einen freundlichen Blick hinüberzusenden. Sir Browne, ihr Tänzer, beobachtete dies Augenspiel. Es schien ihm nicht halb so angenehm zu sein als dem gutmütigen Colas. Nach Beendigung des Tanzes, da der Brite sie zum Ausruhen nach einem Sofa begleitete und sich mit ihr in ein Gespräch verwickelte, trat auch Colas hinzu. Sie schien ihn erwartet zu haben, brach mit dem Briten ab, stand auf und folgte dem jungen Buchhalter, der sie nicht einmal bestimmt aufgefordert hatte, zum Tanz. Der Brite stand finster an der Seite und verfolgte mit seinen Augen das Paar. Man sah, ihn verzehrte ein inneres Feuer.

»Ich habe doch nicht an dem Herrn da einen Raub begangen«, sagte Colas zur schönen Juliette, »indem ich Sie zum Tanz führte? Er macht ein Gesicht wie ein Ungewitter.«

»Umgekehrt, ich danke Ihnen, Herr Rosier, daß Sie mich von dem langweiligen Menschen frei machten!« antwortete das Mädchen. »Es ist genug, daß ich den Sir fast täglich seit zwei Monaten im Hause sehen muß, wo er meinen Vater mit Geschenken überhäuft. Ich nehme nichts von ihm. Er ist mir verhaßt wie eine Spinne und schleicht mir nach wie ein Schatten.«

Colas kam vor anderthalb Stunden nicht von seiner Tänzerin los, die es auf Eroberung seines Herzens angelegt zu haben schien. Er war froh, als er sich endlich in den erleuchteten Garten retten konnte, welcher im bunten Feuer wie eine Zauberwelt funkelte. Hier in einer der artigsten Gesellschaftslauben ließ er Punsch bringen, da er sah, daß ihn andere tranken. Es fügte sich, indem er an einem der Tische niedersaß, daß er gerade gegenüber dem unglücklichen Anbeter Juliettens Platz bekam; neben ihm saß einer seiner Bekannten, ein Geheimer Sekretär *de Bonnaye*.

Man war in lebhaftem Gespräch über politische Dinge und zwar, weil die Gesellschaft bunt aus Franzosen und Briten zusammengesetzt war, über dieselben Gegenstände, derentwillen Graf Albemarle nach Paris gekommen. Wie in den Kabinetten der Mächte, machte man sich auch hier in der Laube gegenseitig Vorwürfe, die Franzosen den Briten, daß sie den ungeheuren Landstrich zwischen Neuengland und Arkadien ansprechen wollten, die Briten den Franzosen, daß diese am Ohio Forts anlegten, um Englands Handel mit den Wilden zu zerstören. Die Herren schienen nicht minder von Punsch und Wein als von Vaterlandsliebe begeistert.

Weil Colas fremd zum Gespräch trat, schwieg er und gab einen gleichgültigen Zuhörer ab. Sir Browne ihm gegenüber, der Mann mit dem Ungewittergesicht, ward noch heftiger und redseliger, als er des Buchhalters gewahr ward, der ihm seine Sylphide entführt hatte. Er donnerte nun ärger gegen Frankreichs diplomatische Anmaßungen; er schien zu glauben, wenn er ganz Frankreich mit seinem Zorn schlage, müsse er notwendig auch den verhaßten Nebenbuhler treffen. Keiner aber fühlte sich weniger getroffen als der harmlose Colas. Er überließ es seinen anwesenden Landsleuten, die stolze Derbheit des Briten zurückzuweisen und um so lieber, da er gewahr ward, der Wortkampf werde mit mehr Hitze geführt, als eben in dieser Laube des Vergnügens nötig sei, um sich Wein und Punsch behagen zu lassen.

Je ruhiger Colas blieb, je glühender stürmte der grimmige Sir Browne. Bei jedem kräftigen Fluch, den der Brite zur Beteuerung seiner Vorwürfe gegen die französische Staatsklugheit ausstieß, heftete er seinen Blick auf den unschuldigen Colas. Einer nach dem andern von den Franzosen schlich davon. Die Herren fürchteten, der Wortwechsel führe zu weit und zumal, Sir Brownes politischer Geist habe zuviel Weingeist. Auch die übrigen Landsleute spürten es ihrem Landsmann an und bemühten sich, ihn zu besänftigen. Dieser aber ward nur desto erhitzter. »Es ist wahr«, rief er den Franzosen zu, »das Kabinett von St. James, wie ihr sagt, versteht seinen Vorteil schlecht. Ich muß euch recht geben. Der König hätte, um als Diplomatiker zu siegen, nicht den Lord Albemarle, sondern ein Londoner Freudenmädchen herschicken sollen. Und wir haben deren tausend, die schöner sind als die abgeliebte Pompadour.«

Als Colas den hier entweihten Namen seiner Wohltäterin hörte, brach er das Schweigen und sagte mit der größten Artigkeit zu dem Ungewittergesicht, doch sich über den Tisch vorlehnend, halbleise, um den Briten nicht zu beschämen: »Vergessen Sie nicht, mein Herr, daß Sie auf französischem Boden stehen!«

Sir Browne schnellte dem Buchhalter in dieser Stellung statt aller Antwort einen gewaltigen Nasenstüber zu und machte die Bemerkung: »Was streckt mir der junge Naseweis da die Nase entgegen und läßt sich beigehen, mich zu belehren, ehe ich's von ihm verlange?«

Er hatte aber die letzten Worte, die er der Gesellschaft zuwandte, noch nicht vollendet, als ihm Colas eine gellende Ohrfeige zurückgab. Sir Browne stürzte bei dem Schlage wie eine vom Sturm gebrochene Eiche seitwärts mit dem Kopf gegen seinen Nachbar, der eben ein warmes Punschglas zu den Lippen führen wollte. Nun leerte sich das erschütterte Glas in gerader Linie über das Ungewittergesicht, also, daß dieses nicht anders glauben konnte, als es werde mit seinem eigenen, teuern Blut gefärbt.

Alle Briten sprangen auf, ebenso die Franzosen. Sir Browne zog den Degen, Colas den seinigen, um sich zu schützen. Ehe die übrigen dazwischentraten und schlichten konnten, hatte Colas schon einen Stich unterm rechten Arm, der eine Spanne tiefer als die Achselgrube das Fleisch durchdrang, ohne den Brustknochen zu verletzen. Alles war in wenigen Sekunden geschehen. Ebensoschnell verschwanden die meisten Franzosen aus der Laube, um nicht wider ihren Willen in einen Handel verflochten zu werden, der um so bedenklicher war, weil er Mitglieder einer fremden Gesandtschaft betraf. Ebensoschnell verschwanden die Engländer, um ihren wütenden Landsmann, den sie mit sich nahmen, an größeren Ausschweifungen zu verhindern. Nur Herr de Bonnaye blieb bei dem verwundeten Colas zurück, begleitete ihn hinaus zum Wagen und führte ihn sogleich zu einem Wundarzt. Dieser erklärte die Wunde unbedeutend, weil sie nur durchs dicke Fleisch gegangen. Er verband sie, und Colas fuhr mit seinem treuen Gefährten zum Hotel des Grafen Oron in seine Wohnung.

KRIEG GEGEN ENGLAND

Herr von Bonnaye, der in deren Laube einer der lebhaftesten Redner für Frankreichs Sache gegen England gewesen war, lärmte noch im Wagen fort gegen den Übermut der Briten. Colas, der keine Ursache hatte, sich ihrer zu freuen, schimpfte aus vollem Herzen mit. Herr de Bonnaye sagte: »Mich wundert, daß unser Hof solange zaudert, den unverschämten Stolz des Londoner Kabinetts zu züchtigen. Hinge es von mir ab, morgen müßte der Krieg erklärt sein.« – Dieser Einfall war wirklicher Balsam auf des Buchhalters Wunde. Sein Entschluß war genommen. Er drückte die Hand seines Freundes mit Zuversicht und sagte: »Beruhigen Sie sich. Ehe vierzehn

Tage durchs Land gehen, müssen alle Engländer aus Paris und muß der Krieg erklärt sein.« Herr de Bonnaye lächelte still, denn er gedachte der Macht des Punsches; Colas aber gedachte der Macht Paulines.

Der Verwundete mußte folgenden Tages Zimmer und Bett hüten, auf Befehl seines Arztes. Er hatte viel Blut verloren und Wundfieber dazu bekommen. In wenigen Zeilen unterrichtete er das Fräulein de Pons von seinem Unglück, ehe sie es durch das Gerücht erfahren möchte. Denn Colas zweifelte nicht, Hof und Stadt wären von seiner Begebenheit voll. Er irrte sich. Niemand sprach davon, niemand wußte darum. Die Engländer hatten weder die Franzosen am Punschtische, noch diese sich untereinander selbst gekannt, weil sie nur vom Zuge des Ungefährs zusammengeweht worden waren. Der Vorfall konnte übrigens nicht für mehr gelten als eine der gewöhnlichen Helden- und Staatsaktionen beim vollen Glase.

Aber nicht so betrachtete es die liebende Pauline, als sie die Zeilen ihres Freundes gelesen hatte. Mit Seelenangst für das gefährdete Leben durchbrachte sie den langen Tag. Abends löste sie sich durch ein vorgeschütztes Übelbefinden von der Verbindlichkeit, die Gräfin von Oron in Gesellschaft begleiten zu müssen, und schlich durch den Korridor am inneren Hofe des Palastes zu den Zimmern des Herrn Rosier.

Im Erröten der Unschuld und Liebe trat sie vor das Bett des Kranken. Der alte ehrliche *Markus*, Diener des Colas, ein Erbstück aus dem Nachlaß des verstorbenen Herrn Larmes, entfernte sich bescheiden und klug, um Schildwacht zu stehen.

»Was ist Ihnen?« lispelte Pauline ängstlich ihrem Freunde zu, der seine Hand nach der ihrigen ausstreckte. »Was haben Sie gemacht? Wer hat Sie verwundet? Warum eigentlich? Hat Ihnen der Arzt das Reden nicht untersagt? Wann geschah es, daß Sie sich schlugen? Wo eigentlich? Fühlen Sie sich schwach? Wer ist Ihr Arzt?«

Stoffes genug, um einen ganzen Abend mit Antworten auszufüllen. Colas erzählte den Handel mit aller Umständlichkeit und nicht ohne gebührenden Weihrauch für Paulines Schönheit in Bemerkungen über die schöne Juliette.

Fräulein de Pons erkannte mit heimlichem Vergnügen die Treue ihres Geliebten an. Der Ruhm von Juliettens Reizen war ihr nicht fremd, aber auch nicht, daß Colas in der Tat wenig Wesens daraus machte und das Haus des Buchbinders nie betrat, so vielen Anlaß er auch dazu haben konnte. Sie sah ein, daß der Engländer aus ungegründeter Eifersucht den guten Colas verfolgt, beleidigt und fast ermordet hatte.

»Der Elende!« rief sie. »Er ist dir die schwerste Genugtuung schuldig. Wäre er Franzose, er müßte in die Bastille. Aber er gehört zur Gesandtschaft des Lord Albemarle. Wir müssen die Sache wohl überlegen.«

»Es ist da wenig zu überlegen, Pauline!« sagte Colas. »Begegne ich dem Sir Browne, so durchbohre ich ihn, oder vielmehr, bin ich genesen, so fordere ich ihn in das Hölzchen von Boulogne. Nicht als ein Mann von Ehre, als Meuchelmörder griff er mich Unvorbereiteten an.«

»Möchtest du dich noch unglücklicher machen?« rief Pauline ängstlich. »Denn wäre das Glück wider dich, o Colas, könnte ich dich dann überleben? Und brächtest du ihn um, würdest du nicht Frankreich und mich auf ewig verlassen müssen?«

»Er und ich können nicht in Paris beisammen leben!« versetzte Colas. »Es ist am besten, man jagt alle Engländer fort. Man spricht davon, unser Hof schwanke zwischen Frieden und Krieg mit England. Der Kardinal Bernis ist für den Frieden, auch Prinz Soubise. Rede mit diesem. Man muß den Krieg gegen die übermütigen Engländer erklären. Geschieht es nicht, so sehe ich Unglück voraus. Man muß den Prinzen stimmen. Er hat bedeutenden Einfluß.«

Colas und Pauline waren ebenso schnell über die Kriegserklärung gegen England einig, als das Wort ausgesprochen war. Beide freuten sich ihrer Rache. Es war einem liebenden Mädchen wohl zu verzeihen, daß es im Zorn über das vergossene Blut des Geliebten ganz England zugrunde richten wollte.

Sobald sich Pauline in einem der folgenden Tage dem Prinzen Soubise eröffnen konnte, geschah es mit aller ihr eigentümlichen weiblichen Schlauheit. »Sie wissen, mein Prinz«, sagte sie, »die Unglücksgeschichte des Buchhalters Rosier, der das, was Sie für ihn die Gnade hatten zu tun, dankbar und auf rühmliche Weise mit seinem Blut bezahlt hat?«

»Mit seinem Blute?« entgegnete der Prinz erstaunt. »Kein Wort weiß ich.«

Fräulein de Pons mußte erzählen. In der Erzählung ward der schönen Juliette nicht gedacht, die mußte als Nebensache verschwinden, auch nicht des Nasenstübers, der allzu unpoetisch dastand, wo der Buchhalter Rosier als Held erscheinen sollte. Dagegen ward auf feine Weise dem Prinzen zu verstehen gegeben, daß die Engländer sich vorzüglich gegen den Prinzen und die Königsgeliebte ausgelassen und dadurch des Herrn Rosiers treues

Herz empört haben. Wie? Das ließ man dem Prinzen aus den Worten des Sir Browne über die *Marquise von Pompadour* bloß ahnen. Soubise, als er alles vernommen, verlangte mehr zu wissen, besonders was die Engländer Beleidigendes über ihn gesprochen hätten. Fräulein de Pons spielte die Verlegene, als trüge sie Scheu, das Unanständige zu wiederholen. Je hartnäckiger sie sich zu reden weigerte, je unruhiger ward der Prinz, je abscheulicher malte ihm seine Einbildungskraft den erlittenen Schimpf in einer schwarzen Reihe von Möglichkeiten.

»Und solchen Menschen schließen Sie sich an, Prinz?« fuhr das Fräulein fort. »Was soll Paris von Ihnen denken, wenn Sie einer der Eifrigsten für den Frieden mit einer Nation sind, die sich ein Fest daraus macht, Frankreich zu verspotten vor der ganzen Welt und selbst auf französischem Boden den liebenswürdigsten aller französischen Prinzen der Verachtung preiszugeben?«

Die Sache machte so tiefen Eindruck auf das empfindliche Herz des Fürsten, daß er darüber sogar die Zärtlichkeiten vergaß, die er sonst nie unter vier Augen gegen das Fräulein versäumte. »Aber von wem wissen Sie diese Umstände so genau?« fragte er. – »Die ganze Stadt kennt sie und erzählt sie sich!« antwortete das Fräulein: »Doch Ihnen, mein Prinz, wahrscheinlich am letzten. Der Grund ist begreiflich. Man möchte Ihnen keine trüben Augenblicke machen. Aber verzeihen Sie meine Schwatzhaftigkeit, und wenn die keine Gnade findet, meine Eifersucht für die Unbeflecktheit Ihres Ruhmes.«

Der Prinz bedeckte dankbar ihre Hand mit seinen Küssen. Er war allerdings bisher gegen den Krieg gewesen, weil er gegen den Herzog von Richelieu war, der Krieg wünschte, um den Oberbefehl des Heeres zu erhalten. Er wollte sich aber näher über den Vorfall in Drouets Garten unterrichten. Zum Glück erinnerte er sich aus Paulines Erzählung des Herrn de Bonnaye. Er ließ diesen als den gültigsten Zeugen zu sich rufen und befahl ihm, mit der schonungslosesten Offenheit zu berichten. De Bonnaye gehorchte. Der Prinz vernahm einige Umstände mehr, aber nichts von dem, was ihn selbst unmittelbar betraf. Er fragte. Herr de Bonnaye zuckte die Achseln, entschuldigte sich mit Unwissenheit, aber war aus Rache gegen die Engländer boshaft genug, durchschimmern zu lassen, der Prinz möge noch giftiger als die Königsgeliebte angegriffen worden sein. Der Prinz machte sogleich dem Herzog von Richelieu einen Besuch.

»Ich habe«, sagte er zu ihm, »Ihre letzte Denkschrift über die Anforderungen Englands gelesen. Sie haben mich mit Ihrer Feder überwunden, wie Sie die Engländer mit dem Degen überwinden werden. Ich vereinige mich mit Ihnen. Man muß die britische Gesandtschaft heimschicken und das Kriegsmanifest hinter ihr her.«

Der Herzog von Richelieu erstaunte vergnügt über die Sinnesänderung seines Gegners. Er umarmte ihn. Die Versöhnung war gemacht. Beide verabredeten ihre ferneren Schritte, den Kardinal Bernis, den ganzen Hof und den König umzustimmen. Der Prinz verhieß, sich des Einflusses der Frau von Pompadour zu versichern.

Das ward ihm nicht schwer. Das Wort des Sir Browne: »Der König von England hätte statt des Lord Albemarle ein Freudenmädchen nach Paris schicken sollen!« schlug durch. Aber der Zusatz: »Wir haben deren tausend, die schöner sind als die abgeliebte Pompadour!« rief eine dunkle Röte auf die Wangen der Marquise und Todeshaß in ihre Brust.

Colas war nicht wenig verwundert, als einige angesehene Herren vom Hofe bei ihm gemeldet wurden. Sie waren von der Marquise abgeordnet, um den Buchhalter über das Ereignis im Drouetschen Garten zu vernehmen. Seine Worte wurden niedergeschrieben und von ihm unterzeichnet.

Drei Tage nachher empfing die englische Gesandtschaft ihre Pässe zur Rückreise über den Kanal. Der Krieg gegen England ward erklärt.

DAS ADELSDIPLOM

Fräulein de Pons empfing die erste Botschaft des wichtigen Ereignisses aus dem Munde des Prinzen selbst. In ihrem Entzücken hätte sie an den Hals des Fürsten fliegen mögen. Er sah dies Entzücken. Er las in demselben nichts anderes als die Offenbarung eines für ihn schlagenden Herzens und wagte, als ein unter den Fahnen des Liebesgottes erfahrener Mann, den Sieg zu benutzen, welchen die Einsamkeit begünstigte. Er drückte die blühende Gestalt an seine Brust und raubte ihren Lippen den ersten Kuß. Pauline errötete, ward ernst und wies den Ungestümen mit jungfräulichem Stolz zurück. Nichtsdestominder hielt er sich seines nahen Triumphes versichert und verließ die schöne Spröde mit nur noch entzündeterem Gemüt.

Desto ungeduldiger erwartete sie die Abendstunde, um ihrem Freund mit der Nachricht vom Krieg angenehme Überraschung zu gewähren. Unglücklicherweise hatte Graf Oron Gesellschaft, in der sie nicht fehlen durfte. Sie sandte an Colas einige Zeilen mit der Botschaft und bat ihn, sie, wenn auch spät, zu erwarten.

Colas war schon halb geheilt und seit einigen Tagen außer dem Bett. Als Paulines Zettel erschien, hatte er die Anzeige von der Abreise der englischen Gesandtschaft schon auf weit überraschendere Weise vernommen. Ein Angestellter von dieser Gesandtschaft war zu ihm gekommen und hatte ihm einen Brief folgenden Inhalts gebracht: »Mein Herr, erst im Augenblick unserer Rückkehr nach England erfuhr ich Ihren Namen als den Namen des Mannes, den ich im Drouetschen Garten auf die unwürdigste Weise mißhandelte. Ich handelte im Rausch; Sie waren unschuldig, und ich vergoß Ihr Blut. Ich scheide nicht aus Frankreich, ohne meiner Pflicht genug zu tun. Erlauben Sie mir, zu glauben, daß Sie mir verzeihen, und daß ich Ihnen beiliegende Papiere auf die französisch-ostindische Kompanie, welche jährlich zehntausend Livres Renten tragen, als ihr Eigentum geben dürfe. Ich will nichts aus dem mir verhaß ten Lande mit mir nehmen als Ihre Verzeihung. *S. T. Browne,* Esq.«

Colas dachte groß genug, dem Engländer die Papiere zugleich mit den Versicherungen der Verzeihung zurückzusenden. Aber der Brite behielt nur diese und schickte ihm die Papiere wieder.

Es war fast Mitternacht, als Pauline durch den Korridor schlich. Colas eilte ihr entgegen. Was hatten sich beide nicht alles zu sagen! Er führte sie in sein Zimmer und zeigte ihr den Briefwechsel. Sie erstaunte und ward von des Engländers Großmut gerührt. »Hätten wir dies voraussehen können«, sagte sie, »wir hätten den Krieg gegen England unterlassen. Der Mann, den wir verfolgten, hat dich reich gemacht. Er handelte vielleicht ebenso leidenschaftlich in seiner Großmut als in seiner Eifersucht und beide Male mit Unrecht. Du bist nun reicher als ich, Colas. Weißt du, was dir noch fehlt, eine glänzende Laufbahn zu machen?«

»Nichts!« sagte Colas und schloß Pauline an seine Brust. »Hab' ich doch alles!«

»Wird es dir auch bleiben dürfen?«

»Wer kann es verbieten? Wer Bruder und Schwester scheiden? Wohl, Pauline, eins fehlt mir noch: ein Adelsdiplom. Dann darf ich dich . . .« Er zitterte, mehr zu sagen, aus Furcht, durch Vermessenheit seiner Wünsche zu beleidigen, die Pauline aus seinem Verstummen verstand. Sie lehnte mit verschämter Liebe ihre Wange an die seine und flüsterte: »Du hast recht, das Adelsdiplom ist dir notwendig. Wir müssen es verlangen.«

Infolge dieses Beschlusses empfing, wie gewohnt, der Prinz Soubise bei erster Gelegenheit die nötigen Weisungen, als er zu Paulines Füßen um ein freundliches Wörtchen flehte. Denn sie hatte nach jenem geraubten Kusse gar strenge Miene angenommen, und er fürchtete im ganzen Ernst, sie beleidigt zu haben.

»Sagen Sie mir wenigstens nur, göttliche Pauline, daß Sie mich nicht hassen!« rief er.

»Ich habe kein Recht, Sie zu hassen!« entgegnete sie. »Wie dürft' ich dies wagen wider Sie?«

»Sie sind, ich weiß es, durch meine Verwegenheit gekränkt worden, schöne Pauline!« fuhr er fort. »Aber wenn ich jemals einigen Wert für Sie hatte, wie können Sie mir alle Freundschaft eines armseligen Kusses willen entziehen? Warum sind Sie so schön? Klagen Sie Ihre Reize an, aber nicht die Wirkungen derselben. Sie wissen es, Sie müssen es wissen, ich bete Sie an.«

»Erlauben Sie, gnädigster Herr«, erwiderte Pauline, »daß ich Artigkeiten, deren Sie mich unverdienterweise würdigen, in ihrem wahren Wert nehme. Ihr Edelmut riß mich oft wider meinen Willen für Sie zur Bewunderung hin. Nun – ja, ich bekenn' es offen – haben Sie mir selbst gegen diesen Edelsinn allerdings einen Verdacht eingeflößt.«

»Ich? Um des Himmels willen, glauben Sie, Pauline, daß ich jemals vor Ihnen heuchelte?«

»Das kann ich nicht sagen, Prinz, wohl aber, daß Ihre gekränkte Ehrliebe tätig zur Wegschickung der rohen Engländer wirkte, ohne des braven Mannes zu gedenken, der sein Blut für Ihren beleidigten Namen vergoß. Ich erwartete von Ihrem Zartgefühl, diesen Mann würden Sie auszeichnen, für ihn vielleicht am Thron des Königs sprechen, ihm vielleicht *für seine ritterliche Tat* durch des Königs Hand den Adel geben, den er verdiente . . . Sie haben ihn über Ihre befriedigte Rache vergessen.«

»Den Buchhalter Rosier? Meinen Sie den?«

»Ich meine den Mann, der, als Ihr Name entheiligt werden sollte, als alle anwesenden Franzosen verstummten, allein den Mut hatte, zu reden und es mit dem stolzen Briten aufzunehmen, den Mann, der vermutlich jetzt noch an seinen Wunden leidet, die er für Sie, und nur für Sie empfing.«

»O, wie Sie ungerecht und hart über mich richten!« rief der Prinz, der sich getroffen fühlte. »Wissen Sie alles? Hätten Sie mich gefragt, so würden Sie erfahren haben, welche Schritte ich beim König getan, so würden Sie erfahren haben, daß es wirklich schon nicht nur um Erhöhung in den Adelsstand, sondern um das Ludwigskreuz für Herrn Rosier zu tun ist, daß vielleicht die Ausfertigung schon erfolgt ist.«

Fräulein de Pons, überlistet vom Prinzen, trat angenehm überrascht einen Schritt näher. »Also hätte ich Ihnen unrecht getan? Dann ist's an mir, Ihre Verzeihung zu erflehen.«

Die Versöhnung stiftete sich wie Versöhnungen dieser Art gewöhnlich; die Herzen traten einander näher, als sie vorher je gewesen. Soubise ging entflammter von hinnen, als er gekommen war.

Aber er vergaß nicht, daß er die Süßigkeit der Versöhnungsstunde mit einer Notlüge erkauft hatte. Nie war ihm in Sinn gestiegen, sich Rosiers anzunehmen. Und wenn hundert Rosiers für einen Prinzen bluten, wozu Dank dafür? Das bürgerliche Pack mußte sich's zur Freude rechnen, wenn es für einen Mann von so erlauchter Abkunft Hals und Beine zu brechen die Ehre haben konnte. Aber den freundlichen Liebesblick einer Pauline zu erkaufen – ja, dafür mußte man wohl ein übriges tun.

Der Prinz hatte bei der Marquise von Pompadour leichtes Spiel, sie zu überreden, daß der schöne junge Mann, der sich für ihre Ehre so ritterlich in den Kampf gewagt hatte, auch Namen und Würde des Rittertums verdiene. Es versteht sich, daß Rosiers Verdienst glänzender dargestellt ward, als es in der Tat war. Was liegt an einigen prächtigen Redensarten mehr oder minder in solchen Fällen?

Siehe da! Es erschien das Adelsdiplom und Ludwigskreuz. Der preishafte und vieltapfere Buchhalter mit seinen Kindern und Kindeskindern ward einer von Frankreichs edlen Rittern. Durch das Zauberwort der königlichen Majestät verwandelte sich seine Geburt in eine edle und vergoldete sich seine armselige Wiege. Frischgebackener Adel gilt wenig; um ein paar Goldstücke konnte man ihn in einer Viertelstunde alt machen, dem ältesten gleich. Ein heraldischer Tausendkünstler ließ sogleich aus der Namensverwandschaft Rosiers mit Rosny eine unmittelbare Verwandtschaft mit dem *Herzog von Sully,* Baron von Rosny, *Heinrich IV.* berühmtem Freunde, hervorgehen, und ein Stammbaum, dessen Wurzeln in den Nebeln des zehnten Jahrhunderts lagen, grünte herrlich für den Sohn der Näherin auf.

»Was fehlt dir noch?« sagte Pauline lachend zu ihm. Lachend erwiderte er: »Die Ahnen hab' ich, Gott sei Dank, gefunden, denen mein Stammbaum leider nichts mehr nützt. Nun fehlen mir nur noch die im Diplom ausdrücklich bemerkten Kinder und Kindeskinder, die doch von der ganzen Sache den besten Vorteil haben würden. Wir müssen überlegen, wie ich dazu komme. Da hilft keine Heraldik.«

Wohl fiel manchem das Glück des Buchhalters auf, der als ein armseliger Abschreiber des Herrn Larmes aus seiner Dunkelheit in die verklärten Reihen des Adels emporgestiegen war. Und man hatte billig recht, darüber zu erstaunen. Nicht daß dergleichen Erscheinungen eigentlich selten und unerhört gewesen wären – o nein, man sah täglich unbekannte Gestalten aus dem Nichts hervorgehen zu Ruhm und Macht und hinwieder ruhmreiche Personen unter dem Federzug eines Ministers ins alte Nichts verschwinden. Die Menschen spielten im Sonnenglanz der königlichen Willkür einen wahren Mückentanz. Die einen flogen Adlerflug, die andern stürzten mit versengten Fittichen nieder. Es waren damals noch die schönen Zeiten, die leider mit dem unseligen Vernünftigwerden der Nationen verschwanden, und von deren Lieblichkeit nur noch der sultanische Hof am schwarzen Meer oder der angebetete Souverän von Marokko ein verführerisches Bild darstellen. Es waren noch die Zeiten, da glücklicherweise das Verdienst um das Vaterland nichts galt, vielmehr wahre Verdienste gefährlich werden, und die blödesten Köpfe, die leersten Herzen noch Glück machen konnten, wenn sie sich nur durch eine artige Niederträchtigkeit, durch eine liebenswürdige Verräterei, durch mächtige Verwandte und dergleichen Mittel irgendeine Protektion zu verschaffen wußten.

Eben das war es, was bei den Riesenschritten des Herrn von Rosier auf der Glücksbahn gerechtes Erstaunen weckte; denn man sah für ihn keine erklärten Gönner und Gönnerinnen, man sah ihn in keinen Vorzimmern der allmächtigen Höflinge, man sah ihn nicht einmal unter den Anbeterschwärmen irgendeiner am Hof gefeierten Schönheit. Denn an das arme, eltern- und güterlose Fräulein de Pons dachte niemand, welches selbst nur eine untergeordnete Rolle im Hause des Grafen von Oron spielte, der am Hof ohne Bedeutung war.

Aber dem Herrn Kardinal *Bernis* entging nach langem Umherhorchen nicht, daß sich der Prinz Soubise mit besonderer Teilnahme des Marinebuchhalters angenommen habe. Obgleich nicht zu begreifen war, was den Prinz zu dieser Teilnahme bewegen könne, da man den Herrn von Rosier in durchaus keiner Verbindung mit dem Prinzen fand, mußte doch der Buchhalter irgendeinen Wert für denselben haben. Der Kardinal, der gern alles benutzte, was seinem eigenen Vorteil früh oder spät zusagen konnte, warf daher seinen Gnadenblick auf den ehrlichen Colas und suchte ihn an sich zu ziehen.

Colas ward eines Abends zum Kardinal berufen. Dieser empfing ihn mit seiner ihm eigenen Artigkeit und sagte: »Herr von Rosier, schon längst war ich ein Bewunderer Ihrer glänzenden Talente. Sie sind zu einer höheren Laufbahn von der Natur bestimmt. Ich freue mich, ein Werkzeug in der Hand Ihres Schicksals zu werden. Empfangen Sie hier Ihre Ernennung als königlicher Rat. Sie werden künftig unter mir im diplomatischen Fache als Angestellter in meinem Ministerium arbeiten.«

Allerdings war Colas angenehm überrascht. Es fehlte nicht an Versicherungen der Dankbarkeit und unbedingtesten Ergebenheit. Im Herzen aber dachte er an Pauline und daß sie die Urheberin seiner neuen Erhebung sei.

»Mitnichten!« erwiderte Pauline. »Dergleichen macht sich von selbst. Solange du nichts warst, hätte dich der Fuß jedes Lakaien mit allen deinen Tugenden in den Staub getreten. Jetzt bist du etwas geworden, und ehrerbietig weichen die Sklaven aus, um dir Platz zu machen. Es soll mich gar nicht wundern, wenn du endlich noch Minister, Graf und Herzog wirst. Du hast Anlagen zu allem so gut wie der Kardinal Bernis, der ehemals nur ein kleiner Versemacher und froh gewesen war, eine Pension von fünfzehnhundert Livres zu genießen.«

Das Beste von allen Standeserhöhungen ward für Colas die Möglichkeit eines freieren Umgangs mit Pauline. Der Graf von Oron zog den königlichen Rat in seine Gesellschaft – Pauline wußte dies gar gut einzuleiten. Der bisherige Hausgenosse, den man in seinen Hinterzimmern kaum beachtet hatte, nahm in demselben Palast einen ganzen Flügel zur Miete und ward dadurch unmittelbarer Nachbar von Paulinens bescheidenen Zimmern. Graf Oron hätte nichts dagegen gehabt, in ihm einen Anbeter von Pauline zu sehen. Aber Colas und Pauline hüteten sich wohl, einstweilen öffentlich als das zu erscheinen, was sie einander im stillen waren. Denn Pauline fürchtete die Eifersucht des Prinzen Soubise, der, wenn er gewußt hätte, welch furchtbarer und beglückter Nebenbuhler Colas sei, ihn unfehlbar vernichtet haben würde. Und hingegen Colas begnügte sich mit seinem geheimen Glück; öffentlich Paulines Anbeter zu sein, konnte dieses Glück nicht vermehren.

Seine neue Laufbahn zog ihn in neue Verbindungen und Verhältnisse. Er lernte es bald aus, daß die Kunst der Diplomatie so schwierig nicht sei. Die mangelnden Kenntnisse konnte man ohne Mühe durch einen geschickten bürgerlichen Sekretär um Geld haben. Ein anmutiger Gesellschafter sein, eine feine Intrige durchspielen, sich in jedermanns Laune einschmiegen, Leidenschaften wecken und nähren, aber selbst keine äußern, überall horchen, überall sehen und doch überall wie taub und blind dastehen – das lernte sich bald. Colas dachte: »Wie man sich doch irrt, wenn man im Staube drunten steht und zu den Göttern der Erde hinaufschaut! Wahrhaftig, jeder lustige Perückenmacher hat so viel Talent zur Diplomatik, als eine hübsche Wäscherin Talent hat, Favorite eines Königs und Beherrscherin eines großen Reiches zu sein!« Aber er *dachte* das nur und war schon zu guter Diplomat, um die Geheimnisse der Schule auszuplaudern.

Mit demselben treuen Eifer wie bisher im Büro des Seewesens lag er nun der Erfüllung seiner neuen Amtsgeschäfte ob, auch der schwierigsten und ermüdendsten, zu welchen ohne Zweifel die zahlreichen diplomatischen Gastmähler und Besuche gehörten. Er fehlte bei keinem Essen, bei keiner Lustpartie. Die Anmut seiner Gestalt gewann ihm das Wohlgefallen der Frauenzimmer. Er war also vollendeter Staatsmann. Durch die Verhältnisse des Prinzen Soubise mit dem Haus des Grafen von Oron geschah, daß auch die Familie des Grafen und daß nebst der Tochter desselben auch deren Freundin und Gespielin Pauline häufig in die Gesellschaftskreise auswärtiger Gesandten gezogen wurden. Colas und Pauline sahen sich hier mit erneutem Vergnügen; aber niemand bemerkte an diesen beiden diplomatischen Personen, was sie einander im stillen waren und galten. Daheim im traulichen Boudoir Paulines ward dann alles wieder verhandelt, was sie beide getan, gesprochen, gehört und gesehen hatten.

»Und du, reizende Pauline«, sagte Colas, indem er die geliebte Gestalt an sein Herz drückte, »du bleibst doch die Königin aller Schönheiten, die dort in mannigfaltiger Pracht glänzen.«

»Aber, Colas«, entgegnete Pauline, »hast du gestern die junge Gräfin von Staremberg beobachtet? Keine von allen Damen auf dem Ball kam ihr an Lieblichkeit gleich; und sie ist doch eigentlich nicht so wunderschön.«

»Es ist wahr«, sagte Colas, »sie fiel mir beinahe neben dir auf.«

»Fiel sie dir auf?« versetzte Pauline hastig. »Aber hast du ihren prachtvollen Schleier näher beobachtet? Ein wahrer Zauberschleier ist's, das Vollendetste, was ich in dieser Art je gesehen. Sie erweckte den Neid aller. Paris zeigt nichts Ähnliches mehr. Himmel, wenn ich einen solchen Schleier . . .«

Colas lächelte und sagte: »Es wird doch nicht der einzige in der Welt sein? – Ich frage den österreichischen Gesandten, woher die junge Gräfin den Schleier hat, und wie teuer. Du mußt einen ähnlichen erhalten.«

»Ach, du gutes Kind«, seufzte Pauline, »du verstehst dich auf den Wert dieses Schleiers schlecht. Als wir die junge Gräfin bewundernd umringten, erzählte sie, er sei ein Geschenk der Kaiserin-Königin. Nur drei solcher Schleier hat die Welt. Die Kaiserin selbst trägt den zweiten. Der dritte ist wahrscheinlich nicht für mich bestimmt.«

»Wer weiß?« sagte Colas. »Es kommt auf den Versuch an. Sind wir beide nicht allmächtig?«

»Colas!« rief Pauline entzückt und schlang ihre Arme mit Begeisterung um seinen Nacken. »Colas, wenn das möglich wäre! – Colas, in diesem Schleier wird Pauline ohne Widerstreben Frau von Rosier.«

Das war ein hoher Preis. Colas war längst nicht mehr der Gleichgültige. Wie hätte er auch in der gefährlichen Nähe einer so schönen Schwester unentzündet bleiben können? Er liebte. Sein höchstes Ziel war, Pauline zum Altar führen zu können. Pauline war wohl geneigt, ihm ihr Herz, aber nicht ihre Hand zu schenken. Das adlige Geblüt verleugnet sich selbst nicht im liebenden Mädchen einem bürgerlich gebornen Geliebten gegenüber.

DIE ALLIANZ MIT ÖSTERREICH

Der Graf von Staremberg als Gesandter der Kaiserin-Königin Maria Theresia hatte bisher sein Ziel am Hof der Tuilerien ohne Glück verfolgt. Es war darum zu tun, den französischen Hof zu einer Allianz mit Österreich gegen Preußen zu bewegen. Schon hatte der Fürst von Kaunitz als außerordentlicher Gesandter des Wiener Hofes in Paris dazu ziemlich vorgearbeitet, mehr noch König Friedrich der Große von Preußen selbst, welcher sich mit den Engländern, den Erbfeinden Frankreichs, in Bündnis eingelassen hatte. Demungeachtet verabscheuten der Kardinal Bernis sowie die Marquise von Pompadour und jeder vernünftige Mann eine Allianz Frankreichs mit Frankreichs Erbfeind, mit Österreich, gegen Preußen, diesen natürlichen Bundesgenossen der französischen Krone.

Colas, mit dem Gedanken an den Schleier, trat zum Gesandten ins Zimmer, als dieser eben in halber Verzweiflung von einer langen Unterredung zurückgekommen war, die er mit dem Kardinalminister gehabt hatte. Es war an keine Allianz mehr zwischen dem Pariser und Wiener Hof zu denken. Der Gesandte ließ indessen nichts von seinem Verdrusse spüren, um so weniger, da die Erscheinung des Herrn von Rosier ihm wieder einen schwachen Hoffnungsschimmer gab, der Kardinal sende diesen, um vielleicht auf irgendeine andere Weise Unterhandlung einzufädeln. »Vielleicht will Frankreich seine Allianz mir teuer geben!« dachte der Graf und empfing Herrn von Rosier auf die verbindlichste Weise.

Das Gespräch wandte sich bald auf den letzten Ball, auf die Schönheit der jungen Gräfin, auf den prächtigen Schleier, auf den Neid aller Schönen. Der Graf horchte, Colas lauerte. Man rückte einander näher. Der Graf erzählte gefällig, der Schleier sei von unermeßlichem Wert und stamme aus den Niederlanden. Was die junge Gräfin gesagt, habe seine Richtigkeit. Es wären in der Welt nur noch zwei ähnliche Schleier vorhanden, beide in der Hand der Kaiserin.

Colas verhehlte jetzt nicht, daß dieser Schleier eine ihm teure Person bezaubert habe und daß er seines höchsten Glückes gewiß sei, könnte er ihr einen solchen Schleier bieten.

»Bester Freund«, rief der Graf, »so sind wir beide zu beklagen. Denn es ist Ihnen so unmöglich, einen dieser Schleier zu gewinnen, als mir, Ihren König zur Allianz mit unserem Hofe zu bewegen.«

»Man muß nie verzagen, Herr Graf!« sagte Colas und verstand sogleich den Preis, um welchen der brabantische Schmuck feil sei. »Wie vieles ist in der Welt möglich, wenn man es nicht für unmöglich hält!«

Der Gesandte stutzte bei diesen Worten. »Freund«, rief er, »halten Sie die Allianz für möglich, nachdem sich der ganze Hof einstimmig dagegen ausgesprochen hat, nachdem der Kardinal und die Marquise von Pompadour mir mit aller Bestimmtheit das Gegenteil erklärt haben?«

Colas sann einen Augenblick und überflog im Geiste alles, was ihm schon möglich geworden war. Dies gab Mut. »Verzweifeln Sie nicht, so schwer es auch sein mag!« sagte er zum Gesandten.

»Freund«, rief dieser entzückt und sprang auf, »und wieviel es kosten möge, gelingt die Allianz, so gelingt es mir, Sie durch den Schleier zu belohnen. Kann ich den innigsten der Wünsche meiner Kaiserin erfüllen, wird sie mir auch meine Bitte um einen Schleier nicht unerhört lassen.«

Jetzt hatten beide Diplomaten sich gegenseitig verstanden. Man trat nun tiefer in das Geschäft ein. Colas ward von allem unterrichtet. Er verhieß seine Verwendung beim Kardinal. Der Graf versprach sein Wort bei der Kaiserin.

Colas war beim Kardinal Bernis nicht glücklich, sondern wurde kurz abgewiesen und erinnert, sich als französischer Diplomat nicht durch Ausländer leiten zu lassen. Desto glücklicher war er im geheimen Rat seiner Pauline. Sobald sie den Preis kannte, um welchen der kaiserliche Schleier zu erobern war, sagte sie: »Jetzt laß mich sorgen, Colas!«

Und sie sorgte redlich, sobald sie mit dem Prinzen Soubise ohne Augenzeugen reden konnte. Er, der nach seiner gewohnten Art in Zärtlichkeit zerschmolz, hatte ihr nichts Wichtigeres zu melden, als daß er von ihr geträumt habe, daß sie ihn im Traum zum Gott gemacht habe, daß sie im Traume noch unendlich liebenswürdiger gewesen sei als sie im Wachen wäre, weil sie dort minder spröde als in der Wirklichkeit gegen ihn gewesen.

»Ach, mein Prinz!« rief Pauline lächelnd und verlegen. »Fast muß ich fürchten, eine schadenfrohe Fee treibe mit uns ihr Wesen. Nun ja, denken Sie, auch ich sah Sie im Traume. Ja, auch ich sah Sie da im Glanze größerer Liebenswürdigkeit; ich sah Sie an der Spitze eines Heeres in prachtvoller Uniform, umringt von Siegesfahnen. Sie kehrten als Eroberer und Held zurück. Ich stand unter den Millionen der Zuschauer, die Ihnen zujauchzten. Ich stand zitternd da und glaubte mich von dem vergötterten Helden vergessen. Er aber bemerkte mich huldvoll. Er näherte sich mir. Ich war meiner selbst nicht mehr mächtig, und . . .«

Der Prinz riß die schöne Erzählerin mit aller Heftigkeit seiner glühenden Leidenschaft an seine Brust. Sie aber drängte ihn ernst zurück. »Nicht also, Prinz!« sagte sie in einem Ton, der Ehrfurcht gebot: »Vergessen Sie nicht, daß wir nicht mehr im Traume sind, daß Ihnen das Heer, die Siegesfahnen und die Eroberungen fehlen. Könnte ich so schwach sein, Prinz, ich würde es nur gegen den Helden sein können, der Frankreich verherrlichte. Ja, und wären Sie als Mann minder liebenswürdig als Sie sind, ich hielte es für Pflicht – so gute Französin bin ich – den Helden Frankreichs mit dem Kranze meiner ganzen Liebe zu schmücken, wenn er ihn in der Glorie seines Ruhms noch anzunehmen würdigte.«

»O, Sie sind ein boshaftes, grausames Mädchen!« rief Soubise, »eine Erzschwärmerin sind Sie oder die schlaueste Penelope! Sie zeigen mir mein Glück im Hintergrund der Unmöglichkeit.«

»Der Unmöglichkeit?« fragte Pauline verwundert; »haben wir nicht den Krieg mit England?«

»Wenn auch!« antwortete der Prinz. »Aber Sie wissen wohl, ich bin kein Seemann, und den Engländern kommt man nie zu Lande an. Ja, könnte ich von Calais eine Brücke über den Kanal schlagen, ich selbst wollte nicht eher auf den Lohn der Liebe zählen, bis ich meine Fahnen auf den Tower von London gepflanzt hätte. Aber, mein Fräulein, bauen Sie mir die Brücke!«

»Wenn Sie befehlen, warum nicht, gnädiger Herr?« versetzte Pauline. »Greifen Sie die Engländer in Deutschland an. Gehört nicht Hannover dem König von England? Warum wird dies geschont?«

»Fräulein«, erwiderte Soubis lächelnd, »Sie sind in der Politik des Herzens bewanderter als in der Politik der Höfe. Vermutlich ist Ihnen unbekannt, daß der König von Preußen mit England einen Bund geschlossen hat, wodurch Hannover gedeckt ist.«

»Gedeckt? Von wem?« fragte Pauline. »Von dem kleinen König von Preußen? Warum schließt unser Hof nicht die angebotene Allianz mit Österreich? Man beschäftige den König durch die Österreicher, so wird er sich wenig um Hannover bekümmern. Warum sind Sie selbst, Prinz, wider Willen von ganz Frankreich, ja wider die Forderungen Ihres eigenen Ruhms gegen die Verbindung mit Österreich und gegen den Angriff auf Hannover? Ach, wenn Sie wüßten, was Paris von Ihnen denkt!«

Der Prinz drohte schalkhaft lächelnd mit dem Finger: »Fräulein, Fräulein, ich höre den Grafen Staremberg von Ihren süßen Lippen.«

In dieser Art spann sich das Gespräch noch lange fort. Der Prinz aber wurde doch wider seinen Willen durch Paulines Schmeicheleien trunken vom künftigen Heldenruhm, und er sah die Verwirklichung aller der schönen Träume, die ihm Pauline vorgaukelte, nur möglich, wenn sich der Hof mit den Wünschen Österreichs zu einem Landkrieg vereinigte.

Einige Tage kämpfte er mit sich selbst. Daß ihm ein Oberbefehl beim Heer durch die Huld der Frau von Pompadour nicht entgehen könne, dessen war er gewiß. Pauline hatte seinen Ehrgeiz geweckt. Ihn auf die Lorbeeren des Herzogs von Richelieu und des Marschalls d'Etrees eifersüchtig zu machen, war der Schlauen so schwer eben nicht geworden. Er hatte schon halb und halb den Entschluß genommen, für die Allianz mit Österreich zu arbeiten, als ihn das Fräulein de Pons in einer späteren Unterredung vollkommen entschied.

Er, mit aller seiner Gewandtheit, machte sich nun an die Frau von Pompadour. Aber alle seine Gewandtheit blieb fruchtlos, diese Königsgeliebte für Österreich zu stimmen. Umsonst setzte er alle Triebfedern weiblicher Eitelkeit in Bewegung, um sie gegen den König von Preußen zu erbittern. – »Ich liebe diesen poetischen König gar nicht«, sagte sie, »und weiß sehr wohl, daß ich in seinen Augen sehr wenig gelte. Aber ich habe ebensowenig das Glück, der

Königin von Ungarn zu gefallen. Also wiegt eins das andere auf, und der Ruhm unseres Königs wiegt beide auf.«

Der Prinz suchte vergebens ihr gefälligere Vorstellungen von der Kaiserin Maria Theresia beizubringen und versicherte umsonst, daß diese Monarchin in vertrauten Kreisen mit der lebendigsten Bewunderung und Achtung von ihr zu reden pflege.

»Nein«, sagte die Marquise lachend, »Sie sind zu gutmütig, lieber Prinz, und nehmen Verembergs schöne Worte für bare Münze. Trauen Sie ihm nicht. Ich wenigstens werde daran nicht eher glauben, bis mir's die Kaiserin selbst schreibt.«

Prinz Soubise verbarg seinen Mißmut. Er fühlte, daß er bei der Marquise noch bei weitem nicht der Unüberwindliche sei. Alle Hoffnung wäre ihm geschwunden, hätte ihm nicht die letzte Äußerung der Frau von Pompadour einen neuen Plan zugeschoben. »Alles hängt davon ab, den Stolz der Marquise ins Spiel zu ziehen!« sagte er zu Pauline. »Man muß die Kaiserin bewegen, der Marquisin einen freundlichen Brief zu schreiben. Das kostet die Kaiserin nichts. An dem Tag, da Staremberg diesen Brief überreichen wird, ist die Allianz so gut wie abgeschlossen. Aber wie dies dem österreichischen Gesandten beibringen? Niemand darf ahnen, daß der Antrag von mir kommt!«

»Überlassen Sie mir die Sorge!« sagte Pauline. »Einem Mädchen verzeiht man einen solchen Einfall eher als einem Prinzen. Und was würde ich für einen Prinzen wagen wie Sie! Was nicht für den Gedanken, Sie an der Spitze eines Heeres, in den Reihen der ersten Feldherren Europas zu sehen! – O mein Prinz, an dem Tage, da Sie den Oberbefehl empfangen ... ach, dann blicken Sie nicht mehr nach mir hin.«

Soubise lag, ewige Treue schwörend, zu den Füßen der schlauen Pauline, die unerschöpflich in Erfindungen war, die Einbildungskraft des Prinzen für seinen künftigen Siegesglanz zu entflammen. Der Gedanke an den Schleier erhöhte alle Kräfte ihres Geistes.

Nun ward sogleich Colas von ihr in das Geheimnis eingeweiht. Colas hingegen besprach sich mit dem Grafen Staremberg. Staremberg ließ Eilboten nach Wien fliegen. Ungeduldiger hoffte nicht Pauline auf den Schleier als Prinz Soubise auf den Brief der Kaiserin Maria Theresia an die Marquise.

Eines Abends, als bei der Marquise Gesellschaft war, erschien auch der Prinz. Frau von Pompadour war ungemein heiter. Sie nahm den Prinzen auf die Seite und sagte mit anmutigem Lächeln zu ihm: »Ich fürchte, mein Prinz, wir werden uns trennen müssen.«

»Und das können Sie mir mit frohem Lächeln sagen?« erwiderte er betroffen.

»Wenn ich auch des Glücks beraubt werde, Ihren Umgang zu genießen, Prinz«, antwortete sie, »wird mich die Freude doch trösten, die Sie in Erfüllung eines Ihrer edelsten Wünsche finden. Ohne Zweifel wird der König Ihnen nächstens den Marschallstab und den Oberbefehl eines seiner Heere geben.«

Soubises Antlitz glänzte in stummer Freude. »Aber wie ist das möglich?« rief er.

»Der König ist geneigt, die Allianz mit Österreich anzunehmen. Aber die Kaiserin hat auch das Unmögliche getan. Ich gestehe es, sie ist weitaus die geistvollste Fürstin unserer Zeit. Sie sollten nur die liebenswürdigen Zeilen lesen, mit denen sie mich beehrte.«

»Die Kaiserin schrieb Ihnen?«

»Still davon, Prinz. Morgen erfahren Sie mehr.«

Spät noch desselben Abends, um Mitternacht, ward an Paulines Tür mit leisem Finger geklopft, als das Fräulein eben die Gesellschaft der Familie Oron verlassen hatte. Es war Colas. Er trat freudeglühend herein. Er breitete entfaltend den prachtvollsten Schleier über sie aus. Sie stand mit dem Entzücken der Befriedigung ihres höchsten Wunsches vor ihm da wie ein Engel im Lichtgewölk. Sie warf den Schleier zurück und sank in den Arm des begeisterten Lieblings.

Nach wenigen Tagen ward die Allianz des französischen Hofes mit Österreich unterzeichnet. Der Kardinal Bernis hatte sich vergebens mit aller Beredsamkeit dagegen gesträubt. Er konnte es nicht begreifen, wie der König, wie die Marquise von Pompadour, wie der Hof so plötzlich umgestimmt worden wären. Aber er mußte den Bundesvertrag unterzeichnen, wenn er nicht sein ganzes Ansehen, vielleicht sein Ministerium einbüßen wollte. Er verwünschte im Herzen den Herzog von Choiseul, den er für den Urheber des unglücklichen und widernatürlichen Bündnisses hielt. Er ahnte nicht, daß die Lüsternheit eines artigen Mädchens nach einem schönen Schleier alle Kunst der Diplomaten vereitelt, und daß einer der subalternen Angestellten in seinem Ministerium die Angelegenheiten großer Höfe entschieden habe.

»Die verwünschte Allianz macht mich krank!« sagte der Kardinal, als Rosier kurz darauf mit einer von ihm ausgearbeiteten Denkschrift in das Kabinett des Ministers trat. »Legen Sie die Papiere nur hin. Ich bin nicht gestimmt, sie lesen zu lassen, noch sie selbst zu lesen, weder zu hören, noch zu sehen. Es ist ein ärgerliches, unsinniges Treiben in der Welt. Ich möchte aus Verzweiflung zuletzt Philosoph werden.«

»In der Tat wünschte ich für die Gesundheit Ew. Eminenz aus der Apotheke der Philosophie, die doch für alles Arznei haben soll, eine Dosis Gleichgültigkeit oder Lachlaune über die Torheiten des Lebens!« sagte der königliche Rat.

»Ich würde lachen können, wenn ich nicht zu viel Schmach und Unglück für Frankreich voraussähe!« antwortete der Kardinal. »Und mir zuletzt wird die Welt alles Übel zuschreiben, weil die politische Mißgeburt unter meinem Namen erschienen und nach *mir* getauft ist.«

»Ach, gnädigster Herr, mit wie manchem Vater in der Welt teilen Sie dieses alltägliche Schicksal!« sagte Colas in komisch-mitleidigem Ton.

»Wenn ich wenigstens nur den wahren Vater dieses diplomatischen Wechselbalges zu kennen die Ehre hätte! Helfen Sie mir doch auf die Spur, Rosier.«

»Gnädigster Herr, schlägt wider Erwarten der Wechselbalg gut aus, bringt Ruhm und Glück, ich wette, es wird sich mehr als ein Vater zu ihm bekennen. Sie wissen ja, daß manche Stadt, die sich anfangs ihres Sohnes schämte und ihn verstieß, hintennach dem großen Mann Ehrensäulen errichtete. Und, gnädigster Herr, wer ist denn der glückliche Seher, welcher heutigen Tages noch einem Kind in der Wiege das Prognostikon stellen könnte? Erwarten wir schweigend den Ausgang der Dinge.«

Der Kardinal lächelte und sagte: »Wahrhaftig, Sie sind noch blutjung; ich hätte nie in Ihnen einen so altklugen Tröster vermutet. Sie haben recht. Wir müssen zum elenden Spiel die Siegermiene machen. Aber glauben Sie denn im vollen Ernste, Herr von Rosier, daß diese Verbindung mit unserem Erbfeind und erblichen Nebenbuhler gegen unseren uns von der Natur selbst gegebenen Bundesgenossen jemals ein *kluger* Streich genannt werden könne, selbst wenn es zuletzt ein *glücklicher* Streich werden sollte?«

»Gnädigster Herr, unterm Mond ist nur das Unglück albern, aber das Glück heißt immer klug.«

»Freundchen«, rief der Kardinal, »so der große, blinde Haufen. Aber wer nicht zu ihm gehört, der hört auch nicht auf das Urteil der Blinden. Verständige Leute werden sagen: Es war ein alberner Streich, und selbst dann nicht das Verdienst des Streichmachers, wenn er glückte. So wird die Geschichte einst von *mir* reden und *dieser* Allianz.«

»O, gnädigster Herr, grämen Sie sich nicht über das Urteil der Geschichtschreiber. Diese Leute messen alles nach dem Erfolg. Darum preisen sie Brutus, Cäsar und Alexander, und fluchen sie auf Cromwell, Spartakus, Attila und Cartouche. Die Verständigeren werden höchstens sagen: ›Der Kardinal Bernis spielte Hasardspiele, aber war glücklich.‹ Die noch Feineren werden sagen: ›Ihr urteilt als Flachköpfe. Der Kardinal war einer der größten Geister, der die Weltbegebenheiten in ganz anderm Zusammenhang sah als ihr in euren Studierwinkeln. Was euch Wagstück scheint, war bei ihm einfache Berechnung, die nicht trügen konnte; was ihr für Glück und Zufall haltet, war das Ergebnis seines vom Scharfblick geleiteten Wirkens.«

»Ich bin's zufrieden, wenn das Glück nur diesmal der Torheit hold ist. Aber, lieber Rosier, ich fürchte, die Disteln tragen keine Trauben.«

»Seit ich die Ehre habe, unter Ew. Eminenz auf dem Feld der Diplomatie zu stehen, machte ich zwei große Erfahrungen, die mich über alles, was geschehen kann, beruhigen.«

»Die sollten Sie mir nicht vorenthalten, denn ich möchte mich wirklich ein wenig beruhigen.«

»Die *eine* ist: Wir müssen uns gar nicht einbilden, daß wir aus unserem Kabinett die Welt regieren, sondern die Welt regiert die Kabinette. Vom Thron bis zum Savoyarden, der uns den Staub vom Schuh putzt, geht ein unsichtbares Band, das alles ohne unser Wissen und Wollen zusammenhängt. Die Weltbegebenheiten sind nur Früchte von unsichtbaren Wirkungen und Rückwirkungen in der gesellschaftlichen Verkettung, und alle unsere Klugheit wird daran zuschanden. – Die *andere* ist: Der Himmel ist auch in der Politik der beste Vormund der Dummen. Denn ich habe gesehen, daß sich auch die trefflichsten Köpfe verrechneten und die Tätigkeit der tätigsten Menschen am Ende nicht mehr ausrichtete als die Geschäftigkeit des Eichhörnchens, welches im Käfig des Knaben das Rad herumhaspelt. Von der andern Seite sah ich schon die verkehrtesten Maßregeln der Schwachköpfe von erstaunlich wohltätigen Folgen begleitet und die Untätigkeit der unbeholfensten Tröpfe bewundernswürdige Wirkungen hervorbringen.«

»Sie haben recht, Rosier!« sagte der Kardinal. »Sie machen mich zu Ihrem Schüler. Der Fatalismus ist die Philosophie der Verzweiflung, und ich bin ganz in der Stimmung, in Ihrem Schicksalsglauben Philosoph zu werden. Indessen bekenne ich Ihnen offenherzig, das wüste Geschäft wird mir schwer zu verdauen. Ich sehne mich nach Einsamkeit und Ruhe. Ich will für einige Wochen aufs Land und mich zerstreuen. Der König hat mir Erlaubnis gegeben, nach Fontainebleau zu gehen. Ich bitte Sie, mir da Gesellschaft zu leisten, Herr von Rosier. Wir werden in der schönen Einsamkeit der Wald- und Felsenwildnisse miteinander ungestört philosophieren können. Es tut mir wohl, einmal aus dem Stürmen und Treiben des Hoflebens zu entkommen und in der freien Frühlingsnatur frische Luft zu schöpfen. Also, Sie begleiten mich. Ende dieser Woche fahren Sie mit mir nach Fontainebleau.«

Colas verbeugte sich und fühlte sich durch die Güte und Zuneigung des Kardinals allzusehr geschmeichelt, als daß er sein Vergnügen über diese Auszeichnung hätte verhehlen mögen.

Aber nicht soviel Vergnügen empfand Pauline bei der Nachricht. »Vielleicht sechs Wochen, vielleicht zwei Monate sollen wir uns trennen?« rief sie. »Das ist ja eine Ewigkeit. Ach, Colas, was gäb' ich darum, wenn ich dich begleiten und Arm in Arm mit dir durch die stillen Gärten von Fontainebleau streifen könnte. Wie glücklich wären wir beide da, wo wir einander ungestört angehören könnten!«

»Ja«, sagte Colas, »wir wollten uns da ein Arkadien schaffen. Aber besitzt nicht Graf Oron bei Fontainebleau die Meierei und ein schönes Herrschaftsgebäude? – Berede doch die junge Gräfin, den Maimond dort zu genießen.«

»Ein goldener Einfall!« jauchzte Pauline, und sie machte sich sogleich an die junge Gräfin und malte ihr den Reiz des idyllischen Lebens mit den glühendsten Farben. Die beiden Mädchen waren bald miteinander einverstanden.

»Ach«, sagte die junge Gräfin zu ihrem Vater, »ich sehne mich nach Einsamkeit. Der Winter hat mir nicht wohlgetan. Ich muß Landluft schöpfen. Noch nie war ich in unserer Meierei zu Fontainebleau. Nur vier Wochen erlauben Sie mir dort zu leben. Der Hof ist in Paris. Wir könnten die Pracht von Fontainebleau eben jetzt recht allein und ungestört genießen.«

Der alte Graf, welcher gern die Wünsche seiner Tochter erfüllte, hatte nichts dagegen.

Natürlich erfuhr auch der Prinz Soubise davon als Freund des Hauses. Er berechnete auf der Stelle, daß Pauline dort Langeweile haben werde, daß er dort ungebundener vom konventionellen Zwang ihres Umgangs genießen könne, daß da vielleicht im Schatten blühender Rosenlauben ihn das schönste Glück erwarte. Er beschloß sogleich, ohne ihr ein Wörtchen zu verraten, sie dort durch seine Gegenwart zu überraschen.

»Ich sehne mich unendlich nach Einsamkeit!« sagte er zur Frau von Pompadour. »Ehe ich zur Armee abreise und mich in das Gewühl des Lagerlebens und der Schlachten stürze, möchte ich mich noch einmal der schönen Natur erfreuen und da im stillen unter Karten und Büchern den Feldzug vorbereiten. Würde mir der König den Aufenthalt von einigen Wochen zu Fontainebleau gestatten? Ein Wort von Ihnen, Frau Marquise, und durch Ihre Güte bin ich glücklich.«

Die Marquise verhieß ihm Gewährung des Wunsches vom König, und in der Tat erhielt er sie bald. Wie inzwischen Frau von Pompadour den Einfall des Prinzen bei sich im stillen überlegte und daran dachte, daß ihr Günstling in kurzer Zeit Frankreich werde verlassen müssen, tat es ihr weh, seine Nähe früher zu verlieren, als nötig wäre.

»Sire«, sagte sie zum König, »ich fühle unüberwindliche Sehnsuch nach Einsamkeit. Das glänzende Einerlei des Hofes ermüdet mich. Ew. Majestät bedürfen der Zerstreuung. Wir hatten schon Marly gewählt, um da den Sommer zuzubringen. Aber der Frühling lockt ins Freie. Wie, wenn wir einige Wochen des Mais in Fontainebleau vertändelten?«

Der König hatte Langeweile. »Es geht mir wie Ihnen!« sagte er. »Treffen Sie Anstalten. Marly entrinnt uns nicht. Gehen wir nach Fontainebleau, je eher, je lieber.«

ALLES ZIEHT NACH

Der Kardinal hatte zu Fontainebleau kaum drei Tage mit Colas in philosophischer Muße verlebt und sein Glück gepriesen und in einigen niedlichen Versen verewigt, die wir noch heute in seinen Werken lesen, siehe da, da belebte sich die benachbarte Meierei des Grafen von Oron.

»Die schöne Nachbarschaft freut mich!« sagte der Kardinal zu Colas. »Die jungen Damen sind liebenswürdig. Wir statten ihnen ländliche Besuche ab. So werden wir in unserer klösterlichen Einsamkeit Abwechslung haben.«

Einen Tag später erschien Prinz Soubise und nahm mit zahlreichem Gefolge einen Flügel des Schlosses ein.

»Es scheint, wir bleiben nicht so ganz für uns!« sagte Colas zum Kardinal.

»Freilich!« entgegnete dieser. »Doch ist es mir fast nicht unlieb, etwas mehr Bewegung in dieser toten Welt zu erblicken. Ich gestehe, es ist mir in der stillen Palastwüste etwas unheimlich. Jeder Fußtritt schallt durch die hundert Gemächer und Korridore, als riefen uns alle hundert, sie zu bewohnen. Wer auf dem Land wohnen will, muß seine Luft in einer engen Hütte suchen.«

Zwei Tage später erschienen zwanzig Wagen mit der königlichen Garderobe und Küche. In Kutschen und zu Pferde zog ein Heer von Kammerdienern, Zofen, Köchen, Stallmeistern, Lakaien, Zeremonienmeistern, Sekretären, Kellermeistern, Kammerherren, Geistlichen, Schauspielern, Jägern, Hofschneidern, Tänzern und Tänzerinnen, Wäscherinnen, Feuerwerkern, Perückenmachern, Pastetenbäckern und Freudenmeistern (maîtres de plaisir) in die Höfe der weitläufigen Paläste ein. Gärten und Höfe, Zimmer und Säle wimmelten von bunten Gestalten aller Art. Es war ein Rufen und Lärmen, Hämmern und Klopfen, daß alle Nervenschwachen Krämpfe davon bekamen. Mit fliegenden Fahnen und klingendem Spiel rückten einige Bataillone königlicher Garden zu Fuß und zu Pferd an und bezogen Kasernen und Wachten. Für den Hof wie für das Kriegsvolk wurden eiligst Bäckereien und Metzgereien einquartiert und in Tätigkeit gesetzt.

»Heiliger Himmel!« schrie der Kardinal, da Colas zu ihm kam. »Sehen Sie mir doch das Spektakel an! Ich Unglückseliger, welcher böse Geist mußte mich plagen, Fontainebleau für meine Erholung zu wählen!«

Die Kanonen donnerten am andern Tage. Die Glocken des Städtchen läuteten alle. Die Trommeln wurden gerührt. Der König kam unter dem Jauchzen des Volks: »Es lebe der König! der Vielgeliebte!« Einige Stunden später fuhr die Marquise von Pompadour an, gefolgt von siebzehn Kutschen.

»Es ist in dieser ländlichen Natur zum Tollwerden!« jammerte der Kardinal einige Tage später, nachdem er von Besuchen und Audienzen, die er gegeben und empfangen hatte, ganz ermüdet war. »Paris hat wenigstens den Vorzug, daß es eine große Stadt ist, daß man einander im Notfall ausweichen und meiden, daß man mitten im allgemeinen Getümmel allein sein, daß man sich allenfalls verleugnen lassen kann, wenn man überlästigen Besuchen entgehen will. Aber hier in diesem engen Neste, aus vier Schlössern und fünf Höfen zusammengeflickt, ist man zum Ersticken ineinandergepreßt. Bei jedem Schritt rennt man zusammen, tritt man einander in die Schuhe. Da hilft keine Lüge, man sei nicht zu Hause. Alle Welt weiß ja, wo man steckt. Dürfte ich, noch heute eilte ich nach Paris zurück. Aber zu meinem größten Ärger muß ich mich vor dem König, vor der Marquise, vor dem ganzen Trosse der Höflinge freuen, in der Nähe der Majestät atmen zu können.«

»Ich beklage Ew. Eminenz und mich zugleich!« erwiderte Colas. »Indessen stehen wir vielleicht bald wieder einsam.«

»Mitnichten, Herr von Rosier. Umgekehrt, der König findet es hier allerliebst, die Marquise bezaubernd, der Hof göttlich.«

»Doch freut es mich, Ew. Eminenz wenigstens den Trost bringen zu können, daß man stark davon spricht, der Hof werde sich von hier nach Marly begeben.«

»Mein Gott, lieber Rosier, daran ist nicht mehr zu denken. Der König sagte gestern abend noch beim Feuerwerk: ›Ich bin lange nicht so vergnügt gewesen auf dem Lande. Ich habe fast Lust, den ganzen Sommer in Fontainebleau zu bleiben.‹«

Colas tröstete vergebens. Als er in der Dunkelheit des Abends zur Meierei schlich, erfuhr er von Pauline, wie der Prinz Soubise auf den Gedanken geraten sei, nach Fontainebleau zu kommen.

»Hm!« dachte Colas. »Mir ward es klar. Ich zog Pauline, Pauline die Gräfin von Oron, die Gräfin den Prinzen, der Prinz die Marquise, die Marquise den König, der König den ganzen Hof. Ein ehrenwerter Schweif, den ich nachschleppe.« – Die Vorstellung machte ihn laut lachen. Doch zweifelte er selbst noch bescheiden an der Richtigkeit. »Es käme aber«, dachte er, »doch auf die Gegenprobe an. Sehen wir, wenn ich nach Paris gehe, ob mir der Schweif folgt. Da wäre zugleich meinem armen Kardinal geholfen.«

»Und warum so nachdenkend und einsilbig?« fragte Pauline ihren Liebling, mit dem sie durch die hohen Buchengänge des königlichen Gartens wandelte. »Hat irgendeins der schönen Hoffräulein die Eroberung des Herrn von Rosier gemacht? Es ist gefährlich, mit so vielen Schönheiten unter einem Dache wohnen.«

»Nichts weniger als das, böse Pauline; seit ich mit dem reizenden Fräulein de Pons zu Paris unter einem Dach wohne, bin ich in der Gefahr so ganz untergegangen, daß ich keine andere mehr zu fürchten habe.«

»So gestehe mir aufrichtig, Colas, aber beichte ehrlich: Warum bist du in Fontainebleau seltener bei mir als in Paris?«

»Weil ich hier weniger mein eigener Herr bin. Wir glaubten, uns hier vom Morgen bis zum Abend angehören zu können. Nun aber sind wir hier weniger einsam als im Oronschen Hotel. Und müssen wir noch vier Wochen in diesem Geräusch leben, so sterb' ich vor Langeweile und vor Ungeduld nach dir. Ich sehne mich nach Paris zurück.«

»Du sprichst aus meiner Seele, Colas. Ich kam unserer beider willen her, nicht wegen dieser Gärten und wegen des Hofprunkes. Kannst du dich vom Kardinal losmachen und nach Paris gehen, so folg' ich dir. Ich erkälte mich heute, habe morgen Kopfweh, fahre übermorgen nach Paris und – werde bei dir gesund.«

Die Sache ward abgekartet. Colas besuchte den Kardinal, der noch immer mißvergnügt war und auf den Hof fluchte. Colas gab der Sache ohne Mühe eine scherzhafte Wendung. »Wenn mir Ew. Eminenz«, sagte er, »das Vertrauen schenken, will ich meine Zauberei versuchen und den Hof wieder von Fontainebleau wegblasen.«

»Blasen Sie, blasen Sie, daß der ganze Hof mit allem Trosse in den Mond fahre!«

»Erlauben Sie mir, nach Paris zu gehen, gnädiger Herr? Vielleicht sind Sie in acht Tagen in Fontainebleau so verlassen wie ein Einsiedler. Denn meinen Zauberwind muß ich mir in Paris schaffen.«

Der Kardinal lachte. »Ich verstehe Sie, Freund. Sie wünschen dem tollen Lärmen hier zu entrinnen. Reisen Sie; denn die Einsamkeit, die ich Ihnen versprach, kann ich Ihnen nun doch nicht geben; mir Gesellschaft leisten können Sie nicht, denn ich habe der Gesellschaft zuviel. Reisen Sie glücklich. Ich beneide Sie. Ich möchte Ihnen gern folgen. Aber der Anstand verbietet es mir. Reisen Sie. Ich muß hier bleiben. Vergessen Sie aber nicht, wenn Sie in Paris sind, sogleich den Turm von Notredame zu besteigen und aus Leibeskräften zu blasen, bis der letzte Küchenjunge von hier weggeblasen ist.«

Colas schickte Pauline einen Zettel und reiste ab. Pauline bekam Kopfweh und Übelkeit. Sie bat die junge Gräfin, ihr zu gestatten, nach Paris zurückzukehren; sie fürchte, eine schwere Krankheit sei unterwegs, denn sie fühle sich in allen Gliedern wie zerschlagen. Den andern Tag war Pauline noch schwächer. Sie verlangte mit Tränen nach Paris. Die junge Gräfin wollte sich von ihr nicht trennen. Der Graf ließ die beiden Damen nach Paris führen, besonders da ein herbeigerufener Arzt wirklich an Paulinens Bett bedenkliche Miene gemacht hatte, weil er die anrückende Krankheit gar nicht enträtseln konnte. Er glaubte aber in keinem Fall irrezugehen und die Ehre seiner Wissenschaft am wenigsten zu gefährden, wenn er vermutete, Fräulein de Pons habe sich durch Erkältung einen Zustand zugezogen, der allerdings von schlimmen Folgen werden könnte.

Kaum hatte Prinz Soubise von der Krankheit und Abreise Paulines Gewißheit, war für ihn kein Bleiben mehr in Fontainebleau. Er begab sich mit großer Niedergeschlagenheit zur Frau von Pompadour. »Noch einmal hoffte ich zu Fontainebleau in Ihrer Nähe den ganzen Himmel voll Freuden zu umarmen – ich muß fort. Ich habe Depeschen vom Marschall d'Etrées. Meine Anwesenheit in Paris wird dringend. Die Vorarbeiten zum Feldzug müssen beschleunigt werden. In meiner Abwesenheit stocken alle Geschäfte. Erlauben Sie mir, meine Gnädige, daß ich die Pflichten für die Ehre unseres Königs meinem höchsten Glück vorziehe.«

Frau von Pompadour war betroffen. Sie versuchte leise, den Prinzen auf andern Sinn zu bringen. Er aber wußte die Notwendigkeit seiner Anwesenheit in Paris, seiner Gegenwart bei den Musterungen der durchziehenden Truppen, die Wichtigkeit seiner Geschäfte im Kriegsbüro so groß, so lebhaft darzustellen, und dabei war sein Schmerz über die Trennung von Frau von Pompadour so rührend, ja durch heiße Tränen beurkundet, die er vergebens verbarg, daß die Marquise endlich sehr bewegt zu ihm sagte: »Gehen Sie, lieber Prinz, wohin Pflicht und Ehre Sie rufen. Ich selbst verliere am meisten, wenn Sie Fontainebleau verlassen. Beruhigen Sie sich. Ich will mit den Augenblicken geizen, die ich noch das Vergnügen haben kann, Sie in Paris zu sehen. – Es scheint, dem König gedeihe die Luft von Fontainebleau nicht wohl. Die Witterung ist doch noch etwas rauh gewesen. Vielleicht kehrt der Hof früher, als Sie meinen, nach den Tuilerien zurück, um von da den Sommeraufenthalt in Marly zu nehmen.«

Der Prinz beurlaubte sich. Vor den König ward dieser nicht gelassen, weil sich Se. Majestät in der Tat unpäßlich fühlte. Die Marquise hatte sich nur in der Ursache der Unpäßlichkeit geirrt. Es war nicht die Luft von Fontainebleau, sondern eine Austernpastete, die dem König übelgetan hatte.

Als Kardinal Bernis den Prinzen mit seinem ganzen Gefolge abreisen sah, konnte er sich des Lachens nicht erwehren. »Das fängt gut an!« brummte er bei sich. »Ich glaube, mein Windmacher Rosier steht wirklich auf dem Turm von Notredame und bläst.«

Wie aber sich das Gerücht verbreitete, der König könne die Luft von Fontainebleau nicht ertragen, der Hof gehe nach Paris zurück, wie wirklich die Wagen gepackt wurden, die Kammerherren, Stallmeister, Hofschneider, Tänzer, Musikanten, Feuerwerker, Kellermeister usw. sich zur Abfahrt rüsteten, der König nach Paris fuhr, die Marquise folgte, der ganze Hof verschwand und bis auf den letzten Küchenjungen verstob, die Leibgarden zu Fuß und zu Pferd mit fliegenden Fahnen und klingendem Spiel abzogen, daß Fontainebleau wie ein entseelter Leichnam in Totenstille dalag – rief der Kardinal außer sich: »Was ist das? Zufall? Oder hat der Windmacher Rosier einen Bund mit dem bösen Geist?«

DIE SCHLACHT BEI ROSSBACH

Durch die Abreise des Prinzen Soubise zum Heer am Rhein ging ein Ring in der Zauberkette verloren, an welcher Colas bisher mächtiger gewesen war, als er selbst geglaubt hatte. Erst die Begebenheit von Fontainebleau hatte ihm eine Art Überzeugung gegeben, die freilich nun zu spät kam. Er beklagte es übrigens gar nicht, klug geworden zu sein, als ihm kein Vorteil mehr aus seiner Entdeckung werden konnte. Von Natur leichten Sinnes, früh gewöhnt, mit dem wenigsten zufrieden zu sein, sah er sich in einer Lage und in einem Wohlstand, wie er nie für seine Person erwartet hatte. Seine diplomatische Stellung, sein Ansehen beim Kardinal Bernis, die Wichtigkeit, welche er, ohne zu wissen wie, bei den Gesandten auswärtiger Mächte gewonnen hatte, trugen ihm neben erklecklichen Gehalten reiche Geschenke ein. Die Einfachheit seiner Lebensweise, da er sich ohne Aufwand einzig mit der Bedienung seines alten, wohlvertrauten Markus begnügte, häuften in seiner Kasse Ersparungen auf Ersparungen. Er benutzte diese und eine vorteilhafte Gelegenheit, ein beträchtliches Gut in der Provinz anzukaufen, dessen Ertrag schon hinreichend war, ihm ein behagliches Leben zu schaffen.

Mehr begehrte er nicht. Schon jetzt würde er seine politische Laufbahn mit der eines Landjunkers vertauscht haben, wäre Pauline nicht ein wenig eigensinnig dagegen gewesen. Sie liebte ihn, sie erfüllte jeden seiner Wünsche, nur den einzigen nicht, sich mit ihm zu vermählen.

»Du mußt noch ein wenig warten, Colas«, sagte sie, »und ich hoffe, du kannst es füglich. Es hat für ein Mädchen ganz eigenen Wert, Mädchen zu sein und nicht Frau. Es liegt doch etwas Schmeichelhaftes darin, sich von Anbetern aller Art umflattert, bewundert, angebetet zu wissen. Gönne meiner mädchenhaften Eitelkeit noch einige Festtage. Als Frau verlöre ich davon schon einen beträchtlichen Teil. Ach, nur zu bald erscheint der uns armen Kindern allen verhaßte Jungfrauensommer. Dann gute Nacht, Blütentage! Ich möchte lieber sterben, als eine Jungfrau von fünfundzwanzig Jahren heißen.«

Colas gab sich zufrieden. Aber ein Mädchen überlebt nichts geschwinder als ihr Blütejahr. Da ward der diplomatische Brautschleier hervorgenommen, und Pauline de Pons verwandelte sich in eine Frau von Rosier.

Es traf sich, daß ihr Vermählungstag eben derselbe war, an welchem die Franzosen die Schlacht bei Roßbach verloren. Derselbe Trauerbote, welcher die Nachricht davon dem Hof überbrachte, hatte auch ein Briefchen des Prinzen Soubise für die junge Frau.

»Beklagen Sie mich«, schrieb er ihr, »beklagen Sie mich, liebenswürdige Pauline. Ich ließ mich von dem kleinen König von Preußen überlisten, betrügen, schlagen. Ja, Sie haben Ursache, mich zu beklagen, da ich ohne mein Verschulden in die Notwendigkeit versetzt ward, den Kampf einzugehen. Man trieb mich von allen Seiten dazu. Und als es Ernst ward, ließ mich die verwünschte Reichsarmee im Stich. So sind es der König von Preußen und Sie allein, die mich beide besiegt haben, ohne daß ich sie wieder besiegen konnte! Ich verwünsche die Preußen, aber liebe Paulinen. Sie wollten mich als Helden zu Ihren Füßen sehen; kann ich der Held nicht sein, Ihr Gefangener bleibe ich dennoch.«

Geschwind schrieb Pauline zurück: »Beklagen Sie mich, liebenswürdiger Prinz. Ich ließ mich von dem kleinen Nikolas de Rosier überlisten, betrügen und gefangennehmen. Ja, Sie haben Ursache, mich zu bedauern, da ich ohne mein Verschulden in die Notwendigkeit versetzt ward, den Kampf einzugehen. Mein Herz trieb mich wider Willen dazu. Vielleicht hätte ich gesiegt; aber als es Ernst war, ließ mich meine Jugend im Stich. Denken Sie, ich bin schon fündundzwanzig Jahre alt, und die sind furchtbarer als eine Reichsarmee. So sind es denn Rosier und die Jahre, die mich allein besiegt haben, ohne daß ich sie wieder besiegen konnte. Ich verwünsche aus vollem Herzen die Jahre, aber liebe meinen niedlichen Mann.

Im Ernst, mein Prinz, wir wollen uns beide nicht grämen. Es liegt zuletzt der Welt nach einiger Zeit wenig daran, ob ein Feldherr oder ein Mädchen besiegt ward. Wie viele Schlachten, wie viele Hochzeiten sind schon geschehen und vergessen, und die Welt geht ruhig ihren alten Gang fort. Sie werden nichtsdestominder geschätzt in der Geschichte fortleben, wie ich dereinst in meinen Kindern.«

Der Kardinal Bernis war nach der Schlacht bei Roßbach, die am Hof bald vergessen wurde, sehr mißmutig.

»Ich habe das Unglück vorausgesehen!« sagte er zu Colas, als das Unglück der französischen Waffen auch im folgenden Jahr fortdauerte. »Man kann am Hof darüber scherzen, aber meine Ehre ist zugrunde gerichtet. Denn Frankreich und ganz Europa muß mich als den Urheber der verderblichen Allianz mit Österreich ansehen.«

»Gnädigster Herr«, erwiderte Colas, »einem welterfahrenen, weisen Mann wie Sie sollte das Urteil Frankreichs und Europas sehr gleichgültig sein können, da Sie selbst wissen, wie irrig im allgemeinen das Urteil der Menschen über die Begebenheiten und deren Ursachen ist.«

»Aber ich bin Minister, ich habe das unselige Bündnis unterhandeln und unterschreiben müssen. Es ist mein Name, mit dem gespielt wird. Welt und Nachwelt werden mit Recht sagen: Wer hat es denn in Frankreich getan; wer regiert denn, wenn der Minister, der Kardinal Bernis, nicht regiert?«

»Nein, gnädigster Herr, Welt und Nachwelt denke ich mir als viel zu verständige Leute, um dergleichen sagen zu können. Ja, Sie sind so gewiß Minister, als der allerchristlichste König wirklich König ist. Aber Sie kennen meine Ansichten. Jeder Vernünftige weiß, daß weder der König herrscht, noch daß Sie regieren.«

»Was wollen Sie damit sagen? Wer herrscht, wer regiert denn? Sie meinen Frau von Pompadour?«

»Verzeihen Sie. Die Marquise ist so unschuldig als Sie und der König.«

»Glauben Sie? Nun, wer regiert denn? Sie spannen meine Neugier. Reden Sie!«

»Ich kann's nicht wissen. Vielleicht Kammermädchen, Kesselflicker, Kopisten. Frauen der königlichen Staatsräte, vielleicht deren Töchter oder Söhne oder Köchinnen oder Lakaien oder Kutscher und dergleichen Ware, heute dieser, morgen jener. Wo kein festes, ehernes Gesetz herrscht, da herrscht der Zufall. Zwischen der Notwendigkeit des Gesetzes und zwischen dem Spiel des Zufalls liegt nichts in der Mitte. Die Ministerien und der König selbst sind am Ende nur Vollstrecker und Werkzeuge fremder Einfälle.«

»Sie wären imstande, mir mein Ministerium zu verleiden. Sie halten, glaub' ich, Frankreich für keine Monarchie, sondern für eine königliche Anarchie. Reden Sie verständlicher.«

»Ich kann nicht deutlicher sein. Ew. Eminenz haben meinen Gedanken mit zwei Worten treffend ausgedrückt: königliche Anarchie. Sie ist überall, wo der König der Staat ist und wo das Volk dieses Staates wegen vorhanden ist. Sie ist überall, wo der Wille eines einzelnen Mannes das Gesetz des Landes ist und die wandelbare Laune des Fürsten die Verfassung des Reichs ausmacht. In der Tat, Wille und Laune eines einzelnen Menschen, eines Allgewaltig-Entscheidenden ändert vom Morgen bis zum Abend. Hingegen wo das Gesetz steht, getrennt von der fürstlichen Gewalt und erhaben selbst über diese, da ist eine bleibende, feste Herrschaft und Ordnung, sonst nirgends. Sie ist bleibend und fest wie das Interesse der Millionen von Untertanen, aus denen sie hervorstieg, und so schwer abzuändern, als der Wille und die Ansichten der aus dem Volke hervorgegangenen Gesetzgeber schwer zu vereinigen sind.«

»Hm! Ich merke, Sie haben den Abbé Mably gelesen und sind mit Montesquieu ein Anbeter der englischen Verfassung, sind vielleicht einer unserer philosophierenden Unzufriedenen.«

»Keineswegs. Ich befinde mich in unserer königlichen Anarchie sehr wohl, und ich bin bescheiden genug, zu glauben, daß ich in einer Gesetzesmonarchie schwerlich die Ehre gehabt haben würde, Ew. Eminenz mit meinen geringen Talenten zu dienen. Indessen werden Sie selbst gestehen, daß bei uns nichts möglicher ist, als daß der Monarch in seiner Entscheidung über die wichtigsten Angelegenheiten durch eine Geliebte oder einen Günstling, diese durch ihre Lieblinge, diese durch ihre Freunde und so abwärts bis zum Stiefelputzer wechselseitig gestimmt werden können. Dem Monarchen so wenig als dem Stiefelputzer fällt ein, daß einer auf den anderen so großen Einfluß gehabt habe.«

»Kleine Ursachen, große Wirkungen!« erwiderte der Kardinal. »Ich geb' es zu. Allein britische Parlamente und gesetzgebende Senate scheinen mir nicht immer nötig, um das zu vermeiden, was Sie königliche Anarchie heißen. Ein Fürst mit festem Willen des Guten, umgeben von einsichtsvollen Räten, ist, glaub' ich, geeigneter, der Nation zweckmäßige Gesetze zu geben und den Gang der Geschäfte wohl zu regeln als eine Versammlung von Gesetzgebern aus den verschiedenen Ständen des Volks; denn der König und seine Minister, indem sie das Ganze überschauen, erkennen, was nötig ist, offenbar genauer als die besten Köpfe einzeln im Volk.«

»Erlauben mir Ew. Eminenz, zu zweifeln. Und wenn bei uns ein neuer Heinrich IV. auf dem Throne säße, würde nicht er, sondern jeder armselige Schneider, jeder von den geringsten Unterbeamten im Lande Einfluß auf die Regierung haben und die Staatsangelegenheiten entscheiden helfen.«

Der Kardinal und Colas sprachen noch viel über diesen Gegenstand; aber unsere Leser würden uns wenig Dank wissen, wenn wir sie mit der Erzählung davon langweilen wollten.

DIE VERBANNUNG

Eine Wirkung dieses Gesprächs, wie sie Colas nicht erwartete, war, daß er seitdem in der Achtung beim Minister stieg, dessen Vertrauen immer mehr gewann, dessen gewöhnlicher Gesellschafter wurde und von ihm zu Geschäften benutzt ward, die ehrenvoll und einträglich waren, ohne besondere Geistesgaben zu verlangen. Es verbreitete sich ein wahrer Goldregen über Herrn Rosiers Schreibtisch und Paulines Schmucktisch, goldene Brillantringe, Uhren, Dosen, Orden, Ohrgehänge, Ketten und anderer diplomatischer Gnadenkram.

Colas fühlte sich dem Kardinal sehr verpflichtet. »Ich habe meine guten Gründe, lieber Rosier«, sagte der Minister lächelnd, »daß ich Sie zu Dingen gebrauche, die wenig Mühe kosten, mit keiner Gefahr verbunden sind und am meisten belohnt werden – zu Ernten ohne Saat – zu wahren Adelsgeschäften. Ich möchte Sie im voraus entschädigen, wenn ich Sie einmal unglücklich machen sollte.«

»Sie mich unglücklich machen, gnädiger Herr?« fragte Colas verwundert.

»Und Sie mit Ihrem schlichten, gesunden Menschenverstand wundern sich? Wissen Sie wohl, daß eben Sie mich daran gemahnt haben, auf wie unsicherem Boden ich in unserer königlichen Anarchie stehe? Heute bin ich Minister; wissen Sie, was ich morgen sein werde? Wahrhaftig, Freund, ich selbst weiß das so wenig, als am türkischen Hof der Großwesir oder Kaimakan von sich zu sagen weiß, ob ihn die Laune des Großherrn noch vierundzwanzig Stunden in den Geschäften oder auch nur in der Welt duldet. – Sie haben das Unglück, mir zu gefallen, weil Sie ein redlicher Mann sind. Es ist meine Pflicht, freundschaftlich für Sie zu sorgen. Fall' ich, so fallen auch Sie, und der neue Günstling wird alle Stellen mit seinen Geschöpfen besetzen.«

Colas war gerührt. Er wollte den Kardinal über die Zukunft beruhigen, kannte aber die Hofwelt zu gut, um an seine eigenen Beruhigungsgründe zu glauben. Pauline ging noch weiter als er und sagte: »Colas, heute beugt man sich vor dir; daran ist wenig gelegen. Fällst du einst, weil der Kardinal fällt, so gibt dir der Höflings- und Beamtenpöbel Fußtritte. Daran ist mehr gelegen. Wähle das Klügere; tritt freiwillig zurück, nimm deine Entlassung. Der Kardinal hat Ahnungen, die sich auf mehr als bloße Möglichkeiten beziehen. Er scheint dir Winke geben zu wollen. Benutze Sie. So bewahrst du die allgemeine Achtung. Wir wohnen unabhängig auf unseren Gütern oder genießen den Winter zu Paris, wenn wir des ländlichen Stillebens müde sind; was verlangen wir mehr?«

Sie wußte das Glück der Unabhängigkeit und Verborgenheit so reizend zu schildern und plauderte von der Lieblichkeit des Landlebens so verführerisch, daß Colas keinen Augenblick widerstand.

Der Kardinal bedauerte es, daß Herr Rosier nach einigen Monaten seine Entlassung nahm, aber hatte nichts dagegen. »Da, wo nichts von Gesetzen, alles vom Wohlleben des Gebieters und seiner Lieblinge abhängt, wird die Selbstsucht aller natürlich, und wo kein Vaterland ist, macht man sich's in seinen vier Pfählen!« sagte der Minister. »Gehen Sie, lieber Freund; ich verdenke Ihnen den Schritt nicht. Sie haben da einen artigen Landsitz, ein junges, schönes Weib, unabhängiges Vermögen. Warum wollen Sie Diener sein, wenn Sie Herr sein können? Warum wollen Sie nicht in der gesunden Fülle Ihrer Lebenskraft die Lust des Lebens ungestört genießen?«

Die gnadenvollste Entlassung des königlichen Rates erschien und war wegen treu geleisteter wichtiger Dienste desselben mit einem mäßigen, doch anständigen Gnadengehalt verbunden, auf welchen Colas nicht einmal gezählt hatte. Er schlug ihn nicht aus. Colas und Pauline flogen freudig auf ihr schönes Gut.

Hier, in einer anmutigen Landschaft, in reizenden Umgebungen, zwischen freundlichen Nachbarn, vergaßen sie die Irren und Wirren der Hauptstadt schnell. Colas, verliebter in seine junge Frau, als er je in das Mädchen Pauline gewesen, Pauline ganz in ihrem Mann lebend, wohnten beide im Paradies des ehelichen und häuslichen Glücks.

Es währte nicht lange, so verkündeten die Zeitungen, daß Kardinal Bernis seine Entlassung beim König erbeten und empfangen hatte. Choiseul tat an seine Stelle. – Wenige Zeit nachdem, als Colas und Pauline eines Tages, einander in den Armen wiegend, in einer Laube ihres weitläufigen Gartens saßen, wurden sie nicht wenig überrascht, als plötzlich die Gestalt des Kardinals vor ihnen stand. Er war es selbst. Seine Equipagen hielten vor dem äußeren Hof des Schlosses. Er hatte sich, um zu überraschen, den Weg zur Gutsherrschaft zeigen lassen.

»Ihr Glücklichen!« rief lachend der Kardinal. »Ich beklage, zu stören. Aber sehen wollte ich euch doch in der Fülle eures Himmels.« Er umarmte seinen Freund Rosier und küßte der schönen Frau die errötende Wange. Der Kardinal mußte zwei Tage bei ihnen verweilen. Aber länger zu bleiben, war er nicht zu bewegen.

»Ihr wißt nicht, Kinder«, sagte er, »wen ihr beherbergt. Ich bin aus Frankreich verbannt. Ich muß das Land meiner Väter meiden. Ich gehe nach Rom. Ich werde mich im Arm der Musen trösten, so gut ich mag.«

»Wie? Sie ein Verbannter aus Frankreich, gnädigster Herr?« riefen Pauline und Colas erstaunt.

»Da ist für keinen Philosophen wie Rosier Ursache zum Erstaunen!« entgegnete der Kardinal. »Was Sie mir einst im Gespräch auf meine Frage: *Wer regiert denn?* halb im Scherz antworteten, als Sie sagten: Vielleicht Kesselflicker, Savoyarden, Wäschermädchen und dergleichen, das hab' ich nun im Ernst erfahren. Sie wissen, wie der Herzog von Choiseul sich in die Gnade und Huld des Königs erhob? Ein hübsches Mädchen, Choiseuls Verwandte, Hoffräulein der Königin, hatte die Ehre, Seiner Majestät zu gefallen. Das Fräulein träumte, die Rolle der Frau von Pompadour zu spielen, war nicht spröde, und die Liebschaft nahm ihren guten, geheimen Gang. Der Herzog wußte um alles. Er stellte sich blind; der König wußte es ihm Dank. Sobald der Herzog spürte, des Königs flüchtige Neigung wende sich von der Beglückten ab, war der Herzog wieder der erste, welcher Lärmen schlug und seine Verwandte vom Hofe und von Paris entfernte. Der König wußte es ihm wieder Dank. Der Herzog aber hatte als gewandter Hofmann auch den Dank der Frau von Pompadour ernten wollen, ihr im tiefsten Vertrauen, aus wahrer Ergebenheit für ihre Person, die königliche Liebelei verraten und das Mädchen erst dann entfernt, als es die Marquise verlangte. Er spielte seine Umtriebe meisterhaft, und dafür ward er sogleich Gesandter am Wiener Hof. Einen so ergebenen Mann hatte die Marquise aber nötiger in der Nähe als in der Ferne. Darum, sobald ich meine Entlassung forderte, weil ich unmöglich alle Schmach des unglückseligen Bündnisses mit Österreich und des Kriegs mit Preußen länger tragen konnte, ward Choiseul mein Nachfolger. Zu rechter Zeit blind sein, zu rechter Zeit sehend werden – das brachte den Herzog von Choiseul an die Spitze Frankreichs.«

»Aber«, rief Pauline, »was zog Ihnen die Verbannung zu?«

»Eine Kleinigkeit!« erwiderte der Kardinal. »Ich hatte das Unglück, in die Ungnade einer Marketenderin zu fallen.«

»Ew. Eminenz scherzen!« sagten Colas und Pauline.

»Mitnichten. Ich habe den Strom, der mich vom Thron hinwegflutete, bis zur Quelle verfolgt. Und an der Quelle saß ein ganz gemeines Marketendermädchen, die Urheberin meines Schicksals. Einer meiner Stallknechte, der dieses Mädchen heiraten wollte, ward von mir aus dem Dienst gejagt, weil sich der Kerl alle Tage betrank und vom Kutscher überwiesen worden war, mich betrogen und den Haber meiner Pferde verkauft zu haben. Das Mädchen, hochschwanger, fiel mir zu Füßen und bat um Gnade für den rotnasigen Bräutigam. Ich wies die Dirne ab. Sie lief, über meine Grausamkeit klagend, zu ihrem besonderen Beschützer, einem jungen Leutnant von der Garde. Der Gardeleutnant lief zur Gemahlin des Generalkontrolleurs. Diese bewog ihren Mann, mit mir zu reden. Ich schlug seine Bitte ab; er, darüber ärgerlich, klagte es seinem Liebchen, einem Kammermädchen der Marquise von Pompadour. Das Kammermädchen sagte, der Himmel weiß was, von mir der Marquise, und die Marquise, der Himmel weiß was, dem König. Kurz, ich erhielt ein allergnädigstes Handschreiben, worin mir angezeigt wurde, daß ich meinen Aufenthalt in Frankreich mit jedem anderen nach Belieben, doch so bald als möglich, vertauschen könne, weil, wie ich deutlich bewiese, die Maßregeln Sr. Majestät mir nicht zu gefallen das Glück hätten. Also bin ich auf dem geraden Weg nach Rom.«

Der Kardinal reiste nach zwei Tagen ab. Colas und Pauline priesen ihr Glück der Verborgenheit. Sie blieben mit ihrem vertrauten Freund in Briefwechsel, der erst nach dem Tode der Marquise, etwa im sechsten Jahr seiner Verbannung, wieder in die volle Gnade des Königs kam. Aber er hütete sich wohl, wieder einen Platz am Hof anzunehmen. »Denn«, dachte er, »wer regiert denn?«

(1822)

EIN NARR DES NEUNZEHNTEN JAHRHUNDERTS

VORLÄUFIGE NACHRICHTEN

Auf meiner letzten Reise im Norden unsers Vaterlandes ließ ich mich einen kleinen Umweg nicht verdrießen, um einen meiner Lieblinge aus dem goldenen Zeitalter des Lebens einmal wieder zu sehen. Man erlaube mir indessen, in der folgenden Erzählung Namen von Gegenden, Ortschaften oder Personen zu verschweigen oder zu verändern. Die Geschichte bleibt darum nicht weniger wahr, wie unwahrscheinlich sie auch Vielen vorkommen mag. Jener Liebling also war der Freiherr *Olivier vom Flyeln,* mit dem zugleich ich auf der Göttinger Hochschule den Wissenschaften obgelegen hatte. Er war damals einer der trefflichsten und zugleich einer der geistvollsten jungen Männer gewesen. Die Liebe zu den römischen und griechischen Schriftstellern hatte uns zusammengeführt und verbunden. Ich nannte ihn nur meinen Achilles, er mich seinen Patroklus. Aber er hätte in der Tat jedem Künstler zum Urbild eines Achilles dienen können. In Gestalt und edler Haltung einem jungen Halbgott ähnlich, Trotz und Güte im dunkeln Feuer seines Blicks, gelenk und gewandt wie keiner, der kühnste Schwimmer, der schnellfüßigste Renner, der wildeste Reiter, der anmutigste Tänzer, hatte er dabei das edelmütigste und furchtloseste Herz. Sein Edelmut verwickelte ihn in mancherlei unangenehme Händel, weil er sich, oft ungerufen, der Unterdrückten annahm. Er mußte sich deshalb mehrmals mit andern schlagen; er scheute die besten Fechter nicht; ging in den Kampf, wie zu einer Lustpartie, wurde dabei, als wäre er am ganzen Leibe gefeit, niemals verwundet, ließ aber keinen ungezeichnet von sich gehen.

Seit unserer Trennung hatten wir uns mehrere Male geschrieben; aber wie es denn so geht, wenn man in den Wogen des Lebens auseinander kommt; wir vergaßen uns zwar nie, aber zuletzt doch den Briefwechsel. Ich wußte zuletzt nur von ihm, daß er Hauptmann bei einem Infanterie-Regiment gewesen. Jetzt mochte er etwa fünfunddreißig Jahre alt und im Range vorgerückt sein. Sehr zufällig erfuhr ich auf der Reise den Standort seines Regiments, und das verleitete mich, wie gesagt, zu dem Umwege.

Der Postillon fuhr mit mir in die Straßen der alten, weitläufigen, reichen Handelsstadt und hielt vor dem ansehnlichsten Gasthof. Sobald ich vom Aufwärter mein Zimmer angewiesen erhalten hatte, fragte ich ihn, ob es bei dem hier stehenden Regimente nicht einen Freiherrn von Flyeln gebe?

Sie meinen den Major? fragte der Aufwärter.

Major kann er wohl sein! Ist seine Wohnung entfernt von hier? Trifft man ihn um diese Zeit an? Es ist schon spät; aber ich wünsche, daß mich jemand zu ihm führe.

Verzeihen Sie, der Herr steht nicht mehr beim Regimente, schon lange nicht mehr! Er hat den Abschied genommen oder nehmen müssen. – *Müssen?* Warum?

Er hat allerlei Geschichten getrieben, wunderliches Zeug; ich weiß selbst nicht, was? Er ist zuletzt nicht recht im Kopf gewesen; übergeschnappt und verrückt geworden. Man sagt, er habe sich um den Verstand studiert.

Diese Antwort erschreckte mich so, daß ich die Fassung verlor.

Und wie denn? stammelte ich endlich, um doch etwas zu fragen und um Genaueres zu erfahren.

Verzeihen Sie, sagte der dienstfertige Aufwärter; was ich weiß, habe ich nur vom Hörensagen; denn er hat den Abschied genommen, bevor ich hierher kam. Man erzählt aber noch viel von ihm; zum Beispiel hat er mancherlei Händel mit Offizieren gehabt und jeden Du geheißen, sogar den General, jeden, er mochte sein, wer er wollte. Als er eine reiche Erbschaft von seinem Oheim in Empfang genommen hatte, bildete er sich ein, er sei bettelarm geworden, könne seine Schulden nicht bezahlen und verkaufte, was er um und an sich hatte. Er soll auch gotteslästerliche Reden in seinem Wahne ausgestoßen haben. Das Lustigste aber ist, daß er seiner Familie zum Trotz ein unehrliches Mädchen, ein Gaunerkind, geheiratet hat. Auch sein Anzug soll zuletzt ganz toll gewesen sein, ganz hanswurstmäßig, so daß ihm alle Gassenbuben nachliefen. Man hat ihn in der Stadt sehr bedauert; denn er war vorher allgemein beliebt und muß, so lange er noch bei vollem Verstande war, ein vortrefflicher Herr gewesen sein.

Und wo befindet er sich jetzt?

Ich kann es nicht sagen. Er hat die Stadt verlassen; man hört und sieht jetzt nichts mehr von ihm. Vermutlich hat ihn seine Familie irgendwo untergebracht, um ihn heilen zu lassen.

Mehr wußte der Aufwärter nicht zu berichten. Ich hatte schon zuviel gehört und warf mich, wie gelähmt, in einen Sessel. Ich dachte mir noch die Heldengestalt des geistvollen Jünglings, von dessen Zukunft ich so hohe Erwartungen gehegt hatte, der sowohl durch seinen Stand, als durch seine großen Familienverbindungen Ansprüche auf die ersten Stellen im Heere oder im Staate hätte machen können; der durch seine Kenntnisse, durch seine seltenen Geistesgaben zu allem Großen berufen zu sein schien – und der nun einer jener Unglücklichen war, vor deren Anblick die Menschheit mitleidig zurückschaudert! Hätte ihn doch der Engel des Todes lieber der Welt entrückt, als ihn zum traurigen Schauspiel, als klägliches Zerrbild, leben zu lassen!

Wie gern ich den guten Olivier wiedergesehen hätte, war mir's nun doch lieb, ihn nicht mehr in der Stadt zu wissen. Ach, er wäre ja doch nicht mehr Olivier, nicht mehr mein herrlicher Achilles gewesen, sondern ein kläglicher, unkenntlicher Torso! Ich wollte ihn nicht sehen, auch wenn es mir leicht gewesen wäre, ihn zu finden. Dann hätte ich meinen Göttinger Achilles in Gedanken mit der Gestalt eines Wahnsinnigen wechseln müssen; das hätte mir eine der liebsten und anmutigsten Erinnerungen geraubt. Ich wollte ihn aus demselben Grunde nicht wiedersehen, wie ich keinen meiner Freunde im Sarge betrachten mag, weil ich nur die Gestalt des *Lebendigen* in Gedanken bewahren will; oder wie ich's meide, Zimmer, die ich vor Zeiten bewohnte, die nun aber *von andern* bewohnt werden, die nun *ganz anders* eingerichtet sind, wieder zu betreten. Das Ehemals und Jetzt verwirrt sich immer in meinen Vorstellungen auf eine unausstehlich-peinliche Weise.

Ich war noch in allerlei Betrachtungen über die Natur des menschlichen Wesens verloren, und wie derselbe Geist, welcher die Räume des Weltalls mißt, das Höchste ahnt – durch Druck oder Verletzung eines unsichtbaren Teils seines Nervengewebes zum widerlich verstimmten Saitenspiel, sich und der übrigen Welt ein unverständlicher Fremdling, werden muß, da trat der Aufwärter herein und rief mich zum Nachtessen.

Die Wirtstafel im hell erleuchteten Speisesaal war von vielen Gästen besetzt. Es traf sich, daß mir ein Platz in der Nachbarschaft einiger Offiziere der hiesigen Besatzung angewiesen wurde. Natürlich leitete ich das Gespräch, sobald es einmal unter uns angeknüpft war, auf meinen Freund Olivier. Ich gab die genauesten Einzelheiten über ihn an, so viel ich deren wußte, um jede Verwechslung der Personen zu verhüten; denn es war ja möglich, und ich glaubte an die Möglichkeit, daß der wahnsinnige Freiherr von Flyeln ein ganz anderer, als mein Achilles von Göttingen sei. Allein alles, was ich sagte, alles, was ich dagegen hörte, bestätigte zu sehr, daß hier keine Verwechslung stattfinde.

Es ist jammerschade um den Baron! seufzte einer der Offiziere, jedermann hatte ihn gern. Er war einer der Bravsten beim Regiment, ein verwegener Teufel; das sahen wir beim letzten Feldzug in Frankreich. Was keiner von uns wagte, das wagte er spielend; aber es glückte ihm auch alles. Denkt nur an die Batterie bei Belle-Alliance! Wir hatten sie verloren; der General riß sich die Haare aus dem Kopf; Flyeln rief: Wir müssen sie wieder nehmen, sonst ist alles dahin! Drei Angriffe hatten wir vergebens gemacht; da geht Flyeln mit seiner Compagnie noch einmal vor, nimmt's mit einem ganzen Bataillon Garden auf, und, bei Gott, er schlägt sich in gräßlicher Metzelei durch und nimmt die Batterie!

Aber es kostete auch die halbe Compagnie! rief ein alter Hauptmann neben mir; ich war Augenzeuge. Er kam, wie gewöhnlich, ohne Schramme davon; ungeheures Glück begleitete den Menschen, und der gemeine Soldat läßt sich's noch jetzt nicht ausreden, der Baron habe sich hieb-, stich- und kugelfest machen können.

Ich hörte mit wahrer Wonne dem lobreichen Gespräch über den guten Olivier zu; ich erkannte ihn an allen seinen Tugenden wieder. Man pries besonders seine wohltätigen Handlungen; er war der Gründer und Verbesserer einer Schule für Soldatenkinder und hatte dafür große Ausgaben gemacht. Er hatte im Stillen viel Gutes gewirkt; immer ein einfaches, eingezogenes Leben geführt; nie zu Mutwillen, nie zu Ausschweifungen sich geneigt, zu welcher Jugend, Schönheit, Kraftfülle und Reichtum so leicht verlocken. Ja, die Offiziere gestanden mir, daß der Freiherr einen bedeutenden Einfluß auf die Veredelung des Tons unter dem Offizierkorps, auf die ernsteren Sitten desselben und auf dessen wissenschaftlichere Bildung gehabt. Er selbst habe Vorlesungen über verschiedene, dem Krieger nützliche Gegenstände gehalten, bis es untersagt worden sei.

Und warum untersagt? fragte ich verwundert.

Eben in diesen Vorlesungen, antwortete mir einer meiner Tischnachbarn, offenbarten sich die ersten Spuren seiner beginnenden Geisteszerrüttung. Kein Jakobiner im Pariser Nationalkonvent hat jemals rasender gegen monarchische Einrichtungen, so wie gegen die verschiedenen europäischen Höfe und ihre Politik gewütet, als er zuweilen. Er sagte geradezu, die Völker würden früh oder spät sich selber helfen, sich und den Königen, gegen Ministerwillkür, Priesterherrschaft und Handelsbedrängung. Er meinte auch, die Revolution werde unvermeidlich von Volk zu Volk, mild oder stürmisch, übergehen, und binnen einem halben Jahrhundert die politische Gestalt Europas verändern. Genug, die Vorlesungen wurden ihm billig und mit Recht untersagt. Eben so toll deklamierte er zuweilen gegen den Adel und dessen Vorrechte. Wenn man ihn dann daran erinnerte, daß er ja selbst ein Baron wäre, antwortete er: Ihr habt die Torheit, mich so zu nennen; ich bin ein vernünftiger Mensch und von Geburt eben so viel, wie unser Profos.

Das waren aber nur die ersten Vorspuren der Geisteszerrüttung! rief ein junger Lieutenant; allein der erste Akt seiner Narrheit war, als er den Oberstlieutenant *von Berken* anfiel, mit Maulschellen bewirtete und die Treppe hinunterwarf, nachher aber die Herausforderung nicht anzunehmen wagte, und bei der Gelegenheit das ganze Offizierkorps beleidigte.

Er war doch sonst ein guter Schläger, der die blanke Klinge eben nicht fürchtete! sagte ich.

Wir kannten ihn bis dahin auch nur als solchen; aber, wie gesagt, seine ganze Natur änderte sich. Als er auf den Platz kam, wo er sich schlagen sollte, erschien er ohne Degen, bloß mit einer Rute in der Hand, und sagte in unser aller Gegenwart zum Oberstlieutenant mit lachendem Munde: Du verächtlicher Bock, wenn ich Dich wirklich mit dem Degen zerfetzte, würdest Du darum mehr wert sein? Und als der Oberstlieutenant seinen Zorn nicht mehr mäßigen konnte und den Degen zog, entblößte sich der Major kaltblütig die Brust, hielt sie ihm hin und sagte: Hast Du Lust, Meuchelmörder zu werden: stoß zu! – Wir wollten uns in den Wortwechsel mischen, ihn zwingen, sich mit dem Oberstlieutenant zu schlagen, wie Pflicht und Ehre geboten; da nannte er uns allesamt Narren, die mit ihren Grundsätzen von Ehre ins Irrenhaus oder ins Zuchthaus gehörten. Nun konnten wir bald merken, daß es bei ihm nicht mehr ganz richtig im Oberstübchen wäre. Einige unter uns schimpften ihn; daraus machte er sich nichts, sondern lachte. Wir begaben uns zum General, wir erzählten demselben offenherzig den ganzen Vorfall. Der General wurde sehr verdrießlich, um so mehr, da er an demselben Tage für den Major einen Orden vom Hofe erhalten hatte. Er bat uns, ruhig zu sein; er wolle alles vermitteln, der Major müsse Genugtuung geben. Am folgenden Morgen bei der Parade überreichte der General, laut Vorschrift, mit einer angemessenen Rede dem Major den Orden. Der Major nahm ihn nicht an, sondern antwortete in den ehrerbietigsten Worten die unehrerbietigsten Dinge, des Inhalts: Er habe für das Vaterland, und nicht für ein Endchen Band gegen *Napoleon* gefochten. Habe er einiges Lob verdient, so wolle er's doch nicht vor aller Augen auf der Brust zur Schau tragen. Der General war außer sich vor Schrekken. Keine Bitten, keine Drohungen konnten den Major bewegen, das königliche Gnadenzeichen anzunehmen. – Nun traten die Offiziere vor und erklärten, sie könnten nicht mehr mit dem Major dienen, wenn er nicht Genugtuung leiste. – Die Sache kam zur Untersuchung; der Major in Verhaft und dann vom Hofe die Entlassung des Majors. Nun brach die volle Narrheit erst recht aus. Er ließ sich den Bart wachsen wie ein Türke; trug lächerliche Kleider; heiratete, seinen Verwandten zum Trotz, ein ganz gemeines, übrigens hübsches Mädchen, ein Findelkind, wegen dessen er schon mit dem Oberstlieutenant Händel gehabt hatte; hielt sich eine Zeitlang für blutarm und beging so vielerlei Torheiten, daß er endlich auf königlichen Befehl unter Aufsicht gestellt und auf seine Güter verwiesen wurde.

Wo lebt er jetzt? fragte ich.

Auf seinen Gütern, zu Flyeln, im Schlosse seines verstorbenen Oheims; es mögen ungefähr zehn Meilen von hier sein. Ein Jahr lang durfte ohne Erlaubnis niemand zu ihm, sogar die Verwaltung seines Vermögens wurde ihm entzogen. Sie ist ihm jetzt wieder überlassen, doch muß er jährlich Rechnung ablegen, darf sich auch keinen Schritt über die Grenzen seiner Gerichtsherrlichkeit entfernen. Er dagegen hat die ganze Welt feierlich in den Bann getan, und läßt weder Verwandte noch Bekannte oder Freunde zu sich. Man hat schon seit Jahr und Tag nichts mehr von ihm vernommen.

DER BESUCH

Aus allem, was die Offiziere erzählt hatten, erhellte, daß der unglückliche Olivier, nach Verlust seines Verstandes, doch immer ein gutmütiger Narr geblieben sei, und daß wahrscheinlich das deutschtümelnde Wesen, welches damals zur Modesucht geworden, ihn etwas über die Gebühr ergriffen oder seinem Wahnsinne wenigstens die Farbe gegeben habe.

Alles das hatte mich tief erschüttert; ich konnte nachts lange keinen Schlaf finden. Als ich am andern Morgen erwachte, war es schon spät; aber ich fühlte mich erquickt und gestärkt. Die Welt erschien mir in viel heitererem Lichte als den Abend zuvor, und ich beschloß, meinen bedauernswürdigen Freund in seinem Verbannungsorte zu besuchen.

Nachdem ich flüchtig die Sehenswürdigkeiten der Stadt besichtigt hatte, warf ich mich in den Wagen, fuhr bis in die Nacht und kam am folgenden Tage nach Flyeln, in der Nachbarschaft eines

Seestädtchens gelegen. Das Dorf Flyeln liegt noch zwei Meilen hinter dieser Stadt.

Als der Postmeister hörte, wohin ich wollte, lächelte er und meinte, ich werde wohl eine vergebliche Reise machen, denn der Baron lasse sich nicht vor Fremden sehen. Auch erfuhr ich, daß sich sein Gemütszustand nicht gebessert habe, sondern der gute Mann mit der fixen Idee behaftet sei, die ganze Welt wäre seit Jahrhunderten närrisch geworden, und ihre Heilung müsse von Flyeln ausgehen. In diesem Prozeß sondere er sich von allen Menschen ab, da die Welt ihn und er die Welt für närrisch halte. Seine Bauern, deren Grundherr er ist, befinden sich übrigens sehr wohl dabei, denn er tut viel für sie. Aber dafür müssen sie auch seinen Grillen in allen Kleinigkeiten gehorchen. Schifferhosen, lange Jacken und runde Hüte tragen; sich den Bart lang wachsen lassen, und alle Leute, wenigstens auf Flyelnschem Grund und Boden, sogar ihren Oberherrn, duzen. Abgerechnet diese seine Sparre, wäre er der vernünftigste Mann von der Welt.

Ungeachtet der Warnung des Postmeisters machte ich doch den Versuch, und fuhr hinaus nach Flyeln. Was lag mir daran, noch zwei Meilen vergeblich zu fahren, nachdem ich, um Oliviers willen, mich so weit von meinem Reiseweg hatte abbringen lassen? Und ich hatte keine Ursache zu befürchten, von ihm abgewiesen zu werden, da sein Gedächtnis nicht gelitten haben sollte. Es war freilich ein erbärmlicher, wenig befahrener Weg, der bald durch tiefen Sand, bald durch ausgetretene Bäche und versumpften Boden, bald durch Kieferngestrüpp sich hinzog und meinen Wagen ein paar Male dem Umsturz nahe brachte. Eine Stunde von Flyeln aber wurde die Gegend besser, und eine schöne breite, auf beiden Seiten mit Obstbäumen bepflanzte Fahrstraße verkündete die Nähe eines reichen Gutsbesitzers. Die Felder in der weiten Ebene waren trefflich bestellt; rechts dehnte sich in der Ferne ein hoher Eichenforst mit dunklem Grün, wie ein ungeheueres Laubgewinde aus; links lag das unendliche Meer, ein wallender, weiter Spiegel, der am Rand des Gesichtskreises mit glänzenden Wolken ineinander floß. Flyeln, das Dorf, zeigte sich zwischen Fruchtbäumen, Weiden und Pappeln vor mir; seitwärts erhob sich ein großes, altertümliches Gebäude, das Schloß, wie aus einem Walde von wilden Kastanien hervorsteigend. Abwärts, dem Meere näher, lag das ebenfalls zu Oliviers Herrschaft gehörige Dorf Niederflyeln, malerisch an schroffe Felsen gelehnt, die zuletzt, als umbüschte Klippen, wie kleine Inseln, weit ins Meer hinausgingen. Einige Fischerboote mit Segeln tanzten am Gestade; auf der Höhe des Meeres erblickte man ein segelndes Schiff; die weißen Möwen flatterten scharenweise in den Lüften.

Je näher ich dem Dorfe und dem Schlosse kam, desto malerischer und freundlicher wurde die Umgebung. Es lag in ihr der eigentümliche Reiz einer Seegegend, welche aus der Paarung des Ländlich-Anmutigen mit der Majestät des unübersehbaren Ozeans, des Geborgenen und Friedlichen einfacher Hütten, mit dem weiten stürmischen Leben des tückischen Elementes, erwächst. In jedem Fall ist der Verbannungsort meines Freundes reizend genug, um dafür ohne Gram die Freiheit, in geräuschvollen Städten zu wohnen, aufopfern zu können.

Sowohl auf den Feldern als in den Gärten sah ich schon die angekündigten *»Flyelner Bärte«*. Auch der Wirt, vor dessen Schänke ich hielt und abstieg, war um Kinn und Mund reichlich mit Haarwuchs geschmückt. Er erwiderte meinen Gruß freundlich, schien aber doch über meine Ankunft verwundert. Willst du etwa den Gutsherrn besuchen? fragte er mich höflich. Ich ließ das etwas auffallende Du lächelnd durchgehen und bejahte es. So bitte ich um deinen Namen, Stand und Wohnort. Das muß dem Herrn Olivier gemeldet werden; er nimmt ungern Reisende an.

Aber mich nimmt er gewiß an! Laß er seinem Herrn nur melden, es wünsche ihn einer seiner ältesten und besten Freunde im Vorbeireisen auf ein paar Stunden zu sehen! Mehr lasse er ihm nicht sagen!

Wie du willst, erwiderte der Wirt, aber ich kann dir die abschlägige Antwort voraussagen!

Während der Wirt einen Boten suchte, ging ich langsam durchs Dorf in geradester Richtung gegen das Schloß, zu dem mich ein Fußweg hinzuleiten schien, der zwischen Häusern und Baumgärten dahinlief. Er führte mich aber irre, zu einem Gebäude hin, das ich für ein Waschhaus hielt. Seitwärts, jenseits einer Wiese, floß ein ziemlich breiter Bach, hinter welchem sich die hohen dunkeln Wildkastanien des altertümlichen Stammhauses der Freiherren von Flyeln schattig erhoben. Ich beschloß das Wagestück, mich bei Olivier unangemeldet einzuführen. Ich hatte dem Wirt absichtlich meinen Namen verschwiegen, um, wenn mich Olivier vor sich ließe, zu sehen, ob er mich erkennen würde? Ich ging über die Wiese, fand nach langem Suchen, weiter abwärts über den Bach, Weg und Steg, die mich zwischen Buschwerk, gegen die Wildkastanien zurückführten. Diese beschatteten einen geräumigen, mit grünem Rasen bedeckten runden Platz neben dem Schlosse. Ringsum zog sich im Innern ein breiter mit Sand bestreuter Weg, links und rechts standen zierliche Ruhebänke unter den breiten Zweigen der Bäume, und auf einer der Bänke saß, ich war nicht wenig überrascht, Olivier. Er las in einem Buche. Zu seinen Füßen spielte ein dreijähriges Kind im Grase und neben ihm saß eine bildschöne Frau mit einem Säugling an der Brust. Die Gruppe hatte etwas Wunderbares. Ich stand still, halb vom Gesträuch verdeckt; keiner sah nach mir auf. Meine Augen hingen nur an dem guten Olivier. Der schwarze Bart, der sich ihm um Kinn und Lippen kräuselte und durch den Backenbart mit den dunkeln Locken seines Hauptes zusammenhing, stand ihm wohl. Seine übrige Tracht hatte etwas Eigenes und doch nicht Befremdendes. Auf dem Kopf trug er eine Art Barett mit einem Schirm gegen die Sonne; die Brust offen, mit weit übergelegtem Hemdkragen; eine grüne weite Jacke, vorn übereinander geknöpft, mit bis gegen das Knie reichenden vorn ganz zusammengehenden Schößen, weiße weite Matrosenhosen und Halbstiefel. Es war ungefähr dieselbe Tracht, welche ich an den Bauern gesehen hatte, nur feinern Stoffs und geschmackvoller. Seine Miene war ruhig und nachdenkend. Auch als Mann, der den Vierzigern entgegenging, konnte er noch schön heißen. Sein Bart gab ihm ein heldenartiges Ansehen; es kam mir vor, als sähe ich eine edle Gestalt aus dem Mittelalter.

Indem trat der Bote meines Schänkwirts vom Schlosse in den Kreis der Bäume. Der junge Bursche zog den kleinen Rundfilz ab und sagte: Herr, es wünscht dich ein Fremder auf der Durchreise zu sprechen! Er sagt, er sei einer deiner ältesten und besten Freunde.

Olivier sah auf und fragte: Durchreise? Ist er zu Fuß?

Nein, er kam mit der Post.

Wie heißt er? Woher ist er?

Das will er nicht sagen.

Er soll mich in Ruhe lassen; ich will ihn nicht sehen! rief Olivier und machte dem Jüngling eine Bewegung mit der Hand, sich fortzubegeben.

Aber du mußt mich doch sehen, Olivier! rief ich, trat hervor und verneigte mich mit einer Entschuldigung gegen die Frau. Er drehte, ohne meinen Gruß zu erwidern, verdrießlich den Kopf nach mir, musterte mich eine Weile mit scharfem Blick, wurde ernster, legte das Buch weg, trat mir näher und sagte: Mit wem habe ich zu sprechen?

Wie, Achilles kennt seinen Patroklus nicht mehr? entgegnete ich ihm.

O Popoi! fuhr er hochbestürzt auf, indem er die Arme auseinander breitete. Sei willkommen, mein edler Patroklus im französischen Frack und gepudertem Haar! – Damit lag er an meiner Brust. Trotz seiner sarkastischen Anrede wurden wir bewegt und zu Tränen weich. In dieser Umarmung schwand ein Zwischenraum von zwanzig Jahren. Wir atmeten wieder wie an den Ufern der Leine, wie zu Bovenden, Norten und auf den Schloßtrümmern der Gleichen.

Darauf führte er mich mit freudestrahlenden Augen zu der reizenden jungen Mutter, die verschämt errötete, und sagte zu ihr: Siehe, dies ist *Norbert,* du kennst ihn ja aus mancher meiner Erzählungen! und zu mir: Das ist mein liebes Weib!

Sie lächelte mich unter ihren Locken mit einem wahren Engelslächeln an, und sagte mit einer Miene und einer Stimme, in der noch mehr Güte als in ihren Worten lag: Edler Freund meines Olivier, sei mir recht sehr willkommen! Ich habe schon lange das Vergnügen deiner persönlichen Bekanntschaft gewünscht.

Ich wollte etwas Verbindliches erwidern; aber ich gestehe, das überraschende trauliche du, welches mir Unbekanntem von so lieblichen Lippen und so unbefangen hingesprochen, entgegenklang, brachte mich für den Augenblick aus aller Fassung.

Meine Gnädige! stammelte ich endlich, ich habe mit dem Umwege von mehr als zwanzig Meilen das Glück nicht zu teuer erkauft, Sie und Ihren Herrn Gemahl, meinen ältesten Freund – –

Holla, Norbert! unterbrach mich Olivier lachend, nur gleich zu Anfang ein vorläufiges Wort, eine Bitte: nenne meine Frau, wie du deinen Gott nennst, einfach du! Störe die schlichten Sitten von Flyeln nicht mit den Schnörkeln deutscher Zeremonien- und Komplimentiermeister; das wäre für unsere Ohren ein unleidlicher Mißklang. Bilde dir jetzt ein, du seist von Deutschland und Europa zweitausend Jahre oder zweitausend Meilen weit geschieden, und lebtest wieder in einer ganz natürlichen Welt, etwa, wenn du willst, im Zeitalter des erfindungsreichen Odysseus!

Also, Olivier, sagte ich, und du begreifst es, mit einer so liebenswürdigen Frau du und du zu sein, läßt man sich nicht zweimal bitten: also Frau Baronin, du – –

Noch einmal halt! rief Olivier laut lachend dazwischen. Deine Baronin paßt zum Du, wie dein französischer Frack und der rasierte Bart zu dem Namen Patroklus. Meine Bauern sind nicht mehr Leibeigene, sondern freie Herren; ich und meine Frau sind daher nicht mehr und nicht minder Barone, als meine Bauern. Nenne meine *Amalia,* wie sie hier jeder nennt, Mutter – der edelste Namen des Weibes – oder Frau!

Es scheint, versetzte ich, ihr lieben Leute habt hier mitten im Königreiche eine neue Republik gegründet und allen Adel abgeschafft.

Richtig, allen, bis auf den Adel der Gesinnung! antwortete Olivier. Und daraus siehst du, wir, hier zu Lande, sind noch unendlich aristokratischer, als in eurem Deutschland; denn bei euch dort trägt der Gemütsadel wahrhaftig wenig ein und der Geburtsadel sinkt auch in den Kot, wohin er von Rechts wegen gehört.

Um Verzeihung, du bist etwas jakobinisch gelaunt! entgegnete ich. Wer sagt dir, daß der Geburtsadel bei uns in der öffentlichen Meinung fällt?

O Popoi! rief er, muß ich denn dich noch belehren! Ich kannte vor Jahren noch einen armen, lumpigen Juden, den eure frommen Christen lieber ungeboren als geboren gesehen hätten. Er arbeitete sich aber so viel zusammen, daß er bald Briefe mit dem Prädikat Edelgeboren erhielt. Nach einigen Jahren war er ein reicher Mann, und die höflichen Deutschen begriffen sogleich, daß der Mann von äußerst guter Geburt sein müsse. Alles schrieb ihm von da an sogleich, als einem Wohlgebornen Herrn Banquier. Der Banquier half aber mit seinen Dukaten Finanzministern und völkerbeglükkenden Kriegsministern aus der Geldklemme. Auf der Stelle wurde der nützliche Millionär ein Hochwohlgeborner Herr Baron von und zu. – Diese Aufklärung der Deutschen, dieser Spott mit dem Adelswesen führt in wenigen Jahrhunderten weiter als du glaubst. Ich glaube aber, ist der Geburtsadel bei euch erst null, so wird der Gemütsadel sich wieder geltend machen.

Um ihren Säugling zur Ruhe zu bringen und mein Zimmer zu ordnen, verließ uns die Baronin mit den Kindern. Olivier führte mich durch seinen Garten, dessen Beete mit den schönsten Blumen besetzt waren. Um einen Springbrunnen standen auf hohen Sokkeln von schwarzem Gestein weiße marmorne Brustbilder mit goldenen Unterschriften. Ich las da: Sokrates, Cincinnatus, Columbus, Luther, Bartolome de las Casas, Rousseau, Franklin, Peter der Große. Ich sehe, du liebst noch gute Gesellschaft! sagte ich. Kann man unter den Lebenden Liebenswürdigere finden, als dein niedliches Weib mit den beiden Amoretten, und unter den Toten Ehrwürdigere, als diese da?

Hast du an meinem guten Geschmack gezweifelt? antwortete Olivier.

Das eben nicht; aber, Olivier, du ziehst dich doch sonst, höre ich, von aller Welt zurück, versetzte ich.

Eben weil ich nur gute Gesellschaft liebe, die nirgends weniger in Europa zu Hause ist, als in der Gesellschaft von gutem Ton.

Doch wirst du zugeben, lieber Olivier, daß auch außer Flyeln noch gute Gesellschaft möglich sei!

Allerdings, Norbert, nur möchte ich keine Jahre und Geldsummen verschwenden, um sie zu suchen! Laß uns davon abbrechen! Ihr Europäer seid im Wichtigsten, wie im Geringsten, so ungeheuer von der heiligen Einfalt der Natur abgewichen, seit Jahrtausenden zu solchen verkünstelten Tieren entartet, daß euch die Unnatur zur zweiten Natur geworden ist, und ihr einen schlichten Menschen gar nicht mehr versteht. Ihr seid Zerrbilder des Menschengeschlechts geworden, von außen und von innen, so daß einem gesunden Wesen unter euch grauen muß. Nein, ehrlicher Norbert, brechen wir davon ab; du würdest mich gar nicht verstehen, wenn ich redete! Ich schätze dich, ich liebe dich, ich bedaure dich!

Bedauern? Warum das?

Weil du unter Narren lebst und wider dein Wissen mit ihnen ein Narr sein mußt.

Bei diesen Worten Oliviers merkte ich, daß er auf seine fixe Idee kam. Es wurde mir unheimlich bei ihm; ich wollte ihn auf andere Gegenstände bringen, sah ängstlich umher, und fing, da mir eben sein Bart wieder auffiel, diesen zu loben an, und daß er ihm so wohl stehe. Seit wann läßt du ihn wachsen? fragte ich.

Seit ich zur Vernunft kam und den Mut hatte, vernünftig zu sein. – Gefällt er dir auch wirklich, Norbert? Warum trägst du nicht auch einen?

Ich zuckte die Achseln und sagte: Wenn es allgemein Sitte wäre, trüge ich ihn mit Freuden.

Da haben wir's! Weil also die Narrheit Sitte ist, die Natur mit dem Barbiermesser auch am Kinn des Mannes mit Stumpf und Stiel auszurotten, hast du nicht einmal den Mut, auch nur in dieser Kleinigkeit vernünftig zu sein. Diesen Schmuck des Mannes gab Mutter Natur so wenig vergebens, als die Locken des Hauptes. Aber der Mensch in seinem Wahne bildete sich ein, weiser als der Schöpfer zu sein, schmierte Seife ums Kinn und glättete es mit dem Messer. So lange die Nationen nicht ganz von der Natur abgefallen waren, behielten sie noch den Bart bei. Trotz dessen, daß ihn noch Christus und die Apostel trugen, erklärte ihn Papst Gregor VII. in den Bann; und doch behielten ihn die Geistlichen am längsten bei, wie noch heute die Kapuziner. Aber als alte Gecken begannen, sich ihres grauen Haares zu schämen, fingen sie an, es am Kinn zu vertilgen und auf dem Kopfe unter Perücken zu verstecken. Weil man sich gegenseitig in allem zu belügen gewohnt war, suchte man sich auch in betreff des Alters zu belügen. Greise hüpften mit blonden

Haupthaaren und glattem Kinn, wie weibische Jünglinge, und das machte auch ihre Gemütsart weibischer; und alle andern folgten, weil sie zur Wahrheit keinen Mut hatten. Stelle mir neben die Heldengestalt eines *Achilles, Alexander* oder *Julius Cäsar* einen unserer heutigen *Generalfeldmarschall-Lieutenants* in ihrer geschmacklosen Uniform, einen unserer Elegants oder Zierbengel im Tanzmeister-Schritt neben einen *Antinous*; dich, Herr Geheimrat von Norbert, neben einen Senator des alten Griechenlands oder Roms, muß man da nicht über unsere Karikaturen aus vollem Halse lachen? –

Du hast recht, Olivier, sagte ich verlegen, und wer wird leugnen, daß die altrömische oder griechische Tracht edler als die unserige sei? Allein wir Europäer, bei uns im Norden der fest anschließenden Kleider gewohnt und bedürftig, würden uns bei dem malerischen Faltenwurf der Orientalen und Südländer denn doch etwas unbehaglich fühlen.

Sieh mich an, Norbert! sagte Olivier lächelnd, stellte sich vor mich hin, drückte das Barett auf seinem Kopf ein wenig seitwärts, stemmte keck die linke Hand auf seine Hüfte und sagte: Ich Nordländer, in meiner anschließenden, bequemen und einfachen Tracht, würde ich denn neben einem altrömischen Bürger so sehr übel aussehen? Warum gefällt uns noch immer die spanische, italienische und deutsche Tracht des Mittelalters? Weil sie, obwohl nordisch, schön ist. Ein österreichischer Reiter im Helm, selbst der Husar würden heute noch dem Auge Julius Cäsars gefallen. Warum, ihr andern steifen Herren, folget ihr nicht dem Bessern, wie unsere Frauen schon begonnen haben, seit sie die Schleppen und gepuderten Toupés ablegten? Würdet ihr euch einmal schämen, von außen Karikaturen zu sein, vielleicht würdet ihr dann auch von innen aufs Natürlichere kommen. Es liegt etwas Wahres in dem Sprichwort: Kleider machen Leute; und ich sage dir, Norbert, meine Amalie hat mich hübscher gefunden, seit ich mir den Bart nur leicht mit der Schere stutze, aber nicht ganz abnehme; ja, ich glaube, es ist seitdem ihre Zuneigung etwas inniger geworden, seit sie ihre Wange nicht mehr an ein glattes Weibergesicht, sondern an das männliche lehnt; denn das Weib will den Mann männlich!

Indem Olivier so sprach, war er ganz Feuer. Er stand in der Tat wie ein kräftiges, aus einem alten Gemälde lebendig hervorgegangenes Heldengebilde früherer Jahrhunderte vor mir; wie jemand aus einer Welt, die nicht mehr unsere Welt ist, und die wir nur bewundern, aber nicht wiederherstellen können.

Wahrhaftig, du könntest mich, sagte ich zu ihm, zum ehrlichen

Bart bekehren, und ich gewänne dabei noch, daß ich der täglichen Folter des Bartscherers entginge!

Freund, rief Olivier lachend, dabei könnte es nicht bleiben; der Bart zieht viel anderes nach sich! Denke dir deine Figur im krausen Bart, und dazu den dreieckigen Schnabelhut auf dem Kopf, wie ein Trödler; das gepuderte Haupt mit dem Rattenschwanz im Nacken, und den französischen Frack mit Rockschößen, die dir hinten wie ein Bachstelzen- oder Schwalbenschwanz stehen. Fort mit den Narrheiten! Kleide dich bescheiden, schamhaft, warm, bequem, aber geschmackvoll, daß es auch dem Auge wohltut und die erhabene Menschengestalt nicht verzerre! Alles Zwecklose verbanne! Eben das Zwecklose ist das Unvernünftige, eben das Unvernünftige ist das Unnatürliche!

Als wir noch über diesen Gegenstand unsern Wortwechsel fortsetzten, ließ uns die Baronin durch einen Diener zum Mittagessen rufen. Ich ging schweigend neben Olivier hin und hatte den Kopf voller Gedanken, die ich leider nicht aussprechen durfte. Es war mir ganz wunderlich zumute, und ich mußte den Baron ein paar Mal seitwärts ansehen. In meinem Leben war mir's nicht zuteil geworden, einen Irren so philosophieren zu hören. Ich war auch gar nicht imstande, seinen Bemerkungen über die europäische Kleidertracht gründliche Einwendungen entgegenzustellen; was er sagte, schien mir richtig. Hier ließ sich mit Recht das Sprichwort anwenden: Kinder und Narren reden die Wahrheit.

DAS GASTMAHL

Bei Oliviers Vorliebe zu den alten Römern und den homerischen Griechen wurde ich auf dem Hingange zum Schlosse ein wenig wegen des Mittagsmahls besorgt; denn nach seinem Bart, Barett und übrigen Anzug zu schließen, konnte ich nur eine für mich höchst unbequeme Haltung am Tisch erwarten; nämlich daß ich entweder altrömisch, auf Polstern der Länge nach hingelagert, oder wohl gar schneidermäßig, auf gut orientalisch, die Beine kreuzweis untereinander geschlagen, die Suppe einnehmen müsse.

Die liebenswürdige Baronin kam uns entgegen und führte uns ins Speisezimmer. Meine Sorge wurde sogleich durch den Anblick europäischer Tische und Stühle gehoben. Es waren zwölf Gedecke auf dem runden Tische. Die Gäste fanden sich auch bald ein; es waren Mägde, Knechte und Schreiber des Barons. Ein artiges junges Stubenmädchen blieb ohne Stuhl und bediente, als Hebe, die andern beim patriarchalischen Mahle. Der Baron verrichtete, ehe wir uns setzten, ein kurzes Gebet; dann ging's an die kräftige Suppe. Die Speisen waren vortrefflich zubereitet, doch einfach. Ich bemerkte, daß, außer dem Wein, alle Gerichte aus den Erzeugnissen des eigenen Bodens und benachbarten Meeres bestanden; daß alle fremden Gewürze fehlten, selbst der Pfeffer, deren Stelle Salz, Kümmel, Fenchel usw. einnehmen mußten.

Die Unterhaltung war heiter und allgemein; sie betraf meistens ländliche Geschäfte oder Ereignisse in der Umgegend von Flyeln. Die Leute betrugen sich in Gegenwart ihrer Herrschaft weder blöde, noch unbescheiden, sondern mit vielem Anstande. Ich kam mir unter diesen hübschen bärtigen Männern in ihrer schlichten Tracht, mit ihrem brüderlichen und doch ehrerbietigen Du – ich möchte fast sagen, etwas albern oder lächerlich vor und saß, mitten in Europa, mit meinem Puderkopf, meinen steifen Zöpfen, dem Frack und geglätteten Kinn, wie in einem fremden Weltteile da. Es war mir recht wohltuend, daß, so sehr ich auch von allen abstach, und so häufig mir auch zwischen dem Du, besonders wenn ich damit die reizende Baronin anreden sollte, ein Sie entschlüpfte, doch niemand dadurch zum Lachen gereizt wurde.

Nach einer halben Stunde ließ uns die Dienerschaft allein; wir drei andern aber pflogen des Mahles und wurden beim alten goldenen Rheinwein traulicher im Gespräch.

Ich sah dir's wohl an, sagte die Baronin lächelnd zu mir, indem sie einige Leckereien von Backwerk auftrug, du vermissest in Flyeln die Hamburger oder Berliner Küche.

Und ich sehe es meiner liebenswürdigen Freundin an, versetzte ich, daß ich der Küche von Flyeln noch das gebührende Lob schuldig bin, das ich ihr selbst auf Unkosten der Berliner und Hamburger Küche zollen kann, ohne eine Schmeichelei erborgen zu müssen. Nein, ich bekenne dir, zum ersten Male in meinem Leben lernte ich bewundern, was für eine leckere Kost unser heimatlicher Boden uns liefern kann, und wie leicht wir der Molukken entbehren können!

Setze hinzu, Freund Norbert, sagte Olivier, und mit den Molukken auch die Überreizungen unserer Nerven und die fremden Laster, die sich aus den überreizten oder abgestumpften Nerven im krankhaften Leibe entwickeln! Ohne gesundes Fleisch und Blut, kein gesunder Sinn und Mut! Die meisten Europäer sind heut zu Tage, durch ihre Kochkunst, Selbstmörder, Leibes- und zugleich Seelenmörder. Was eure Rousseaus und Pestalozzis gut machen wollen, verderbt ihr wieder mit Kaffee, Tee, Pfeffer, Muskatnüssen und Zimt. Lebt einfach, lebt natürlich, und ihr könntet zwei Drittel eurer Predigten, Moralbücher, Zuchthäuser und Apotheken ersparen!

Ich gebe es zu, sagte ich, und man wußte das schon längst; allein . . .

Nun denn! rief er, eben darin besteht die bis jetzt heillose Narrheit der Europäer. Sie wissen das Bessere und meiden es; sie verabscheuen das Schlechtere und suchen es. Sie vergiften ihre Speisen und Getränke mit teuren Giften, und halten Doktoren und Apotheker, nun wieder genesen und die Vergiftung erneuern zu können. Sie befördern die vorschnelle Reife der Knaben und Mädchen, und jammern hinterher erschrocken über deren verwilderte Triebe. Sie ermuntern durch Gesetze und Belohnungen, ohne es zu wollen, das Sittenverderben, und strafen es hinterher mit Galgen und Schwert. Sind sie nicht allesamt den Irrenhäuslern gleich?

Aber, lieber Olivier, das war doch wohl von jeher so?

Ja, Norbert, von jeher; das heißt, so bald und so oft die Menschen sich einen Schritt weit von der Natur zur Entartung entfernten! Wir, durch den Schaden der Väter endlich gewarnt, sollen aber nicht nur *wissensreicher,* als sie, sondern auch *weiser* sein. Wozu sonst unser Wissen? Denjenigen achte ich für den Vernünftigsten, welcher mit der Unschuld und Lebensreinheit der Naturkinder die mannigfaltige Kenntnis und Geistesbildung des Zeitalters vereint. Gibst du dies zu, Norbert?

Wie sollte ich nicht?

Wie, du gibst dies zu? und machst in deinem Hause und in deinem Innern nicht den Anfang des Bessern?

Es könnte doch unter gewissen Umständen möglich werden. Indessen bekenne ich dir, Olivier, wir Kunstmenschen so gut, wie die einfachsten Naturmenschen, hangen in den schwer zerbrechlichen Banden der Gewohnheit! Unser gekünsteltes Sein ist schon wieder eine Art Natur geworden, die wir ungestraft nicht plötzlich ablegen können.

Vormals dachte ich gleich dir, Norbert! Jetzt habe ich mich durch Erfahrung vom Gegenteil überzeugt. Es gehört nur ein einziger schwerer Augenblick dazu, ein starkes Herz, den ersten Kampf mit der Torheit der Welt zu bestehen, um zur Glückseligkeit und Ruhe durchzubrechen. Ich schwankte lange; ich kämpfte lange vergebens. Ein bloßer Zufall entschied mein Glück und das Glück meiner sämtlichen Angehörigen.

Und dieser Zufall? Erzähle mir auch den, sagte ich, denn ich war begierig, das kennenzulernen, was unmittelbar auf Gemüt und

Verstand meines Freundes so mächtig eingewirkt hatte, ihn zu den seltsamsten Grillen und zu der schwärmerischen Lebens- und Handlungsweise zu bringen.

Er stand auf und verließ uns.

Nicht so, lieber Norbert, sagte die Baronin, indem sie mich eine Weile schweigend anblickte, und es lag in dem zärtlichen Lächeln ihres Auges eine ernste Frage an mein Herz, du fühlst Mitleiden mit meinem Manne?

Nur mit den Unglücklichen, nicht mit den Glücklichen sollen wir Mitleiden haben! versetzte ich ausweichend.

Vielleicht weißt du's, er wird von seinen Verwandten verabscheut, von seinen ehemaligen Bekannten verachtet und von aller Welt als Verrückter behandelt.

Liebenswürdige Freundin, einiges vielleicht abgerechnet, was mir wohl Übertreibung zu sein scheint, die, um nicht anstößig zu werden, mit kluger Umsicht zu meiden wäre – dies abgerechnet, bekenne ich, fand ich bisher an Olivier nichts, was des Abscheues oder der Verachtung wert wäre! Doch ich kenne ihn noch viel zu wenig.

Lieber Freund, fuhr sie fort, und gilt dir die Stimme der öffentlichen Meinung nichts?

Wenigstens über meinen Olivier noch nichts, erwiderte ich, denn ich weiß sehr wohl, daß die öffentliche Meinung Jerusalems einst nach der Kreuzigung der Unschuld rief; daß die öffentliche Meinung Weltenzerstörer groß nannte; daß sie Weise für Wahnsinnige hielt, und Priester der Torheit und Üppigkeit mit dem Beinamen der Göttlichen schmückte.

Ich freue mich, sagte die Baronin mit einiger Lebhaftigkeit, du wirst meinen Olivier liebgewinnen; du bist ein edler Mann, seiner Freundschaft würdig! Glaube mir, Olivier ist ein Engel, und man stößt ihn von der menschlichen Gesellschaft wie einen Verbrecher oder Tollhäusler aus!

Als wir so miteinander redeten, trat Olivier wieder zu uns; er trug in der Hand ein kleines Buch; mit dem warf er sich in seinen Sessel und sprach: Sieh hier des Zufalls oder der himmlischen Vorsehung Werkzeug zu meiner Genesung von Schwäche und zum Erwachen vom Wahnsinn. Es ist ein unbedeutendes Buch, der Verfasser ungenannt und unbekannt; es sagt viel Gemeines und Alltägliches, aber es gewährt zwischendurch ganz unerwartete Lichtblicke. Selbst der Titel »Träumereien eines Menschenfreundes« verspricht nicht viel. Ich fand es eines Tages, als ich noch in Garnison lag, auf dem Tische eines Bekannten, und steckte es zu mir, um allenfalls etwas zu lesen zu haben, da ich mich im freien Grünen vor den Stadttoren ein wenig ergehen wollte. Als ich draußen im breiten Schatten eines Ahorns lag und über mancherlei Verkehrtheiten des Lebens ärgerlich war, schlug ich mein Buch auf und es fiel mir ein Abschnitt mit der Aufschrift in die Augen:

»Fragmente aus der Beschreibung der Reise des jüngeren Pytheas nach Thule«.

Laß hören, sagte ich, was der alte Grieche aus Massilia von unserm Norden zu erzählen weiß; er war ein Zeitgenosse von Aristoteles.

Er las:

FRAGMENTE AUS DER BESCHREIBUNG DER REISE DES JÜNGEREN PYTHEAS NACH THULE

(Aus dem Griechischen)

– – – Ich rede aber die Wahrheit, o Freunde, wenn schon sie auch unglaubhaft scheinen wird! Doch bedenkt, daß in jenen rauhen Gegenden des Nordens die Natur selbst den Menschen durch unfreundliche Härte von sich zurückdrängt und ihn durch Versagungen zu mancherlei Erfindungen zwingt, um das Leben erträglicher zu machen! Wir bedürfen dessen in unserm Vaterlande nicht, wo die Natur gütiger gegen die Sterblichen ist, und wir während des Winters und Sommers im Freien wohnen, und was zur Fristung und Anmut des Daseins nötig ist, ohne Mühe gewinnen. Jene aber, die unter der Strenge eines halbjährigen Winters seufzen, müssen darauf sinnen, sich in geheizten Häusern einen künstlichen Sommer zu schaffen. Und weil sie von der Natur zurückgestoßen und auf sich selbst angewiesen sind, werden sie mehr, als wir, zur Beschäftigung des Geistes mit eiteln Träumen, schönen Entwürfen, die sie nie ausführen, und zur Erforschung alles Wissenswerten hingetrieben. Daher sind sie kenntnisreich und in allerlei Dingen vielwissend, die weder zur Weisheit, noch Glückseligkeit nützen, und schreiben große Bücher von nichtswürdigen Sachen, die bei uns weder geachtet, noch kaum dem Namen nach bekannt sind. Ja sie haben dafür besondere Schulen und Lehrstühle errichtet – –

Aber die Witterung ist auf jener mitternächtlichen Seite der Welt so beschaffen, daß Wärme und Frost, Tage und Nächte von einem Äußersten zum andern Äußersten übergehen, daß kaum ein angenehmer Mittelzustand eintritt, welcher dem Geiste und dem Leibe zuträglich ist. Denn in ihren Sommern leiden sie eben so große

Hitze, als in ihren Wintern tödliche Kälte; eine Hälfte des Jahres haben ihre Tage fast die Länge von achtzehn Stunden und in der andern Hälfte kaum die Länge von sechs Stunden. Eben so unstet, ausschweifend und veränderlich wie ihre Witterung ist daselbst auch das Gemüt des Menschen. Festigkeit der Denkungsart und des Willens gebricht fast allen. Sie haben von Jahr zu Jahr neue Kleidertrachten, neue Dichtungen und neue Weltweisheiten. Diejenigen, welche gestern die Tyrannei stürzten, begeben sich, nachdem sie das Glück der Freiheit mit dem Munde priesen und mit dem Leben mißbrauchten, morgen freiwillig in die Knechtschaft zurück. – –

So herrscht bei jenen Barbaren die größte Ungleichheit in allen Dingen. Ein Teil des Volkes, aus wenigen Familien bestehend, besitzt jede Bequemlichkeit, den größten Reichtum, und schwelgt im Überflusse; aber weitaus die Mehrheit ist arm und von der Gunst der Reichen in großer Abhängigkeit. Ebenso sind zwar einzelne im Besitze der Schätze des Wissens, aber die Menge des Volks lebt in der Finsternis der Unwissenheit. Sowohl Fürsten als Priester finden solche Unwissenheit für ihr eigenes Ansehen zuträglich und erhalten den Pöbel in derselben, welcher dazu ohnehin durch Armut und Trägheit geneigt ist. Daher liebt der Pöbel bei jenen Völkern die gewohnte Weise seiner Vorfahren in allen Gebräuchen, Einrichtungen und übrigen Dingen, welche den Geist betreffen, und ist nur in Sachen körperlichen Genusses zur Veränderlichkeit geneigt. Doch pflichtet er jeder Neuerung bei, sie möge gerecht oder ungerecht sein, wenn sie ihm Geld oder häuslichen Gewinn bringt. Denn Geld und erhitzendes Getränk geht bei jenen Barbaren über Gewohnheit, Ehre und Götterfurcht.

Bei den Völkern in Thule ist die Freiheit unbekannt, und welche sie vor Zeiten besessen haben mögen, denen ist sie nach und nach, durch Gewalt und Schlauheit der Großen, genommen worden. Sie werden von Königen beherrscht, welche vorgeben, sie seien Söhne der Götter, und die Könige und ihre Satrapen werden eben so oft von Beischläferinnen oder Günstlingen beherrscht, als von ihren Ratgebern. Das Volk ist in erbliche Kasten geteilt, wie bei den Indern und Ägyptern. Zur ersten Kaste gehören die Könige und ihre Kinder. Zur zweiten gehören die Großen, deren Kinder beim Kriegsheer und im Staat, auch beim Altar der Gottheiten die vornehmsten Ämter verwalten, ohne Rücksicht auf ihre Würdigkeit. Denn was unglaublich für uns ist, das ist bei jenen Barbaren ein Herkommen, daß die Kaste oder die Geburt höher geachtet wird, als alles andere Verdienst. In der dritten Kaste leben die geringen

Beamten, die Handwerker, Kaufleute, gemeinen Krieger, die Hirten und Ackerleute, desgleichen die Künstler, Gelehrten und gemeinen Priester. In der vierten Kaste sind die Leibeigenen oder Sklaven, welche man wie Haustiere verkaufen oder verschenken kann. Bei einigen Völkerschaften, die ihre erste Roheit schon zum Teil abgelegt haben, fehlt jedoch schon die vierte und letzte von den Kasten; eben so findet man einzelne Völkerschaften, wo gute Fürsten, welche die Gewalttätigkeit ihrer Großen erkannten, keine Gesetze anders, als mit Zustimmung eines, aus den verschiedenen Kasten des Volks gewählten Senats geben.

Die Könige in den Ländern von Thule leben untereinander in fast immerwährender Feindschaft. Die Schwächeren sind nur sicher durch den gegenseitigen Neid der Stärkeren. Wo aber die Stärkern solche Eifersucht unter sich verlieren, fallen sie die schwächern Staaten, unter schlecht ersonnenen Vorwänden, mit Krieg an, und teilen sie unter sich. Dafür lassen sie sich den Titel der Gerechten, der Väter des Vaterlandes, oder der Helden beilegen, wie denn dergleichen eitle Beinamen überall und von jeher bei den Barbaren beliebt gewesen sind. So oft aber die untere Kaste in irgendeinem Lande von ihren bessern Einsichten Gebrauch macht und sich gegen die übermäßigen Vorzüge der obern Kasten auflehnt, so setzen alle Fürsten und höhern Kasten der übrigen Reiche ihre besondern Streitigkeiten beiseite und vereinigen sich zur Herstellung der vorigen Ordnung auf fremdem Boden, oft auf sehr uneigennützige Weise. Ein solcher Krieg wird bei den Barbaren immer als ein heiliger angesehen, weil sie glauben, daß die Könige und die Rangordnung der Kasten von den Göttern selbst eingesetzt worden seien.

Unter allen öffentlichen Ausgaben ist diejenige zur Unterhaltung der Pracht an den Höfen die größte, und nächst dieser ist die Ausgabe für das Heer, selbst in Friedenszeiten, die wichtigste. Für den Unterricht des Volks, für den Landbau und alles, was die Glückseligkeit der Menschen fördert, wird das wenigste ausgegeben. In den meisten Ländern von Thule, wo die gewerbetreibende Kaste die zahlreichsten Pflichten und die wenigsten Rechte hat, muß diese durch Abgaben fast allgemein den ganzen Aufwand und die Bedürfnisse des Gemeinwesens befriedigen.

Was die Religion dieser Barbaren betrifft, so behaupten sie alle, von einer und derselben zu sein, und alle rühmen sich ein und desselben Urhebers ihrer Lehre. Allein die Arten ihres Gottesdienstes sind mannigfaltig verschieden, so wie die Meinungen über die Person ihres Religionsstifters. Deswegen feinden sich die Parteien mit großer Erbitterung an; sie verfolgen und verachten sich. Im ganzen findet man bei allen Parteien vielen Aberglauben, den die Priester befördern. Vom höchsten Wesen haben sie unwürdige Vorstellungen, denn sie legen ihm sogar menschliche Leidenschaften bei. Und wenn die Könige ihre Völker gegeneinander in den Krieg führen, wird auf beiden Seiten den Priestern geheißen, das höchste Wesen anzurufen, die Gegner zu verderben. Nach erfochtenem Siege danken sie dem höchsten Wesen für das ihren Feinden bereitete Verderben.

Ihre meisten Geschichtsbücher verdienen kaum gelesen zu werden; denn dieselben enthalten gewöhnlich keine Nachrichten von den Nationen, sondern nur von ihren Königen und deren Heiraten, Erbfolgen, Kriegen und Gewalttaten. Die Namen der nützlichsten Erfinder und Wohltäter werden kaum erwähnt, aber die Namen der verwüstenden Feldherren stehen überall voran, gleichsam als wenn diese die Wohltäter des menschlichen Geschlechts wären. Auch ist die Geschichte dieser Völker, wegen ihrer von den unsrigen abweichenden Sitten, schwer zu verstehen; denn bei ihnen ist weder zu allen Zeiten, noch auch zu einer und derselben Zeit in allen Ständen, einerlei Begriff von Ehre und Tugend zu finden. In den höheren Kasten kann Unzucht, Ehebruch, Verschwendung, Spielwut, Mißbrauch der Gewalt löblich genannt werden, oder als anmutige Schwäche erscheinen; was in den untern Kasten, als Laster oder Verbrechen, mit Tod und Kerker bestraft wird. Wider Betrug und Diebstahl hat das Gesetz für die unteren Kasten die härtesten Strafen angedroht; wenn aber ein Großer mit Klugheit das Land betrügt und sich auf Kosten seines Fürsten bereichert, wird er sehr häufig in Ehren erhöhet oder mit einem Gnadengehalt entlassen.

Wie mit Tugenden und Lastern, wird es auch mit der Ehre gehalten. Die Mitglieder der oberen Kasten bedürfen keiner andern Ehre, als ihrer Geburt, um alle Vorzüge zu erlangen, und nur wenige aus den untern Kasten, und diese nur selten, können durch Tugenden dem Ansehen jener Günstlinge des Zufalls gleichkommen. Die Ehre aber, welche durch Zufall der Geburt entsteht, kann eben so zufällig durch ein bloßes Schimpfwort vernichtet werden. Der, welcher mit einem Wort die Ehre verletzt hat, und der, welchem sie verletzt worden ist, begegnen sich nach vorgeschriebenen Ordnungen wie Rasende mit Waffen, und suchen einander zu verwunden. Sobald nun eine Wunde oder der Tod beigebracht worden ist, gleichviel welchem von beiden, glauben sie aufrichtig, die Ehre sei wieder hergestellt.

Übrigens haben die Barbaren miteinander gemein, daß sie insgesamt auf Gewinn erpicht sind, und dafür Leben und Tugend wagen. Es gehört zu den Seltenheiten, welche Erstaunen und Gelächter erregen, wenn einer für den andern unentgeltlich arbeitet, oder sein Hab und Gut dem Wohl des Gemeinwesens opfert. – Sie reden übrigens viel von edlen Gesinnungen und großmütigen Handlungen; doch sieht man dieselben nur auf den Schaubühnen unbespottet erscheinen. Die Einwohner von Thule gleichen fast alle den Schauspielern, und haben in der Kunst, etwas anderes vorzustellen, als sie sind, eine große Fertigkeit. Keiner von ihnen spricht leicht gegen andere so, wie er denkt. Daher nennen sie Menschenkenntnis die schwerste Kunst, und Lebensklugheit die höchste Weisheit.

Indessen können sie sich doch nicht so sehr verstellen, daß man nicht ihre Schalkheit oder Unbehilflichkeit erkennen sollte; denn da sie mit der menschlichen Vernunft beständig in Widerspruch stehen, anders lehren als handeln, anders empfinden als reden und zu ihren Zwecken oft die widersinnigsten Mittel wählen, wird ihre Roheit offenbar. Um zum Ackerbau zu ermuntern, belasten sie den Landmann mit den schwersten Abgaben und der größten Geringschätzung; um zu Verkehr und Handel anzuspornen, errichten sie zahlreiche Zollstätten und erlassen viele Warenverbote; um gefehlt habende Menschen zu strafen und zu verbessern, sperren sie dieselben in öffentliche Zwangshäuser zusammen, wo sie sich gegenseitig mit Lastern noch ärger vergiften, und von wo sie als vollendete Verbrecher in die menschliche Gesellschaft zurückkehren. Um ihres gesunden Leibes zu pflegen, verkehren sie die Ordnung des Lebens: einige wachen in der Nacht und schlafen am Tage; andere zerstören die Säfte ihres Lebens durch erhitzende Getränke und Gewürze, die sie für große Geldsummen aus Indien kommen lassen, so daß kaum eine arme Haushaltung zu finden ist, welche sich mit dem Ertrag ihres Feldes oder ihrer Herde begnügt, ohne Getränke aus Arabien oder Gewürze aus Indien und Fische aus entfernten Meeren hinzuzutun. – – –

Hier endete Olivier die Vorlesung und sah mich mit fragenden Blicken an.

Lächelnd sagte ich: Man muß gestehen, der Ton darin ist gut gehalten. Ungefähr so würde einer der alten griechischen Weisen seiner Zeit von den barbarischen Nationen Asiens gesprochen haben, wenn er sie besucht hätte. Recht brav! Selbst an der Steifheit der Schreibart merkt man, daß diese Fragmente nur Übersetzung sind; indessen glaube ich doch nicht an ihre Echtheit. Wir haben von Pytheas, meines Wissens, nichts als . . .

Da unterbrach mich Olivier mit unmäßigem Gelächter und rief: O du Kind des neunzehnten Jahrhunderts, der du immer nur an der Schale der Dinge herumtastest und den Kern darüber vergißt; der du immer mit dem Schein zu schaffen hast, und nicht in das Wissen dringst, siehst du und hörst du denn nicht, daß du selbst ein Bürger von Thule bist? – Was? *Asien?* Nein, so würde ein Weiser der griechischen Vorwelt von euch *Europäern* geredet haben, wenn er euch zu seiner Zeit hätte besuchen können!

Du hast recht, Olivier! Du ließest mich nur nicht zu Ende kommen. Ich wollte noch hinzusetzen, daß diese Fragmente mit den persischen Briefen von Montesquieu zu vergleichen sind. Die Rede ist von uns; die treffende Wahrheit ist unverkennbar.

Ich verstehe dich nur halb, dich Kunstmenschen. Nicht so, du beurteilst die *Kunst des Verfassers,* ob er die Wahrheit getroffen habe? Oder meinst du, die *Wahrheit habe dich getroffen*?

Beides! Doch auf dich, lieber Olivier, machte sie schmerzlichere Eindrücke, wie du vorhin erzähltest; du lagst mit diesem Buche im Schatten eines Ahorns. Erzähle weiter!

Gut, da lag ich. Wie ich die Fragmente gelesen hatte, warf ich das Buch von mir, sank mit dem Haupte ins Gras zurück, starrte in die dunkle Bläue des ewigen Himmels über mir, in die Tiefen des unbegrenzten Weltalls, dachte an Gott, den Alleserfüllenden, alles mit Liebe und Herrlichkeit Durchdringenden, an die Ewigkeit meines Daseins in dieser Unendlichkeit, und verstand in dem Augenblicke dieser erhabenen Vorstellungen viele Worte Christi besser, des Wiederoffenbarers der göttlichen Verhältnisse unserer Geister: In meines Vaters Hause sind viele Wohnungen. Oder: Wer das Reich Gottes nicht empfängt als ein Kindlein, der wird nicht hineinkommen. Oder: Wer mir folgen will, der verleugne sich selbst, und nehme sein Kreuz auf sich täglich, und folge mir nach. – Und ich erkannte die Göttlichkeit Christi nie klarer als damals. Ich dachte an die Entartung des Menschengeschlechts, wie dasselbe von Jahrtausend zu Jahrtausend immer weiter von der Wahrheit, Einfalt und Seligkeit der Natur, zum tierischen, verkünstelten, wahnsinnigen und schmerzensvollen Leben abgeirrt ist. Ich flog in Gedanken in die Urwelt, zu den ersten Völkern, zu den einfachen Denkweisen der hohen Alten zurück. Ich seufzte; ich fühlte Tränen in meinen Augen. Ich wurde in Gedanken wieder ein Gotteskind. Warum kann ich nicht *wahr* fühlen, *wahr* denken, *wahr* reden, *wahr* handeln wie Jesus Christus? Kann ich nicht die Fesseln des Gewohnten abstreifen? Was anders, als dumme Scheu, hindert mich, unter Wahnsinnigen, unter verkehrten Barbaren ein Vernünftiger, ein Gottesmensch zu sein? So sprach ich. In meiner Einbildung war ich's nun schon. Ich schloß die Augen. Ich empfand eine unaussprechliche Seligkeit, frei von der in ihrer Vertierung sich quälenden Welt, mit Gott, mit der Natur, dem Weltall und der Ewigkeit wieder versöhnt und eins zu sein. So lag ich lange; denn als ich die Augen öffnete, war die Sonne verschwunden und das Abendrot umstrahlte und vergoldete alles.

Ich kenne diese heiligen Zustände! sagte die Baronin.

Als ich mich erhob, um in die Stadt zurückzukehren, fuhr Olivier fort, und meine Uniform an mir erblickte, durchzuckte es mich wie ein Blitz. Ekelhaft lag die Welt mit allen ihren Torheiten, mit allen ihren Widersinnigkeiten vor mir da; nie sah ich den gräßlichen Abfall der Menschheit von dem Ewigen, Wahren und Heiligen klarer ein, als in jenem Augenblicke. Ich erkannte, daß Sokrates, lebte er heute, noch einmal den Giftbecher trinken müßte; daß Christus, lebte er heute, in jeder Stadt sein Jerusalem wieder finden, von den christlichen Sekten einstimmig zum Kreuz geführt, von den Fürsten als Feind der alten guten Ordnung, als Volksverführer, als Schwärmer verurteilt werden würde. – Ich schauderte. Da fragte ich mich mit lauter Stimme: Hast du Mut? – Der feste Wille durchdrang mich. Ich antwortete mit lauter Stimme: Ich habe Mut. Es soll sein! Ich will vernünftig werden, entstehe daraus, was wolle!

Am andern Morgen – ich hatte einen erquickenden Schlaf gehabt und fast alles vergessen, was ich den Abend vorher gedacht hatte – fiel mir dies Buch wieder in die Augen. Ich erinnerte mich meines Entschlusses und nun erkannte ich das Gefährliche meines Wagestücks. Ich wurde schwankend; und doch mußte ich die Wahrheit meiner gestrigen Überzeugung anerkennen: Wer mir folgen will, der verleugne sich selbst. Ich durchdachte meine häuslichen und öffentlichen Verhältnisse; ich kam mir vor, wie der reiche Jüngling im Evangelium, der traurig von Christo schied. Da fragte ich mich wieder: *Hast du Mut?* – Und mit lauter Stimme antwortete ich: *den will ich haben!* – Und so beschloß ich, von Stunde an im Kleinsten wie im Wichtigsten vernünftig zu handeln. Nur den ersten Schritt getan und den Hohn der Menschen nicht beachtet, so wird jeder folgende Schritt leicht.

Ich zittere für dich, du edler Schwärmer! rief ich und drückte ihm die Hand. Nicht so, du erzählst mir den Ausgang deines Wagestücks?

Warum nicht? Aber so etwas muß im Freien geschehen, unter freiem Himmel, unter den Bäumen, angesichts des weiten Meeres! sagte Olivier. Denn, lieber Norbert! In der Stube, innerhalb der Wände und Mauern, sieht manches vernünftig aus, was in der freien Natur, wo sich die Seele gleichsam in das große, reine All auflöst, ganz hirngespinstig und träumerisch erscheint. Und umgekehrt findet man draußen in den Umgebungen der Gottesschöpfung, wo stets das Ewige und Wahre herrscht, daß manches vollkommen richtig sei, was innerhalb der Wände einer Wohnstube voller häuslichen Rücksichten, oder innerhalb der Wände eines philosophischen Lehrsaales, eines Audienzzimmers, eines Ballsaales, eines prunkvollen Gesellschaftszimmers, wie überspanntes Wesen, wie Albernheit, wie Schwärmerei oder Verrücktheit erscheint. Also komme ins Freie!

Er nahm mich beim Arm; die Baronin ging zu ihren Kindern. Olivier führte mich durch den Garten auf einen Hügel, wo wir uns im Schatten eines Felsens lagerten. Über uns schwebten im weiten Luftmeer die zarten Zweige der Birken; unter uns brausten die blitzenden Wogen des Ozeans bis ins Unendliche.

Olivier erzählte dann ungefähr folgendermaßen:

OLIVIERS ERZÄHLUNG

Das Schicksal begünstigte mich eben damals, als es mit meiner Vernunft zum Durchbruch kam, ganz besonders. Mein Vater, dessen Vermögensverhältnisse durch unmäßigen Aufwand zerrüttet waren, hatte mir nach seinem Tode nur ein mäßiges Erbteil hinterlassen. Allein ich hatte die Aussicht, nach dem Tode meines Oheims ein ansehnlicher Gutsbesitzer zu werden. Diese Aussichten waren aller Welt bekannt. Dazu kam noch, daß ich mit dem Freifräulein *von Mooser,* der Tochter des Kammerpräsidenten, verlobt war. Sie war, wie man zu sagen pflegt, eine der ersten Partien im

Lande, das heißt, sie war hübsch, sehr reich und eine Nichte des Kriegsministers. Die Heirat wurde von meinen Verwandten und ihrem alten Oheim eingefädelt; ich mußte, dem Laufe der Welt gemäß, einwilligen. Nur die Kränklichkeit meines Oheims, der bei mir Vaterstelle vertrat, verzögerte die Vermählung. Major war ich schon; bei der nächsten Beförderung sollte ich Oberstlieutenant werden. In ein paar Jahren konnte mir das Regiment nicht fehlen.

So standen die Sachen zu jener Zeit. Freilich fand ich nun, da ich zur Vernunft gekommen war, daß die Sachen wirklich recht übel standen. Es war mir unbehaglich, daß ich freier Mann mein Dasein durch Verwandte, wegen Geldes, Herkunft und Protectionen, an ein Mädchen hatte verkuppeln lassen, ohne zu wissen, ob das Mädchen mit seinen Eigenheiten, Ansichten, Fehlern und Neigungen zu mir passe? Die Freiin war allerdings hübsch und gut, allein nicht um ein Haar anders, wie Fräulein von solcher Erziehung sind und sein können: gutmütig von Natur; aber durch Verkünstelung eitel, vergnügungssüchtig, leichtsinnig, stolz auf Verwandtschaft, auf Rang und Schönheit; witzig, aber auf Unkosten des Besten in der Welt; in allem mehr französisch als deutsch. Ob sie mich wirklich liebe, wußte ich nicht; daß ich für sie nicht mehr, als für jedes andere gebildete und hübsche Mädchen fühlte, das wußte ich sicher.

Ein durch Eilboten gesandter Brief rief mich zu meinem kränklichen Oheim. Ich erhielt Urlaub vom General, schied von meiner Verlobten und ihren Eltern und reiste ab. Als ich ankam, war der Oheim schon gestorben und begraben. Ein alter Verwalter übergab mir die Schlüssel zu den Schränken und das Testament. Ich entrichtete die wenigen kleinen Legate an die Dienerschaft, zog den Verwalter in mein Geheimnis, und erklärte öffentlich, daß ich arm, alles Vermögen meines Oheims mit Schulden belastet sei.

So kehrte ich in meine Garnison zurück und machte mein Märchen bekannt. Es war mir nur darum zu tun, die Denkungsart meiner Verlobten zu prüfen, und ob sie Mut genug haben werde, an meiner Seite der Welt zu entsagen und zu werden wie ich. – Um die Sache noch auffallender zu machen, verkaufte ich, was ich entbehren konnte, um meine eigenen Schulden in der Stadt zu bezahlen; denn ich hatte deren in der Tat, alte und neue, eine ziemliche Menge. Meine Kameraden lachten mich aus, und besonders, wenn ich vorgab, wenigstens ein ehrlicher Mann bleiben zu wollen. Selbst der Kammerpräsident und seine Gemahlin rieten mir's ab: ich müsse keinen *Eclat* machen, ich *blamiere* mich und ihr Haus; ich gäbe mir und ihnen ein *Ridicule* usw.

Ich blieb bei meinem Entschluß: Redlichkeit gehe über Glanz, und Armut sei keine Schande. Wer viel entbehren könne, sei reich. – Diese Redensarten, wie man es nannte, gefielen am allerwenigstens dem Freifräulein. Ihre Eltern gaben mir zu verstehen, ihr Kind sei an gewisse *Aisances* gewöhnt, sie selbst wären nicht reich genug, noch während ihres Lebens mir und der Tochter ein anständiges *Sort* zu machen. Kurz, nach wenigen Tagen traute man ganz unumwunden meinem eigenen Zartgefühl zu, daß ich die Verbindung freiwillig aufgeben werde. Ich nahm gar keinen Anstand, es zu tun und zu erklären, ich fände dies billig, weil hier keine gegenseitige Wahl der Herzen, sondern nur eine Übereinkunft und Geldabrechnung der Verwandten stattgefunden habe.

Meine vorgebliche Armut hatte aber noch ganz andere Wirkungen guter Art; nämlich die alten Freunde und lustigen Brüder suchten mich weniger auf. Doch tat mir's wohl, daß mich einige ihrer Hochachtung noch immer wert hielten; die meisten wurden kälter und seltener. Also mit dem Gelde hatte ich für sie das höhere Interesse verloren. Desto besser! dachte ich: und desto wahrer darfst du reden und sein.

Ich machte aber, und das war vorauszusehen, mit der Wahrheit so wenig Glück, wie jeder andere vor mir. Seit einigen Wintern pflegte ich dem Offizier-Corps Vorlesungen über wissenschaftliche Gegenstände zu halten. Ich war noch jetzt damit beschäftigt, sprach aber nun mein Inneres frei aus. Als ich aber mit folgenden Sätzen hervortrat: Jeder Krieg, der nicht für die Unabhängigkeit und Sicherheit des Vaterlandes gegen fremde Unterdrücker geführt werde, sondern für persönliche Launen des Fürsten, Intrigen der Minister, Ehrgeiz der Höfe, um zu erobern, um sich in die Angelegenheiten anderer Völker zu mengen, um Rache zu üben, sei ungerecht; stehende Heere seien die Plage der Länder, der Ruin der Finanzen, die Schergen des Despotismus, wo der Fürst Despot sein wolle; – der Soldat sei Bürger; – der Erb- und Briefadel heute ein Unsinn, der nur unter Wilden und Barbaren eine Art Sinn gehabt habe; – ich hoffe, noch die Zeit zu erleben, daß alle Könige Europas sich durch ein Konkordat über die Aufhebung der ungeheuren stehenden Heere verständigen, dagegen alle waffenfähigen Bürger zu Soldaten machen würden; – Duellanten gehören ins Irren- oder Zuchthaus; – als ich mit diesen oder ähnlichen Sätzen hervortrat und ihre Richtigkeit, an welcher der gesunde Menschenverstand nicht zweifeln könne, erwies, wurden die Vorlesungen verboten, und der General gab mir einen derben Verweis. Ich widersprach und bekam Arrest.

Das alles tat mir nicht weh, denn ich hatte es erwartet. Doch überall erfüllte ich meine Pflicht. Seit der Ungnade, in die ich beim General gefallen war, fingen auch die höheren Offiziere an, sich von mir zurückzuziehen. Man lachte und spöttelte viel, und einige der witzigsten hielten mich für verrückt und meinten, das sei die Folge des Schreckens, den ich bei meiner vereitelten Hoffnung auf die große Erbschaft gehabt haben sollte. Bald wurde ich so verlassen, daß selbst mein bisheriger Bedienter nicht mehr bei mir bleiben wollte, weil ich mich und ihn mit zu karger Kost nährte, den Kaffee abschaffte, selten Wein trank, und ihm statt der bisherigen reichen Livrée eine einfache, bequeme Tracht machen lassen wollte, ungefähr wie die, in der du mich jetzt siehst.

Dagegen erhielt ich zu derselben Zeit einen Brief, der mir für alles Ersatz bot. Ich hatte nämlich vor Jahren ein armes Bettlermädchen weinend vor der Scheuer eines Bauernhauses gefunden. In der Scheuer lag auf Heu und in Lumpen die sterbende Mutter des Mädchens. Ich erfuhr von dem Weibe, das selbst noch sehr jung war, sie sei aus dem südlichen Deutschland, von armen, aber rechtschaffenen Eltern, in den Dienst einer reichen Herrschaft getreten, dort vom Sohn des Hauses verführt, dann mit einem Stück Geld aus dem Hause gewiesen worden; sie habe nach ihrer Entbindung einen Dienst gesucht, aber wegen des Kindes nirgend ein dauerndes Unterkommen gefunden, sei fortwährend umhergestrichen, habe zuletzt nur von Almosen gelebt und könne nun für ihre Tochter nur noch beten. – Ich lief in das Bauernhaus, ihr Erfrischung zu kaufen; denn der Bauer hatte ihr kaum den Ruheplatz in der Scheuer gestatten wollen. Als ich zu ihr zurückkam, lag sie schon entseelt auf dem Heu, und das kleine Mädchen jammernd über dem Leichnam der Mutter. Ich tröstete, so gut ich konnte; bestritt die Begräbniskosten, und schickte das verwaiste Mädchen, welches nicht einmal den Familiennamen seiner Mutter kannte, in eine weibliche Erziehungs-Anstalt nach Rastrow. Es hieß Amalia, und nach dem Fundort gab ich ihm noch, als Almosen, den Beinamen Scheuer.

Jetzt eben, da alles von mir wich, erhielt ich aus der Anstalt Rastrow von dieser Amalia Scheuer jenen Brief, der noch zu meinen Kleinodien gehört. Du sollst ihn lesen. Er rührte mich damals zu Tränen. Der Inhalt war ungefähr folgender: Sie habe mein Unglück vernommen, und glaube nun ihrem Vater, so pflegte sie mich zu nennen, nicht länger zur Last fallen zu dürfen. Sie werde suchen, als Erzieherin in einem guten Hause, oder durch Stickerei, Putzmachen, Unterrichten im Klavierspiel, oder auf irgendeine

Weise ihren Unterhalt selbst zu erwerben. Ich möge ihretwegen unbekümmert sein; nun sei die Reihe an ihr, Sorge für mich zu tragen. Du mußt den Brief selbst lesen, mit den schönen Eingebungen der Dankbarkeit, der Abspiegelung der frömmsten, reinsten Seele. Sie bat noch um die Erlaubnis, ein einziges Mal ihren Wohltäter sehen zu dürfen, dessen Bild seit dem Todestage ihrer Mutter ihr nur dunkel im Gedächtnis geblieben sei. – Ich schrieb ihr zurück, lobte ihre Gesinnungen, aber versicherte, sie habe keine Ursache, sich zu übereilen; ich würde für sie sorgen, bis sie eine angemessene Stellung gefunden habe.

Eines Tages, da ich von der Wachtparade zurückgekommen, wurde an die Tür meines Zimmers gepocht. Ein unbekanntes Mädchen mit einem lieblichen Gesicht trat herein. Lilien und Pfirsichblüten mischten ihre Farben im Strauße nie schöner, als auf diesem Antlitz unter einer Lockenfülle des Haares. Sie fragte mit Erröten und zitternder Stimme nach mir; dann fiel sie in Tränen zerfließend nieder, umarmte meine Knie, und als ich erstaunt sie aufrichten wollte, bedeckte sie meine Hand mit ihren Küssen. Was mir ahnte, bestätigte endlich ihr Ruf: O mein Vater! o mein Vater! o mein Schutzgeist! Ich beschwor sie, aufzustehen. Sie bat mich, sie in dieser längst ersehnten Stellung verharren zu lassen, und sagte: Ach, ich bin so selig, daß mein Herz bricht!

Es währte lange, bis sie sich erholte und aufstand. Dann schloß ich sie an mein Herz, drückte einen Kuß auf ihre freie Stirn und befahl ihr, mich als ihren Vater zu betrachten und du zu heißen. Sie gehorchte, doch mir hatte der väterliche Kuß etwas die Sinne verwirrt. Sie war in einem Gasthof abgetreten; dort ließ ich sie einige Tage; aber diese Tage waren genug, über meine Gemütsruhe zu entscheiden. Als Amalia in ihre Anstalt zurückreisen wollte, gab ich ihr den Rat, in einer bürgerlichen Wohnung der Stadt zu bleiben und Stickereien für Geld zu übernehmen. Es war mir zu schwer, mich von ihr zu trennen; doch, ihr verraten, daß ich reich sei, das wollte ich auch nicht. Ich mußte sie prüfen. Darauf mietete ich ihr einige Zimmer, nahm eine Magd zu ihrem Dienst, versorgte sie mit Flügel, Harfe, Büchern und nach wenigen Tagen auch mit Aufträgen zu Stickereiarbeiten, freilich alle auf meine eigenen Kosten, unter dem Vorgeben, sie kämen von fremder Hand. Ich besuchte sie wöchentlich nur ein- oder zweimal, um Aufsehen oder üble Deutung zu vermeiden.

Jeder Besuch war mir ein Fest. Du kannst dir's denken, wie süß es mich durchdrang, zu wissen, es lebe unterm Monde ein Wesen, das mir alles schuldig sei; das keinem in der Welt angehöre als mir;

das von meiner Fürsorge alles erwarte, und dies Wesen sei von allem, was die Natur mir jemals Schönes, Frommes, Edles gezeigt, das Auserlesenste. – Amaliens Schönheit und geringer Stand waren bald in der Stadt kein Geheimnis; denn sie zog die Blicke auf sich. Man sprach zu mir davon, und ich verhehlte nicht, daß ich ihr Pflegevater sei, und sie ein armes Kind von unehelicher Geburt. Man brachte ihr bald Arbeiten über Arbeiten; denn ich hatte ihr untersagt, je in ein fremdes Haus zu gehen. Damen kamen zu ihr, weniger der Stickereien wegen, als die Vielgepriesene in der Nähe zu sehen.

Eines Tages, als ich Amalia besuchte, hörte ich, indem ich vor der Tür ihres Zimmers stand, daß sie mit einem Mann in heftigem Wortwechsel war. Ich erkannte die Stimme meines Oberst-Lieutenants, und als ich die Tür öffnete, wollte er ihr einen Kuß rauben. Ich warf ihm sein unanständiges Betragen vor, und da er Umstände machte, flog er durch meine Hände zur Tür hinaus, die Treppe hinab. Er glaubte, ich habe seine Ehre verletzt, und forderte mich zum Duell; doch ich wies ihn mit seiner Narrheit ab. Das Offizier-Corps drohte, nicht mehr mit mir dienen zu wollen, weil ich ein Feigling wäre. Das war ich nicht, ich ging unbewaffnet auf den bestimmten Kampfplatz und sagte dem Narren, wenn er Lust habe zu einem Meuchelmorde, so gäbe ich ihm die Erlaubnis dazu. Jetzt wurden er und die Offiziere wütend; sie glaubten, nach ihren barbarischen Vorstellungen, meine Ehre tödlich zu verletzen, während sie sich selbst durch ihr Betragen entehrten. Ich dagegen fragte sie, ob Gassenbuben, die einen achtbaren Mann auf der Straße mit Kot bewürfen, dadurch achtbar, der achtbare Mann aber dadurch ein Gassenbube würde?

Bei der Parade am anderen Morgen übergab mir, ganz unerwartet, der General einen vom Hofe erteilten Orden. Dieser war noch eine Spätfrucht meiner ehemaligen Verbindung mit dem Freifräulein von Mooser und das Werk ihres Oheims, des Kriegs-Ministers. Ich konnte das Bändchen, nach meinen Begriffen von Verdiensten, gar nicht annehmen, und hätte ich wirklich ein Verdienst um den Staat gehabt, würde ich mich doch geschämt haben, die Anerkennung desselben alle Tage prahlerisch an mir selbst zur Schau zu stellen. – Meine standhafte Weigerung, das Bändchen mit dem Sternchen anzunehmen, war in den Jahrbüchern der Monarchie unerhört. Meine Äußerung: Pflicht und Tugend lassen sich nicht belohnen, sondern nur anerkennen; aber auch nicht anerkannt, tue der Biedermann seine Pflicht; am wenigsten aber lasse er sich zwingen, vor andern Leuten mit dem, was er geleistet, groß zu tun; –

diese Äußerung galt für Jakobinerei und Unsinn. Der General war wütend. Nun traten die Offiziere wegen ihrer, wie sie meinten, verletzten Ehre gegen mich auf. Ich bekam Verhaft und nach einigen Wochen den Abschied vom Regiment.

Damit war ich wohl zufrieden. Jetzt kleidete ich mich bürgerlich, wie ich wollte; gerade nicht nach der herrschenden Mode, aber bescheiden, bequem und naturgemäß, wie du uns alle hier in Flyeln siehst. Die Leute sperrten die Augen auf und hielten mich für närrisch, und das um so mehr, als sie erfuhren, ich sei nicht weniger als arm, sondern einer der begütertsten Männer des Landes. Nur Amalia wußte, warum ich so handle; denn ich hatte sie mit meinen Ansichten über die heutige Welt und mit meinen Grundsätzen vertraut gemacht. Sie selbst ein Naturkind, einfach und geistvoll, billigte meine Gesinnung und lebte ganz in derselben. Freilich auf Malchens Urteil konnte ich nicht stolz sein, denn es war nur mein eigenes. Sie dachte, sie empfand nichts, als was ich dachte und empfand; ihr Wesen hatte sich in dem meinigen aufgelöst. Ihre ehrfurchtsvolle, töchterliche Liebe war, ohne ihr Wissen, in die reinste, verschämteste und innigste Liebe der Jungfrau übergegangen, und ich selbst schien mir für die Vaterrolle etwas zu jung.

Als ich eines Tages zu ihr davon sprach, daß ich auf meine Güter zurückzugehen gedenke, bat sie, mir folgen zu dürfen; sie wäre glücklich, mir dort als Magd dienen zu dürfen; und als ich stockend sagte, ich gedenke mich zu vermählen, senkte sie mit gefalteten Händen ihr Haupt und sprach: Desto besser, deine Gemahlin wird keine getreuere Dienerin finden als mich! – Aber, sagte ich, meine künftige Gemahlin denkt schon jetzt nicht so vorteilhaft von dir, als du verdienst. – Was habe ich bei ihr schon verschuldet? antwortete sie mir mit erhobenem Antlitz und allem Stolz der Unschuld. Zeige mir deine Braut, ich werde um ihre Huld und Achtung werben! – Ich führte Malchen vor den großen Spiegel des Zimmers, zeigte hinein und sagte stammelnd: Da siehst du sie! – Sie machte bei diesen Worten eine Bewegung des Schreckens, sah mich erblassend mit ihren großen blauen Augen an, worin eine Frage erstarb und sagte dann zitternd: Mir ist nicht wohl! Sie sank wie tot nieder. Ich rief der Magd, war aber vom Entsetzen fast gelähmt.

Als Amalia genas und nach dem Schlummer, welcher der Ohnmacht gefolgt war, ihre Wangen sich färbten und sie die Augen aufschlug, war ihr erstes ein sanftes Lächeln gegen mich, dann Verwunderung über meine und der beschäftigten Magd Sorge. Erst allmählich kehrten ihre Erinnerungen zurück. Sie glaubte geschlafen zu haben, und ich wagte kaum von dem Vorgefallenen zu reden. Als wir wieder allein waren, sagte ich: Amalia, warum erschrakst du vor dem Spiegel? Warum darfst du nicht meine Braut sein? Rede offen, ich bin gefaßt, alles zu hören! – Sie errötete, und blieb lange stumm, den Blick auf den Boden geheftet. – Warum darfst du nicht? fragte ich noch einmal. Da seufzte sie und sah gen Himmel: Dürfen? o Gott, *dürfen?* Was darf ich anders, als was du willst? Kann ich denn selig sein, kann ich den atmen, ohne dich? Ob deine Magd, ob deine Braut, ist alles eins, denn ich habe nur *eine* Liebe für dich!

Während ich in den Vorhallen des Himmels lebte, war die Stadt vor Erstaunen außer sich; waren meine Verwandten, väterlicher- und mütterlicherseits, in Grausen und Verzweiflung, als ich meine nahe Vermählung mit Amalien ankündete. Ein Freiherr, aus altadeligem Geschlecht, dessen Altvordern im Dienst der Könige die höchsten Würden bekleidet hatten, ein hof-, turnier- und stiftsfähiger Baron, mit den ersten Familien des Landes blutsverwandt, geht die heilloseste Mesalliance ein, nicht einmal mit einer Briefadeligen, nicht einmal mit einer vornehmen Bürgerlichen, nicht einmal mit einer ehrlichen Handwerkertochter, nein, mit einem Bettelmädchen von unehelicher Abkunft! – Von meiner ganzen Verwandschaft erhielt ich Drohbriefe; man werde sich meiner schämen müssen; drohte mich von künftigen Erbschaftsfällen ausschließen zu wollen und mich durch Verwendungen allerhöchsten Orts zu zwingen wissen. Es kam alles zu spät, denn schon nach vierzehn Tagen war mir Amalia vor dem Altar förmlich angetraut worden.

Was soll ich dir von den Torheiten erzählen, welche die mit Vorurteilen behafteten Menschen begannen, sobald ich's darauf anlegte, als ehrlicher, natürlicher Mensch zu leben; streng, der Wahrheit gemäß, mit Verbannung allen Unsinns, aller Tanzmeisterhöflichkeiten, aller Ausländereien, aller sogenannten Konvenienzen, ohne jedoch deswegen ein würdiges und anständiges Betragen aus den Augen zu setzen. Mein einfaches Du, mit dem ich jeden anredete und von jedem angeredet zu werden bat, schreckte sogleich jeden von mir, als wäre ich mit Pestbeulen bedeckt. Mein Bart wurde zum Gespött; mein freundliches Grußerwidern ohne spießbürgerliches Hutabziehen auf der Straße hieß Grobheit. Ich ließ mich nicht irre machen; einmal mußte Bahn gebrochen werden. Ich wollte sehen, ob es im neunzehnten Jahrhundert erlaubt sei, in einer europäischen Stadt mit Wegwerfung aller Schnurren, aller verschrobenen Begriffe, zu leben? Weit entfernt, jemanden durch irgendeine Unart zu kränken, jemanden wegen seines Vorurteils, seiner moralischen Verzerrung Vorwürfe zu machen, wurde ich im Gegenteil gefälliger gegen jeden. Ich suchte die Menschen, von welchen ich jetzt äußerlich so verschieden war, wie ich es schon in meinem Innern gewesen, durch Güte, durch Wohltun mit mir zu versöhnen – es war fruchtlos.

Ich begab mich auf meine Güter, hierher nach Flyeln, und fand Vergnügen daran, mit meinen Gutsinsassen bekannt und vertraut zu werden. Sie waren damals Halbwilde; denn sie waren Leibeigene. Sie krochen vor ihrem Erbherrn sklavisch. Keiner konnte lesen und schreiben; sie waren träge und unsittlich; Faulenzen, Saufen und Raufen schien ihr Himmel; Aberglaube war ihre Religion; tote abgöttische Werkheiligkeit ihre Religiosität und Lug und Trug ihre Klugheit. Ich beschloß, aus diesem Vieh Menschen zu machen; ließ das Gefängnis verbessern und ein großes Schulhaus bauen; ich und Amalia besuchten alle Hütten, es waren kotige Ställe. Ich gebot, bei schwerer Strafe, die strengste Reinlichkeit. Wer nicht gehorchte, bekam Gefängnisstrafe, den Gehorsamen hingegen beschenkte ich zur Aufmunterung mit Tischen, Spiegeln, Sesseln und anderem Hausgerät. Bald war alles in den Häusern wohlgeordnet und sauber. Ich verbot Kartenspiel, Branntwein, Kaffee, Raufereien, Fluchen und Schwören usw. Wer fehlte, wurde bestraft; wer gehorchte und einen Monat lang nie Ursache zum Tadel gab, dem erließ ich die Frondienste. Ich gab dem alten Pfarrer ein Gnadengehalt; wählte an dessen Stelle einen jungen, gelehrten, trefflichen Geistlichen, der ganz auf meine Idee einging; ernannte einen im wechselseitigen Unterricht geübten, in der Schweiz bei Pestalozzi erzogenen Jüngling zum Schullehrer mit gutem Gehalt, und vollendete mit diesen beiden Gehilfen die Reformation. Ich selbst hielt mit den erwachsenen Jünglingen und jungen Männern wöchentlich zweimal Schule: Amalia mit den Jungfrauen, des Pfarrers Frau mit den Müttern. Ich ließ alle Kinder auf meine Kosten neu kleiden, so wie du sie noch jetzt siehst, und Amalia änderte auf unsere Kosten die unkleidsame Tracht der Mädchen.

Schule und Gefängnis wirkten; noch mehr der Eigennutz. Sich bei mir einzuschmeicheln, ließen die jungen Männer den Bart wachsen. Ich verbot das den Leibeigenen; nur den *Freien* war erlaubt, den Bart zu tragen. – Sklaven mußten barbiert gehen. Ich tat die Pforte zur Freiheit auf. Wer seine Felder nach meiner Vorschrift am besten bebaute, erhielt dieselben Ende des Jahres gegen geringen, doch loskäuflichen Bodenzins, zum Eigentum und wurde außerdem vom Frondienst befreit. Wer im zweiten Jahre der Sparsamste, Fleißigste, Verständigste war, empfing seine Freiheit, sein

Haus zu eigen, einen Vorschuß an Geld, ein nach meiner Tracht gemodeltes Ehrenkleid, und durfte den Bart wachsen lassen. Schon am Ende des ersten Jahres hatte ich Anlaß und Recht, ja sogar die Verpflichtung, mehrere Familien frei zu geben, die sich ausgezeichnet hatten; sie gehörten schon vor meiner Ankunft zu den bessern. Dies erweckte bei vielen Neid, bei allen Anstrengung zur Nacheiferung, um so mehr, als ich an den Gerichtstagen einige von den Freien mit mir zusammen über die Angeschuldigten richten ließ. Die Beisitzer des Gerichts wurden aus der Mitte der Freien, von ihnen selbst, erwählt.

Während ich mich hier um die übrige Welt wenig bekümmerte, tat es diese desto mehr um mich. Ganz unerwartet erschien auf ministeriellen Befehl, den meine Verwandten erwirkt hatten, eine außerordentliche Kommission, um meine Gesundheits- und Vermögensumstände zu untersuchen. Man hatte mich für wahnsinnig ausgeschrien und daß ich mein gesamtes Vermögen auf die tollste Weise verschwende. Die Herren der Kommission taten sich ein paar Monate lang gütlich bei mir. Ich weiß nicht, welchen Bericht sie abgestattet haben, aber vermutlich den unvorteilhaftesten, weil ich vergaß, ihnen Gold in die Hand zu drücken; denn ohne Rücksicht auf meine Beschwerden und Rechtsverwahrungen wurde ich wie ein Blödsinniger behandelt und durfte meine Güter nicht mehr verlassen. Es wurde mir ein Administrator meines Vermögens gesetzt, der zugleich mein Betragen beobachten, und jeden Besuch von Fremden abhalten sollte. Zum Glück war der Administrator ein rechtschaffener und nicht unverständiger Mann; darum wurden wir bald einig und Freunde. Als er meine Rechnungen durchgesehen hatte, erstaunte der gute Mann über die Strenge der Ökonomie und begriff, daß ich durch die allmähliche Aufhebung der Leibeigenschaft und der Frondienste eher gewänne als verlöre. Aus langer Weile half er selbst mir bei den Vermenschlichungsversuchen meiner Sklaven. Er hatte dabei noch einige gute Einfälle, wie z. B., daß die Freigelassenen fünf Jahre lang über ihre Ausgaben und Einnahmen Rechnung vor Gericht ablegen mußten, um versichert zu sein, daß sie sich nicht verschlimmerten und insgeheim nicht nachlässig würden. Der gute Mann wurde zuletzt ganz begeistert von unserer Flyelner Wirtschaft; denn er sah, wie von den wohlberechneten Schritten selten einer vergebens getan war. Schon im zweiten Jahre meines Hierseins zeichneten sich die Landleute in unseren Ortschaften vor allen der ganzen Gegend durch Häuslichkeit, Kenntnisse und Ehrbarkeit aus. Man hieß sie anderwärts nur Herrenhuter, und in den benachbarten Dörfern glaubt man noch heutigen Tages, die Flyelner hätten eine andere Religion angenommen.

Der Administrator und Vormund fand meine Ansicht über die Welt in den Hauptsachen vollkommen richtig. Er wünschte sogar, daß man allgemein auf eine Vereinfachung und größere Wahrhaftigkeit in Sitte, Wandeln und Leben zurückkommen möchte. Nur der Bart war ihm zuwider, und seinen steifen Zopf im Nacken und den Puder im Haar verteidigte er auf Tod und Leben; auch das Du war ihm anstößig, und er konnte es gegen Amalien und mich, trotz aller Anstrengung, nicht über die Lippen bringen. Inzwischen hatte sein Bericht über mich, nach dem ersten Jahre seiner Administration, und nachdem er der Regierung über die Gesamtverwaltung meines Vermögens die befriedigendsten Aufschlüsse gegeben hatte, die gute Folge, daß ich wieder in die Selbstadministration eingesetzt wurde, aber mit der einstweiligen Verpflichtung, jährlich davon Rechenschaft abzulegen. Das war das Werk meiner Verwandten. Sie ließen sich nicht ausreden, ich habe einen guten Teil des gesunden Menschenverstandes verloren, obgleich mich mein bisheriger Vormund nur für einen wunderlichen Sonderling hatte gelten lassen wollen. Eben deswegen und damit ich durch meine neuerungssüchtigen Irreden, nämlich durch mein unverhohlenes Aussprechen dessen, was Natur und Vernunft gutheißen, kein Ärgernis gäbe, wurde mir verboten, mich ohne besondere höchste Erlaubnis über die Grenzen meiner Güter hinaus zu begeben, das heißt, geboten: das große europäische Irrenhaus nicht zu besuchen, sondern es bloß aus den Zeitungen kennenzulernen. Dabei konnte ich nur gewinnen.

Es sind nun beinahe fünf Jahre, daß ich hier in meiner glückseligen Einsamkeit wohne. Gehe hinaus, betrachte meine Felder und die Felder unserer Bauern und unsere Waldungen, unsere Herden und Wohnungen! Du wirst einen aufblühenden, vorher hier ungekannten Wohlstand erblicken. Alle meine Leibeigenen sind frei. Ein einziger Trunkenbold und ein anderer träger, roher Kerl schienen unverbesserlich. Der Trunkenbold starb; den andern bekehrten weder Hoffnungen noch Strafen. Als aber alle Flyelner einen Bart trugen und er und der Pfarrer nur allein glattkinnig gingen, machte das auf den Kerl eine wunderbare Wirkung. Auch der Pfarrer wagte es endlich, den Bart stehen zu lassen, und so blieb der Leibeigene allein der Geschorene. Das konnte er nicht ertragen; er besserte sich, um unter ehrlichen Leuten ehrlich zu sein.

Dem guten Pfarrer verursachte sein Bart beim Konsistorium vielen Verdruß. Umsonst bewies er, daß der Bart weder für noch wider den wahren Glauben sei; umsonst berief er sich auf die heiligen Männer des alten und neuen Bundes; umsonst zeigte er, daß er, indem er sich seiner Gemeinde in allem gleich mache, am besten wirken könne; daß er eben dadurch wirklich einen für unverbesserlich gehaltenen Menschen gebessert habe. Der Bart gab zu vielen Konsistorial-Verhandlungen Anlaß. Erst als mein Pfarrer ärztliche Zeugnisse beibrachte, daß er, sonst immer an Zahnweh leidend, nur durch den Bart gegen diese Not geschützt sei, wurde ihm derselbe, um seiner Gesundheit willen, doch unter Beschränkungen, gestattet.

Ich besetze jetzt nicht nur mit meinen freien Leuten das Dorfgericht, sondern habe ihnen auch das Recht erteilt, sich aus ihrer Mitte Vorsteher zu ihrer Gemeinde-Verwaltung zu wählen. Ihr Ehrgefühl ist geweckt; sie fühlen ihre Menschenwürde. Von Zeit zu Zeit speisen ausgezeichnet wackere Leute mit ihren Frauen an meinem Tische. Ich bin ihresgleichen. Die Gleichförmigkeit der Kleidertracht stellt eine gewisse Vertraulichkeit her, ohne die Ehrfurcht zu schwächen. Vor alten Leuten müssen die Kinder aufstehen und das Haupt entblößen; aber keiner entblößt vor seinesgleichen das Haupt. Jede erwiesene boshafte Lüge gehört bei uns zu den Verbrechen, wie der Diebstahl. Die Leute, nun sie sich selbst richten, sind strenger, als ich es ehemals war, und ich muß ihre Urteile oft mildern. Unsere Schulen sind gut; die fähigen Knaben lernen auch Weltgeschichte, Erd-, Völker- und Staatenkunde, so wie Feldmeßkunst und etwas vom Bauwesen. In der Kirche haben wir einen schönen vierstimmigen Chor.

Doch, lieber Norbert, besser, du bleibst einige Tage bei uns und siehst selber; kannst du, so verweile einige Wochen!

DAS GESPRÄCH AUF DER HÖHE VON FLYELN

So erzählte Olivier.

Ich verhehle es nicht, alles, was er mir gesagt, alles, was ich in Flyeln gesehen hatte, machte großen Eindruck auf mich. Ich bewunderte seinen Mut, seinen wohltätigen Schöpfergeist und bemitleidete sein Los, in solchem Grade verkannt zu werden, als er es war.

Es bedurfte nicht der Überredungsgabe meines Freundes, nicht der zauberischen Schmeichelei in den Bitten der schönen Baronin, um mich zur Verlängerung meines Aufenthalts in dieser herrlichen

Oase zu bewegen. Ja, ich muß dies Flyeln eine Oase nennen, eine blühende Insel in den Wüsten der umliegenden Gegend; denn hier, sobald man diesen Boden betritt, wenn man aus den teils sandigen, teils versumpften Landschaften der Umgebung, aus den weiten, verwilderten Kieferwäldern, aus den ärmlichen, kotigen, unordentlichen Dörfern voller Baracken und verwahrloster Menschen tritt, wird der Boden plötzlich grüner, der Mensch zusehends menschlicher. Auch hier waren Baracken, sie sind aber saubere Hütten geworden, in denen ich mit Vergnügen am Arm der Baronin Besuche machte; auch hier waren Moräste; man erkennt sie aber nur noch an den langen Gräben und unterirdischen, mit Steinen gefüllten, mit Erde überdeckten Wasserabzügen; auch hier waren Sklaven, die vor dem Oberherrn und noch mehr vor seinen Beamten zitterten und insgeheim beide zu betrügen gewohnt waren; jetzt aber haben sie die aufrechte, gerade Stellung freier Menschen, sie sehen in dem Baron ihresgleichen – aber mit welcher kindlichen Ehrfurcht und Liebe umringen sie jetzt ihn und die Seinigen! – Diese Umänderung im Zeitraum eines halben Jahrzehnts wäre einem Wunder ähnlich, wenn man nicht wüßte, wie klug und fest Olivier dabei zu Werke ging; wie er nur sehr langsam aus der Rolle des gebieterischen Leibherrn zu der des Lehrers, dann des Vaters überging; wie er seine Bauern, hinter welche er die Furcht vor den angedrohten Strafen als Treiber stellte, wie er sie vorwärts lockte und durch ihren groben Eigennutz kirrte; wie er nie auf ihre Erkenntlichkeit, nie auf ihren Verstand, nie auf ihr sittliches oder religiöses Gefühl rechnete, sondern sie anfangs mehr bloß abrichtete, als unterrichtete, und dann auf die Stärke mehrjähriger, gewohnter Einübung zum Bessern und auf die nachwachsende Jugend hoffte. Daher übernahm er und die Baronin, der Pfarrer und Schullehrer die Unterweisung aller; daher kam es auch, daß die Beisitzer des Gerichts, daß die Vorsteher der Gemeinden meistens junge Leute von fünfundzwanzig bis dreißig Jahren waren; wenigstens erblickte ich keinen der alten Bauern unter ihnen.

Doch alles das gehört nicht hierher. Ich will ja nur das Los meines Freundes erzählen, nicht die Art und Weise, wie er seine Untergebenen entwilderte oder seine unwirtbaren Schollen blühend machte. Als mir Olivier seine Haushaltungsbücher vorlegte und unwiderleglich zeigte, daß er, weit entfernt, bei den vorgenommenen Änderungen an Einkünften zu verlieren, im Gegenteil mehr erhielte, als sein verstorbener Oheim und jeder seiner Vorfahren bezogen hatte, warf er lächelnd das Wort hin: Nun siehst du, Norbert, wo die Narrheit zu Hause ist, ob in Flyeln oder in der königlichen Residenz? Weil ich gewinne, werde ich wie ein Verschwender behandelt und muß fremden Menschen, die man mir zur Untersuchung meiner Rechnungen schickt, Einsicht in das Innerste meines Hauswesens gestatten.

Warum beklagst du dich nicht darüber? Es ist eine Ungerechtigkeit, eine Gewalttat!

Meine Beschwerden würden vergeblich sein. Kein Gericht, sondern kurzweg ein Kabinettsbefehl, vom Ministerium veranlaßt, verdammte mich zu dieser Lage. Die Sache ist nicht leicht abzustellen; denn das Ministerium wird keinen Schritt zur Aufhebung tun wollen, weil es damit selber erklären müßte, ungerecht gehandelt zu haben. Die jährlich kommende Untersuchungs-Kommission wird dazu nicht raten, weil sie sonst das Vergnügen einer Lustreise und den Gewinn von Taggeldern, auf meine Kosten gezahlt, verlöre. Daß man mich hier wie einen Gefangenen auf das Gut meiner Vorfahren gebannt hat, ist noch das Erträglichste. – Jetzt, Norbert, ehrlich, wie denkst du von allem?

Ich gestehe dir, Olivier, ich kam mit Vorurteil und Trauer zu dir; ich werde dich mit den angenehmsten Erinnerungen verlassen! Man hat dich überall für einen Wahnsinnigen ausgegeben; der bist du nicht, sondern ich stimme deinem ehemaligen Administrator bei: du bist nur ein edler, wunderlicher Sonderling.

Sonderling? Nun ja, es ist der rechte Name für diejenigen, welche sich von dem Schlendrian und dem Unwesen des Zeitalters absondern. Diogenes von Sinope galt auch für einen Toren; Cato, der Censor bei den Römern, für einen Pedanten; Columbus wurde auf den Straßen Madrids für einen Narren angesehen; Olavides der Inquisition übergeben; Rousseau von den Bernern aus seinem Asyl vertrieben, so wie Pestalozzi von vielen seiner Landsleute zu den Halbnarren gezählt wurde, weil er mit Bettlern und deren Kindern lieber, als mit der gepuderten Haarbeutelwelt umging. Und daß ihr mich einen Sonderling heißt, mich, der ich doch nur mein von Gott empfangenes Recht, vernünftig und naturgemäß zu denken, zu sprechen und zu handeln, und nichts anderes, geltend mache – ist das nicht ein herber Vorwurf gegen euch selbst?

Nein, Olivier, kein Vorwurf, weder gegen die Welt, noch gegen dich! Niemand wehrt dir, vernünftig und natürlich zu denken und zu handeln; aber schone auch du die Rechte anderer, nach ihren gegenwärtigen Begriffen, Gewohnheiten und selbst nach ihren Vorurteilen zu denken, zu sprechen, zu handeln, bis sie oder ihre Kinder einst weiser sind. Nicht alle Menschen können Philosophen sein!

Habe ich ihrer nicht geschont? habe ich sie angegriffen?

Allerdings, Freund! wenn du mir es zu sagen erlaubst. Indem du deine Sitten den allgemeinen Sitten zu grell gegenüberstelltest, brachst du den Frieden mit denen, unter welchen du lebtest, und bewirktest du nur die Hälfte des Guten, was du wirken konntest, ja nicht einmal die Hälfte. Christus nahm Judäas Sitte an, ließ sich sogar zu Judäas Vorurteilen herab, um mächtiger zu wirken. Was liegt am Ende an einer lächerlichen Mode, was daran, ob man einen steifen Zopf oder kurz geschnittene Haare, einen Bart oder ein glattes Kinn trägt? Du kennst die Bedeutung des Sie im Deutschen, des vous im Französischen. Nun ja, ich gebe zu, es sei töricht, eine Person in der Mehrzahl anzureden; aber was schadet dies zuletzt? Redeten nicht auch Griechen und Römer von sich in der Mehrzahl? Du kennst die Bedeutung des *Sie* im Deutschen und des *Du.* Warst du nun nicht der angreifende Teil, als du dich über den herrschenden unschuldigen Gebrauch wegsetztest und ohne Rücksicht auf die bisherigen Begriffe von Anstand jedem das Du aufdrängtest? Wer sich der Welt gegenüberstellt, dem steht sie gegenüber. Könntest du dich darüber wundern?

Ich wundere mich keineswegs, weil ich das erwartete. Führe mir nicht das Beispiel von Christus an, nach der Weise derer, die alle ihre Trägheit und Schalkheit mit frommer Miene hinter verdrehten Schriftstellern der Bibel verstecken. Der Göttliche hatte mit seinen Zeitgenossen Höheres zu tun, als ich, darum schwieg er zu den geringeren Torheiten; ich aber habe es mit diesen allein zu tun und will wenigstens mich nicht zwingen lassen, Barbareien zu loben, zu entschuldigen, oder gar mitzumachen. So viel Recht wird dem Menschen auf Erden unter Menschen doch wohl noch gestattet sein, daß er Gebrauch von seinem schlichten Verstande mache?

Freund, wie mir es scheint, hat man dir dies Recht nicht streitig machen wollen; wohl aber das Recht, durch unbehutsame Mitteilung deiner Überzeugungen, zumal wenn sie im offenen Streit mit der noch bestehenden Ordnung sind, gefährliche Verwirrungen zu veranlassen. Du selbst hast anfangs in Flyeln bei deinen Leibeigenen den gestrengen Grundherrn gespielt, hast sie nur nach und nach, je nachdem sie dazu vorbereitet waren, und nicht plötzlich, zur Freiheit geführt. Du wußtest wohl, daß es verderblich sein würde, Kindern ein Messer in die ungeübte Hand zu geben, das in geübten Händen das nützlichste Werkzeug ist. Was würdest du gesagt haben, wenn einer deiner Leibeigenen plötzlich gegen seine Genossen die Sprache der Wahrheit von den ewigen Grundrechten der Menschheit, von der Barbarei und Ruchlosigkeit des Feudalwesens, von der natürlichen Gleichheit der Menschen geführt hätte? Würde dieser Reformator nicht alle deine edeln Entwürfe zerstört haben?

Allerdings, Norbert! aber ich hoffe, das Beispiel geht nicht mich und mein Tun an. Ich habe nie gegen die bestehende Ordnung geredet, auch wenn sie schlecht war, sondern ich gab Gott, was Gottes und dem Kaiser, was des Kaisers ist. Ich redete nur gegen solche bestehende Mißbräuche und Vorurteile, die nicht durch bürgerliche oder Staatsverträge geheiligt sind. Gegen euer Undeutsch, gegen eure Maskeraden und heuchlerischen Komplimente, gegen euern unnatürlichen Luxus, gegen eure weibischen, hölzernen Verunstaltungen durch welsche Moden, gegen eure Begriffe von Ehre und Schande, von Verdienst und Belohnung habe ich geredet, und zwar nur verteidigungsweise für meine Person, wenn ihr Europäer mich nötigen wolltet, meine Rückkehr zur Vernunft zu verdammen, und mich zwingen wolltet, eurer Verkehrtheit zu gefallen, von der Natur wieder abtrünnig zu werden.

Aber, Freund Olivier! Deine Urteile über stehende Heere, über den Geburtsadel, über die unterdrückten Rechte der Nationen, über . . .

O Popoi, Freund Norbert! Diese Sätze sind, Gott Lob, in Europa als *tote* Wahrheiten allgemein anerkannt. Man nennt sie in Thesi und in der Theorie richtig, in der Praxis irrig, und zwar aus triftigen Gründen. Ich habe nichts dagegen; ich selbst, wäre ich Fürst oder Minister, würde mich wohl hüten, ehe ich ein philosophisches Volk hätte, Platos Republik einzuführen. Allein ich habe diese Sätze unter Freunden, unter meinesgleichen ausgesprochen, nicht sie dem Pöbel, zur Empörung, gepredigt. Ich tat, was heute Millionen in Schrift und mündlichem Worte tun. Ihr müßtet der halben Bevölkerung Europas den Kopf abschlagen, wenn ihr wolltet, daß solche Sachen nicht gedacht und gesprochen würden. Eben daß man sie in der einen Hälfte des Volkes denkt und spricht, dadurch allein dringen sie auch in die andere Hälfte über, und ist einmal die *Mehrheit* vom Besseren überzeugt, dann macht sich alles leicht von selbst, ohne Staatsumwälzung und Blutbad, auf dem natürlichen Wege der verbesserten Gesetzgebung. Wahrlich, nicht deswegen hielt man mich für wahnsinnig, lieber Norbert, nicht deswegen verbannte man mich aus der übrigen Welt! Niemand hätte etwas dagegen gehabt, wenn ich, als Baron, gegen die Ungerechtigkeit, Barbarei, Torheit und Schädlichkeit deklamiert haben würde, welche mit dem Institut des bevorrechteten Erbadels verbunden sind; niemand hätte etwas dagegen gehabt, wenn ich bei meinen Deklamationen eine Gräfin oder Baronin geheiratet haben würde. – Es treiben's viele so. Aber daß ich *folgerecht handelte,* obgleich niemand dadurch beschädigt wurde; daß ich die Liebe eines schönen und tugendhaften Bettlerkindes dem Vorurteil meiner ahnenstolzen Sippschaft vorzog; daß ich, ein Baron, ein von der Landstraße weggenommenes uneheliches Kind zur Gemahlin wählte – das war ein Verbrechen. Norbert, siehe Malchen noch einmal an – dann tritt vor meinen pergamentenen Stammbaum, und dann verdamme mich!

Mit solchen Dokumenten für dein Recht, lieber Olivier! bist du freilich ein furchtbarer Advokat. Ich denke aber, der Adel hätte dir am Ende diese Sünde gegen seinen Stand wohl hingehen lassen und dich allenfalls als eine Ausnahme von der Regel betrachtet. – Du weißt, man denkt heutigen Tages in solchen Dingen schon viel duldsamer; der Adel ist nicht mehr wie . . .

Das glaubst du? O mein Freund, täusche dich nicht über unsere Kaste, in der nicht nur die Physiognomien und Vorrechte, sondern auch die Begriffe und Vorurteile der Familien erblich, und durch Vererbung auf viele Generationen unausrottbar geworden sind! Der Adel hat die eigentliche *fixe* Idee, von Geburt aus von besserem Teige zu sein als die übrige Menschheit, und wenn er auch der Gewalt der Revolution unterliegen muß: seine fixe Idee bleibt obenauf. Sahst du nicht den ausgewanderten Adel Frankreichs im Elend? Seinen Dünkel verlor er nicht, auch als er seine Schuhe selbst flicken, seine Hemden selbst waschen mußte. Siehe die jungen, im Elend geborenen oder erzogenen französischen Edelleute jetzt wieder in Frankreich! Was treiben sie? Statt mit ihrem Schicksal ausgesöhnt zu sein, klagen sie, weil sie mit Leuten von bürgerlicher Abkunft so viele, ja alle Rechte teilen sollen. Dafür arbeiten sie gegen die Verfassung, bis es keine Verfassung mehr ist, und eine neue Revolution sie abermals ausstößt.

Hier, mein lieber Advokat, läßt du dich auf einer Schwäche ertappen, die ich zu benutzen viel zu großmütig bin! Was beweisen Menschen jenes Landes für oder wider Menschen unseres Landes? Wer würde aus den Begriffen der indianischen Häuptlinge mit ihren knöchernen Nasenringen eine Anklage gegen unsern hiesigen Adel machen wollen? – Lassen wir das! Aber versteh' mich wohl! Ich möchte dich mit der übrigen Welt aussöhnen. Ein kleines Opfer von dir, eine geringe Nachgiebigkeit in unbedeutenden Äußerlichkeiten, und, glaube es mir, man wird dir alle deine Meinungen, selbst deine Paradoxien verzeihen. Und wir sind schuldig, Opfer zu bringen. Nur dadurch erkaufen wir Vertrauen. Und nur im Besitz des öffentlichen Vertrauens können wir öffentlich wirken.

Du verlangst ein kleines Opfer von mir, Norbert! Ich kenne es schon. Du forderst, als Kleinigkeiten, nichts weniger, als mich selbst mit allen meinen Überzeugungen, Grundsätzen und daraus hervorgehenden Pflichten zu opfern. Aber wenn ich nun meine Überzeugungen und Grundsätze aufgeopfert habe, das heißt, mein ganzes Wesen, was tauge ich dann noch in der Welt? Womit soll ich dann Gutes wirken?

Noch mit vielem! Siehe andere weise Männer, sie stiften, ohne mit der Welt zu zerfallen, unsägliches Gute! Warum könntest du es nicht? Was kannst du, selbst durch dein Beispiel, aber *allein* stehend, wirken, wenn dich, wie es jetzt geschieht, deine Umgebung verkennt und glaubt, du habest Schaden an deinem Verstande genommen?

Die Frage verdient eine Antwort, denn sie ist von allen deinen Fragen die wichtigste. Zuerst gedenke meiner Befugnis als Mensch, daß ich, wenigstens in meinem Hause, auf meinem Boden, meiner *besseren* Überzeugung gemäß, essen, trinken, mich kleiden, reden und handeln darf, wenn ich damit nur keine fremden Rechte verletze. Da ich nun die Albernheiten und Abgeschmacktheiten, Künsteleien, Unnatürlichkeiten und Verzerrungen der jetzigen europäischen Menschheit, wie sie sich eben aus dem Schlamm alter Barbarei hervorwindet, lächerlich, schädlich, unnatürlich, verächtlich finde, soll ich, trotz aller Neigung, alles Berufes und aller Pflicht zum Wahren und Gerechten, keinen Gebrauch von jener Befugnis machen? Selbst nicht auf die Gefahr hin, daß ich von unseren Barbaren, den Kunst- und Gewohnheitstieren, die es nun einmal nicht besser verstehen, ausgelacht werde? Soll der Weltumsegler, wenn die Wilden Indiens ihm Menschenfleisch zum Schmause vorsetzen, sein Grausen überwinden und die scheußliche Sitte mitmachen, damit ihn die Indianer nicht auslachen? – So viel, Norbert, was meine Person unmittelbar und allein berührt!

Hier schwieg Olivier einen Augenblick, als wollte er etwaige Antworten abwarten, fuhr aber bald fort: Übrigens, Norbert, erinnere dich des Bruchstückes aus der Reise des Pytheas, deines eigenen Geständnisses und der *getroffenen* und *treffenden* Wahrheit! Du selbst gibst zu, daß die menschliche Gesellschaft unsers Weltteils weit von den Gesetzen der Natur abgeirrt ist. Ihr alle gesteht, daß wir eben darum unendlich viel zu leiden haben; denn die Verletzungen der ewigen Gesetze Gottes tragen ihre Strafen gegen die Frevler in sich selbst. Keiner von euch leugnet, daß euer gesamter bürgerlicher und häuslicher Zustand, daß eure Verfassungen, Sitten und Lebensweisen höchstens nur ein folgerechtes Beharren im

Naturwidrigen sind. Aber wer von euch hat den *Heldenmut der Vernunft,* zu den einfachen ewigen Ordnungen Gottes zurückzukehren? An *diesem* Heldenmut fehlt es! Wohlan, mir ist er nicht fremd. Es ist gut, daß einer und einzelne, unbekümmert um Wahn und Gelächter des großen Haufens, ein Beispiel des Guten und Rechten im Leben aufstellen. Es ist gut, daß einzelne aufstehen, die mit dem herrischen Wahne des Zeitalters sich nicht vergleichen, sich ihm nicht fügen, sondern ihm offene Fehde bieten. Denn durch bloße Lehren von Kanzeln, Kathedern und Schaubühnen, durch bloße Philosopheme, durch Lobreden auf Natürlichkeit und Wahrheit, wird nichts getan. Ihr redet, philosophiert und schreibt immerdar, und die Lehrer bleiben selbst immerdar wie sie sind, und die Schüler werden nicht anders. – Darum ist's gut, daß einzelne die Urbilder des Besseren in die Wirklichkeit des Lebens einführen. Allerdings wird man sie anfangs für Unsinnige halten und bemitleiden und bespötteln. Nach und nach gewöhnt sich das Auge der Zeitgenossen aber an die fremdartigen Erscheinungen. Endlich wird gesagt werden: aber der Mann hat doch in vielen Dingen so unrecht nicht. Zuletzt wagen es die Kühnsten, schüchtern in einzelnen Dingen nachzufolgen. – Und, Norbert, wer die Menschheit, oder auch einen kleinen Teil der Menschheit, nur um einen Schritt wieder zur Natur zurückgeführt hat, der hat für die Flüchtigkeit des Lebens genug getan! – Und so, lieber Freund, laß mich gewähren! Viele pflegen den, der recht tut, nur deswegen zu tadeln, weil es sie verdrießt, daß eben er, und nicht sie selbst den Mut haben, das Rechte zu tun. – Weil ich ohne Luxus und mit Verbannung des Fremdartigen trinke und speise; weil ich mich bequemer und dem Auge gefälliger kleide; weil ich dem männlichen Bart seine Ehre widerfahren lasse; weil ich den Vorrechten und Vorurteilen meiner Kaste entsage, und nicht mehr, als ich wert bin, gelten will; weil ich mich durch Vermählung mit einem Mädchen von niedriger und unehelicher Abkunft nicht zu beflecken glaube; weil ich keine Ehre durch einen Zweikampf herstellen, und kein Zeichen meiner wirklichen oder vermeintlichen Verdienste auf der Brust zur Schau tragen mag; weil ich Leibeigene zu meinen freien Mitmenschen und Freunden mache; weil ich die Lüge verachte, die Wahrheit ohne Furcht bekenne: darum werde ich noch im *neunzehnten Jahrhundert* wie ein Narr behandelt, ungeachtet ich der Vernunft gemäß lebe, mich gegen bestehende Verfassungen und Gesetze nicht verging, niemandem Leids zufügte, manchem Gutes erwies, nie das wahrhaft Sittliche und Anständige verletze. – Hier, Norbert, hast du meine Antwort auf deine Frage! Nun laß uns davon abbrechen!

Wir brachen ab. Ich umarmte den edlen Sonderling, und sagte ihm nur lächelnd: Wir haben ein altes Sprichwort: Allzu scharf macht schartig.

Nach einigen Tagen verließ ich ihn. Die Erinnerungen an Flyeln werden zu den angenehmsten meines Lebens gehören. Ich will es auch nicht verhehlen, daß, wenn die ganze Welt in den Wahnsinn meines Olivier verfallen wollte, ich mit Freuden einer der ersten Wahnsinnigen werden würde. Wir haben seitdem unsern Briefwechsel wieder aufgenommen, und ich habe ein Gelübde getan, von Zeit zu Zeit nach dem glücklichen Flyeln zu wallfahrten.

NACHWORT

»Es ist Brauch, bewegliche Klagen anzustimmen über den schlechten Geschmack der Leser, so oft in der Geschichte unserer Literatur die Rede kommt auf die außergewöhnliche Beliebtheit eines nichtigen Erzählers.« So meinte schon der gelehrte, aber unorthodoxe Germanist Eduard Engel in seiner »Geschichte der deutschen Literatur« 1918 und führte, ungerührt vom Hochmut der professoralen Literaturzunft, Heinrich Zschokke als einen Unterhaltungsschriftsteller voller Vielseitigkeit und Lebendigkeit an:

»Zschokke besaß eine unerschöpfliche Erzählungsgabe für selbsterfundene oder aus anderen Literaturen entlehnte Geschichten, gute und schlechte, feine und rohe. Sein Vortrag ist unkünstlerisch, aber nicht ohne Geschick, und für die Erzählung mit unheimlichem Inhalt besitzt er eine Fertigkeit in der Stimmungsmache, die über E. T. A. Hoffmann hinausgeht.«

Wer ist dieser Heinrich Zschokke, dieser fast unbegreiflich fruchtbare Schriftsteller, der bei seinem Tod im Jahre 1848 ein literarisches, politisches, juristisches, naturwissenschaftliches und theologisches Werk von 36 Bänden hinterläßt? Zweifellos ist er unter den deutschsprachigen Dichtern, die wie ein Goethe oder ein Gottfried Keller zeitweilig politische Ämter übernehmen, der erfolgreichste Politiker. Aber welche Rolle spielt der 1771 im thüringischen Magdeburg geborene Deutsche, der seine triumphale Karriere in der Schweiz realisiert, wirklich? Ist er Schauspieler? Pastor? Professor? Schulrektor? Kultusminister? Verfassungsrechtler? Diplomat? Oberforstrat? Wissenschaftler? Theologischer Schriftsteller? Kalendermacher? Zeitschriftenherausgeber? Chronischer »Bestsellerautor«?

Zschokke ist von allem etwas. Ein ungewöhnlich vielseitiger Mann, ein kämpferischer Republikaner in Wort und Tat, den die restaurative Literaturwissenschaft der zweiten Hälfte des 19. Jahrhunderts nur allzu gern vergessen und verdrängt hat. Heinrich Zschokke hat es, was Ernst Alker 1949 in Erinnerung rief, »wie vielleicht kein anderer deutscher Mensch der bürgerlichen Welt verstanden, Idealismus, Humanismus und Fortschrittsgeist der

Aufklärung in die Tat umzusetzen; sein heimatlicher Rationalismus verwurzelte sich rasch und gründlich in der eidgenössischen Symbiose, und vom Aargau aus hat er das politische Weltbild des demokratischen Schweizers nachhaltiger und stärker bestimmt, als man gemeinhin annimmt.«

Zschokke ist, soviel wird aus diesen knappen Hinweisen bereits deutlich, als Privatperson und Unterhaltungsschriftsteller interessant. Und was sollten wir heutigen Leser, die wir uns von den Medien Tag und Nacht bedenkenlos unterhalten lassen, gegen einen der meistgelesenen Unterhaltungsschriftsteller des 19. Jahrhunderts, einen gebildeten und fortschrittlichen zumal, einwenden? Zschokke selbst gestand freimütig: »Vollendetes zu liefern gebrach's mir an Lust, an Zeit, an Beharrlichkeit, am Bewußtsein des Mangels höherer Weihe.« Und: »Ruhm? Schriftstellerische Zelebrität? Seifenblasen! Ich kannte wohl Höheres.«

*

Dieser Zschokke ist, wie man der Chronologie im Schlußteil dieses Bandes entnehmen kann, ein hochbegabter Mann mit einem abenteuerlichen Leben: Der Sohn eines reichen Magdeburger Tuchmachers, der in der größten preußischen Garnisonsstadt ein Vermögen mit Militärlieferungen gemacht hat, reist als knapp Sechzehnjähriger mit einer Theatergruppe herum, verfaßt »Saus- und Grausstücke«, promoviert – ohne je das Gymnasium abgeschlossen zu haben – zum Doktor der Philosophie, erwirbt den akademischen Grad eines Magisters der freien Künste und das theologische Abschlußexamen und liest von 1792 bis 1795 als Privatdozent in Frankfurt an der Oder über Philosophie, Literatur und Kirchengeschichte. Zschokke, geprägt von der Vernunftphilosophie Immanuel Kants und dem materialistischen Aufklärungsdenken der französischen Ideologen um La Mettrie (»Der Mensch – eine Maschine«), begrüßt emphatisch die Französische Revolution von 1789 und das Programm republikanischer Geistesfreiheit.

Mit einer gewissen Ironie, doch ohne vom Engagement seiner Aufbruchsjahre grundsätzlich abzurücken, erinnert sich Zschokke noch in seiner 1842 herausgegebenen Autobiographie »Eine Selbstschau« an seine Reaktion auf die Französische Revolution: »Die Publizisten Deutschlands, gar altklug, wie immer, aber mit dem Maulkorb der Zensur gehörig versehen, schrien fast überall Zeter über die Rasereien eines dem tausendjährigen Bagno entsprungenen Sklavenvolkes ... Ich, ein Erbfreund jedes Unterdrückten, sah in sämtlichen Greueln Frankreichs Notwehr einer von hohen Adeligen und hohen Priestern zertretenen Nation. Meinen Idealen treu, begrüßt' ich, in Hymnen, das Erwachen der Menschheit; eifert' ich, in Flug- und Zeitschriften, gegen verrostete Vorurteile, und macht' ich, besonders dem Wöllnerschen Religionsedikt, meinen Krieg, jenem rohen Kolbenschlage blinden Kirchentums gegen die menschliche Vernunft, der noch seit 1788 in den preußischen Staaten galt.«

Auch wenn Zschokke nach seinem Paris-Besuch 1796 von der französischen Republik als einem »Zerrbild des Freistaates« abrückt, weil er von der »Aristokratie des Reichtums« und der Not der Massen entsetzt ist, beteiligt er sich auch fortan nicht an den üblichen Schmähungen der Französischen Revolution, sondern tritt zeit seines Lebens als Politiker und Publizist für die, wie er formuliert, »Erhebung des Volkes aus dem Stande der Unmündigkeit in den Stand der Mündigkeit« ein.

Über Nacht berühmt wird Zschokke durch seinen 1794 erschienenen Räuberroman »Abällino der große Bandit«. Es lohnt sich nicht, das opulente Opernszenario dieses Romans im einzelnen wiederzugeben: Verschwörer, die die venezianische Verfassung umstürzen wollen, bedienen sich einer Mörderbande unter Führung des berüchtigten Abällino, um ihre Gegner zu beseitigen. Doch der schöne und mutige Bandit entpuppt sich letztendlich als schwärmerischer junger Edelmann, der denn auch unverzüglich die Hand der wunderschönen Dogen-Nichte Rosamunde erhält ... Der »Abällino« ist eine reißerisch inszenierte Räuberpistole, die dem Massengeschmack der Zeit entspricht. Auf hohem literarischen Niveau sind Schillers »Räuber« und Goethes »Götz von Berlichingen« die Vorbilder der Flut von Ritter-und-Räuber-Rohstoffen, die ab den neunziger Jahren des 18. Jahrhunderts die Leser fesseln. Schiller, von chronischen Finanznöten geplagt, scheut sich sogar nicht, in seinem Fortsetzungsroman »Der Geisterseher« den morbiden Reiz der Lagunenstadt Venedig als Bühne der sinnlich-übersinnlichen Machenschaften zu wählen. Goethes Schwager Christian August Vulpius schließlich wird mit seinem Roman vom edlen Räuberhauptmann »Rinaldo Rinaldini« (1798) zu einem der meistgelesenen Schriftsteller seiner Zeit.

Auch Zschokke begleitet der Ruhm seines Dialogromans »Abällino der große Bandit« ein Leben lang. Als er 1795 in Schaffhausen Schweizer Boden betritt, »begierig, im Lande Wilhelm Tells die Segensfrüchte der Freiheit kennenzulernen«, ist er bereits ein über die Grenzen bekannter Schriftsteller. Beim Anblick des mächtigen Alpenmassivs und beim Eintritt in das »gelobte Land« fährt ihm, wie er sich später erinnert, heiß der Wunsch durch den Kopf: »Diese Felsenburg der Freiheit! Hat sie keinen Winkel für mich?«

Der junge Dr. Zschokke, froh, der Stickluft des in über 300 staatsrechtliche Territorien zerstückelten »Heiligen Römischen Reiches Deutscher Nation« entronnen zu sein und den republikanischen Äther Helvetiens einzuatmen, verliert rasch seine Illusionen. Schnell erfaßt er die wahren gesellschaftlichen Verhältnisse in der Schweiz, »wo diese große Mehrheit der Gesamtbevölkerung in erblicher Dienstbarkeit von reichsstädtischen Patriziaten und Zunftherren eines Hauptstädtchens lebte; oder in trauriger Geistesknechtschaft eines gebieterischen Priestertums.«

Die Schweizer Idylle erweist sich innen- und außenpolitisch als trügerisch – Zschokkes öffentliches Wirken wird sich von 1795 bis 1848, dem Jahr der Annahme der Bundesverfassung, in diesem dramatischen Spannungsfeld bewegen. Die Situation, die der deutsche Volksschriftsteller antrifft, stellt in der Epoche der Herausbildung bürgerlicher Nationalstaaten einen unhaltbaren historischen Anachronismus dar. Zschokke registriert: »Die Schweiz stand da, ein verdorrtes, politisches Gewächs des Mittelalters; ohne nationale Einheit; ohne gemeinsames Haupt; ohne festen Verband ihrer einzelnen kleinen Staaten; ohne Eintracht der Regierungen mit den Regierten; – das Ganze ein planlos zusammengenesteltes Gemenge kleiner Städte, Abteien und Ländchen, die gegeneinander in spießbürgerlicher Majestät eifersüchtelten.« Friedrich Engels spricht in seinen Bemerkungen über den Schweizer Bürgerkrieg ähnlich vom »Kampf der hartnäckigen, stabilen Lokalinteressen gegen die Interessen der ganzen Nation«, vom »Kampf der Roheit gegen die Bildung, der Barbarei gegen die Zivilisation« und von der »Verzweiflung brutaler und bigotter Bergstämme, die sich störrisch gegen den Fortschritt stemmen«.

Als das Direktorium im Paris 1798 seine Truppen über die Schweizer Grenzen entsendet, passiert, was nach Zschokkes Beobachtung zwangsläufig passieren muß: »So stürzte, in heilloser Verwirrung, einzeln Kanton um Kanton zusammen; der eine durch verlorne Treffen, der andre durch Aufstand seiner Hörigen und Untertanen.« Zschokke ist zu diesem Zeitpunkt Pächter und Direktor der Erziehungsanstalt »Philanthropin« in der Nähe der Stadt Chur in Graubünden. Mit der Einrichtung eines auf die freiheitlichen Erziehungsmaximen Rousseaus und Pestalozzis verpflichteten »Schülerstaates« und dem Schulprogramm einer vaterländischen Geschichtsbildung sucht der leidenschaftliche Pädagoge dem »Kantönligeist« entgegenzutreten (das Wort geht auf Zschokke zurück) und die Schüler zu künftigen Vertretern einer einheitlichen republikanischen Staatsform zu erziehen. Zu diesem Zweck verfaßt das »Arbeitsgenie« Zschokke gleichzeitig »Das neue nützliche Schulbüchlein«, eine Art Weltbeschreibung und Geschichte Graubündens, um der Unwissenheit der Bauern und ihres Gesindes entgegenzutreten. »Volksbildung ist Volksbefreiung, Freimachung von den Fesseln der Unwissenheit und des religiösen Aberglaubens«, postuliert Zschokke.

Doch der Volksaufklärer wird in den Sog der Politik gerissen. Der inzwischen mit dem Landesbürgerrecht ausgezeichnete Zschokke muß am 9. August 1798 als Flüchtling auf einem Rheinfloß Graubünden verlassen, weil die herrschende aristokratische Partei einen Kopfpreis von 100 Dukaten auf den »Landesverräter« und »Franzosen« ausgesetzt hat: Zschokke hat sich nämlich für den Beitritt Graubündens an die mit Hilfe der französischen Truppen errichtete »Helvetische Republik« ausgesprochen.

Zschokke vermag sehr genau zwischen den Schrecken der französischen Invasionsarmee und ihrer objektiv fortschrittlichen Rolle bei der Beschneidung feudaler Privilegien und der Zentralisation der auseinanderdriftenden Kantone zu unterscheiden. Er bemerkt in diesem Zusammenhang einmal: »Der Orkan wird einst ausrasen und eine neue Welt aus dem Schutt des Mittelalters auferstehen. Ich beweine zwar das Leiden unseres Vaterlandes; aber es wird ein freieres, stärkeres, edleres auf dem Wege der Schmerzen werden.« Ausdrücklich bescheinigt er den französischen Truppen, daß sie »alles zertraten, alles zerrissen, auch die Ketten mehrhundertjähriger Geistes- und Leibsknechtschaft«.

Zschokke wird aus vollem Herzen Politiker: Er vertritt die republikanischen Graubündner Flüchtlinge als Emissär bei der Helvetischen Regierung. Ja, die Regierung der »Helvetischen Republik« betraut ihn kurzerhand mit dem neu geschaffenen Posten einer Art Kultus- und Propagandaminister, nach Pariser Vorbild »Bureau d'esprit public« genannt. Seine Aufgabe ist es, wie ihm die Luzerner Regierung bei der Bestallung mitteilt, »die Völkerschaften der Schweiz über die Zeitverhältnisse aufzuklären, sie für das gemeinsame Vaterland zu beleben, und die politische Einigung der Kantone durch eine moralische aller Kräfte zu stärken«.

Der junge Schriftsteller auf dem Ministersessel wird von der Regierung mit Erfolg auch als Sonderbotschafter in heiklen Missionen eingesetzt: 1799 wird er zum Regierungskommissär für den Kanton Waldstätten, 1800 für die italienische Schweiz ernannt, im Herbst 1800 geht er als Regierungsstatthalter nach Basel. Der engagierte »Unitarier« demissioniert ein Jahr später genau in dem Augenblick aus dieser hohen politischen Position, als die konservativen Föderalisten die Macht übernehmen und die Restauration der alten Kantonsherrlichkeit betreiben. Ein Leben lang konzentriert Zschokke, der 1805 die Pfarrerstochter Nanny Nüsperli heiratet und ab 1806 auf seinem stattlichen Wohnsitz »Blumenhalde« in Aarau lebt, alle seine Energien auf vier Felder: Verfassung, Volksbildung, Volkswohlfahrt, Schriftstellerei.

Dem Kampf um einen nach amerikanischem Vorbild von einem starken Präsidenten geführten Bundesstaat Schweiz und um Volksbildung und Volkswohlfahrt gelten Zschokkes zahlreiche politisch-historische Abhandlungen wie »Von der Freiheit und den Rechten der Kantone Bern, Aargau und Waadt« (1814) und »Des Schweizerlands Geschichten für das Schweizervolk« (1822). Er redigiert von 1803 bis 1848 insgesamt acht Zeitschriften politischer, unterhaltender und theologischer Art, er verfaßt achtzehn politische Schriften, sechs historische Werke und ist gleichzeitig Mitarbeiter fremder Journale. Vor allem aber gibt Zschokke von 1804 bis 1847 den »Schweizerboten« heraus: Mit bis zu 5000 Exemplaren zählt dieses Wochenblatt zu den am weitesten verbreiteten und meistgelesenen Schweizer Zeitungen. Im bildhaften Volkston, durchsetzt mit derben Redensarten und bäuerlichem Witz, gewinnen Zschokke und seine Korrespondenten die Leser für ihr Programm der liberalen Erneuerung des Landes. »Schon das Äußere der Volksschrift muß den gemeinen Mann anlocken«, meint Zschokke, »und ihm sagen, was für ihn ist. Kein weißes feines Papier, das taugt für zarte Hände in der Stadt; graues dickes Papier, das zwischen den Fingern ertastbar ist, welche durch harte Tagesarbeit hornartig geworden sind, müßt ihr nehmen.«

Fast während der ganzen Zeit dieser erfolgreichen Herausgeberschaft (genau von 1814 bis 1841) gehört der Publizist dem »Großen Rat«, also dem Parlament des Kantons Aargau, an, in dem er als Führer der Opposition »gegen ungleiche Verteilung öffentlicher Lasten, gegen unangemessene Forderungen der römischen Kurie und vieles andere« (Zschokke) kämpft, für eine fortschrittliche Zentralverfassung eintritt und an der Aufhebung der Klöster und damit an der Beendigung der antidemokratischen klerikalen Umtriebe mitwirkt. Gegen die Vorherrschaft der Privatbankiers beteiligt sich Zschokke im Rahmen der von ihm initiierten »Gesellschaft für vaterländische Kultur« (1811) an der Gründung einer »zinstragenden und selbstverwalteten Ersparniskasse für die Einwohner des Kantons Aargau«, er sorgt für die Einrichtung von

Arbeitsschulen für Mädchen, für ein Spital für kranke Kinder armer Eltern und die Errichtung einer Lehr- und Erziehungsanstalt für taubstumme Knaben; diese leitet er selbst zusammen mit seiner Frau bis ein Jahr vor seinem Tod.

Sonntags- und Handwerkschulen, die Einrichtung einer naturforschenden und historischen Gesellschaft zählen ebenso zu den Gründungsaktivitäten des bürgerlichen Reformers wie Lebensmittelsammlungen gegen Hungersnöte, die Konstituierung einer landwirtschaftlichen Gesellschaft oder eines Versicherungsvereins gegen Hagelschäden. Zschokke tritt als Liberaler für die Gewerbe- und Handelsfreiheit ein, aber mit scharfem Blick für die Nöte der unteren Volksschichten. Während ringsum in Europa die monarchistische Reaktion im Zeichen der »Heiligen Allianz« des Fürsten Metternich zur Demokratenhatz bläst, bekennt der Wahlschweizer: »In der Republik ist nur ein ganzes, das Volk. Das Grundgesetz des Freistaates ist der Wille des unbeschränkten Volkes; daher auch abänderlich, wenn es will.«

Kein Wunder, wenn der Freimaurer und unerschrockene Politiker und Publizist, obwohl er als Vater von elf Söhnen und einer Tochter ein gutbürgerliches Leben führt, als Jakobiner verschrien wird: »Der Meinungshaß nannte mich einen revolutionssüchtigen Aufklärer, Feind der Religion und bürgerlichen Ordnungen. Er predigte wider mich von Kanzeln; verdächtigte mich in Flugschriften und öffentlichen Blättern und schämte sich zuletzt keiner Lügen mehr. Mein Name war sogar an fremden Höfen ins schwarze Register gesetzt, als Name eines der gefährlichsten Umwälzer.«

Tatsächlich ist Zschokke ein Mann der Reform, nicht der Revolution. »Ich liebe nur die Evolutionen, nicht die Revolution in der Kirche wie im Staate«, schreibt er 1839 in einem Brief an seinen Freund, den fortschrittlichen Konstanzer Generalvikar von Wessenberg. Evolution durch Bildung der Volksmassen, lautet Zschokkes Programm, und zu diesem Zweck verlegt er sich, wie sein Schriftstellerkollege und Freund Johann Peter Hebel vor ihm (und Jeremias Gotthelf, Ludwig Anzengruber, Oskar Maria Graf und Bert Brecht nach ihm), auf die Herstellung aufklärerischer Volkskalender, in denen er Aberglauben und Untertanenmentalität dem Spott preisgibt.

»Es lag mir alles daran«, so begründet Zschokke seine stets mit hohen Auflagen gekrönten Unternehmen, »noch in die dunklen Hütten der Ärmsten, die kein Buch, kein öffentliches Blatt, höchstens im Jahr einen Kalender um wenige Kreuzer kaufen und lesen, Licht zu bringen.« Wie in seinen Romanen und Novellen benützt der Erzähler auch hier eine spezifische literarische Technik – behutsam füllte er die herkömmliche Form mit neuen Inhalten. Wie er den neuen Wein in die alten Schläuche goß, verrät Zschokke schmunzelnd: »Um nicht dem Landmann anstößig zu werden durch Verletzung seines ihm anerzogenen Aberglaubens, mußten Bauernregeln, ›Kinder in diesem Zeichen geboren‹, Aderlaßmännlein und Wetterprophezeiungen, astrologische Zeichen und andere Bocksbeutel, getreulich beibehalten werden. Nur erlaubt' ich mir, sie nach und nach, unter mutwilligem Scherz, in die wirksamsten Mittel zu verwandeln, den Unflat der Spinnstuben-Weisheit wegzufegen, den man, seit Jahrhunderten, ›mit gnädiger Erlaubnis der Oberen‹, unter den Strohdächern der dürftigsten Volksklasse angehäuft hatte. Man lachte und las.«

Obwohl Zschokke 1810 zum »Meister vom Stuhl« der Freimaurerloge von Aarau gewählt wird, veröffentlicht er als freisinnig orientierter protestantischer Theologe von 1805 bis 1815 ein Sonntagsblatt unter dem Titel »Stimmen der Andacht«, das über die Grenzen der Schweiz hinaus gelesen, von der katholischen Orthodoxie als ein »Werk des Satans« bezeichnet und von Papst Pius VII. prompt auf den Index der verbotenen Bücher gesetzt wird. Man schickt Zschokke anonyme Drohbriefe, kündigt einen Mordanschlag an, »und ein im Tageslärm völlig verrückt gewordener Mensch umschlich sogar meine Wohnung, mit dem Vorsatz, das Gebäude in Brand zu stecken«.

Es ist merk- und denkwürdig – was dieser Mann aufgreift, es wird unter seinen Händen zum Erfolg, ob es sich um Zeitschriften oder Bauernkalender, theologische Blätter oder pädagogische Pionierarbeit für die rund tausend Taubstummen des Kantons handelt. Sogar als sich Zschokke auf das Gebiet der Försterei begibt und im Sinne des Umweltschutzes, wie wir heute sagen würden, Waldgesetze und Forstlehrbücher entwirft, wird er nicht nur zum Oberforstrat ernannt, sondern gilt innerhalb weniger Jahre als eine international anerkannte Kapazität auf dem Gebiet des Forstwesens.

Als Literat kann Zschokke zunächst der Versuchung nicht widerstehen, seinem Räuber-»Bestseller« 1805 einen Folgeband »Abällino unter den Calabresen« nachzuschicken. In zahlreichen Romanen und Novellen unternimmt der Schriftsteller es jedoch, alle Schichten der Bevölkerung auf unterhaltsame Art zu belehren. Eine glühende Würdigung der Tätigkeit aufgeklärter Landschulmeister und der segensreichen Wirkung gemeinnütziger Einrichtungen ist etwa der – von den zeitgenössischen Lesern geliebte –

Roman »Das Goldmacherdorf«, in dem ein in die Heimat zurückgekehrter Lehrer das ganze sittlich verwahrloste Dorf durch die Errichtung eines Musterbetriebes verändert und einen »Goldmacherbund« gründet, der dem Dorf seinen neuen Namen gibt. In seiner Erzählung »Die Branntweinpest« (1837) rückt Zschokke ähnlich wie Jeremias Gotthelf das grassierende Alkoholelend abschreckend ins Bild. Geschichtlichen Sinn, Bauern- und Bürgerstolz beschwört Zschokke in historischen Erzählungen wie »Der Freihof von Aarau« (1824) und in dem Bauernkriegsroman »Adderich im Moos« (1826). Zschokke liefert nicht wie ein Jeremias Gotthelf oder Gottfried Keller fein ziselierte, wort- oder gar dialektmächtige Kunstwerke, sondern realistische im Aufklärungspathos gearbeitete Erzählungen. Und doch hat er damit, wie Ernst Alker hervorhebt, »eine für die Entwicklung des Realismus nicht zu unterschätzende Bedeutung« und ist, wie wir hinzufügen können, ein bis heute amüsanter und kluger Erzähler voll optimistischem Humanismus.

Heinrich Zschokkes Leben rundet sich in Ehren. Er ist Mitglied von siebzehn gelehrten und gemeinnützigen Gesellschaften; der bayerische König bietet ihm für die glanzvolle Darstellung der bayerischen Geschichte die Nobilitierung an – Zschokke lehnt erwartungsgemäß »Adel, Orden und Titel von Fürsten ab, weil ich es für mich als Bürger einer Republik mit meiner Stellung unverträglich halte«. Der Schriftsteller wird Ehrenbürger seiner Heimatstadt Magdeburg. Er hält sein gastfreundliches Haus für Politiker, Künstler wie verfolgte deutsche Emigranten offen. Am 27. Juni des europäischen Revolutionsjahres 1848 stirbt Zschokke siebenundsiebzigjährig in der »Blumenhalde« bei Aarau. Am gleichen Tag wird in Zürich die neue Schweizer Bundesverfassung, eines der Lebensziele Zschokkes, verabschiedet ...

*

Vor diesem Hintergrund lassen sich die hier präsentierten Erzählungen Heinrich Zschokkes ebenso leicht entschlüsseln wie heiter genießen. »Der zerbrochene Krug« ist ein luftiges und lustiges Produkt, das seine Entstehung dem Zusammenwirken eines erlesenen Freundestrios verdankt: 1802 freundete sich Zschokke mit Heinrich von Kleist und Ludwig Wieland, dem Sohn des bedeutenden Weimarer Schriftstellers und Aufklärers Christoph Martin Wieland, an. Die drei jungen Männer wanderten, vom Schweizer Frühling entzückt, von Bern nach Aarau: »Es war das Umherschwärmen von Schmetterlingen, die der winterlichen Verpuppung eben entschlüpft, über Wiesen gaukeln, von jeder Blume gelockt, von keiner gehalten.« Kleist liest den ausgelassenen Schriftstellerkollegen sein mörderisch-dunkles Trauerspiel »Die Familie Schroffenstein« vor – das Trio, einschließlich des Verfassers, kugeln sich vor Lachen über das Drama »so stürmisch und endlos, daß, bis zu seiner letzten Mordszene zu gelangen, Unmöglichkeit wurde. Wir vereinten uns auch, wie Virgil's Hirten, zum poetischen Wettkampf. In meinem Zimmer hing ein französischer Kupferstich, ›la cruche cassée‹. In den Figuren desselben glaubten wir ein trauriges Liebespärchen, eine keifende Mutter mit einem zerbrochenen Majolika-Kruge, und einen großnasigen Richter zu erkennen. Für Wieland sollte diese Aufgabe zu einer Satire, für Kleist zu einer Komödie, für mich zu einer Erzählung werden.«

Nun, der junge Wieland paßte, Zschokke legte sein kleines Prosastück vor, Kleists Lustspiel »Der zerbrochene Krug« hat, wie Zschokke vorbehaltslos anerkennt, »den Preis davongetragen«. Und doch liest man die Geschichte zweier Liebender, deren Glück sich ein alternder Richter in den Weg stellt, voller Vergnügen. Denn die mediterrane Mariette, »schwebend leicht wie ein verkleideter Engel, im flatternden Rock, blaßgrünen Mieder, vorn am Busen eine Orangenblüte« ist ebenso unschuldig und schön wie der junge Colin schüchtern und eifersüchtig, der böse Richter so stolz wie die Mutter kupplerisch. Daß ausgerechnet die katholische Kirche in Gestalt des einfältigen Paters Jerôme das leidenschaftlich erotische Bündnis der Liebenden (»Beide waren ineinander aufgelöst«) in frommem Irrtum mit dem Sakrament besiegelt, ist eine Pointe von dialektischem Biß.

In einer langen satirischen Tradition steht die 1814 entstandene komische Erzählung »Hans Dampf in allen Gassen«. Mit dem Bericht über die Zustände in der Kleinbürgerstadt Laleburg knüpft Zschokke beim frühbürgerlichen Volksbuch »Lalebuch« (1597), also bei der Urstadt der Schildbürgerstreiche, an, wie der Jahrhundertsatire Christoph Martin Wielands »Die Abderiten« (1774). Auch Gottfried Keller wird (1856) kleinbürgerliche Beschränktheit und Narrentum in der Novellensammlung »Die Leute von Seldwyla« aufspießen.

Laleburg steht hier für die beschränkte (Schweizer) republikanische Kleinbürgerlichkeit. Die Stadthonoratioren haben »längst begriffen, daß Aufklärung und Kenntnisse die tödlichsten Gifte sind, welche man einem Volk beibringen kann«, die Ämter werden folglich unter den Besitzenden per Los verteilt, der Buchdruck steht aus Angst vor der unseligen »Selbstdenkerei« unter Verbot, das

Land wird geknutet und die übrige Welt ignoriert. Wen wundert es da noch, daß der junge Staatsbaumeister Hans Dampf (der natürlich noch nie gebaut hat), unter lauter Hohlköpfen Karriere gemacht. Zwar bringen ihn seine Liebeshändel mit den Schönen der Republik Laleburg in verteufelte Schwierigkeiten, ein Töpferwagen geht bei einer waghalsigen Liebestour entzwei und die Revolution scheint darob auszubrechen, aber der dummdreiste Hans Dampf ergattert, freilich nach einem turbulenten Aufenthalt im »Staatsgefängnis« von Laleburg, einen Posten im benachbarten Fürstentum Luchsenstein, wo ihn der Souverän, Herr zu Sauwinkel, aufträgt, seinem Leibhund Fidele Deutsch, Französisch und Italienisch beizubringen, »welche er versteht, ohne sie jedoch selbst zu reden«.

Den Leser erwartet nach der Republik-Karikatur eine ebenso ätzend scharfe Satire auf feudalabsolutistische Regentenherrlichkeit, pomphafte Hofhaltung, Höflings- und Intrigenwesen, kurz jene duodezfürstliche Kleinstaaterei, in der seine Durchlaucht, der jagdfreudige Herr zu Sauwinkel, »viel darum geben würde, wenn er mit Ausnahme des Jagdpersonals alle seine lieben und treuen Untertanen in Hirsche, Rehe, Wildschweine, Hasen, wilde Gänse, Enten, Schnepfen, Rebhühner und dergleichen verwandeln könnte«. Wie Hans Dampf durch den profitablen Verkauf fürstlicher Orden zum Finanzminister avanciert, durch den Unmut der Fürstin gestürzt, einer ausländischen Perücke wegen als Hochverräter verdächtigt wird und damit einen kontinentalen Krieg gegen England auslöst, schließlich nach Laleburg zurückkehrt und zum »Prokonsul der Republik« ausgerufen wird, das ist mit burleskem Witz erzählt und illustriert köstlich die oberste Laleburgsche Staatsmaxime: »Wir Menschen bleiben Menschen und werden trotz aller Mühe nichts anderes, gleich wie die Tiere auch. Darum ist das Dümmste vom Alten besser als das Klügste der Neuerer.«

Einen Zug zum Märchenhaften enthält Zschokkes Erzählung »Das Abenteuer in der Neujahrsnacht« von 1818, die im 19. Jahrhundert aufgrund ihrer effektvollen romantischen Komposition mehrfach dramatisiert wurde; u. a. fertigte Willibald Alexis (»Die Hosen des Herrn von Bredow«) danach ein Opernlibretto. Der Autor stellt in dieser Komödie der Irrungen und Wirrungen zwei Welten gegenüber, die arme, aber redliche der Nachtwächterfamilie und der jungen verliebten Habenichtse Philipp und Röschen einerseits, die moralisch korrupte Hofsphäre um den Spieler und Frauenheld Erbprinz Julian andererseits. Prinz spielt für einige nächtliche Minuten den Nachtwächter, Philipp den Prinzen und künftigen König. Fazit: Der Aristokrat verwirrt in diesen wenigen Augenblicken die Verhältnisse, Polizei erscheint auf dem Plan, der kleine Untertan dagegen löst mit erstaunlicher Souveränität die Verwicklungen der Herzen und der Finanzen, die er vorfindet. Ein demokratisches Märchen, voll schwebender Anmut erzählt.

Eine verblüffende geschichtsphilosophische Reflexion legte Zschokke 1822 mit seiner Schnurre »Rückwirkungen oder Wer regiert denn?« vor. Sicher ist: Der kleine Colas Rosier, der im Frankreich Ludwig XV. als Kopist sein Leben fristet, zählt zu den von den hohen Herren Regierten, nicht zu den Regierenden. Oder doch nicht? Immerhin, als sein braver Pflegevater, Monsieur Larmes, Buchhalter im Büro der königlichen Admiralität zu Paris, in eine Existenzkrise gerät, weil ihn sein ungetreuer Vorgesetzter zwingt, dessen Unterschlagungen auf sich zu nehmen, da gerät ein seltsames Karussell der Beziehungen in Bewegung. Der schöne Colas klagt der – noch schöneren – jungen Nachbarin Pauline das Leid seines Pflegevaters. Diese unterrichtet den Prinzen Soubise darüber. Soubise macht Pauline den Hof, aber nicht nur ihr, sondern auch der mächtigen Madame Pompadour. Also erfährt es anderntags die Mätresse Ludwigs XV.; sie steckt es dem König, dieser läßt die Polizei einschreiten, dem armen Monsieur Larmes wird geholfen, sein Adoptivsohn Colas befördert. So weit, so gut. Als aber der schöne Colas bei einem Ball von dem englischen Diplomaten Browne beleidigt und gezüchtigt wird – es geht pikanterweise um die Ehre der Madame Pompadour –, da »beschließen« Colas und Pauline, alle Engländer aus Paris zu verjagen. »Man muß den Krieg gegen die übermütigen Engländer erklären«, meinen sie, und wiederum dreht sich das Karussell der Beziehungen mit dem Ergebnis, daß tatsächlich der Krieg erklärt wird. Weil schließlich die kokette Pauline nicht ohne den Schleier der Kaiserin Maria Theresia mit Colas vor den Altar treten will, muß erst, und erneut über die erotische Beziehungskette, die Allianz des französischen Hofes mit Österreich geknüpft werden ...

Wer regiert die Welt? »Vielleicht Kammermädchen, Kesselflikker, Kopisten, Frauen der königlichen Staatsräte, vielleicht deren Töchter oder Söhne oder Köchinnen oder Lakaien oder Kutscher und dergleichen Ware, heute dieser, morgen jener. Wo kein festes, ehernes Gesetz herrscht, da herrscht der Zufall.« Diese Worte gebraucht der zum königlichen Rat avancierte Colas gegenüber dem mächtigen Staatsmann und Kardinal Bernis und riskiert sogar das Wort von der »königlichen Anarchie«. Sie ist überall, wo der König der Staat ist, und wo das Volk dieses Staates wegen vorhanden ist, kritisiert der Citoyen Colas: »Hingegen wo das Gesetz steht, getrennt von der fürstlichen Gewalt und erhaben selbst über diese, da ist eine bleibende, feste Herrschaft und Ordnung, sonst nirgends. Sie ist bleibend und fest wie das Interesse der Millionen von Untertanen, aus denen sie hervorstieg.« Scharfsinnig durchschaut der aristokratische Kardinal seinen bürgerlichen Widerpart und meint: »Ich merke, Sie sind mit Montesquieu ein Anbeter der englischen (gemeint parlamentarischen) Verfassung, sind vielleicht einer unserer philosophierenden Unzufriedenen.«

Einen »philosophierenden Unzufriedenen« stellt Zschokke auch in der 1824 erschienenen Erzählung »Ein Narr des neunzehnten Jahrhunderts« vor, den Freiherrn Olivier von Flyeln aus altadeligem Geschlecht, von dem in einer, nicht namentlich genannten deutschen Garnisonsstadt die merkwürdigsten Dinge erzählt werden: Der Major habe den Dienst quittieren müssen und sei auf seine Güter verbannt worden, weil er offene Spuren der Geisteszerrüttung gezeigt habe. Dem Erzähler, einem Jugendfreund Oliviers, wird berichtet: »Kein Jakobiner im Pariser Nationalkonvent hat jemals rasender gegen unsere monarchischen Einrichtungen gewütet und gegen die verschiedenen europäischen Höfe und ihre Politik, als er zuweilen. Er sagte geradezu, die Völker selber würden früh oder spät sich helfen, sich und den Königen, gegen Ministerwillkür, Priesterherrschaft und Handelsbedrängung. Er meinte auch, die Revolution werde unvermeidlich von Volk zu Volk mild oder stürmisch übergehen, und werde binnen einem halben Jahrhundert die politische Gestalt Europas verändern.«

Der Erzähler, neugierig geworden, reist nach Flyeln, auf das Schloß und die Güter Oliviers, und erlebt, mitten im 19. Jahrhundert, eine sozialrevolutionäre Utopie: Olivier hat im Herzen des umgebenden Königreichs eine Republik gegründet und den Erbadel durch einen »Adel der Gesinnung« ersetzt. Herrnhuter nennen sich seine einheitlich gekleideten, selbstbewußten und nach einfachen biblischen Maximen lebenden und wirtschaftenden Bauern. Sie sitzen gleichberechtigt mit dem Baron am Tisch, sprechen ihn mit dem brüderlichen »Du« an, kennen keine Leibeigenschaft und Gefängnisse, keine Trunksucht und sozialen Laster. Olivier hat »eine blühende Insel in den Wüsten der umliegenden Gegenden« geschaffen.

Wie Olivier zur Begründung seiner agrarsozialistischen Utopie gelangt ist und was dieser Jakobiner der Bergpredigt und des Rousseauschen »Zurück zur Natur« über die feudale Klassengesellschaft zu sagen hat, das macht das aufregende und vermächtnishafte philosophisch-politische Substrat von Zschokkes zeitkritischer Novelle aus.

Sein »Erwachen vom Wahnsinn« verdankt Olivier den (natürlich fiktiven) Fragmenten aus dem Reisebericht des jüngeren Pytheas nach Thule. Liest man nämlich die Aufzeichnungen dieses Zeitgenossen des Aristoteles über seine Erfahrungen bei den Barbaren genau, meint Olivier, so erblickt man unverändert die monarchistischen Mißstände des 19. Jahrhunderts: »Ein Teil des Volkes, aus wenigen Familien bestehend, besitzt jede Bequemlichkeit und den größten Reichtum, . . . aber die Menge des Volks wohnt in Finsternis der Unwissenheit. Sowohl Fürsten als Priester finden solche Unwissenheit für ihr eigenes Ansehen zuträglich und halten den Pöbel in derselben fest.« Und: »Was unglaublich für uns ist, das ist bei jenen Barbaren ein Herkommen, daß die Kaste oder die Geburt höher geachtet wird als alles andere Verdienst.«

Scharf geht Zschokke in dieser Parabel auf die Klassengesellschaft des 19. Jahrhunderts mit der Kriegspolitik und Verschwendungssucht der Oberschichten und der Ausbeutung und Unterdrückung des Volkes ins Gericht. Manche Passagen könnten aus dem Lehrbuch des Vorkämpfers für deutsche Wirtschaftseinheit und nationale Wohlfahrt, Friedrich List, »Das nationale System der politischen Ökonomie« (1841), vorweggenommen sein: »Um zum Ackerbau zu ermuntern, belasten sie den Landmann mit den schwersten Abgaben und der größten Geringschätzung; um den Verkehr und Handel zu spornen, errichten sie zahlreiche Zollstätten und Warenverbote.«

Für närrisch gehalten wird Olivier, weil er das Vernünftige, Naheliegende tut. Er macht aus vertierten Leibeigenen Menschen – durch menschliche Behandlung. Die Erinnerungen an das Land Utopia in Flyeln rechnet der Erzähler zu den angenehmsten seines Lebens. Er endet seinen Bericht mit den Worten: »Ich will es auch nicht verbergen, daß, wenn die ganze Welt in den Wahnsinn meines Freundes Oliviers verfallen wollte, ich mit Freuden einer der ersten Wahnsinnigen werden würde.«

*

Der »hergelaufene Preuße« Zschokke machte sich in der Schweiz als Politiker, Publizist und Schriftsteller einen bis heute rühmlichen Namen. Noch der bedeutende Schweizer Schriftsteller Robert Walser (1878–1956) bekannte sich beglückt zu Zschokke als einem seiner Vorbilder in Sachen literarischer Anmut und Prägnanz des Ausdrucks. »Für mich lag die höchste Würde des Schriftstellertums«, bekennt Zschokke in seiner »Selbstschau«, »im Anregen des Hochmenschlichen, des Sinnes für Wahrheit, Menschenrecht und Geistesveredelung der Zeitgenossen. Dafür mußten die dichterischen, einer leichten Unterhaltung gewidmeten Gebilde dienen, in die ich meine Erfahrungen und Ansichten hüllte.«

Leichte Unterhaltung, gewiß, aber mit demokratischer Verve und mit Aufklärungsoptimismus. »Man darf sich auf Überraschungen gefaßt machen und wird sie finden«, meint der Zschokke-Kenner Volker Michels: »Zu Recht zählte man Zschokke neben Benjamin Franklin, Matthias Claudius und Johann Peter Hebel zu den einflußreichsten und originellsten Volksschriftstellern seiner Zeit. Er ist der witzigste von ihnen, und noch heute kann man verstehen, warum seine Geschichten so befreiend gewirkt haben, sowohl auf die Emanzipation seiner Leser von absolutistischer Kleinstaaterei, Patrizier- und Priesterherrschaft als auch direkt auf die Politik seines verworrenen Zeitalters.«

Die in diesem Nachwort genannten Schriftsteller Alexis, Anzengruber, Goethe, Gotthelf, Hebel, Hoffmann, Keller, Wieland und Vulpius sind in der »Großen Erzähler-Bibliothek der Weltliteratur« mit repräsentativen Werken vertreten.

DATEN ZU LEBEN UND WERK VON HEINRICH ZSCHOKKE
(1771–1848)

1771 Johann Heinrich Daniel Zschokke wird am 22. März in Magdeburg geboren als Sohn eines Altmeisters der Tuchmacherinnung, der sich während des Siebenjährigen Krieges durch Tuchlieferungen an das preußische Heer ein beträchtliches Vermögen erworben hat. Die Mutter stirbt sieben Wochen nach der Geburt des Knaben.

1779 Der Vater stirbt. Er hat Heinrich relativ frei und meist ohne Aufsicht heranwachsen lassen und zuletzt an ihm so ungewöhnliche Geistesgaben entdeckt, daß er aus ihm einen Gelehrten machen wollte. Nach dem Tod des Vaters übernimmt der Onkel Andreas, ebenfalls ein Tuchmacher, die Erziehung. Er versucht vergeblich, ihn zum Lernen anzuhalten.

1785 Er verläßt das Haus seines Onkels und wird von einer Schwester aufgenommen. Nach dem Besuch der Klosterschule, wo er sich in eine Art religiöser Schwärmerei hineingesteigert hat, kommt er auf das Altstädter Gymnasium, wo ihm die Bibliothek des Rektors, Elias Kaspar Reichard, des Übersetzers lateinischer, englischer und dänischer Werke, offensteht. Er liest wahllos »heut' Swedenborg, morgen Spinoza, Albertus Magnus und die flagella daemonum neben Plutarch und Plato, und Lohenstein und Broke neben Ossian, Shakespeare und Schiller«. Seine religiöse Phase ist zu Ende: »Ich hatte den bisherigen Frieden eines harmlosen Glaubens eingebüßt, die Gemütseligkeit verloren, welche die Verwaistheit des Lebens erträglicher gemacht hatte. Und doch war ich fromm und reines Herzens, und wahrlich mehr denn je zuvor, von Liebe des Wahren, Heiligen und Schönen entbrannt. Diese Liebe ward fortan meine innere, geheime Religion, die allein Geistern ohne Schule und Kunst geworden ist.«

1787 Wegen eines Schülerstreichs droht ihm die Relegation vom Gymnasium. Als diese nicht erfolgt, versucht er seinem Vormund, einem Glockengießer, vergeblich einzureden, daß er reif zum Besuch der Universität sei. Der Vormund will davon nichts wissen, und Heinrich beschließt, sein Glück auf eigene Faust zu versuchen.

1788 Als Sechzehnjähriger verläßt er am 22. Januar seine Heimatstadt, ohne das Gymnasium beendet zu haben. In Schwerin findet er eine Hofmeisterstelle bei dem Hofbuchdrucker Bärensprung und faßt erste publizistische Pläne: Er bereitet die Herausgabe einer *»Monatschrift von und für Mecklenburg«* vor. Bei seinen Streifzügen durch die Landschaft entsteht in ihm jedoch bald der Wunsch, in die weite Welt zu wandern.
Er wird Schreiber einer fahrenden Schauspielertruppe in Prenzlau: »Ich stutzte heroischen Tragödien die Schleppe des Talars kürzer, gab altväterischen Dramen modernen Schnitt, setzte in abgebrauchte Stücke neue Flicken, wie es eben das Bedürfnis des Theaterpersonals forderte, schrieb selber ein paar Saus- und Grausstücke, reimte Prologen und Epilogen und wechselte mit wohllöblichen Magistraten kleiner Städte Briefe, ihnen zur Geschmacksveredelung ihrer Bürgerschaft unsere musterhaften Darstellungen zu empfehlen.«

1789 Die Theatertruppe zieht nach Landsberg an der Warthe, löst sich dort jedoch bald auf. Zschokke bleibt in Landsberg, wo er sich auf die Universität vorbereitet und sich von zwei Juden in den mosaischen Glauben und den Talmud einführen läßt.

1790 Er beginnt in Frankfurt/Oder »als vollendeter Selbstling« das Studium der Theologie und besucht juristische und philosophische Vorlesungen. Eine Leichenrede am Grab eines Studenten macht ihn so bekannt, daß ihm vielfach angeboten wird, für bestimmte Anlässe Gedichte zu verfassen.
Während seines Studiums verkehrt er nur mit einer Gruppe von Studenten, die sich von studentischen Gelagen fernhalten und allgemein »die Schokoladenbrüder« genannt werden. Sie führen aus dem Stegreif kurze Dramen auf und üben sich in selbsterfundenen Erzählungen, »in welchen der Gipfel aller Kunst war, daß niemand den Ausgang des Geschichtchens voraus zu erraten imstande sein sollte«.

WERKE: *»Graf Monaldeschi oder Männerbund und Weiberwuth«*, Trauerspiel in fünf Aufzügen; Zschokkes erste Veröffentlichung.

1791 Friedrich Schiller wohnt mit seiner Familie einer Liebhaberaufführung des *»Grafen Monaldeschi«* am 2. Januar in Erfurt bei und findet anerkennende Worte für dieses Stück.

WERKE: *»Die schwarzen Brüder«*, Abenteuergeschichte »von M. I. R.«, drei Bände, 1791–95.

1792 Nachdem er sich vorgenommen hat, Handwerker zu werden, da ihm die Theologie nicht weiterhelfen könne, legt er doch seine Examina in Theologie (Magdeburg) und Philosophie (Küstrin) ab, promoviert zum Dr. phil., wird in die Königliche Societät der Wissenschaften aufgenommen und tritt einer Freimaurerloge bei.
Ein halbes Jahr lang wirkt er als Prediger in Magdeburg und erwirbt sich dabei so große Anerkennung, daß er beinahe – es fehlt nur eine Stimme – zum Pastor der Katharinenkirche ernannt wird. Im Winter nimmt er in Frankfurt/Oder seine Vorlesungen als Privatdozent auf (Welt- und Kirchengeschichte, Exegese des Neuen Testaments, Naturrecht, Ästhetik, Moralphilosophie). Eine außerordentliche Professur wird dem Einundzwanzigjährigen, der den Ausbruch der Französischen Revolution 1789 öffentlich begrüßt hat, nicht übertragen.

1793 Die Kathederarbeit behagt ihm nicht mehr. Er sehnt sich nach der Schweiz, von der er als Kind immer geträumt hat.

1794 WERKE:
Der in Venedig spielende Räuberroman *»Abällino der große Bandit«* begründet Zschokkes literarischen Ruhm. 1795 wird die dramatisierte Fassung uraufgeführt.

»Charlotte Cordy oder Die Rebellion von Calvados. Ein republikanisches Trauerspiel vom Verfasser des ›Abällino‹«

1795 Zschokke verläßt Frankfurt/Oder und wandert über Berlin, Leipzig, Bayreuth (längerer Aufenthalt wegen Krankheit) und Nürnberg nach Stuttgart und dann weiter in die Schweiz. Überall wird er als Autor des *»Abällino«* begeistert empfangen. Im September betritt er in Schaffhausen erstmals den Boden der Schweiz und wandert nach Zürich und Bern.

WERKE:
»Kuno von Kyburg nahm die Silberlocke des Enthaupteten und ward Zerstörer des heimlichen Vehmgerichts«, Roman mit dem Untertitel *»Eine Kunde der Väter, erzählt vom Verfasser der Schwarzen Brüder«*.

Sein 1791–95 erschienener Roman *»Die schwarzen Brüder«* wird unter dem Titel *»Die Männer der Finsternis«* neu aufgelegt mit dem Hinweis »Roman und kein Roman. Ein modernes Clairobscur für Seher und Zeichendeuter. Vom Verfasser der Schwarzen Brüder«.

1796 Mit Ernst Oelsner, dem Verfasser der »Briefe aus Paris«, reist Zschokke nach Paris, besichtigt die Kunstschätze, ist ansonsten von der Stadt jedoch enttäuscht. Er kehrt zurück nach Bern, durchwandert die Umgebung der Stadt und macht sich schließlich auf den Weg nach Chur, in der Absicht, nach Rom zu gehen.
Er übernimmt das Philanthropin in Reichenau im Kanton Graubünden als Eigentümer und die zu Schloß Jenins gehörigen Güter als Pächter und versucht mit Erfolg, die Erziehungsanstalt aus den tagespolitischen Parteienkämpfen herauszuhalten (französische gegen österreichische Partei). Binnen eines Jahres verbucht die Schule einen Zuwachs von 15 Schülern.

WERKE:
»Coronata oder Der Seeräuberkönig auf Coronata«, Abenteuer- und Räuberroman »vom Verfasser des Abällino«.

»Julius von Sassen«, Trauerspiel »vom Verfasser des Abällino«.

»Über die Schul- und Erziehungsanstalt zu Reichenau bei Chur«, Abhandlung.

»Stephan Bathori, König von Polen«, historischer Roman mit dem Untertitel »Ein historisch-romantisches Gemälde«.

»Meine Wallfahrt nach Paris«, Bericht über die Reise nach Paris, zwei Bände (1796/97).

1798 Zschokke erhält die schweizerische Staatsbürgerschaft und lehnt einen Ruf als außerordentlicher Professor nach Frankfurt/Oder ab.
Nach der Besetzung durch französische Revolutionstruppen wird die Schweiz als französische »Schwesterrepublik« zur

Helvetischen Republik erklärt. Die Eltern von Zschokkes Zöglingen nehmen ihre Söhne von der Schule, Zschokke wird arbeitslos.
Er spricht sich für den Anschluß Graubündens an die Helvetische Republik aus, doch die Graubündner entscheiden sich gegen den Eintritt ihres Kantons; die republikanisch gesinnten Patrioten werden geächtet. Am Morgen des 9. August fährt Zschokke auf einem Floß rheinabwärts und trifft in dem Dorf Ragaz seine ebenfalls flüchtigen Freunde, die ihn dazu bestimmen, für die helvetisch gesinnten Graubündner Gemeinden und Familien den Schutz der Helvetischen Republik anzurufen.
Als die Österreicher im Oktober Graubünden besetzen, betrachtet Zschokke seine Mission für beendet. Der helvetische Kultusminister verschafft ihm in seinem Ministerium eine Stelle mit der Aufgabe, den Kulturzustand des neuen Staatswesens zu untersuchen und die Schweizer über die neue Situation aufzuklären. Von Luzern aus gründet Zschokke nun überall Vaterländische Gesellschaften und gibt zu diesem Zweck den *»Aufrichtigen und wohlerfahrenen Schweizerboten«* heraus.

WERKE: Die Titelflut des Jahres 1798 – meist historische und politische Schriften – ist durch Zschokkes öffentliches Wirken für die verfolgten Graubündner Republikaner bestimmt: »Ich verkaufte, was ich von meinen literarischen Arbeiten besaß, Reifes und Unreifes, Schauspiele, Übersetzungen, Romane, davon schwerlich sonst jemand erfahren haben würde, oder nahm Vorschüsse von Buchhandlungen auf Werke, die ich noch liefern wollte. Gewiß lebte im ganzen diplomatischen Korps selbst der Ärmste der Kopisten nicht so kärglich und eingeschränkt als ich. Aber man sah mir's ja nicht an, daß mein Abendessen ein trockenes Stück Brot, mein Frühstück ein Glas Wasser sein mußte.«

1799 Als helvetischer Regierungskommissär in Unterwalden und später des neugebildeten Kantons Waldstätten versucht er, die Not der Bevölkerung während der kriegerischen Wirren zu lindern.

WERKE: Zschokkes Schriften im Jahre 1799 spiegeln sein politisches Engagement wider. Er gibt die Zeitschrift *»Der helvetische Genius«* heraus (nur zwei Hefte erschienen) und veröffentlicht *»Rechenschaft und Verzeichnis der freywilligen Beyträge edler Schweizer und Schweizerinnen zur Unterstützung der leidenden Menschheit im Kanton Waldstätten«.* Außerdem erscheinen seine *»Kurze, aber deutliche Anweisung für Schullehrer auf dem Lande, wie sie ihre Jugend wohl unterrichten, und die Anfangsschulen so einrichten können, daß dieselben zur Ehre Gottes, zum Nutzen des Vaterlandes und zur zeitlichen und ewigen Wohlfahrt der Kinder gereichen möge«.*

1800 Er wird Regierungsstatthalter in Basel.

1801 Nach dem Frieden von Lunéville erringen die Föderalisten, die die alte Kantonsherrlichkeit wiederherstellen wollen, die Macht in der Schweiz. Zschokke als Unitarier erhält seinen Abschied aus dem Amt.
Den Winter verbringt er in Bern im Umgang mit Heinrich von Kleist und Ludwig Wieland (dem Sohn des Dichters Christoph Martin Wieland) und dem Nationalbuchdrucker Heinrich Geßner.

WERKE: *»Geschichte vom Kampf und Untergang der schweizerischen Berg- und Waldkantone, besonders des alten eidgenössischen Kantons Schwyz«*, historische Abhandlung.

1802 Im Frühjahr schwärmt er mit Kleist und Wieland im Aargau herum. Er mietet das Schloß Bieberstein. »Hier wollte ich, neben Studien der Physik, Chemie, Geognosie, Botanik, des Forstwesens, und der Himmel weiß, des Wissenswürdigen allen, dichten, philosophieren, der Freieste und in sich Glücklichste der Sterblichen sein.«

WERKE:
»Alamontade der Galeeren-Sklave«, Roman mit philosophischem Anliegen auf dem Hintergrund Kantischer und Spinozistischer Ideen: »Ich wollte im Alamontade meine Ansicht vom Wert des irdischen Daseins und von göttlichen Dingen darstellen, sowie von der Macht solcher Überzeugungen in den Wechseln der Schicksale.«

»Der zerbrochene Krug«, Erzählung (siehe Text Seite 7).

1803 Napoleon erläßt für die Schweiz die Mediationsakte, eine neue Verfassung, die den Kantonen weitgehende Souveränität bei schwacher Zentralgewalt garantiert. Damit sind die Kämpfe in der Schweiz beendet.

WERKE: Er gibt das dreibändige Werk *»Historische Denkwürdigkeiten der helvetischen Staatsumwälzung«* heraus.

1804 Die neue Regierung verleiht Zschokke das Staatsbürgerrecht, zieht ihn zu Aufgaben in der kantonalen Verwaltung heran und macht ihn zum Mitglied des Oberforst- und Bergamts. Er erhält die Ehrenbürgerschaft der aargauischen Landgemeinde Ueken, der katholischen Gemeinde Münster im Kanton Luzern und der Stadt Aarau. Zschokke läßt seine Zeitschrift *»Der Schweizerbote«* wieder erscheinen.
Zschokkes Ruf als Experte für das Forstwesen verbreitet sich so rasch, daß seine Ratschläge bei amtlichen Stellen und bei Privatpersonen höchst begehrt sind. Seine Tätigkeit gefällt ihm so sehr, daß er das Angebot des Schriftstellers Carl von Bonstetten ausschlägt, nach Genf überzusiedeln und in Kontakt mit dem Kreis um die Frau von Staël zu treten. Er wird endgültig im Aargau heimisch.

WERKE:
»Die Alpenwälder. Für Naturforscher und Forstmänner«, forstwissenschaftliche Abhandlung.

Der erste Band seiner gesammelten *»Schauspiele«* erscheint.
»Die Prinzessin von Wolffenbüttel«, Roman.

1805 Er heiratet Nanny, die achtzehnjährige Tochter des Pfarrers Nüsperli. Johann Peter Hebel begrüßt das Paar am Hochzeitstag mit einem Festgedicht. Die erste Zeit der Ehe verarbeitet er in der Novelle *»Der Abend vor der Hochzeit«*. – Ab der Eheschließung verläuft Zschokkes Leben in geordneten und friedlichen Bahnen.

WERKE: Der zweibändige Roman *»Giulio degli Obizzi oder Abällino unter den Calabresen«* ist eine Fortsetzung des erfolgreichen Räuberromans *»Abällino der große Bandit«* (1794).

Er wird Mitherausgeber der 1805/06 erscheinenden Zeitschrift *»Isis. Eine Monatsschrift deutscher und schweizerischer Gelehrten«*.

1806 Geburt des Sohnes Theodor. In der Folgezeit werden Zschokke noch elf Söhne und eine Tochter geboren.

WERKE: *»Der schweizerische Gebürgs-Förster. Oder deutliche und genaue Anweisung für Forstbediente usw.«*, forstkundliche Abhandlung.

1807 Übersiedlung nach Aarau.

WERKE: Er gibt die tagespolitischen *»Miscellen für die neuste Weltkunde«* heraus (sieben Bände, 1807–13).

1809 WERKE: Woche für Woche gibt er acht Jahre lang bis 1816 die *»Stunden der Andacht zur Beförderung wahren Christenthums und häuslicher Gottesverehrung«* heraus.

1811 Er gründet in Aarau die Loge »Zur Brudertreue«, ferner den Verein für vaterländische Kultur im Aargau; dieser fördert die Einrichtung von Hilfsgesellschaften, Sparkassen, Sonntags- und Handwerksschulen, der Taubstummenanstalt in Aarau, der naturforschenden und historischen Gesellschaft und der technischen Abteilung der Kantonsschule.

WERKE: Er wird Mitherausgeber der bis 1827 erscheinenden Zeitschrift *»Erheiterungen. Eine Monatschrift für gebildete Leser«*, für die er Aufsätze politischen, biographischen und naturwissenschaftlichen Inhalts verfaßt. Hier erscheinen auch viele seiner Novellen.

1813 WERKE: *»Der Baierischen Geschichte erstes und zweites [drittes und viertes – fünftes – sechstes und letztes] Buch«*, historisches Werk (vier Bände, 1813–18). – Zschokke schickt Abschriften des Manuskripts an namhafte Geschichtsforscher in Bayern und unternimmt während der Arbeit an diesem Werk drei Reisen in das Land selbst; König Max Joseph beschenkt ihn mit einer goldenen Dose, in der sein Namenszug in Brillanten nachgebildet ist; Königin Karoline fügt einen Brillantring bei (als Zschokke 1817 sein Landhaus »Blumenhalde« zu bauen beginnt, bricht er die Brillanten heraus und bestreitet damit zu einem Teil die Baukosten). Er wird ferner zum residierenden Mitglied der bayerischen Akademie in München ernannt mit dem Recht, drei Viertel des Jahres in der Schweiz verbringen zu dürfen.
Er wird Mitglied des Großen Rats des Kantons Aargau.

1814 WERKE: *»Von der Freiheit und den Rechten der Kantone Bern, Aargau und Waadt«*, politisch-historische Abhandlung.

1817 WERKE: *»Das Goldmacherdorf«*, Roman über einen landwirtschaftlichen Musterbetrieb.

1818 Er bezieht das Landhaus »Blumenhalde«, das er sich bei Aarau hat bauen lassen.

WERKE: *»Kleine Erzählungen und Gedichte für Erholungsstunden«* (Auszüge aus der Zeitschrift »Erheiterungen«).

1820 Er gründet den bürgerlichen Lehrverein; die Vorträge halten unentgeltlich Männer, die in irgendeinem Fach besondere Studien treiben.

1822 WERKE: *»Des Schweizerlands Geschichten für das Schweizervolk«*, Geschichtswerk (neunte Auflage mit Fortsetzung der neueren Geschichte 1853 durch seinen Sohn Emil Zschokke).

1823 WERKE: *»Die Wirren des Jahrhunderts und der Jahre«*, historisch-politisches Werk.

1824 WERKE: *»Bilder aus der Schweiz«*, Skizzen, Erzählungen, Anekdoten (fünf Sedez-Bände, 1824–26).

1825 WERKE: *»Ausgewählte Schriften«*, 40 Sedez-Bände (1825 bis 1828).

1826 Neben seinen zahlreichen Aktivitäten – er ist Mitglied mehrerer kantonaler, Bezirks- und städtischer Behörden – findet Zschokke immer noch Zeit für die Erziehung seiner Kinder, die neben dem wissenschaftlichen Studium auch ein Handwerk erlernen müssen. In der »Blumenhalde« empfängt er auch zahlreiche Besuche von Königen, Staatsmännern, Generalen, Gelehrten, Dichtern, Literaten. Hier sind zu Gast die frühere Königin Hortense von Holland, der abgesetzte Schwedenkönig Gustav IV. Adolf, der griechisch-russische Staatsmann Capo d'Istrias, die französischen Generale Rapp und Dermoncourt, Professoren aus allen Ländern, ferner Börne, Uhland, spanische und deutsche Flüchtlinge, denen Zschokke Unterkunft gewährt.

1829 Als Zschokke immer mehr von der Zensur bedroht wird, legt er alle staatlichen Ämter nieder.

1830 Er erhält die Ehrenbürgerschaft seiner Heimatstadt Magdeburg. – Nach den liberalen Erhebungen (»Regeneration«), die in der Schweiz unter dem Eindruck der französischen Julirevolution ausbrechen, wird Zschokke Vizepräsident des Verfassungsrats, legt dieses Amt jedoch sofort nieder, als beschlossen wird, daß nur ein geborener Schweizer ein Staatsamt bekleiden dürfe.

WERKE: *»Der Creole«*, Novelle.

1836 Auf Anregung Zschokkes wird bei Aarau eine Taubstummenanstalt errichtet (vgl. 1811).

WERKE: *»Die klassischen Stellen der Schweiz«*, geschichtliches und kulturgeschichtliches Werk (mit 86 Abbildungen).

1837 WERKE: *»Die Branntweinpest.* Eine Trauergeschichte zur Warnung und Lehre für Reich und Arm, Alt und Jung« (gegen Alkohol).

1839 WERKE: *»Ausgewählte Novellen und Dichtungen«*, acht Bände.

1840 WERKE: *»Die Allmacht Gottes in den Werken der Natur.* Ein Volksbuch zur wahren Erkenntnis Gottes«.

1842 WERKE: *»Eine Selbstschau«*, autobiographische Schrift, zwei Bände.

1843 Auf einer Sommerreise nach Holland erkältet sich Zschokke. Er erholt sich nicht wieder.

1845 WERKE: *»Meister Jordan oder Handwerk hat goldenen Boden. Ein Feierabendbüchlein für Lehrlinge, verständige Gesellen und Meister«.*

1848 Er stirbt am 27. Juni im Alter von 77 Jahren in der Blumenhalde bei Aarau.

LITERATUR:

Werke. Hrsg. v. Hans Bodmer. 12. Bde., Berlin 1910.

Günther, Carl: Heinrich Zschokke Jugend- und Bildungsjahre. Aarau 1918.

Schaffroth, Paul: Heinrich Zschokke als Politiker und Publizist während der Restauration und Regeneration. Aarau 1949.

Schneiderreit, Max: Heinrich Zschokke. Seine Weltanschauung und Lebensweisheit. Berlin 1904.

Trösch, Ernst: J. K. Lavater, H. Zschokke und die Helvetische Revolution. Leipzig 1911.

Zschokke, Johann Heinrich: Eine Selbstschau. Bearb. von Rémy Charbon. Bern 1977.

AUTOREN IN DER »GROSSEN ERZÄHLER-BIBLIOTHEK DER WELTLITERATUR«:

Alexis, Willibald
Andersen, Hans Christian
Anzengruber, Ludwig
Arnim, Achim von
Balzac, Honoré de
Beecher Stowe, Harriet
Björnson, Björnstjerne
Boccaccio, Giovanni
Bräker, Ulrich
Brentano, Clemens
Bulwer, Edward George
Bürger, Gottfried August
Casanova, Giacomo
Cervantes, Miguel de
Chateaubriand, François
Choderlos de Laclos, P.A.F.
Conrad, Joseph
Cooper, James F.
Defoe, Daniel
Dickens, Charles
Diderot, Denis
Dostojewski, Fjodor
Doyle, Conan
Droste-Hülshoff, Annette von
Dumas fils, Alexandre
Ebner-Eschenbach, Marie von
Eichendorff, Joseph von
Fielding, Henry
Flaubert, Gustave
Fontane, Theodor
Goethe, Johann Wolfgang von
Gogol, Nikolai
Goldsmith, Oliver
Gorki, Maxim
Gotthelf, Jeremias
Grimm, Brüder
Hauff, Wilhelm
Hawthorne, Nathaniel
Hebbel, Friedrich
Hebel, Johann Peter
Heine, Heinrich
Heyse, Paul
Hoffmann, E.T.A.
Hölderlin, Friedrich
Hugo, Victor
Immermann, Karl
Jacobsen, Jens Peter
Jean Paul
Keller, Gottfried
Kipling, Rudyard
Kleist, Heinrich von
La Fayette, Marie-Madeleine de
Lermontow, Michail
Leskow, Nikolai
Liliencron, Detlev von
London, Jack
Ludwig, Otto
Margarete von Navarra
Mark Twain
Maupassant, Guy de
Melville, Herman
Mérimée, Prosper
Meyer, Conrad Ferd.
Mörike, Eduard
Moritz, Karl Philipp
Murger, Henri
Musset, Alfred de
Novalis
Poe, Edgar Allan
Prévost, Antoine F.

Puschkin, Alexander
Raabe, Wilhelm
Rosegger, Peter
Sand, George
Schiller, Friedrich
Scott, Sir Walter
Sealsfield, Charles
Sienkiewicz, Henryk
Stendhal
Sterne, Laurence
Stevenson, Robert Louis
Stifter, Adalbert
Storm, Theodor
Strindberg, August
Swift, Jonathan
Thackeray, William M.
Tieck, Ludwig
Tolstoi, Leo
Tschechow, Anton
Turgenjew, Iwan
Verga, Giovanni
Voltaire
Vulpius, Christian August
Wieland, Christoph Martin
Wilde, Oscar
Zola, Emile
Zschokke, Heinrich

Deutsche Volksbücher
Italienische Renaissance-Novellen
Tausendundeine Nacht